BASTEI
LÜBBE

JASON DARK

JOHN SINCLAIR

Die Rückkehr des SCHWARZEN TODS

ROMAN

BASTEI
LÜBBE

BASTEI LÜBBE TASCHENBUCH
Band 15 662

1. Auflage: April 2007

Vollständige Taschenbuchausgabe
der im Gustav Lübbe Verlag erschienenen Hardcoverausgabe

Bastei Lübbe Taschenbücher und Gustav Lübbe Verlag
in der Verlagsgruppe Lübbe

Umschlaggestaltung: Hilden Design, München
Umschlagillustration: Domenic Bahmann, München
Satz: Dörlemann Satz GmbH, Lemförde
Gesetzt aus der Adobe Garamond
Druck und Verarbeitung: GGP Media GmbH, Pößneck
Printed in Germany
ISBN: 978-3-404-15662-7

Liebe Grusel-Freunde,
liebe Sinclair-Fans!

50 Jahre Bastei Verlag feiert in diesem Jahr die Verlagsgruppe Lübbe. Und 25 Jahre John Sinclair in Serie! Gleich zwei Jubiläen also, und beide haben zu diesem Buch geführt!

John Sinclair – das ist die erfolgreichste Gruselserie der Welt. Seit 25 Jahren erscheint sie im Bastei Verlag. Inzwischen hat »Geisterjäger John Sinclair« eine Gesamtauflage von weltweit über 250 Millionen Exemplaren erreicht. Gut 1300 Heftromane und mehr als 260 Taschenbücher mit meinem Helden John Sinclair habe ich inzwischen verfasst – und ich schreibe immer noch. Weil es mir Spaß macht. Weil ich ebenso von den Abenteuern John Sinclairs begeistert bin wie seine vielen Fans. Und weil mir gerade diese Fans immer wieder mit ihren Briefen und auf Fantreffen die nötige Unterstützung geben, die mich sagen lässt: Ja, John Sinclair ist etwas Großartiges, und ich bin stolz darauf, ihn erschaffen zu haben!

An dieser Stelle möchte und muss ich mich einfach noch einmal bei all meinen treuen Lesern bedanken. Ohne sie wäre aus John Sinclair nicht das geworden, was er jetzt ist!

25 Jahre John Sinclair – nicht nur Heftromane und Taschenbücher habe ich in all diesen Jahren geschrieben. Die Hörspiele wurden ausgezeichnet als beste Hörspielreihe, und man hat sogar versucht, John Sinclair zu verfilmen und daraus eine TV-Serie zu machen. Zwei extralange Abenteuer von

John Sinclair habe ich verfasst, die bei Bastei-Lübbe als Paperback erschienen – »Hexenküsse« und »Voodoo-Land« –, und seither versuchte mich der Verlag immer wieder dazu zu überreden, noch ein weiteres langes Abenteuer mit John Sinclair zu schreiben, diesmal für eine Hardcover-Ausgabe.

Lange haben die Sinclair-Fans darauf warten müssen. Nicht, weil ich keine Lust gehabt hätte. Aber wer fünf Romane – vier Hefte und ein Taschenbuch – im Monat schreiben muss, zwischendurch noch Interviews zu geben hat und sich auch entsprechend um seine Fans kümmern möchte, der findet schwerlich Zeit für noch weitere Aufgaben. Aber jetzt, zum großen Bastei-Sinclair-Jubiläum, musste ich mir die Zeit einfach nehmen, um dieses Buch zu schreiben. Und irgendwie hat es geklappt.

»Die Rückkehr des Schwarzen Tods« heißt dieser Roman – und wie der Titel schon verrät, handelt er von der Wiedererstehung von John Sinclairs ärgstem Feind, dem Erzdämon Schwarzer Tod. Viele, viele Leser haben mir immer wieder geschrieben, seit John Sinclair den Schwarzen Tod damals vernichtete, und haben die Rückkehr dieses offenbar sehr beliebten Gegners gefordert. Lange habe ich dies abgelehnt, denn ich wollte, dass bei Sinclair Tote auch wirklich tot bleiben – solange es sich nicht um Untote handelt –, und es nicht so machen, wie man es bei vielen anderen Serien erleben muss, wo Totgeglaubte mit fadenscheinigen Erklärungen auf einmal auferstehen. Aber inzwischen haben mich so viele Leserbitten erreicht, dass ich umgedacht habe. Die Fans wollen und fordern den Schwarzen Tod zurück. Was bleibt mir da anderes übrig?

Dieses Buch also bringt die Rückkehr von John Sinclairs bisher schlimmstem Gegner – und hat damit einen ganz besonderen Platz in der Sammlung jedes echten Sinclair-Fans verdient.

Aber, Moment – vielleicht hat sich auch der ein oder andere Neuleser dieses Buch zugelegt. Einer, der die Welt von John Sinclair noch nicht kennt. Der gar nicht versteht, worüber ich hier schreibe. Jetzt hat er sich dieses Buch gekauft. Weil er neugierig geworden ist. Weil er wissen möchte, wer dieser John Sinclair eigentlich ist. Weil er sich für Gruselabenteuer interessiert und deshalb einfach nicht an dem Namen John Sinclair vorbeikommt …

Allen Neulesern wünsche ich ein herzliches Willkommen in der schraurig-spannenden Welt des Geisterjägers John Sinclair. In einer Welt, in der das absolut Böse fassbar ist und damit auch zu bekämpfen. In der das Gute stets Mut und Kraft beweist. In der sich Menschen durch ihre Menschlichkeit auszeichnen, darin, dass sie dem Bösen widerstehen und füreinander da sind …

25 Jahre gibt es die Serie »John Sinclair« bereits. Und in diesen 25 Jahren sind eine Vielzahl von Figuren – Freunde und Feinde – zu dem sympathischen Geisterjäger gestoßen. Für den Neuleser möchte ich kurz erläutern, wer die wichtigsten Figuren in »John Sinclair« sind, damit er sich schnell zurechtfindet und diesen Roman in vollen Zügen genießen kann …

John Sinclair – Er ist Oberinspektor bei Scotland Yard und gehört einer Drei-Mann-Sonderabteilung an, die übersinnliche oder unerklärliche Kriminalfälle bearbeitet. In Johns Besitz befindet sich das magische Kreuz des Hesekiel, eines Propheten, der 500 Jahre vor Christus lebte. In babylonischer Gefangenschaft schuf Hesekiel mit Hilfe der Erzengel das Kreuz als Waffe des Guten. Jetzt gehört es John Sinclair, denn er ist der »Sohn des Lichts«. John weiß inzwischen, dass er in früheren Leben König Salomo war, Richard Löwenherz und der Templer-Führer Hector de Valois. So hängt seine Berufung als

Geisterjäger nicht nur mit seinem Beruf als Polizeibeamter zusammen, sondern ist eine mystische Bestimmung.

Suko – Der Engländer mit chinesischen Vorfahren ist Inspektor bei Scotland Yard und John Sinclairs Freund und Partner. In zahlreichen Abenteuern haben sie schon Seite an Seite gestanden. Suko ist ein Meister in Kung-Fu und verfügt über die Dämonenpeitsche, die aus der Haut eines Dämons geschaffen wurde und eine wirkungsvolle Waffe gegen Schwarzblüter ist, und er hat den Stab des Buddha, mit dem er die Zeit um fünf Sekunden anhalten kann, wenn er das Wort »Topar« ruft.

Sir James Powell – Er ist Superintendant bei Scotland Yard und Johns und Sukos Vorgesetzter. Er macht stets einen recht mürrischen Eindruck. Das liegt an seinen Magenproblemen, mit denen er sich seit Jahren herumschlägt. Ansonsten ist er ein guter Vorgesetzter, der John und Suko schon oft den Rücken freigehalten hat, wenn es brenzlig wurde.

Jane Collins – Sie ist eine der besten Privatdetektivinnen Londons und war einmal Johns Geliebte, bevor sie zu einer Hexe wurde. Inzwischen ist sie wieder auf der Seite des Guten und mit John eng befreundet.

Lady Sarah Goldwyn – Man nennt sie die »Horror-Oma«, denn sie interessiert sich für alles, was mit dem Übersinnlichen zu tun hat. In ihrer Villa sammelt sie nicht nur Werke der schaurigen Unterhaltungsliteratur, sie nennt auch eine beachtliche Bibliothek über Parapsychologie ihr Eigen. Nach dem Tod von Johns Eltern ist sie so etwas wie eine Ersatzmutter für ihn geworden und steht ihm mit Rat und manchmal auch mit Tat zur Seite.

Dracula II – Einst war Will Mallmann, der Kommissar vom deutschen BKA, einer von John Sinclairs besten Freunden und sein Kampfgefährte. Dann machte man ihn zum Vampir, und als Dracula II ist er zum Herrscher der Blutsauger geworden. Seine Blutwelt, eine eigene Dimension der Vampire, ist sein Refugium.

Justine Cavallo – Man nennt sie die blonde Bestie. Sie ist Vampirin, stets in schwarzes Leder gekleidet, und ihr Traum ist es, John Sinclair in einen Blutsauger zu verwandeln und ihn dann an ihrer Seite zu haben. Zusammen mit Dracula II und dem Menschdämon Vincent van Akkeren bildet sie ein mörderisches Trio.

Der Spuk – Er ist einer der mächtigsten Dämonen, hat die Gestalt eines Schattens und ist zumeist mit einer roten Kutte bekleidet. Er wacht über sein Reich, in welchem er die Seelen getöteter Dämonen sammelt, die dieses Reich erweitern. Einst war er einer von John Sinclairs ärgsten Feinden, doch inzwischen besteht zwischen ihnen ein Waffenstillstand.

Der Schwarze Tod – Er war einer der mächtigsten Dämonen und existierte sogar schon zur Zeit des alten Atlantis. Er war dafür verantwortlich, dass dieser Kontinent unterging. Er hatte die Gestalt eines riesigen schwarzen Skeletts, und seine Waffe war eine große Sense. Vor vielen Jahren war er John Sinclairs schlimmster Feind – doch bei ihrem letzten Duell auf dem Friedhof am Ende der Welt gelang es John, den Schwarzen Tod mit dem silbernen Bumerang zu vernichten.

Dies sind nur einige Figuren aus der schaurig-fantastischen Welt des Geisterjägers John Sinclair. Wie in allen großen Zyklen und Sagen gibt es noch weitere Personen und Geschöpfe, die zur Sinclair-Serie gehören und eine eigene Welt bilden. Doch um den vorliegenden Roman zu verstehen, genügt es, nur die hier Erwähnten zu kennen.

Genießen Sie jetzt, liebe Leserin und lieber Leser, ein neues Abenteuer des Geisterjägers John Sinclair, des Sohns des Lichts. Zittern Sie, wenn der Schwarze Tod zu neuem unheilvollen Leben erwacht. Ich wünsche Ihnen spannende Unterhaltung und eine wohlige Gänsehaut.

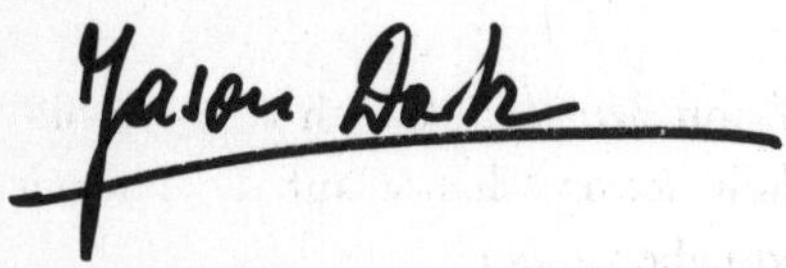

Gefangen!

Ein schrecklicher Begriff, mit dem der Mensch vieles verbindet. Enge, Ausweglosigkeit, keine Chance auf die Freiheit und das Gefühl, dem Tod nahe zu sein.

Ich konnte mich zwar bewegen, war aber trotzdem gefangen und steckte in dieser verdammt schmalen Schlucht fest, deren dunkle raue Wände mich an Mauern erinnerten, die irgendwann zusammenrücken würden, um mich wie einen Käfer zu zerquetschen.

Niemand hatte mich gefesselt. Niemand hatte mir etwas getan. Körperlich war ich fit, und ich würde mich auch wehren können. Nur kam hier noch etwas hinzu, das an meinen Nerven zerrte. Es war der Geruch, der mir aus den Wänden entgegenströmte.

Es stank nach Blut, nach verwesendem Fleisch. Es fehlte nur noch das Summen der Fliegen, die um ihr Aas kreisten. Wenn ich mir die Wände genauer anschaute, dann sah ich, dass sie nicht so kompakt waren. Es gab überall Löcher, Einschnitte, mal Risse oder Spalten, aus denen der Gestank kroch. Ebenso gut hätte ich mich durch die Grabkammern in der römischen Unterwelt bewegen können. Das hier war nicht Rom, das war auch nicht Italien, das war ein zur Tatsache gewordener Albtraum, der mich in diese fremde Welt geführt hatte.

Man hatte mich in eine Falle gelockt. Mit dem urältesten Trick der Welt. Die Schreie meiner Freundin Jane Collins gellten mir noch jetzt in den Ohren nach. Ich war angerufen worden. Man hatte mich die Schreie hören lassen. Ich war zu einem alten Haus in der Einsamkeit gelockt worden, um die Detektivin zu befreien, wie der Held in einem Action-Streifen.

Der gewann zumeist. Egal, ob er ein Terminator war oder James Bond. Doch ich gehöre zu keiner dieser Kategorien. Man nennt mich zwar den Geisterjäger, doch ich bin auch ein Mensch aus Fleisch und Blut, mit allen Vorzügen und auch Fehlern.

Als Oberinspektor arbeite ich für eine Sonderabteilung von Scotland Yard, die sich mit übersinnlichen Fällen beschäftigt, und schon oft habe ich gegen die Mächte der Hölle gekämpft, doch unbesiegbar bin ich deswegen noch lange nicht.

Es war dann alles sehr schnell gegangen. Auch in der Wohnung hatte ich die Schreie gehört, war durch zwei Zimmer gelaufen und in das größte gelangt.

Dort fand ich keine Jane Collins, dafür einen großen Spiegel, in dessen dunkler, leicht wolkiger Fläche ich mich nicht sah, wie es der Fall hätte sein müssen.

Nein, da war jemand anders zu sehen. Ein düsterer Schattenriss – und ein gewaltiger Sog.

Ich war chancenlos gewesen. Bevor ich überhaupt etwas hatte dagegen unternehmen können, hatte mich der Sog gepackt und auf die Spiegelfläche zugeschleudert.

Es hätte splittern und krachen müssen. Ein zerschnittenes Gesicht, ein verletzter Körper, Blut überall an mir, Schmerzen – aber nichts davon war eingetreten.

Der Spiegel brachte mich in eine andere Dimension. Er war so etwas wie ein transzendentales Tor, und er holte mich hinein in eine Welt, die einfach nur menschenfeindlich war und trotzdem von besonderen Wesen bewohnt wurde.

Hier existierten Vampire!

Sauger, die nach dem Blut der Menschen gierten, die im Dunkeln lebten und an ihrer eigenen Gier fast erstickten. Für sie war ich ein ideales Opfer. Sie würden sich auf mich stürzen und mich zerreißen, und genau darauf wartete ich.

Die Welt war kalt. Sie war ohne Licht. Sie war ein Albtraum, aber sie war mir nicht fremd. Ich kannte sie, denn ich war nicht zum ersten Mal hergeschleppt worden, und ich kannte auch die Person, die sie beherrschte.

Dracula II.

Der mächtige Vampir, durch den Besitz des Blutsteins fast unbesiegbar für mich, hatte sich diese Welt erschaffen, die er beherrschte und in die er sich zurückzog, um neue, finstere Pläne auszubrüten. Hier störte ihn keiner, hier war er der Herrscher, und hier hatte sich schon einmal mein Schicksal entscheiden sollen.

Damals hatte ich Glück gehabt. Aber heute?

Der Mensch gewöhnt sich an alles. Ich würde mich zwar nie an diese Umgebung gewöhnen, aber die erste Furcht war schnell vorbei. Mein Denkapparat arbeitete wieder normal.

Alles, was passiert, hat seinen Grund. Nichts geschieht ohne Motiv. Ich lebte noch, man hatte mich als einen lebendigen Menschen entführt, und so ging ich davon aus, dass dies auch noch so bleiben sollte. Zumindest vorläufig.

Außerdem war ich nicht unbewaffnet. Da war zum einen mein Kreuz, vor Urzeiten von dem Propheten Hesekiel in babylonischer Gefangenschaft hergestellt und meine mächtigste Waffe gegen das Böse. Dieses Kreuz trug ich ebenso bei mir wie die Beretta, die mit Silberkugeln geladen war. Das Kreuz hing vor meiner Brust, unter der Kleidung verborgen, und warnte mich. Ich merkte den warmen Strom, der sich auf meiner Haut verteilte, und genau das strahlte auch in diese Welt ab und war dafür verantwortlich, dass sich die Feinde zurückhielten, die hier existierten.

Sie hausten in den Löchern der Wände. Hin und wieder erschienen sie. Dann sah ich an den Aus- oder Einstiegen die grauen Gesichter, die mehr Fratzen waren. Ich sah blasse Augen, hörte hin und wieder das Stöhnen und Wimmern. Auch leise Schreie oder ein widerlich klingendes Schnalzen und Schmatzen.

Hätte ich geweihte Silberkugeln in die Nischen hineingeschossen, hätten sie nicht die Spur einer Chance gehabt. Genau das ließ ich bleiben. Die Munition reichte nicht für ewig, und ich wollte sie mir für wichtigere Ereignisse aufsparen.

Um mich herum war es zwar dunkel, aber nicht stockfinster. So eine Szenerie lässt sich schlecht beschreiben. In dieser beinahe schon fettigen Dunkelheit waren kleine graue Lücken entstanden. Es gab Licht, obwohl ich keine Quellen sah. Die befanden sich irgendwo in dieser schmierigen Dunkelheit und sorgten dafür, dass ich gerade so viel sah, wie ich sehen musste.

Und ich besaß meine kleine Lampe. Sie gehört zu meiner Standardausrüstung. Auch jetzt trug ich sie bei mir, holte sie hervor und schaltete sie ein. Ich hatte die Optik verstellt. Der Strahl drang jetzt so breit hervor wie möglich. Den Kegel ließ ich über den steinigen Boden tanzen, sah nichts Besonderes und bewegte ihn immer abwechselnd rechts und links an den Wänden entlang.

Da erschienen plötzlich die grässlichen Gesichter. Grau, faltig, zerrissen, manchmal aussehend wie festgepappter Staub. Blasse Augen in tief liegenden Höhlen. Mäuler zumeist ohne Lippen. Die Gestalten waren mehr Gerippe als Fleisch. Sie alle gierten nach dem menschlichen Lebenssaft, und ich wunderte mich allmählich, dass ich noch nicht von ihnen angegriffen worden war.

Ich hatte mich an den Anblick gewöhnt und wollte auch nicht auf der Stelle stehen bleiben. Es gab für mich eigentlich nur einen Weg. Den nach vorn. Immer der Nase nach, auch in dieser Welt, die von Wiedergängern regiert wurde.

Und ich fing an, mir meine Gedanken zu machen. Grundlos hatte man mich nicht in diese Welt geholt. Auch die Mächte der Finsternis hatten stets etwas im Sinn, so würde es hier auch sein. Da ich wusste, wer diese Welt geschaffen hatte und regierte, wartete ich eigentlich darauf, Dracula II, alias Will Mallmann irgendwann gegenüberzustehen.

An den Wänden würde ich kaum hochklettern können, auch wenn es hier und da Vorsprünge gab. Ich wollte mich nicht in diese Höhlen hineinschieben und irgendwelche Kämpfe mit Vampiren durchfechten. Sie waren nichts weiter als eine Begleiterscheinung, die ich in Kauf nahm.

Manchmal schimmerten die Steine auf dem Untergrund wie mit Öl beschmiert, wenn ich über sie hinwegschritt. Auch Ruß schien die Luft getränkt zu haben, obwohl dies sicherlich nicht zutraf, doch ich hatte das Gefühl, hin und wieder von kalten amorphen Partikeln berührt zu werden.

Ich passierte auch die Höhlen in den Wänden. Ich hörte die Gestalten nicht nur jammern oder schreien, ich sah sie auch, wenn ich mit dem Lampenstrahl die Wände abtastete.

Sie drückten ihre Körper nach vorn und auch die Köpfe aus den Löchern. Trotz der schnellen und hellen Berührung durch das Licht prägte ich mir ihre Gesichter ein, die man wirklich nur als Fratzen ansehen konnte. Sie waren rissig, widerlich. Ebenso ihre Hände, die mehr Krallen glichen und mit langen Fingernägeln über den harten Fels kratzten.

Es wäre für sie ein Leichtes gewesen, sich nach unten zu stürzen, um an mir zu hängen wie Kletten. Sie hätten ihre verfluchten Vampirzähne in meinen Hals schlagen und mich zerreißen können, aber sie taten es nicht, sodass mir der

Verdacht kam, dass man ihnen von einer höheren Warte den Befehl gegeben hatte, mich in Ruhe zu lassen.

Sie litten, sie jammerten, sie schrien. Ihre Gier war wahnsinnig groß, doch der Respekt vor dem Befehl war noch stärker, und deshalb hielten sie sich zurück.

Mir sollte es recht sein, denn ich steckte voll innerer Erwartung. Etwas würde mir am Ende der engen Schlucht begegnen. Zuvor aber ließ man mich diesen Weg gehen.

Permanent schwenkte ich die kleine Leuchte von links nach rechts. Die Gestalten konnten mich nicht mehr schocken, dafür hatte ich in meinem Leben schon zu viel gesehen und kannte auch die Vampirwelt.

Und doch war ich nicht vorsichtig genug. Nicht alle Höhlen lagen über meinem Kopf. Plötzlich erwischte es mich von der linken Seite her, weil ich einfach nicht aufgepasst hatte. Nicht mal einen Schatten nahm ich wahr. Dafür kratzte etwas durch mein Haar und klammerte sich einen Moment später daran fest.

Ich blieb stehen, ging einen Schritt zurück, drehte mein Gesicht so gut wie möglich nach links und sah die aufgerissene Fratze zusammen mit dem halben Oberkörper aus dem Loch ragen. Eine Klaue hatte sich in meinem Haar verkrallt. Der Blutsauger wollte mich gegen die Wand schlagen und in die Höhle hineinzerren.

Meine Hände hatte ich frei.

Und die schnellten in die Höhe. Bevor die Gestalt sich versah, hatte ich zugepackt. Meine Finger umklammerten den mageren Hals. Ich musste nicht mal viel Kraft aufwenden, um die magere Gestalt aus der Höhle zu zerren, die fast nur aus Haut und Knochen bestand.

Die Hand rutschte aus meinem Haar weg. Ich sprang zurück und kickte mit der rechten Hacke gegen einen zu hoch stehenden Stein. Die Kraft trieb mich zurück, und ich prallte gegen die andere Felswand. Über mir tobten die Blutsauger in ihren Höhlen. Plötzlich erfüllte ein irrsinniges Gekreische meine Ohren. Zahlreiche Stimmen feuerten die abgewrackte Gestalt an, die vor mir stand.

Sie hatte jeden Befehl vergessen und wollte nur noch mein Blut.

Ich richtete den Kegel der Lampe auf sie und traf mitten in ihr Gesicht. Dort vereinigten sich Elend und Grauen. Dünne Haare umwehten den Kopf wie Garne. Das Maul stand weit offen. Eine Zunge schlug daraus hervor, die wirkte wie ein trockener Lappen.

Die Gestalt sprang auf mich zu. Sie wog kaum etwas. Die Gier nach meinem Blut war ihr Motor. Es gab keine Technik, sie wollte einfach nur mich.

Aber ich wollte auch sie.

Der blitzschnelle Griff meiner Hände erwischte den Blutsauger an den beiden Schulterenden. Ich zerrte ihn zu mir heran, drehte ihn dann zur Seite und wuchtete ihn mit aller Kraft gegen die Felswand.

Ich hörte ein Geräusch, das zu Weihnachten gepasst hätte. Es entsteht, wenn man Nüsse knackt. In diesem Fall war es keine Nuss, sondern der Schädel des Vampirs.

Wie der übrige Körper hatte auch er gelitten. Er besaß nicht mehr die Festigkeit eines normalen Kopfes. Vor meinen Augen zerplatzte er in zahlreiche Stücke, von denen mir einige noch um die Ohren flogen. Ich trat ihm die Beine weg und ließ ihn liegen.

Auch so kann man einen Vampir vernichten. Was vor meinen Füßen lag, war eine Gestalt mit zerstörtem Schädel, die nie mehr auf die Füße kommen würde.

Das Schreien war verstummt. Es herrschte wieder die gleiche Stille, die ich kannte, und als ich die Wände erneut anleuchtete, glotzte kein Augenpaar mehr aus den Eingängen der Nischen hervor. Ich hatte mich durchgesetzt und für Respekt gesorgt.

»Und jetzt der Nächste!«, rief ich. Ich wollte einfach nur etwas sagen, um meine Erleichterung loszuwerden, doch niemand traute sich mehr aus seiner Höhle hervor.

Ich setzte meinen Weg fort. Es gab keine andere Alternative für mich. Jede Schlucht hat mal ein Ende, das musste auch in dieser düsteren Vampirwelt so sein.

Noch immer ließ ich das Licht über den Boden und über die Wände tanzen. Wieder schickte ich es in die Höhlen hinein, um nach neuen Feinden zu suchen, doch es gab keine mehr.

Meine Demonstration hatte ausgereicht. Beruhigter war ich dadurch nicht. In mir stieg die Spannung hoch. Ich wartete darauf, das Ende der Schlucht zu erreichen, um endlich Klarheit über mein Hiersein zu erlangen. Den langen weißen Lichtarm schickte ich in die Finsternis vor mir. Es sah aus, als würde er die Dunkelheit zerfressen, und genau diesem hellen Tunnel folgte ich.

Das Flüstern, das Jammern und das Hecheln kehrten nicht mehr zurück. Wer immer hier hauste, er hatte sich damit abgefunden, kein Blut zu bekommen, und diese Tatsache machte mich nahezu locker.

Andere hätten sich nicht so verhalten. Logisch, denn in gewisser Hinsicht war ich kein normaler Mensch. Vom Äußeren her natürlich, aber es ging um meinen Beruf. Da war ich durch den Besitz des Kreuzes gewissermaßen dazu berufen, die Mächte der Finsternis zu jagen. Das war für mich der Oberbegriff eines Konglomerats an Dämonen aller Arten und Sorten. Sie waren so vielfältig, manchmal nur Menschen, die eine Verkleidung erhalten hatten, doch es gab auch andere Geschöpfe. Werwölfe, Vampire, Ghouls und regelrechte Monstren.

Mit all diesen Geschöpfen hatte ich mich herumgeschlagen. Zusammen mit Freunden, die mir immer wieder zur Seite standen. Nur nicht in diesem Fall. Hier war ich allein.

Und ich ging auch allein weiter. Meter für Meter einem Ziel entgegen, das ich nicht kannte. Nach wie vor lag es im Dunkeln verborgen, aber innerlich spürte ich, dass es bald so weit sein musste. Es lag an den Wänden. Sie umgaben mich nicht mehr so eng. Das Gefühl, nur ein Gefangener zu sein, verschwand immer mehr.

Das Licht bohrte sich weiterhin in die Dunkelheit hinein, aber ich strahlte in eine falsche Richtung, denn ich hätte mich mehr auf die Umgebung über meinem Kopf konzentrieren sollen. Plötzlich hörte ich von dort ein Geräusch. In der relativen Stille war es gut zu vernehmen und hörte sich an wie ein sich langsam drehender Propeller.

Ich leuchtete hoch.

Die Schwärze fraß die Helligkeit. Nichts war zu sehen, doch weiterhin hörte ich dieses Geräusch.

Ich schwenkte den Arm mit der Lampe wieder von links nach rechts. Wie mit einem Scheinwerfer suchte ich den Himmel ab, ohne allerdings sofort ein Ziel zu finden.

Bis der mächtige Schatten erschien. Er flog von links nach rechts durch den Lichtstrahl, und ich erkannte, dass es sich nicht um einen Propeller handelte, von dem das Geräusch stammte, sondern von einer riesigen Gestalt, die wie ein fliegender Rochen durch die Schwärze segelte.

Es war nur der erste Eindruck. Zwei Sekunden später sah ich mehr. Da hatte kein Rochen das Wasser verlassen, dieses Wesen gehörte schon in die Luft.

Es war eine Fledermaus!

Mächtig, monströs, mit sagenhaft breiten Schwingen, die meterlang waren.

Ich schrie nicht, ich lief nicht weg, ich verfolgte den Flug dieser Gestalt, und auf meine Lippen hatte sich sogar ein leichtes Grinsen gelegt.

Genau ihn hatte ich erwartet, und ich bekam die Lösung des Rätsels geliefert, als sich die riesige Fledermaus langsam drehte und in einen Sinkflug überging.

Dabei schaute ich sie von vorn an.

Der Kopf zwischen den Schwingen war im Verhältnis zum Körper recht klein. Aber groß genug, um das Zeichen auf seiner Stirn deutlich zu erkennen.

Ein großes D!

Rot wie Blut zeichnete es sich auf der Schwärze des Kopfes ab. Jetzt brauchte ich nicht mehr länger zu rätseln, wer mich da begrüßen wollte.

Als Mensch hatte er Will Mallmann geheißen. Jetzt, nach seiner Verwandlung in einen Blutsauger, war er Dracula II …

Nein, nein, ich verging nicht vor Angst. Ich duckte mich nicht mal, als ich den Wind spürte, den die Schwingen durch ihre Bewegungen verursachten. Ich wartete einfach nur ab, was passieren würde, und war wirklich sehr gespannt darauf.

Die Gestalt segelte tiefer und tiefer. Sie zog dabei ihre Kreise über meinem Kopf hinweg und sackte dann dem Boden entgegen, über den sie hinwegschleifte.

Dann richtete sie sich in der Dunkelheit auf. Vor meinen Augen vollzog sich die Verwandlung. Das rote D blieb, und ich wusste, dass es sich auch weiterhin auf dem Kopf eines Menschen abzeichnen würde, der allerdings kein normaler Mensch war, auch wenn er so aussah.

Ich sah einen Blutsauger vor mir. Aber nicht nur irgendeinen und auch nicht mit den Gestalten hinter mir in der Schlucht zu vergleichen. Der hier war ein Supervampir, der diese Welt für seine Vasallen geschaffen hatte.

Die Lampe brauchte ich nicht mehr. Es gab Stellen in

dieser Welt, die heller waren als andere, und so sah ich meinen ehemaligen Freund Will Mallmann sogar recht deutlich.

Noch hatte er die Verwandlung nicht ganz hinter sich. Er bewegte sich hin und her, die Breite der dunklen Gestalt verschwand, und sie wurde höher und schlanker.

Ein Mensch stand vor mir.

Ein Mensch, der auf mich zukam und auf dessen Stirnmitte das rote D leuchtete.

Ich ging ihm nicht entgegen und trat auch nicht nach hinten, sondern ließ ihn kommen.

»Hallo, John. Schön, dass du den Weg zu mir gefunden hast.«

»Hatte ich eine Wahl?«

»Nein, das nicht.«

»Eben.«

»Wie fühlst du dich?«

Ich verschluckte die Antwort. Ich trat nur einen Schritt auf ihn zu, um ihn besser erkennen zu können. Er hatte sich nicht verändert. Das Haar war noch immer so dunkel wie das Gefieder eines Rabens. Die gleiche Dunkelheit sah ich in den Pupillen. Dafür erschien mir die Gesichtshaut recht weiß. Die schmalen Lippen waren nur mehr zu erahnen. Darunter sprang das Kinn ziemlich eckig vor. Schwarze Augenbrauen hatte Mallmann und eine leicht gekrümmte schmale Nase, und ich sah auch die Geheimratsecken an der Stirn.

Er sah aus wie immer. Und wie immer strahlte von ihm etwas aus, das sich kaum in Worte fassen lässt. Es war die Aura der Macht, die ihn umgab. Natürlich nicht zu sehen, mehr zu fühlen, und ich spürte sie.

Mein Kreuz ebenfalls. Es hatte sich etwas mehr erwärmt, aber es strahlte nichts ab, denn die Düsternis dieser Welt machte selbst diesem wertvollen Stück zu schaffen.

Hier war alles anders. Hier gab es keine Freude, kein Lachen, keinen Spaß, keine Musik, nur die Düsternis, die Qual und damit die Traurigkeit der Seelen.

Mallmann hatte die Vampirwelt für sich und seine Vasallen erschaffen. Sie war ein Ort, an den er sich zurückziehen konnte. Ein magischer Spiegel hielt Verbindung mit der normalen Welt. Den kannte ich ebenfalls, nur befand er sich an einem anderen Ort.

Lange Zeit war Mallmann allein gewesen. Bis zu dem Tag, als Justine Cavallo, ebenfalls Vampirin, bei ihm aufgetaucht war. Sie vermisste ich in seiner Nähe, wenn auch nicht wirklich.

»He, John, ich habe dich was gefragt.«

»Das weiß ich.«

»Und wie lautet deine Antwort?«

»Ich lebe, Will, und deshalb fühle ich mich auch recht gut. Wolltest du das hören?« Ich unterhielt mich so locker mit ihm wie zu früheren Zeiten, als er noch ein Mensch gewesen war und für das BKA, das deutsche Bundeskriminalamt, gearbeitet hatte.

Das jedoch lag lange zurück. Es schien gar nicht mehr wahr zu sein. Hin und wieder drang die Erinnerung an andere Zeiten doch in mir hoch. So hatte ich den Tag seiner Hochzeit noch immer nicht vergessen, an dem seine frisch angetraute Frau von meinem absoluten Erzfeind, dem Schwarzen Tod, umgebracht worden war.

All das huschte mir auch jetzt durch den Kopf, als ich Mallmann sah und bemerkte, dass er lächelte.

»So muss es auch sein, John. Ich freue mich wirklich darüber, dass du noch lebst.«

»Tatsächlich?«

»Ich schwöre es.«

»Können Vampire schwören?«

Er lächelte ebenfalls. Er zog seine Lippen so stark in die Breite, dass sie den oberen Teil des Gebisses freigaben und ich die beiden Vampirzähne sah, die spitz und ein wenig gekrümmt aus dem Oberkiefer wuchsen.

Erst wenn er so reagierte, sah der Betrachter, mit wem er es tatsächlich zu tun hatte. Das rote D auf der Stirn hätte auch ein Tattoo sein können.

Natürlich trug er wieder seine dunkle Kleidung und hätte in diesem Outfit perfekt als Filmvampir durchgehen können.

»Nun ja, John«, fuhr er in einem lockeren Tonfall fort. »Hin und wieder müssen sich Vampire an die Regeln der Menschen gewöhnen. Das ist nun mal so.«

»Warum in diesem Fall?«

»Weil ich über eine Partnerschaft nachdenke.«

Ich glaubte, mich verhört zu haben. Ich musste schlucken, auch leicht grinsen, schüttelte den Kopf, ohne dass es mir richtig bewusst wurde, und schluckte noch einmal.

»Eine ... ähm ... was hast du gesagt?«

»Partnerschaft, John.«

»Das ist verrückt. Wir und Partner?« Das Lachen konnte ich mir einfach nicht verkneifen. »Nein, Mallmann, nein. Du, der Vampir, der scharf auf mein Blut ist ...«

»Das bin ich noch immer.«

»Super. Und jetzt willst du mich zum Partner? Für wie dumm hältst du mich?«

»Zum Partner auf Zeit, John. Zumindest sollten wir uns in dieser Spanne nicht gegenseitig bekämpfen.«

Erneut wollte ich ihn auslachen, doch diesmal brachte ich es nicht fertig. Ja, das Lachen blieb mir im Hase stecken, und so schaute ich Mallmann nur an.

»Ja, es stimmt, John.«

»Das kann ich nicht glauben.«

»Dein Problem.«

»Du hast eine Partnerin.«

»Meinst du Justine Cavallo?«

»Wen sonst!«

»Da gebe ich dir Recht. Sie steht auch zu mir. Wir sind Blutsverbündete. Aber das ist alles unwichtig geworden, John, und du wirst mir Recht geben.«

»Und jetzt willst du mich noch als Helfer an deiner Seite haben?«

»So hatte ich es mir gedacht.«

Es fiel mir schwer, ein Lachen zu unterdrücken. Das ging mir einfach nicht in den Kopf. Wir standen auf zwei verschiedenen Seiten. Ich konnte mir nicht vorstellen, wie gerade ich ihm helfen konnte. Aber er meinte es verflucht ernst, und da kam ich schon ins Grübeln.

Irgendetwas war im Busch, und zwar nicht erst seit gestern. Wenn ich ehrlich war und recht darüber nachdachte, hatten sich gewisse Vorgänge in der letzten Zeit schon gehäuft. Ich war mit Fällen konfrontiert worden, über denen der Schatten einer düsteren Zukunft gelegen hatte. Eine gewaltige Bedrohung, ein böses Omen, zwar keine Ankündigung eines Weltuntergangs, aber es ging schon in diese Richtung, und da war auch von einer Parallelwelt die Rede gewesen.

Das hatte ich nicht nur bei Dämonen erlebt, sondern auch bei einem Menschen, als ich den Massenmörder Theo Gain gejagt hatte.

Plötzlich fiel mir dieser Killer wieder ein. War es Zufall oder hatte ein anderes Geschick meine Gedanken gelenkt?

Ich wurde irgendwie unsicher, zeigte dies nur nicht nach außen und sagte mit lockerer Stimme: »Du hast also Probleme, die du ohne meine Hilfe nicht lösen kannst.«

»Ich habe sie nicht, aber sie werden kommen. Dann habe nicht nur ich diese Probleme, sondern auch du, John.«

Wieder war ein Satz gesagt worden, mit dem ich beim besten Willen nicht viel anfangen konnte. Ich wusste nicht, wie ich mich verhalten sollte. Mallmann sagte auch nichts. Er ließ mich erst in Ruhe grübeln.

Dann fragte er: »Kannst du dir nicht vorstellen, was uns beide stören könnte? Welche Veränderung und welche Bedrohung dahinter steckt? Das musst du doch eigentlich können.«

»Keine Ahnung, wovon du sprichst, Mallmann. Ich habe es nicht nur mit deinen Vasallen zu tun, Will, sondern auch mit anderen Geschöpfen. Ist müßig, sie dir alle aufzuzählen, das weißt du selbst. So Leid es mir tut, ich sehe auch nicht ein, weshalb ich mich auf deine Seite schlagen und dir helfen sollte.«

»Es gibt Gründe, John.«

»Bitte, dann nenn sie.«

Mallmann war ein Vampir. Er brauchte nicht zu atmen, das unterschied ihn von einem Menschen. Aber er gab sich so, als müsse er erst mal tief Luft holen. Es war ein Seufzen, das entstand, und er zuckte auch mit den Schultern.

Bei den nächsten Worten spitzte ich die Ohren und hörte verdammt genau hin. Ich merkte, dass dies kein Spaß war, und er wollte mich auch keinesfalls auf den Arm nehmen.

»Er bereitet seine Rückkehr vor ...«

»Wer?«

»Der Schwarze Tod!«

Das hatte gesessen!

Ich war unfähig, etwas zu sagen. Ich wollte den Kopf schütteln, irgendwas tun, aber da war nichts mehr. In meinem Kopf herrschte Funkstille.

In dieser Welt war das Gefühl für Zeit ein anderes. Jetzt aber hatte ich jegliches Zeitgefühl verloren, und ich stand auf der Stelle und starrte Dracula II an. Wahrscheinlich sah ich auch ziemlich dumm aus, doch Mallmann lachte nicht.

»Du hast dich nicht verhört, John. Ich habe den Schwarzen Tod wirklich erwähnt.«

»Ja ... ja ...«, brachte ich mühsam hervor, »das hast du. Ich habe gute Ohren. Nur muss ich dir sagen, dass der Schwarze Tod ein für alle Mal vernichtet ist.«

»Ach ja ...?«

Ich konnte nicht mehr still auf der Stelle stehen und trat mit dem rechten Fuß hart auf. »Verdammt noch mal, ich muss das wissen. Schließlich habe ich ihn auf dem Friedhof am Ende der Welt mit meinem silbernen Bumerang vernichtet. Ich habe ihn nicht mehr, und es ist auch nicht tragisch, weil es den Schwarzen Tod nicht mehr gibt.«

»Daran hast du immer geglaubt.«

»Ja, ich glaube auch heute noch daran. Er ist vernichtet, er kehrt nicht mehr zurück!« Ich hatte meiner Stimme einen bestimmten Tonfall gegeben, der keinen Zweifel an meiner Meinung aufkommen ließ. »Du kannst mich nicht reinlegen.«

»Das will ich nicht!«

Ich hörte ihn, doch ich hörte nicht zu, denn ich dachte wieder daran, wie sehr wir in früheren Zeiten gegen diesen mächtigen Dämon, der seine Heimat in Atlantis hatte, gekämpft hatten. Es war nicht nur ein einmaliger Kampf gewesen, sondern einer, der sich über eine gewisse Zeit hinzog, und eine meiner größten Stunden war es gewesen, als der Bumerang dem gewaltigen schwarzen Skelett den Schädel abgetrennt hatte.

Sollte das jetzt alles vorbei sein?

Ich wollte es nicht glauben und schüttelte den Kopf.

»Du glaubst mir also nicht?«

»Nein, der Schwarze Tod ist vernichtet und ...«

»Ja, er ist vernichtet. Aber hast du dir schon mal Gedanken darüber gemacht, was dann mit ihm passierte?«

»Nichts, gar nichts. Das ist unmöglich. Ich habe ihn mit dem silbernen Bumerang vernichtet, zerstört, und …«

»Du hast den Körper getötet, John Sinclair!«

Die Antwort brachte mich zunächst zum Schweigen. In meinem Kopf überschlugen sich aber die Gedanken, und ich kam zu dem Entschluss, dass es stimmte.

»Warum sagst du nichts?«

»Ich denke nach.«

»Das ist gut, und ich frage dich, ob du mir glaubst, dass ich die Wahrheit gesagt habe.«

Ich hob die Schultern. »Das kann ich dir leider nicht sagen. Aus meiner Sicht ist und bleibt er vernichtet.«

»Nichts vergeht, Sinclair. Ich erinnere mich daran, dass du in früheren Zeiten so gesprochen hast.«

»Das ist leider wahr«, gab ich zu. »So etwas habe ich gesagt. Dazu stehe ich auch noch. Aber es gibt immer wieder Ausnahmen. Dazu zähle ich den Schwarzen Tod.«

»Nein, nein, er gehört dazu. Seine Rückkehr wird vorbereitet.«

»Und wer tut das?«, fuhr ich Mallmann an. »Wer, zum Teufel, ist damit beschäftigt?«

»Teufel ist gut. Ja, es ist wohl ein Teufel. Nur so einer kann es schaffen. Aber ich glaube nicht, dass Asmodis etwas damit zu tun hat. Es ist ein anderer, John. Ich bin noch nicht dahinter gekommen. Wir stehen zum Glück auch erst am Beginn. Allerdings wirst du mein Verhalten jetzt begreifen. Es kann mir nicht passen, dass der Schwarze Tod zurückkehrt, und dir ebenfalls nicht. Es sei denn, ich habe mich stark in dir getauscht.«

»Das hast du nicht«, sagte ich. »Du weißt selbst, wie ich zu ihm stehe. Aber ich habe ihn damals tödlich getroffen.« All meine Wut und auch die Enttäuschung mussten sich freie Bahn verschaffen.

»Tödlich in deinem Sinne!«, fuhr mich Mallmann an.

»Ja, wie sonst?«

»Es gibt Wesen, die anders sind als ihr Menschen. Das solltest du wissen.«

Ich war noch zu durcheinander, um sofort eine Antwort zu geben. Immer mehr stieg das bedrückende Gefühl in mir hoch, dass eine ganze Welt zusammengebrochen war. Ich hatte noch immer das Gefühl, Schläge mit dem Hammer zu bekommen, und fühlte mich wie auf einem seifigen Boden stehend.

Auch wenn es pathetisch klingen mag: Stimmte es tatsächlich, was Mallmann mir hier berichtet hatte, dann brach für mich sozusagen eine Welt zusammen. Ich hatte damals meinen ersten wirklich großen Sieg errungen und stand nun vor dem Nichts. Sollte alles umsonst gewesen sein?

»Du solltest nicht zu viel grübeln, John. Du igelst dich ein und ...«

»Ha, das sagst ausgerechnet du!«

»Und nicht zu Unrecht.«

»Okay, aber zunächst mal will ich wissen, wie du darauf kommst, dass der Superdämon zurückkehren könnte und als was?«

»Als Schwarzer Tod!«

Wieder schwieg ich, weil es für mich schockierend war, was ich gerade gehört hatte. Schließlich aber fragte ich: »In seiner alten Gestalt? Als mächtiges und mörderisches Skelett?«

»Ja.«

»Es ist von mir zerstört worden!«

»Das bestreitet keiner, John. Aber etwas von ihm lebt noch, das weißt du selbst.«

»Ja, ja, ich weiß. Schon einmal wäre es ihm fast gelungen, zurückzukehren in die Welt der Menschen.«

Dracula II nickte. »Du hast nämlich nur den Körper zerstört, John, aber auch jeder Dämon hat so etwas wie eine Seele, und du weißt, was mit den Seelen der vernichteten Dämonen geschieht.«

»Ja, allerdings. Sie werden aufgefangen im dunklen Reich des Spuks, um dieses immer mehr zu erweitern. Der Spuk hält auch die Seele des Schwarzen Tods gefangen. So sind die Regeln. Einmal wäre er dem Spuk fast entkommen, und der wird nun alles tun, dass dies nicht noch einmal passiert. Dafür kenne ich ihn zu gut.«

»Nein, du kennst ihn nicht«, widersprach Mallmann schroff. »Du hast zwar einen Burgfrieden mit ihm geschlossen, doch er hat dich nicht in alles eingeweiht. Ich glaube zudem nicht, dass der Spuk die entscheidende Rolle spielt. Der Anstoß muss von einer anderen Person gekommen sein.«

»Ja, so war es auch damals. Da kam der Anstoß von Isaak McLellan und seiner Totenkopf-Brigade. Doch Suko und ich konnten die Wiedererweckung des Schwarzen Tods zunichte machen, und mein Kreuz schleuderte seine Seele ins Reich des Spuks zurück. Wer steckt diesmal dahinter? Wer hat Interesse daran, den Schwarzen Tod wieder in diese Welt zurückzubringen, in der er schon so großes Unheil angerichtet hat?«

»Ich kann dir keinen Namen nennen.«

»Dann gib mir zumindest einen Hinweis, wenn wir schon zusammenarbeiten sollen. Wie hast du überhaupt bemerkt, dass dieser verfluchte Dämon wieder zurückkehren will, obwohl ich das immer noch nicht glauben kann?«

»Es gab Zeichen.«

»Toll. Welche denn?«

»Die große Angst. Die mächtige Furcht vor dem Unbekannten, das noch niemand erforscht hat. Bestimmte Personen haben es gespürt, auch wenn es keine direkten und konkreten Hinweise gab. Aber sie merkten, dass sich etwas nähert, weil sie eben sensibler sind als andere. Und auch sie fürchten sich davor, dass jemand kommt und alles wieder an sich reißt. Bei dir wird es ähnlich sein, John. Auch dir kann nicht daran gelegen sein, die alten Zeiten wieder auferstehen zu lassen. Du musst den Anfängen wehren, sonst könnte es zum Chaos kommen. Dann ginge deine Jagd nach ihm wieder von vorn los, und ich frage mich, ob es dir noch mal gelingen würde, ihn so einfach zu erledigen.«

»Leicht war es schon damals nicht«, sagte ich.

»Natürlich nicht. Ich kann mich noch erinnern. Ich bin ebenfalls dabei gewesen. Man hat mir sogar meine tote Frau geschickt, um mich zu locken. Das habe ich nicht vergessen. Aber jetzt wird er sich anders verhalten, darauf kannst du wetten.«

Das musste ich nicht mal. Wenn Mallmann das sagte, dann hatte er auch Recht, verflucht. Damals hatte ich noch den silbernen Bumerang besessen, den man aus den Seiten des Buchs der grausamen Träume geformt hatte.

Doch welche Waffe hätte ich diesmal gegen den Schwarzen Tod, wenn er zurückkehren würde?

Ich wusste es nicht. Ich wusste gar nichts. Ich stand in dieser verdammten Vampirwelt und spürte in mir eine innere Leere, als hätte man mir die Seele genommen.

Ich hatte auch das Gefühl, dass es die Jahre dazwischen gar nicht gegeben hatte. Plötzlich war alles wieder da, die ganze verdammte Zeit, in der mein Erzfeind existiert hatte.

»Es hat dich getroffen, nicht wahr?«

»Das kannst du laut sagen.« Ich wischte mir den Schweiß aus dem Gesicht. »Hast du zufällig eine Ahnung, wie es geschehen könnte? Wie und wieso er plötzlich zurückkehrt?«

»Nicht direkt, John.«

»Eine Ahnung vielleicht?«

Mallmann deutete so etwas wie ein Nicken an. »Ja, eine Ahnung. Den Schwarzen Tod wieder zurückzuholen ist kein leichtes Unterfangen. Man kann ihn nicht einfach rufen, und dann kommt er. Man muss schon bestimmte Punkte beachten. Seine Rückkehr wird ritualisiert sein. Ja, man macht daraus ein Ritual.«

Ich zuckte leicht zusammen. »Wer will das?«

»Ein Bote. Einer, der ihn liebt und mag.«

»Du bist das wohl nicht – oder?«, fragte ich bissig.

»Lass die Scherze, John. Jemand ist unterwegs, der alles regelt. Ich habe ihn noch nicht zu Gesicht bekommen. Wäre das der Fall, würde ich mich sogar fürchten. Er ist sehr mächtig. Ich weiß nicht, woher er kommt. Aus dem Dunkel der Zeiten, so könnte man sagen.«

»Und er ist bereits hier, um Vorbereitungen zu treffen?«

»So sehe ich es.«

»Was hat er getan?«

Will Mallmann schüttelte den Kopf. »Er hat noch nichts getan, John, aber er wird etwas tun. Darauf kannst du dich verlassen, und ich denke, dass du die Augen sehr weit offen halten solltest. Es könnte durchaus sein, dass du indirekt von ihm hörst, und das wird dir bestimmt nicht gefallen, denke ich mir.«

Allmählich stieg wieder der Ärger in mir hoch, weil Dracula II in Rätseln sprach.

»Willst du mir nichts sagen?«

»Ich kann es nicht! Ich werde auch die Augen offen halten, und ich habe Justine Cavallo ebenfalls eingeschaltet. Wir beide stehen also nicht allein.«

Nein, diesmal hielt ich das Lachen nicht zurück. Ich sah, dass sich Mallmann ärgerte, als ich hervorstieß: »Ausgerechnet sie, die liebend gerne mein Blut trinken würde und alles daran gesetzt hat, genau das zu tun, es aber bisher nicht geschafft hat!«

»Das Thema können wir dahingestellt sein lassen. Sie weiß, um was es geht. Außerdem hat sie sich noch um Assunga, die Schattenhexe, kümmern müssen, aber das ist auf Eis gelegt. Es bleibt alles so, wie es ist, bis auf seine Rückkehr.«

Ich wollte es noch mal wissen und fragte nach. »Dann glaubst du hundertprozentig daran?«

»Ja, es gibt für mich nicht den geringsten Zweifel. Aber ich kann dir auch nicht mehr sagen.«

»Schade.«

»Du wirst es merken, John. Wir alle werden es merken. Es wird sich einiges verändern.«

»Hat er nur den einen unbekannten Helfer, der ihm den Weg freischaufelt?«

»Ja.«

»Ein Dämon ...?«

»Bestimmt kein Mensch.«

»Und du hast keinen Hinweis?«

»Ich würde ihn dir sonst mit dem gleichen Vergnügen geben, mit dem ich dich leer trinke. Ich habe überlegt, mir eine Schutzgarde zuzulegen, aber ich werde erst mal abwarten.«

Es waren wirklich starke Sätze, die ich da gehört hatte und über die ich nachdenken musste. Der Schwarze Tod war eine Macht. Und wenn er tatsächlich in seiner Urform zurückkehrte, würde er wieder eine Macht werden. Zuvor musste noch ein bestimmtes Ritual durchgezogen werden. Genau das war in diesem Fall der Knackpunkt.

»Habe ich dich überzeugen können, John?«

»Nicht ganz.«

»Du wirst noch überzeugt werden, keine Sorge. Du wirst es merken, wenn es den ersten Ritualmord gegeben hat. Dann wird es über dich kommen wie eine Erleuchtung.«

»Wie schön, Will. Es wäre besser, wenn ich die Erleuchtung schon jetzt bekommen würde.«

»Ich habe getan, was ich konnte.«

Ich atmete die kühle klebrige Luft durch die Nase ein. Sie schien sich an der Scheidewand festzusetzen und daran zu kleben. Hier war eben alles anders, und trotzdem existierte ich hier ebenso wie dieser Blutsauger.

Es war schon seltsam, aber ich glaubte ihm diese Antwort. Nur hatte ich Dracula II noch nie so erlebt. Seine übersteigerte Selbstsicherheit war geschmolzen wie Butter in der Sonne. Der Blutsauger hatte einen schon menschlichen Touch bekommen. Allein durch das Gefühl der Furcht, die auch er empfand. Und es war diesmal nicht die Angst vor dem geweihten Silber und dem Eichenpflock. Es war die große Angst vor der Bedrohung, die er nicht nur auf sich zukommen sah. Dass auch Menschen in Mitleidenschaft gezogen würden, interessierte ihn herzlich wenig. Es ging um seine Existenz und um sein Reich. Beides wollte er nicht verlieren.

Genau deshalb brauchte er Helfer, mit denen er eine Kooperation eingehen konnte, was auf keinen Fall bedeutete, dass sich unsere Feindschaft ins Gegenteil umkehren würde. Aber ein noch größerer Feind schweißte uns zusammen.

Er schien zu ahnen, was in meinem Kopf vorging, und streckte mir die Hand entgegen. »Schlägst du ein?«

Ich blickte auf die weißlich graue Klaue und schüttelte den Kopf. »Nein, das werde ich nicht.«

»Dann sträubst du dich gegen eine Zusammenarbeit?«

»Das habe ich nicht gesagt. Wenn ich bei jemand einschlage, sehe ich ihn als Partner an. Bei dir wird mir das nicht passieren, Will. Wir sind keine Partner.«

»Was sind wir dann?«

»Zwei, die die gleichen Interessen vertreten. Nicht mehr und nicht weniger.«

»Soll mir auch recht sein.«

Ich kam noch mal auf das eigentliche Thema zu sprechen.

»Und du weißt nichts Konkretes von einer Bedrohung? Es gibt keine weiteren Hinweise, die uns helfen könnten?«

»Nein, wir werden abwarten müssen. Lange, Sinclair, wird es nicht mehr dauern.«

Da stimmte ich ihm zu. Er hatte mich in seine verdammte Welt gelockt, und aus ihr wollte ich wieder verschwinden.

»Wie wäre es denn, wenn du dafür sorgst, dass ich diese ungastliche Stätte verlassen kann?«

»Gern.«

Ich deutete nach hinten. »Muss ich mich wieder durch die verdammte Schlucht schlagen?«

»Keine Sorge, das brauchst du nicht. Ich habe dich vorhin nur testen wollen.«

Ich winkte ab. Es hatte keinen Sinn, darauf näher einzugehen. Die Welt, in der er existierte, kannte ich nicht. Ich hatte bisher nur einige Flecken kennen gelernt. Ich wusste nichts über ihre Größe und über ihre Beschaffenheit. Aber ich kannte das düstere Haus, in dem sich der Supervampir mit dem blutroten D auf der Stirn gern aufhielt. Jetzt wunderte ich mich, wie nah es war.

Wir brauchten nur eine kurze Zeitspanne, um den verlassen wirkenden Ort auf einer flachen Anhöhe zu erreichen. Hinter den Fenstern war es heller, doch ich konnte diesen Schein einfach nicht als Licht bezeichnen. Dazu war er zu anders. Zwar vorhanden, aber nicht hell, eher blass und bleich.

»Hält sich deine Freundin Justine auch dort auf?«, fragte ich, bevor Mallmann die Tür öffnete.

»Nein, sie ist unterwegs.«

»Als Spionin?«

Er zerrte die Tür auf. »So ungefähr.«

Erinnerungen überkamen mich, als ich die düstere Hütte betrat. Ich wollte nicht mehr an die Vergangenheit denken und schüttelte die trüben Gedanken ab.

Der Spiegel mit seiner schwarzen Fläche war nicht zu übersehen. In seiner Umgebung standen auch die blassen Leuchten, die diesen seltsamen Schein abgaben. Ich hinterfragte nicht, woher das Licht kam, obwohl es hier keine Elektrizität gab. Ich wollte einfach nur weg und ging auf den Spiegel zu, ohne mich noch mal nach Mallmann umzudrehen.

»Wir sehen uns«, sagte er zum Abschied und schickte nicht mal ein hämisches Lachen hinterher.

»Ist der Weg frei?«

»Bitte, ich habe ihn für dich geöffnet.«

Ich trat nicht gegen den Spiegel, sondern in ihn hinein. Für einen Moment spürte ich die Kälte wie einen Schal um meinen Hals, dann war ich wieder auf dem Weg in meine Welt ...

Der neue Tag, der neue Morgen ...

Ich hockte in meiner Wohnung, starrte gegen den Kaffee in der Tasse und schüttelte immer wieder den Kopf, weil ich über die Ereignisse der vergangenen Nacht nachdachte.

Es war Nacht gewesen, als man mich »entführt« hatte. Nun hatte mich der neue Tag wieder. Aber ich war noch in der Nacht nach Hause gefahren und hatte meinen Rover vor dem Haus vorgefunden, in dem es Jane Collins angeblich so schlecht ergangen war.

Ich war nach Hause gefahren, hatte mich ins Bett gelegt und war sogar eingeschlafen. Tief und traumlos hatte ich bis zum Wachwerden im Bett gelegen, danach das morgendliche Ritual hinter mich gebracht und hockte nun in der kleinen Küche auf einem Hocker, starrte den Kaffee an, der allmählich kalt wurde, und wünschte mir, dass ich die Ereignisse der vergangenen Nacht nur geträumt hatte.

Leider traf das nicht zu. Es waren Tatsachen gewesen, auch wenn man sie als noch so unwahrscheinlich betrachtete.

Mit den eigenen Gedanken und der Erinnerung fühlte ich mich alles andere als zufrieden und grübelte darüber nach, ob ich die Vorgänge für mich behalten sollte.

Nein, auf keinen Fall!

Wenn alles stimmte, was Dracula II angedeutet hatte, dann kam auf uns – und das sah ich ziemlich allgemein an – eine verdammt mächtige Gefahr zu. Noch wusste ich nichts Konkretes, nur dass der Schwarze Tod zurückkehren würde und dass man eine Möglichkeit gefunden hatte, ihn wieder zu erwecken, wobei dieses »man« eine einzelne Person war. Ein Bote, von dem mir Mallmann berichtet hatte.

Wer konnte dieser Bote sein?

Ich wusste es nicht. Aber ich glaubte nicht an einen Menschen. Da musste ein Dämon dahinter stecken, aber auch der Begriff reichte mir nicht aus. Er war einfach zu wenig. Nicht nur ein simples schwarzes, magisches Geschöpf, sondern eines, das große Macht besaß und in der Lage war, Tore zu öffnen, die eigentlich für immer hätten verschlossen bleiben müssen.

Ich war davon ausgegangen, dass der Schwarze Tod bis in alle Ewigkeiten vernichtet war.

Und jetzt?

»Verflucht noch mal«, flüsterte ich und holte tief Luft. »Das ist einfach nicht zu fassen.« Ich hob die Tasse und trank einen Schluck. Die Brühe war fast kalt geworden, und so kippte ich den Rest in die Spüle.

Zu einem Resultat war ich noch nicht gekommen, aber einen Menschen würde ich einweihen. Das war mein Freund und Partner Suko. Bei den Conollys hielt ich mich zurück, obwohl Bill Conolly damals beim Ende des Schwarzen Tods involviert gewesen war.

Ich wollte nicht die Pferde scheu machen, aber noch jemand musste eingeweiht werden. Sir James Powell, mein Chef. Er war jemand, der praktisch im Büro schlief. Ich ging davon aus, dass ich ihn auch zu dieser recht frühen Stunde schon an seinem Arbeitsplatz erreichte, griff zum Telefon und wählte die Nummer.

Ich hatte richtig getippt. Seine Stimme klang zwar etwas gehetzt, doch das störte mich nicht.

»Morgen, Sir. John hier.«

»Oh, so früh?«

»Ja.«

»Wollen Sie zu mir rüberkommen?«

»Ich rufe von zu Hause aus an.«

Er räusperte sich und sagte schnell: »Sagen Sie jetzt nicht, dass Sie krank sind, John.«

»Nein, das bin ich nicht, Sir. Ich möchte nur direkt zu Ihnen ins Büro kommen. Natürlich zusammen mit Suko. Sollten Sie Termine haben, Sir, so sagen Sie diese bitte alle ab.«

»Ist es so wichtig?«

»Noch wichtiger, denke ich. Es kann sein, dass wir vor einem Wendepunkt stehen.«

Sir James schnaufte in den Hörer. »Nun gut, wir kennen uns lange genug. Ich werde also mit Spannung warten.«

»Danke.«

»Brauchen Sie sonst noch etwas?«

Ich schaute auf die Reste der braunen Lache in der Spüle. »Kaffee, wenn es recht ist. Aber von Glenda gekocht.«

»Bitte, das versteht sich.«

»Dann bis später.«

Ich wollte das Gespräch wegdrücken, als er noch mal meinen Namen rief. »John, bitte …«

»Ja, Sir?«

»Ist etwas mit Ihrer Stimme?«

»Warum?«

»Ich habe Sie selten so reden gehört. Das kann nicht nur an der frühen Tageszeit liegen.«

»Gut gefolgert. Ich sagte Ihnen schon, dass wir vor einem gewaltigen Problem stehen.«

»Dann kommen Sie so schnell wie möglich.«

»Versprochen.«

Wenig später klingelte ich nebenan bei meinem Freund und Kollegen Inspektor Suko. Er wohnte dort mit seiner Partnerin Shao, die mir die Tür öffnete, weil sich Suko noch die Schuhe überstreifte.

»He, John, du bist früh.«

»Ich wollte nicht mehr im Bett bleiben.«

Sie musterte mich leicht misstrauisch.

»Ist was an mir?«

Mit einer lässigen Bewegung strich sie ihr dunkles langes Haar zurück, das einen eisigen Glanz angenommen hatte. Es konnte auch am Licht der Flurleuchte liegen. In ihren schönen dunklen Augen keimte so etwas wie Misstrauen auf.

»Du machst einen leicht nachdenklichen und auch zugleich abwesenden Eindruck auf mich.«

»Das täuscht bestimmt.«

»Kann ich mir nicht vorstellen.«

»Doch, Shao, doch. Ich bin topfit, darauf kannst du dich verlassen.« Ich lächelte sie an und wusste selbst, dass mein Lächeln ziemlich gequält ausfiel.

Shao hätte sicherlich noch weiter gebohrt, wäre nicht im Hintergrund Suko erschienen, der mir zuwinkte. »Überpünktlich, Alter, das ist wirklich selten.«

»Ich liebe eben unser Büro.«

»Das soll ich glauben?«

Ich gab keine Antwort und drehte mich weg. Shao und Suko verabschiedeten sich mit einem Kuss voneinander, und ich hielt für Suko bereits die Fahrstuhltür auf.

»He, so eilig.«

»Leider.«

Er knuffte mich in die Seite. »Nun red doch endlich. Was ist denn passiert? Warum müssen wir uns so beeilen?«

»Sir James wartet.«

»Hoi, das ist was anderes. Da brennt wohl mal wieder die Hütte.«

Eine Hütte war es bestimmt nicht. Eher schon eine ganze Siedlung. Aber das sagte ich Suko nicht. Er stellte auch keine Fragen mehr, selbst dann nicht, als ich die Sirene einschaltete und das Blaulicht auf das Wagendach klemmte.

Der Superintendent hatte das Fenster geöffnet, um die alte Luft zu vertreiben. Als wir das Büro betraten und grüßten, deutete er auf die beiden Stühle vor seinem Schreibtisch und telefonierte mit unserer Assistentin Glenda Perkins, die zugleich auch Sekretärin war und den besten Kaffee der Welt kochte.

»Und jetzt mal raus mit der Sprache, John, was hat Sie so stark geschockt und mitgenommen?«

Ich drehte den Stuhl etwas herum, um eine bessere Sitzposition zu bekommen. »Sir, ich möchte warten, bis der Kaffee eingetroffen ist. Den brauche ich jetzt, wenn Sie verstehen, was ich meine.«

»Noch nicht ganz. Ich denke, es hängt mit Ihren Erlebnissen in der letzten Nacht zusammen.«

»Ja.«

Nach einem kurzen Klopfen betrat Glenda Perkins das Büro unseres Chefs. Sie lächelte fröhlich, als sie Suko und mich sah, und verteilte mal wieder ihre übliche Spitze.

»Dass du schon auf den Beinen bist, John. Fast noch vor mir.«

»Manchmal muss man früh raus.«

Glenda stellte das Tablett ab. Chic sah sie aus. Ein geschlitzter wadenlanger Rock aus weichem Wildleder, das eine beige Farbe zeigte. Der grünliche Pullover passte dazu, denn auch seine Farbe wirkte nicht aufdringlich. Ihre Stiefeletten besaßen ebenfalls einen neutralen Ton. Glenda hatte mal wieder guten Geschmack bewiesen.

Der Kaffee schmeckte ebenfalls besonders gut. Ich mochte ihn. Glenda kochte den besten der Welt. Doch meine begeisterte Würdigung blieb diesmal aus, denn mir war einfach nicht danach. Die Ereignisse der letzten Nacht machten mir auch jetzt noch schwer zu schaffen.

Das fiel auch Glenda Perkins auf. Sie verabschiedete sich mit einem knappen, irgendwie auch neutralen Lächeln. Es folgte keine spitze Bemerkung mehr, die mir gegolten hätte. Sie musste gespürt haben, dass etwas in der Luft lag. Leise schloss sie die Tür.

Ich widmete mich meinem Kaffee, der in eine hohe Tasse gefüllt worden war. Suko hatte sich ein Glas genommen und Wasser aus der Flasche eingeschenkt, die immer auf dem Schreibtisch unseres Chefs stand.

Man wartete darauf, dass ich etwas sagte. Noch herrschte das gespannte Schweigen vor, und Sir James schob die Brille mit den recht dicken Gläsern zurecht. Ohne sie konnte ich mir unseren Chef nicht vorstellen.

Behutsam stellte ich die Tasse wieder zurück. Suko saß neben mir. Er schaute mich ebenso gespannt an wie Sir James, der hinter seinem Schreibtisch saß.

»Es ist etwas eingetreten, das ich bisher nicht für möglich gehalten hätte«, begann ich meinen Bericht, »und ich möchte auch nicht lange drumherum reden und sofort zur Sache kommen. Die Rückkehr des Schwarzen Tods steht dicht bevor.«

Meine Stimme war nicht unbedingt laut gewesen, trotzdem aber gut zu verstehen. Beide hatten mich gehört, und ich wartete auf die Reaktionen.

Sir James tat zunächst nichts. Er saß auf seinem Stuhl wie

festgeklebt. Den Mund hielt er fest verschlossen. Die Lippen waren so stark zusammengepresst, dass sie kaum auffielen, weil sie ihre Farbe verloren hatten. Er sagte nichts und bewegte seine rechte Hand dem Brillenbügel zu. Die Brille selbst nahm er nicht ab. Er berührte nur den Bügel wie jemand, der sich festhalten wollte.

Ich drehte meinen Kopf leicht nach rechts, um Suko anzuschauen. Mein Freund und Kollege ist Asiate. Als solcher hat er eine andere Mentalität und zeigt seine Gefühle nicht allzu deutlich. Das tat er auch jetzt nicht. Keine Reaktion war zu erkennen. Nur die Augenbrauen hatte er ein wenig angehoben, als wollte er durch diese Geste eine gewisse Skepsis ausdrücken.

Es war Sir James, der schließlich das Wort ergriff. »Ich möchte Ihnen nichts unterstellen, John, aber habe ich Sie richtig verstanden? Steht der Schwarze Tod tatsächlich vor einer Rückkehr?«

»Es ist zu befürchten, Sir!«

Der Superintendent nickte. »Ja, wenn Sie das sagen. Ich meine, wir kennen uns lange genug, haben viel erlebt, und ich sehe auch keinen Grund dafür, dass Sie sich das einfach nur ausgedacht haben. Das macht man nicht, denke ich, denn es hieße, mit dem Entsetzen Scherze treiben. Zudem glaube ich, dass Sie uns sicherlich noch eine Erklärung geben werden. So viel zu meiner Reaktion. Ich bin nur gespannt darauf, was Sie dazu zu sagen haben, Suko.«

Der Inspektor hatte Zeit genug gehabt, sich Gedanken über eine Antwort zu machen. Er wirkte trotzdem hilflos, als er leicht die Schultern anhob und meinte: »Ich kann es mir nicht erklären, da bin ich ehrlich. Wieso ist es möglich, dass der Schwarze Tod zurückkehrt? Das … das … du hast ihn doch damals …«

»Das habe ich.«

»Es war der Bumerang, nicht?«, fragte Sir James.

»Ja.«

»Dann wäre es wohl am besten, wenn Sie von vorn beginnen. Irgendetwas muss ja geschehen sein. Ich bin gespannt darauf, woher Sie wissen wollen, dass die Rückkehr des Superdämons dicht bevorsteht.«

»Durch Will Mallmann.«

»Ihm glaubst du?«, fragte Suko sofort. Etwas zweifelnd schaute er mich von der Seite her an.

»Ja, denn er hat mich überzeugt.«

Sir James mischte sich ein. »Bitte, Suko, wir sollten uns alles von Beginn an erklären lassen.«

»Das wollte ich soeben tun«, sagte ich. Danach trank ich einen Schluck von Glendas tollem Kaffee, der mir immer so wunderbar geschmeckt hatte. Nur an diesem Morgen nicht. Da hatte ich für gar nichts Geschmack. Es war alles so fad und neutral.

Über den Schock war ich noch nicht richtig hinweg. Jetzt, da ich berichten musste, fegte die Erinnerung wieder alles in mir hoch, und ich musste mich auch stark zusammenreißen, um die richtigen Worte zu finden.

Es gelang mir. Ich berichtete von Beginn an. Je länger ich sprach, umso überzeugender klangen meine Sätze. Zwar hatte ich noch immer das Gefühl, Sir James und Suko überreden zu müssen, aber ich merkte an ihren Reaktionen, dass sie mir glaubten. Niemand von ihnen schüttelte den Kopf. Keiner widersprach. Sie hörten sehr gespannt zu, und mir fiel auf, dass Sir James seine Hände zu Fäusten geballt hatte. Eine Reaktion, die bei ihm selten vorkam.

Ich hatte mich stark konzentriert. Es war nicht zu warm im Büro, trotzdem geriet ich ins Schwitzen, und noch jetzt hatte ich Mühe, mit dem Erlebten fertig zu werden.

Als ich mich dem Ende meines Berichts näherte und

merkte, dass meine Stimme wie von selbst leiser geworden war, trank ich einen Schluck Kaffee, um die Stimmbänder zu ölen. Danach nickte ich meinem Chef zu und sagte: »Mehr kann ich nicht berichten.«

»Das reicht auch«, flüsterte Suko.

Sir James sagte zunächst nichts. Er griff nach seinem Taschentuch und wischte damit über seine Stirn, denn dort hatten sich einige Schweißtropfen gebildet. Er trank einen Schluck Wasser und fragte mich mit leiser Stimme: »Sie haben also wirklich alles berichtet, was Ihnen in der Nacht widerfahren ist?«

»So ist es, Sir. Ich habe nichts hinzugefügt oder ausgelassen. So ist es gelaufen.«

Da er nichts sagte, übernahm Suko das Wort. »Und du glaubst unserem Freund Mallmann?«

»Ja.«

»Eine gute und eine knappe Antwort«, konstatierte Sir James. »Sie gehen also davon aus, dass er Ihnen nichts vorgespielt hat, John.«

»Warum sollte er?«

»Stimmt. Nur stellen sich uns allen Fragen.« Er räusperte sich, senkte den Blick und ließ ihn über die Schreibtischplatte gleiten. »Haben Sie sich auch gefragt, wie es möglich ist, dass der Schwarze Tod aus dem Nichts zurückkehren kann?«

»Das habe ich, Sir, aber meine Antwort ist recht vage, und ich kann nur das wiederholen, was mir gesagt wurde. Es gibt einen Boten. Wie immer der auch aussehen mag, ich habe keine Ahnung. Der Schwarze Tod muss ihn vorschicken, um sicher zu sein, dass er zurückkehren kann. Dieser Bote wird etwas tun, das uns auffallen kann. Was das genau ist, hat man mir nicht gesagt, aber wir werden schon die Augen offen halten müssen. Ich bin sicher, dass wir die Zeichen erkennen werden. Wo und wann sie gesetzt werden, hat Mallmann mir nicht gesagt. Ob er es nicht wollte, weiß ich nicht. Ich habe nur festgestellt, dass selbst er sich überfordert fühlte und mit mir eine Partnerschaft eingehen wollte.«

»Was taten Sie, John?«

»Ich lehnte sie ab.«

Sir James gestattete sich ein erstes Lächeln. »Ich habe nichts anderes von Ihnen erwartet, John.«

»Danke, Sir.«

Er hob die Schultern und meinte: »Wenn Dracula II Ihnen dieses Angebot gemacht hat, wird er nicht so leicht davon ablassen, denke ich.« Sir James kippte seinen Stuhl zurück und hob den linken Zeigefinger. »Sie werden ihn als Partner akzeptieren müssen, ob Sie es wollen oder nicht. Selbst Mallmann hat Angst vor der Rückkehr des Superdämons. Das ist durch Ihre Erzählungen deutlich geworden. Das gesamte Gefüge der schwarzmagischen Welt würde durcheinander geraten, wenn der Schwarze Tod wieder seinen Auftritt hat. Ich denke, dass Sie mit Mallmann zwangsläufig zusammenarbeiten müssen. Wenn ich ehrlich sein soll, sehe ich ihn als das kleinere Übel an, denn der Schwarze Tod wird wieder alles an sich reißen wollen. Oder sind Sie anderer Meinung?«

»Nein, Sir.«

»Sehr gut.« Er nahm wieder die normale Sitzposition ein. »Aber da ist noch etwas, das mich beschäftigt. Wie ist es möglich; dass der Schwarze Tod überhaupt zurückkehren kann? Sie haben ihn vernichtet. Sein Knochengestell wurde durch die Kraft des Bumerangs damals zerstört. Wie kann er zurückkehren und so etwas wie eine Auferstehung erleben?«

»Das ist mir selbst ein Rätsel, Sir.«

»Der Bote«, sagte Suko.

»Ja, unser Mister Unbekannt. Man hat mir gesagt, dass die Rückkehr ritualisiert ablaufen wird. Es müssen also bestimmte Regeln eingehalten werden, um ihn zu holen.«

»Woher, John?«, fragte Suko.

»Aus dem Reich des Spuks. Er nimmt in seinem Reich die Seelen der getöteten Dämonen auf, und er hat beim Schwarzen Tod keine Ausnahme gemacht.«

»Das weiß ich, John, aber der Spuk lässt ihn doch nicht einfach wieder frei, oder?«

Ich schwieg.

Suko lächelte, bevor er sagte: »Ich bin nicht sicher, John, ich habe auch keine Beweise, aber ich glaube nicht daran, dass es so einfach ist. Der Spuk öffnet ein Tor seiner absoluten Dunkelwelt und basta? Nein, das ist mir zu simpel. So wird es nicht laufen. Das sagt mir schon allein mein Gefühl.«

»Ich kann dir leider nicht widersprechen.«

»Wichtig ist dieser verdammte Bote, John. Er muss ja auf der Seite des Schwarzen Tods stehen. Kannst du dir vorstellen, wer er sein könnte? Hast du dir mal Gedanken darüber gemacht?«

»Bei meinem frugalen Frühstück zu Hause.«

»Und zu welchem Ergebnis bist du gekommen?«

»Ich weiß auch nicht, wer dieser Bote sein könnte. Es liegt alles sehr lange zurück. Der Schwarze Tod ist vernichtet worden, aber nicht ganz, denn seine Seele ging in das Reich des Spuks ein. Wir haben damals einige seiner Diener und Helfer erlebt, aber sie alle sind ebenfalls vernichtet. Personen wie Dr. Tod, die Mitglieder der Mordliga oder Solo Morasso, das ist Vergangenheit. Ebenso wie Logan Costello. In der Zwischenzeit hat sich einiges ereignet. Die Zeit ist nicht stehen geblieben. Ich glaube nicht, dass man heute noch so reagiert wie in den Jahren zuvor. Da haben sich die Menschen schon verändert, obwohl sie im Prinzip natürlich gleich geblieben sind. Ich denke, dass wir uns auf andere Methoden einstellen müssen.«

»Und auf einen Boten des Schwarzen Tods«, sagte Sir James. »Oder sollen wir ihn besser als einen Vorboten bezeichnen?«

Da stimmte ich zu. »Etwas wird passieren. Die Menschen werden merken, dass sich bestimmte Dinge zusammenbrauen. Davon bin ich überzeugt. Nur müssen wir die richtigen Spuren finden. Darauf wollte mich Mallmann hinweisen. Wenn wir das schaffen, könnten wir eine Rückkehr des Schwarzen Tods möglicherweise verhindern. Und wenn nicht«, ich hob die Schultern, »werden nicht nur wir uns warm anziehen müssen. Da wird es auch ein gewaltiges Erdbeben zwischen den Mächten der Finsternis geben. Davon bin ich einfach überzeugt.«

Sir James nickte. »Dann sollten wir so schnell wie möglich anfangen, und ich denke auch, dass wir eine Chance haben. Ich werde veranlassen, dass ich über alle rätselhaften Mordfälle oder auch über andere Taten, die aus der Reihe fallen, informiert werde. Wir jagen ein Phantom, und wir werden versuchen, ein Netz zu spannen, in dem es sich verfängt, obwohl wir es nicht kennen. Wir sitzen praktisch in einem Hauptquartier und können leider nur abwarten. Dann aber sollten wir das Richtige unternehmen.«

Sir James meinte es gut. Er hatte mit vielen Worten das gesagt, was wir zunächst tun konnten. Und genau das hasste ich. Dieses verfluchte Warten auf einen bestimmten Zeitpunkt. Selbst konnte ich nichts tun. Es war genau das, was ich an meinem Job so hasse.

»Wir werden nicht untätig sein«, sagte Suko.

Ich fragte: »Wie meinst du das?«

»Es wäre vielleicht sinnvoll, wenn wir in der Vergangenheit herumschnüffeln. In alten Akten, ruhig Staub schlucken. Es kann ja sein, dass wir eine Spur finden, obgleich ich die Aussichten als nicht besonders positiv ansehe. Es ist besser, als nur herumzusitzen und sich schwere Gedanken zu machen.«

»Was Sie unternehmen wollen, überlasse ich Ihnen«,

meinte Sir James. »Sie sind diejenigen, die die meiste Erfahrung haben.«

Es gab nichts mehr zu besprechen. Suko und mich überfiel der gleiche Gedanke. Synchron standen wir von unseren Stühlen auf. Unsere Gesichter wirkten noch um eine Spur ernster als bei unserem Eintreten ins Büro. Aber wir verließen es nicht gebeugt wie zwei vom Schicksal Gebeutelte. Im Gegenteil. Man hatte uns gereizt, und wir waren bereit, den Kampf anzunehmen …

Nach Kampf sah unsere nächste Aktion allerdings nicht aus. Ich hatte meine Tasse mitgenommen, stand in Glendas Vorzimmer und schenkte sie mir erneut voll.

Glenda sah es unseren Gesichtern an, dass die Zeit der Späße vorbei war. Es wollte ihr keine lockere Bemerkung über die Lippen kommen. Als ich mich umdrehte, schaute ich direkt gegen ihr Gesicht, in dem die Augen ebenso dunkel waren wie das schwarze Haar.

Ich lächelte etwas verlegen, weil ich nicht wusste, was ich sagen sollte.

Glenda übernahm das Wort. »John, ich habe dich selten so ernst gesehen. Willst du sagen, was passiert ist?«

Im Hintergrund öffnete Suko die Tür zu unserem Büro und verschwand darin. Ich schaute auf die Oberfläche des Kaffees, von der leichter Dampf in die Höhe stieg. Glenda war eine Vertrauensperson, und zwischen ihr und mir bestand zudem ein sehr persönliches Verhältnis. Es hatte schwache Stunden zwischen uns gegeben, und es würde sie in der Zukunft sicherlich auch wieder geben, falls ich überlebte. Ich kannte sie deshalb gut. Sie würde sich Sorgen machen, wenn ich sie im Unklaren ließ.

»Gut, Glenda, ich werde es dir sagen, aber ich fasse mich kurz und möchte keine langen Erklärungen hinzufügen, denn das haben Suko und ich schon bei Sir James hinter uns.«

»Ist auch nicht nötig.«

»Der Schwarze Tod bereitet seine Rückkehr vor!«

Der Satz schockte sie. Er trieb Glenda die Farbe aus dem Gesicht. Da war es schon gut, dass ein Stuhl in der Nähe stand, auf den sie sich niedersinken lassen konnte.

Sie schnappte nach Luft. Sie schluckte, und sie schüttelte den Kopf, während sie zugleich die rechte Hand zum Mund führte, ihn aber nicht verschloss, sondern nur bis zum Kinn kam und die Fingerkuppen dagegen drückte.

»Das ist unmöglich, John.«

»Leider doch. Ich weiß es von Dracula II, und ich denke nicht, dass er einen Grund hat, mich anzulügen.« Ich wandte mich ab, um in das Büro zu gehen, das ich mir mit Suko teilte. »Jetzt weißt du Bescheid.«

»Ja«, hauchte sie. »Danke, dass du es mir gesagt hast. Eine Frage noch.«

Ich blieb stehen, drehte mich wieder nach ihr um. »Bitte?«

»Müssen wir jetzt Angst haben, John, dass er sich an uns rächt? Dass Dinge passieren, die …«

Ich ließ sie nicht ausreden. »Nein, Glenda, das denke ich nicht. Außerdem ist es noch nicht so weit. Wenn, dann müssen erst bestimmte Dinge eintreten, die dafür sorgen, dass der Schwarze Tod befreit wird. Wenn es uns gelingt, sie zu verhindern, sehe ich Land.«

»Weißt du denn, was passieren wird?«

Ich schüttelte den Kopf.

Sie wollte etwas sagen, schaffte es aber nicht und nickte mir nur zu. »Ist schon okay, John.«

»Danke.«

Ich ging ins Büro. Suko saß an seinem Schreibtisch. Er tat nichts und war in seine eigenen Grübeleien versunken. Die Hände hatte er an seine Wangen gelegt. Da ich ihm gegenübersaß, musste er mich einfach sehen, doch sein Blick glitt ins Leere.

»Was denkst du?«

»Nichts, John. Ich kann es noch immer nicht begreifen.« Er löste eine Hand von seinem Gesicht und drehte einen Kreis. »So läuft das alles in meinem Kopf herum. Das ist wie das Rad einer Mühle, das nicht zur Ruhe kommen will.«

»Du kannst es nicht fassen – oder?«

»Genau. Es will mir nicht in den Kopf. Das ist für mich der reine Wahnsinn. Der Schwarze Tod ist vernichtet. Dein Bumerang hat seinen Knochenkörper zerstört. Wie, zum Henker, kann er dann wieder zurückkehren? Kannst du mir das sagen?«

»Du weißt selbst, dass auf der Welt nichts unmöglich ist. Da haben wir Dinge erlebt, über die wir nur den Kopf schütteln können und die auch mit Logik nicht zu erklären sind.«

Suko schlug mit der flachen Hand auf den Schreibtisch. »Weißt du, was ich denke, John?«

»Woher soll ich das wissen?«

»Ich könnte mir vorstellen, dass er gar nicht so erscheint, wie wir ihn kennen. Verstehst du?«

»Meinst du, dass er uns möglicherweise in einer anderen Gestalt über den Weg läuft?«

»Ja.«

Das war nicht schlecht gedacht. Als riesiges schwarzes Skelett mit einer übergroßen und mörderischen Sense bewaffnet war er möglicherweise zu auffällig. Andererseits kam es immer darauf an, wo er sich aufhielt.

»Seine Knochen gibt es nicht mehr, John. Das haben wir erlebt. Sie sind verschwunden, aufgelöst, wie auch immer. Es existiert, wenn wir den Regeln glauben, einzig und allein seine Seele, die nun freigelassen werden soll.«

»Und die sucht sich dann einen neuen Körper. Sieht so das Resultat deiner Überlegungen aus?«

»Bingo.«

Ich konnte nicht zustimmen und auch nicht widersprechen, aber ich spürte, wie mein Ärger zunahm, und wütend schaute ich auf die Schreibtischplatte. Ich war sauer. Ich sah mich um die Früchte einer großen Ernte betrogen, und zum ersten Mal stieg der Gedanke in mir hoch, dass unser gesamter Kampf gegen die Mächte der Finsternis umsonst gewesen war.

Das durfte nicht sein. Das wollte ich nicht. Das Blut stieg mir ins Gesicht, und dann war ich froh, dass sich das Telefon meldete. Bereits nach dem ersten Klingeln schnappte ich mir den Hörer.

»Sinclair ...«

Jemand lachte. Ich zuckte leicht zusammen. Das war kein normales Lachen, das in mein Ohr schallte, aber es hielt auch nicht lange an, denn ich hörte sehr bald die mir so verdammt bekannte Männerstimme.

»Hast du den Schock überwunden, John?«

»Mallmann«, flüsterte ich und schaltete automatisch den Lautsprecher ein, damit Suko mithören konnte.

»Wer sonst?« Seine Stimme klang beinahe fröhlich.

»Was willst du? Mir neue Hinweise geben?«

»Täte ich gern. Ich würde dir den Schwarzen Tod sogar auf dem Silbertablett servieren, aber das ist leider nicht möglich. Aber ich habe dir meine Partnerschaft angeboten ...«

»Auf die ich gern verzichten kann.«

»Aber, John, was ist los? Stell dich nicht so an. Du schaffst es nicht ohne mich.«

Ich zischte: »Das steht noch nicht fest, verdammt.«

»Erzähl mir nichts. Ich kann mir vorstellen, womit du beschäftigt bist. Du hockst in deinem Büro, vor dir steht eine Tasse Kaffee, du grübelst nach und erstickst an deiner eigenen Wut, weil du in diesem Fall nichts unternehmen kannst.«

»Das wird sich ändern.«

»So denke ich auch. Nur solltest du auch mal zuhören und mich nicht immer negieren.«

»Also gut«, sagte ich noch immer ziemlich angefressen. »Was willst du von mir?«

»Da ich denke, dass sich Suko in deiner Nähe aufhält, möchte ich euch einen Tipp geben.«

»Lass hören!«

»Ich habe dir gesagt, dass der Bote sehr wichtig ist, John. Genau um ihn geht es.«

»Weiter?«

»Ich könnte dir einen Namen sagen.«

»Ach, dann kennst du ihn?«

»Nein, leider nicht. Kann sein, dass es auch besser ist, dass ich ihn nicht kenne.«

»Wie heißt er?«

»Namtar!«

Ich hatte den Namen gehört, Suko ebenfalls, und beide schauten wir uns an. Zugleich hoben wir die Schultern, denn dieser Name sagte uns gar nichts.

»Was ist los, John?«

»Ich bin überrascht. Der Name Namtar ist in meinem Wörterbuch nicht aufgeführt.«

»Dann wird es Zeit, dass du dich mit dem Kerl beschäftigst.«

»Könntest du mir die Arbeit nicht abnehmen, Will?«

»Nein, obwohl ich das gern würde. Ich habe den Namen des Boten erfahren, das ist alles. Aber ich weiß nicht, wie ich an ihn herankommen kann. Er schwebt noch im Dunkeln, aber wie ich euch kenne, werdet ihr nicht ruhen und rasten. Ich wünsche euch viel Spaß. Wir hören und sehen uns, Geisterjäger ...«

Damit hatte es sich. Das Gespräch war vorbei. Aus dem Hörer drang das Freizeichen. Ich legte ihn mit einer sehr langsamen Bewegung wieder auf und schaute am Computer auf Sukos Schreibtisch vorbei, um das Gesicht meines Freundes zu sehen.

Auf Sukos Stirn hatten sich mehrere Falten gebildet. »Du kannst mich foltern und schlagen, aber ich habe keinen blassen Schimmer, was ich mit diesem Namen anfangen soll.« Er wiederholte ihn. »Hört sich fremd an, oder?«

»Ja, da hast du Recht …«

»Jedenfalls haben wir einen ersten Hinweis erhalten. Das ist besser als nichts.«

»Falls der Name stimmt.«

Suko winkte ab. »Ich denke nicht, dass uns Mallmann in die Irre führen will. Nein, nein, der Name ist schon irgendwie greif- und vorstellbar. Als Name für einen Dämon.«

»Nicht für einen Menschen?«

»Vielleicht für beides.«

Ich deutete auf Sukos Computer. »Stell mal deine Suchmaschine an. Es kann sein, dass sie uns Auskunft gibt.«

»Oder eine andere Person.«

»Wer?«

»Lady Sarah Goldwyn.«

Klar, die Horror-Oma, die vierfache Witwe. Eine Freundin von uns, die ein sagenhaftes Wissen einbrachte und die unter dem Dach ihres Hauses ein gewaltiges Archiv eingerichtet hatte. Wann immer wir Probleme hatten und nach Namen oder historischen und auch legendenhaften Zusammenhängen suchten, war sie die richtige Ansprechpartnerin.

Allerdings war sie auch sehr neugierig. Sie würde wissen wollen, warum ich die Auskunft von ihr erbat. Da musste ich mir schon eine gute Ausrede einfallen lassen, denn einweihen wollte ich sie auf keinen Fall.

Jedenfalls rief ich sie an.

»Nein«, rief sie, als sie meinen Namen hörte, »kann ich es glauben? Bist du es wirklich, mein Sohn?«

»Du kannst dich darauf verlassen.« Sie sprach mich öfter mit Sohn an, obwohl sie nicht meine Mutter war. Doch in ihrem Alter konnte sie sich das erlauben.

»Was möchtest du?«

»Nur eine Auskunft.«

»Das hatte ich mir fast gedacht.«

»Es geht uns um den Namen Namtar. Könntest du möglicherweise herausfinden, was er bedeutet und wer sich dahinter verbirgt?«

»Ist es eilig?«

»Eigentlich schon.«

»Dann rufe ich dich gleich zurück. Wo kann ich dich erreichen? Zu Hause oder im Büro?«

»Am Schreibtisch.«

»Bis gleich dann.«

Suko kniff mir ein Auge zu. »Schafft sie es?«

»Davon bin ich überzeugt. Wenn jemand dazu in der Lage ist, dann Sarah Goldwyn. Ich muss nur ihren Fragen später ausweichen.«

»Okay, dann fassen wir uns in Geduld.«

Ich konnte mir gut vorstellen, wie Sarah Goldwyn jetzt wirbelte. Wenn sie eine Aufgabe übertragen bekam, war sie nicht zu halten und erledigte sie so rasch wie möglich. Lange brauchten wir auch nicht zu warten. Das Telefon meldete sich, und ich hörte wieder ihre Stimme.

»Ja, ja, wenn ihr mich nicht hättet, dann würde euer Laden bestimmt zusammenbrechen.«

»Das kann durchaus möglich sein. Aber jetzt zur Sache. Was hast du herausgefunden?«

»Wenig, John, zu wenig. Fast schäme ich mich.«

»Du weißt zumindest etwas und kannst es an mich weitergeben.«

Ich hörte ihr leises Räuspern. Danach erhielt ich die Antwort. »Abgesehen von der Urzeit, John, denke ich, dass der älteste uns bekannte Dämonenglaube von den Sumerern stammt. Sie glaubten an gute und böse Geister, und es gab bei ihnen einen Todesdämon, den sie Namtar nannten. Das ist es, was ich dir sagen kann.«

»Wirklich nicht mehr?«

»Nein.«

»Du weißt auch nicht, wie er ausgesehen hat? Ist er nicht beschrieben worden?«

»Mit keinem Wort. Wie bereits gesagt, die Sumerer haben in ihm einen Todesdämon gesehen. Aber warum willst du das alles wissen? Bist du auf ihn gestoßen?«

»Ich habe den Namen am Rande gehört, Sarah, und konnte damit nichts anfangen.«

»Das soll ich dir glauben?«

»Sicher, und ...«

»Egal, ich habe leider keine Zeit mehr. Aber ich werde darauf zurückkommen, John.«

»Das kannst du später gern tun. Vielen Dank. Wenn wir uns sehen, bekommst du einen Kuss.«

Sie lachte nur und legte auf.

Über den Schreibtisch hinweg schaute ich in Sukos Gesicht. »Du hast alles verstanden?«

»Sicher. Namtar ist ein sumerischer Name. Er war dort ein Todesdämon. Bringt uns das weiter?«

»Wir können es nur hoffen«, flüsterte ich, »nur hoffen ...«

Das Versteck lag unter der Erde, wo es so leicht nicht gefunden werden konnte. Zudem gab es nur wenige Menschen, die sich in diese Gegend verirrten, und genau das hatte Namtar so gewollt. Er wollte nicht gesehen werden, aber er sah die anderen.

ER war da! ER war erschienen! ER war der Bote, der den Weg freimachte, und er würde seine große Aufgabe bis zur letzten Konsequenz durchziehen. Erst danach würde er sich vor dem hehren Ziel verneigen.

Das Versteck befand sich nicht nur unter der Erde, auch seine Umgebung war das, was man nicht eben menschenfreundlich bezeichnen konnte. Ein Abbruchgelände, das in früheren Jahren mal von kleinen Gartenbesitzern genutzt worden war. Später waren die Pachten nicht mehr verlängert worden, weil eine Investmentfirma hier hatte Großobjekte bauen wollen. Hochfliegende Pläne, die sehr rasch zerstört wurden, als der Aktiencrash zuschlug. Da war von den Plänen nicht mal heiße Luft zurückgeblieben, dafür ein Gelände, das vor sich hingammelte. Zur Hälfte hatten es die Raupen bereits planiert, auf der anderen standen noch die Lauben, umgeben von Unkraut und Abfall und begrenzt von einem Kanal, in dem das dunkle, trübe und stinkende Wasser stand.

Es war eine Gegend, die von den Menschen gemieden

wurde. Besonders im Winter, wenn sich der Nebel über die Szenerie legte und sie zu einer gespenstischen Filmkulisse degradierte.

Namtar kam das zugute!

Er hatte gesucht und gefunden. Es gab da eine Laube, die nicht weit vom Kanal entfernt lag. Vergammelt, sehr schmutzig im Innern als auch außen, aber sie besaß einen Keller, was in dieser Gegend so gut wie außergewöhnlich war.

Warum er gebaut worden war, wusste Namtar nicht, es interessierte ihn auch nicht. Möglicherweise hatte man dort Schmuggelgut versteckt, jetzt war der Raum unter der Erde leer und natürlich feucht, was ihn auch nicht störte.

Namtar war unterwegs. Er lief, und er wurde nicht gesehen. Er war schnell, er glitt über den Boden dahin, und seine Füße schienen ihn kaum zu berühren. Er war von menschlicher Gestalt, doch wer ihn auf seinem Weg beobachtet hätte, der hätte ihn auch für ein anderes Wesen halten können. Einer wie er schwebte dahin, und es war so gut wie kein Laut zu hören. Genau das wollte die Gestalt. Sie konnte und sie wollte sich von den übrigen Menschen abheben.

Ein heimlicher Beobachter hätte noch mehr von ihm gesehen und wäre irritiert gewesen. Auf seinem Kopf wuchs das Haar und verteilte sich dort wie Licht und Schatten. Auf der einen Seite hell, auf der anderen dunkel. So sah es aus, als würde ein Lichtstrahl stets über die rechte Kopfhälfte gleiten, während die andere im Dunkeln blieb. Zu seinem Äußeren passte auch die Kleidung. Natürlich dunkel und hoch geschlossen. Sie umspannte seinen Körper recht eng, und die schwarzen Schuhe passten ebenfalls dazu.

Es war nicht finster, jedoch dämmrig. Eine Zeit, an der der Tag noch nicht wusste, ob er der Nacht Platz schaffen sollte, aber er würde verlieren, das stand fest, und darauf freute sich der Bote, denn die Nacht war auch seine Zeit.

Allerdings hatte er auch nichts gegen den Tag. Er kam mit beiden, mit Tag und Nacht, zurecht. Überhaupt störte er sich an nichts, denn ihn zu stoppen war nahezu unmöglich.

Im Laufe der Zeit hatte sich hohes Unkraut angesammelt. Locker stieg Namtar darüber hinweg. Nichts störte ihn auf seinem Weg zum Ziel, das er so liebte.

Seine Sinne waren stärker ausgeprägt als die eines Menschen. Er roch, er sah, er hörte, er schmeckte mehr, und sein Sinn für Gefahren war besonders gut entwickelt.

Namtar witterte. Das tat er immer. Auch jetzt. Und er konnte zufrieden sein. Es gab nichts, was ihn gestört hätte, und so erreichte er sein Ziel in genau der Zeit, die er sich vorgegeben hatte.

Das kleine Haus, besser eine Hütte, war aus Beton gebaut worden. Der Vorbesitzer hatte sich Mühe gegeben. Er hatte wohl nie daran gedacht, aus diesem Gebiet vertrieben zu werden, aber das Leben hatte für ihn andere Karten bereitgehalten.

Namtar stoppte seine Schritte dicht vor der Tür. Er schloss für einen Moment die Augen und überließ sich ganz seinen übrigen Sinnen.

Der Wind umsäuselte ihn. Die alten Pflanzen rochen nach Erde und Laub, das auf dem Boden lag und allmählich vermoderte. Auch der Kanal sonderte einen bestimmten Geruch ab. Die Fäulnis war penetrant und widerlich. Das Wasser sah er nicht. Eine Mauer bildete eine Grenze zwischen dem Kanal und dem alten Gartengrundstück.

Es gab eine Tür. Sie sah aus wie geschlossen. Das war sie auch. Nur konnte sie nicht mehr abgeschlossen werden, weil der Schlüssel fehlte. Doch auch das kümmerte Namtar nicht.

Sollte ein Fremder sein Versteck entdecken, wäre diese Person innerhalb von Sekunden tot. Zeugen hinterließ einer wie er nie.

Namtar fühlte sich sicher. Er war so mächtig, dass es nichts anderes für ihn gab. Menschen konnten ihm nichts anhaben, und im Prinzip hatte er keine Gegner, die ihm gefährlich werden konnten, und doch war er immer auf der Hut.

Besonders in der letzten Zeit hatte ihn eine gewisse Unruhe befallen. Er war sensibel, er war sensitiv. Er konnte mit seinen Sinnen »sehen« und brauchte nicht unbedingt seine Augen dazu. In der letzten Zeit – rechnerisch nicht eingrenzbar – war ihm etwas von seiner übersteigerten Sicherheit verloren gegangen. Er hatte auf einmal das Gefühl gehabt, nicht mehr so allein zu sein. Zwar gab es niemanden in seiner Nähe, aber es kam ihm vor, als wäre er beobachtet worden. Das Gefühl war da, und es wollte auch nicht weichen, je mehr Zeit verstrich. Er wusste sehr genau, dass er sich nicht täuschte, und es ärgerte ihn, dass er den oder das Andere nicht zu Gesicht bekam.

Doch wenn sich sein Gefühl bestätigen sollte und es tatsächlich eine Gefahr gab, würde er ihr entgegentreten und es darauf ankommen lassen.

Vor seinem Eintreten in die alte Laube schaute sich Namtar noch einmal um.

Es war nichts Verdächtiges zu sehen. Die »Zivilisation« lag weit zurück. Er sah eine Straße, über die Autos mit hellen Scheinwerfern fuhren. Er sah ein paar Bäume, hin und wieder Lichter und auch die Schatten von Häusern. Doch er sah nichts, was ihn hätte wirklich stören müssen, und so drückte er mit einer gewissen Beruhigung die Tür nach innen.

Niemand erwartete ihn.

Namtar glitt über die Schwelle hinein in das Halbdunkel des kleinen Gartenhauses. Es gab Fenster. Nur drang durch sie wenig Licht. Wenn, dann war es eine graue Botschaft, die sich in den folgenden Minuten verdunkeln würde.

Er ging zwei Schritte vor. Ein alter Tisch, ein paar Lumpen, die niemand mehr haben wollte. Ein Hängeschrank hing so schief an der Wand, als würde er sich jeden Moment von den Haken lösen. Ein Waschbecken befand sich in der Ecke, doch jemand hatte den Hahn abmontiert.

Selbst ein Einbrecher hätte nach einem ersten Blick dieses Haus fluchend verlassen.

Namtar wusste es besser. Er trat in die Mitte der Laube und bückte sich an einer bestimmten Stelle. Dabei hatte er sich breitbeinig hingestellt, presste seine Hände an zwei ausgesuchten Punkten gegen den Boden und gab Druck.

Er hörte das leise Knirschen und war bereits zufrieden. Eine kurze Erhöhung des Drucks reichte aus, um den Mechanismus vollends in Bewegung zu setzen.

Zwischen seinen Beinen senkte sich der Boden schräg in die Tiefe. Nicht der gesamte, sondern nur ein Ausschnitt, der allerdings groß genug war, um ihn fassen zu können. Der Stein kippte um neunzig Grad und blieb dann in dieser senkrechten Haltung stehen.

Wer immer diese Anlage geschaffen hatte, er hatte diese Aufgabe prächtig erledigt, und jetzt war der Weg in die Tiefe frei. Und die war eine Welt für sich, das wusste Namtar.

Ein normaler Mensch hätte jetzt eine Lampe hervorgeholt, um sich zu leuchten. Namtar konnte darauf verzichten, denn er war alles andere als normal.

Er sah eine Treppe vor sich. Mehr eine Stiege oder eine Leiter aus Metall. Er glitt sie hinab in den unterirdischen Bereich und blieb auf einem festgestampften Lehmboden stehen. Eine Lampe hatte er nur für den Notfall eingesteckt, aber auch, um Menschen zu täuschen.

Wieder schaffte er es, sich lautlos zu bewegen, als er den recht großen unterirdischen Raum durchschritt. An einer der schmaleren Seiten blieb er einen Moment stehen und bückte sich. Er schaute sich die schmale Metallklappe an der Wand an. Sie besaß einen Griff. Wenn er daran zog, ließ sie sich bequem öffnen.

Es war der Fluchtweg, der in die Kanalisation führte, von der es zudem eine Verbindung zum Kanal gab.

Das wusste Namtar alles, nur kümmerte er sich nicht darum, denn er gehörte nicht zu den Menschen, die so etwas brauchten. Da war sein Vorgänger anders gewesen.

Namtar liebte diesen Bau. Für ihn war er das eigentliche Versteck. Nur hier konnte er sich wohl fühlen, denn hier stand das Wichtigste überhaupt. Er hatte es hergeschafft, es war wichtig für seine Psyche, und es erinnerte ihn stets an seine Herkunft. Namtar hatte Bilder aufgestellt, nicht aufgehängt. Die Gemälde standen auf dem Boden und lehnten an den Wänden. In der Dunkelheit waren sie mehr zu ahnen als zu sehen. Viereckige Umrisse. Unterschiedlich hoch. Nebeneinander stehend und für den Betrachter frei sichtbar.

Aber die Finsternis verschwand, es wurde heller, obwohl die Gestalt kein Licht eingeschaltet hatte.

Er leuchtete!

Es war die helle Kraft, die aus seiner rechten Körperhälfte drang. Vom Fuß bis hin zum Gesicht zog sie sich, und sie war so stark, dass sie den Raum bis zu einer bestimmten Stärke erhellte, die es Namtar ermöglichte, sich die Motive der Bilder anzuschauen.

Er hatte die Gemälde nur an einer breiten Seite aufgestellt. Die Rahmen der unterschiedlich großen Bilder warfen das Licht an verschiedenen Stellen als leichte Reflexe zurück. Licht huschte auch über die Motive selbst hinweg, die unterschiedlich, aber trotzdem irgendwo gleich waren.

Sie zeigten Szenen der Apokalypse. Schreckliche Gestalten neben wundersamen Engeln. Das Gute und das Böse war in den Arbeiten stilisiert worden.

Da stand der Dämon neben einem Engel und war dabei, einen Menschen zu zerreißen, während der Engel erschreckt zuschaute. Auf einem anderen Bild war der Sturz in die ewige Verdammnis zu erkennen. Da kippten Frauen, Männer und Kinder einem Höllenschlund entgegen, der darauf wartete, sie vernichten zu können.

Weit aufgerissene Fratzen. Mäuler, in denen die Zähne wie Lanzenstücke aussahen, um mit ihren Spitzen alles zu zermalmen. Grausame Augen, in denen sich das Böse der Hölle vereinigte.

Brennende Engel, die in Rauchwolken hineinflogen und dabei von ausgefallenen Mutationen gejagt wurden. Monster mit drei oder vier Köpfen. Fliegende Drachen, Skelette mit langen Feuerlanzen. Menschen, die brannten und deren Todesschreie Namtar zu hören glaubte.

Er schritt die Reihe der Bilder ab. Er betrachtete die Motive nicht nur, er saugte sie förmlich in sich auf. Jedes Bild zeigte als Motiv den Sieg des Bösen über das Gute. Der Himmel verlor, die Hölle gewann, und so musste es sein.

Er war geschickt worden, um die Welten wieder zurechtzurücken, und er würde es tun. In dieser Nacht sollte das schreckliche Ritual beginnen, um zu einem Ziel zu gelangen, das ihm gefallen konnte und sonst keinem anderen.

Abgesehen von denen, die davon profitierten. Das waren wiederum die, die auf seiner Seite standen.

Als er das Ende der unterschiedlich hohen Bilderseite erreicht hatte, drehte er sich um, weil jetzt die andere breite Wand für ihn wichtig geworden war.

Das Licht in seiner rechten Körperhälfte wanderte mit. Die linke Seite blieb nach wie vor im Dunkeln. Auf dem Gesicht ließ der Schein weiche engelhafte Züge erkennen, die linke Seite allerdings lag im tiefen Dunkel verborgen und blieb auch unsichtbar.

Namtar führte der Weg bis zur Mitte der Mauer, wo er seine Schritte stoppte.

Dort stand das letzte, das wichtigste Bild, das allerdings noch kein Motiv zeigte. Es gab nur die dunkle Fläche der Leinwand und den Rahmen darum. Als er näher heranging, wurde die Dunkelheit der Fläche aufgehoben und zeigte ihre eigentliche Farbe.

Er schaute gegen ein neutrales Grau, lächelte für einen winzigen Moment, bevor er sich bückte und mit seinen Fingerkuppen über das Material hinwegstrich.

Er lächelte breiter. Nein, das war keine Leinwand. Er wusste es besser, viel besser. Diese noch leere Fläche innerhalb des dunklen Rahmens bestand aus einer dünnen Haut, die sehr straff gezogen worden war. Man hätte sie für edles Leder halten können, nur traf das nicht zu. Das Innere des gesamten Rahmens war bespannt mit Menschenhaut.

Namtar hatte es selbst getan, und er hatte sich dafür einen Menschen ausgesucht, der sein Leben in den Dienst Gottes gestellt hatte. Er war Priester gewesen, doch das war nicht mehr wichtig. Der Mann hatte seinen Zweck erfüllt – fertig.

Die Haut fühlte sich gut an. Namtar lächelte noch stärker. Er wusste, dass es nicht mehr lange dauern würde, bis das Bild ein erstes Motiv bekam.

Vier mussten es insgesamt sein!

Und vier würden es werden!

Erst dann war seine Aufgabe erfüllt, und erst dann würde er in die Annalen der Ewigkeit eingehen, das stand fest. Dann war die gewaltige Aufgabe erledigt.

»Ihr habt mich gewählt. Ich habe es versprochen. Und ich werde mein Versprechen halten …«

Er sprach die Worte in den Raum hinein, als stünde dort jemand, der ihn hören konnte. Zu sehen war keiner. Namtar allerdings war sicher, dass man seine Botschaft verstanden hatte.

Er war zufrieden. Ein letztes Mal strich er über die besondere Leinwand, dann drehte er sich um und ging wieder auf die Leiter zu. Nach wenigen Sekunden stand er wieder in der Laube und hatte seinen Mund zu einem breiten Grinsen verzogen.

Diese Nacht und die nächsten drei!

Vier mussten es sein.

Dann war er bereit, wieder zurückzukehren und die Herrschaft zu übernehmen.

Niemand konnte den Schwarzen Tod aufhalten und für alle Zeiten stoppen oder vernichten. Dafür würde Namtar sorgen, und in der folgenden Nacht würde er den ersten Schritt tun …

3

Hier ist dein Kaffee, Matt.«

»Danke.«

Eine Hand erschien dicht über der Tischplatte. Die Finger umschlossen eine Warmhaltekanne, die sie jetzt auf die Platte stellten, und das besorgte Gesicht einer jungen Frau erschien im Schein der von der Decke herabhängenden Lampe.

»Matt?«

»Ja?«

»Ich habe Angst.«

Matthew Wilde lachte. »Das brauchst du nicht zu haben, Rose. Es ist alles in Ordnung.«

»Nein, das ist es nicht.«

»Wieso?«

»Nicht in dieser Nacht.«

»Quatsch!«

»Ich bleibe dabei, Matt, nicht in dieser Nacht. Ich war heute bei meiner Tante und hab mir die Karten legen lassen. Sie hat es nur widerwillig getan, und sie hat aufgehört, als sie noch nicht mit ihrer Sitzung fertig war.«

Ohne den Kopf zu heben, fragte er: »Warum hat sie das denn getan?«

»Weil sie Angst hatte«, flüsterte Rose Cocu scharf. »Sie hatte eine verdammte Angst.«

Matthew Wilde, der letzte Eintragungen in eine große Kladde geschrieben hatte, in der all die Aktivitäten des Jahres verewigt wurden, hob nun den Kopf an.

Rose stand neben ihm am Tisch. Er sah ihr besorgtes Gesicht und die Tränen in den großen, wunderbar dunklen Augen schimmern. Etwas heller war die Haut, denn sie hatte die Farbe von Milchkaffee. Ihre Familie stammte aus Jamaika, aber schon die Großeltern waren nach England ausgewandert. Die eigentliche Heimat kannte Rose nicht. Sie wäre gern hingeflogen, doch es fehlte am Geld. Aber in zwei, drei Jahren wollte es die Zwanzigjährige geschafft haben, und zwar zusammen mit ihrem Freund, mit dem sie seit drei Monaten zusammenlebte, und zwar in dieser winzigen Wohnung, die sie soeben noch bezahlen konnten.

Rose Cocu zog die Nase hoch und wischte sich über die Augen. »Ja, ja, ich habe Angst um dich«, wiederholte sie, als sie sah, dass ihr Freund lächelte.

»Nur wegen der Karten?«

Sie nickte.

Matt lachte, erhob sich von seinem Stuhl und umfasste den zitternden Körper seiner Freundin. »Das brauchst du doch nicht. Es ist eine Nacht wie immer, und ich mache meinen Job. Ich gehe die Stellen ab, die ich kenne, die ich betreue. Ich höre mir an, was die Obdachlosen zu sagen haben. Ich schreibe es mir auf und versuche, ihnen zu helfen. Ich gebe die Informationen an die entsprechenden Behörden weiter, setze hin und wieder Druck dahinter, damit etwas geschieht, und dann komm ich nach meiner Schicht wieder zu dir zurück. Wie immer.«

Noch immer an ihren Freund gelehnt, schüttelte Rose Cocu den Kopf.

»Nicht?«, fragte er. »Glaubst du mir nicht?«

»Die Karten, Matt.«

»Ach, hör auf damit.«

»Das möchte ich ja gern, aber ich kann nicht.« Sie schob ihren Freund von sich und blickte ihn aus sehr traurigen Augen an. »Ich kann es wirklich nicht. Das hat nichts mit Einbildung zu tun und auch nichts mit Aberglauben. Du hättest meine Tante sehen müssen, wie erschreckt sie war. So kann man sich nur über den Tod erschrecken.«

»Und du meinst, dass er mich trifft?«

»Ja!«

Die Bestimmtheit der letzten Aussage machte ihn für einen Moment nachdenklich. Doch sehr schnell hatte er sich wieder gefangen und lachte Rose ins Gesicht.

»Nein, nein«, sagte er rasch, »so kannst du wirklich nicht denken. Das darfst du gar nicht. Wenn man so anfängt, kann man nicht mehr aufhören, das verspreche ich dir. Ich habe das bei anderen Menschen erlebt. Ich kann dir nur raten, dich nicht verrückt machen zu lassen. Ich kenne deine Tante. Sie ist ein lieber Mensch, wenn auch ein wenig verschroben, aber so kannst du nicht reden. Du wirst mich zudem nicht davon abbringen, meinen Job zu machen.«

»Dann wirst du sterben.«

Matthew Wilde schaute seine Freundin an. So hatte er sie noch nie erlebt. Sie war zu einem ängstlichen Bündel geworden. Auch jetzt zitterte sie. Mit den Händen fuhr sie fahrig über den bunten gestreiften Pullover, der so kurz war, dass er den Bauchnabel freiließ. Die dunkelblaue Jeans saß hüfteng und um den wohlgeformten Po herum wie eine zweite Haut. Als Gürtel dienten einige Lederstreifen, die Rose lässig um die Hüften geschlungen hatte.

Matt schüttelte den Kopf. »Es tut mir Leid, Rose, aber du wirst mich nicht von meinem Job abbringen können.«

»Bitte ...«, flehte sie ihn an.

»Nein, Rose!«

»Aber meine …«

Er ließ sie nicht ausreden und schnippte mit den Fingern. »Ich mache dir einen Vorschlag, Rose.«

»Ach ja? Welchen denn?«

»Komm mit!«

Die junge Frau war überrascht. Im ersten Moment wusste sie nicht, was sie von diesem Vorschlag halten sollte. Fahrig strichen ihre Hände durch das lockige Haar, und an den Ohrläppchen bewegten sich die goldenen Ringe.

Rose wunderte sich. Schon öfter hatte sie den Vorschlag gemacht, mitzugehen, aber ihr Freund war immer dagegen gewesen. Er wollte sie nicht das Elend sehen lassen, und es gab unter den Obdachlosen auch Menschen, die sehr aggressiv werden konnten, wenn sie getrunken hatten. Deshalb wollte er sie nicht dabeihaben.

»Ich soll mit dir gehen?«

»Klar.«

»Hm …«

Matt gab seiner Freundin Zeit, nachzudenken. Er bückte sich, hob den Rucksack an und stellte ihn auf den Tisch. Er war nicht geschlossen, und so ließ Matt die Warmhaltekanne hineingleiten. Dabei schielte er auf seine Freundin, die in Gedanken versunken neben ihm stand und auf der Unterlippe kaute. Er sah ihr an, dass ihr die Entscheidung schwer fiel.

Schließlich hatte sie sich durchgerungen und flüsterte: »Auch wenn ich mit dir komme, ändert dies nichts an deinem Schicksal. Das musst du mir glauben.«

»Nimmst du deine Tante für so wichtig?«

»Nur ihre Aussagen.«

Er schaute auf seine Uhr. »Bitte, entscheide dich.« Danach ging Matt auf die offen stehende Küchentür zu und nahm in der winzigen, schwach erleuchteten Diele seine alte Parkajacke vom Haken, die er beim Zurückgehen überstreifte.

»Viel Zeit haben wir nicht mehr, Rose.«

»Ich weiß.«

»Und?«

Sie traute sich nicht, ihrem Freund in die Augen zu schauen. Noch war sie unschlüssig, bis sie schließlich heftig nickte und hervorstieß: »Ja, ich komme mit dir!«

»Super. Dann zieh dir was über.«

Rose verschwand im Flur. Es war draußen kühl geworden, und sie entschied sich für den wadenlangen Mantel aus künstlichem Pelz, den sie auf einem Flohmarkt erworben hatte. Der Mantel wärmte, war mehr für den Winter gedacht, aber sie zog ihn auch zu dieser Jahreszeit an. Dabei hatte sie das Gefühl, dass der größte Teil der Kälte von innen kam und sie frieren ließ.

Bevor die beiden die Wohnung verließen, zog Rose ihren Freund zu sich heran. Sie hatte den Mantel noch nicht geschlossen, und Matt spürte den Druck der kleinen, aber festen Brüste. »Versprichst du mir, dass du dich vorsichtig verhältst?«.

Er lachte leise. »Ich verhalte mich wie immer. Hör mal, ich bin sechsundzwanzig. Ich kenne mich in meinem Job aus.«

»Das weiß ich. Wie nennt man dich noch?«, fragte sie und strich dabei durch das dichte blonde Haar ihres Freundes, das über die Ohren und auch bis hinein in den Nacken wuchs.

»Man hat mich mal als Engel der Straße bezeichnet.«

»Da war ich so stolz auf dich«, flüsterte sie.

»Und jetzt noch immer?«

»Ja, aber nun braucht der Engel selbst einen Schutzengel, wenn du verstehst, was ich meine.«

»Klar, aber den habe ich schon.« Er hauchte ihr einen blitzschnellen Kuss auf die Lippen. »Du bist das, meine Liebe.«

»Ich wollte, ich könnte es sein«, flüsterte sie und merkte, dass ihre Furcht wieder zurückkehrte …

Der späte Abend war nicht nur kühl, sondern auch leicht dunstig. Besonders in Nähe der Themse hielten sich die Nebelbänke, und genau das war Wildes Revier. Hier ging er seine Wege ab, hier suchte er die Nähe der Brücken auf, hier schaute er nach den Menschen, die manchmal um Feuer herumsaßen, um sich zu wärmen.

Es war die andere Seite der Millionenstadt London. Sie wurde in keinem der gängigen Reiseführer erwähnt, und Touristen verliefen sich nur äußerst selten in diese Gegend.

Auch die Verlierer mussten einen Platz haben. Das hatte die Stadtverwaltung eingesehen und ihren Mitarbeiter Matthew Wilde abgestellt, damit er sich um die Probleme dieser Menschen kümmerte.

Trotz seiner noch jungen Jahre war Wilde der richtige Mann für diesen Job. Er ging auf die Menschen ein, er kam gut mit ihnen zurecht. Er hatte für manche Verbesserung gesorgt und hatte es auch geschafft, dass sich zwei Ärzte um die Obdachlosen kümmerten und sie ohne Honorar untersuchten, wenn es nötig war.

Matt hatte auch für Anlaufstellen gesorgt, wenn jemand nicht mehr wusste, wohin er gehen sollte. So gab es jetzt warme Räume für die Winternächte, und es waren an bestimmten Stellen auch Suppenküchen errichtet worden. Außerdem hatte er Restaurantbesitzer so lange angesprochen, bis diese Waren abgaben, die übrig geblieben waren, sodass sich die Menschen mal wieder richtig satt essen konnten.

All dies hatte Matthew Wilde den Namen »Engel der Straße« eingebracht, obwohl ihm dies eher peinlich war, denn mit solch einem Lob kam er nicht ganz zurecht. Er tat nur seine Pflicht, das war alles.

Sein Revier war recht groß und zu Fuß kaum zu schaffen. So waren beide froh, dass ihr Auto noch fuhr, ein uralter Citroën 2CV, der eigentlich schon ins Museum gehört hätte, aber noch immer seine Pflicht tat, und das war wichtig, denn Geld für ein neues Auto hatten sie nicht. Rose arbeitete in keinem festen Job. Hin und wieder verdiente sie etwas Geld durch Babysitten, aber das reichte gerade mal für ein paar Klamotten vom Flohmarkt.

Sie rollten durch ein düsteres London, das in schwachen Nebel eingehüllt war. Die auf dem Beifahrersitz hockende Rose hob hin und wieder die Schultern und schaute sich scheu um. Ihr kam die Umgebung wie eine gespenstische Kulisse aus dem letzten Jack-the-Ripper-Film vor.

»Probleme, Rose?«

»Es gefällt mir nicht so.«

»Du denkst an deine Tante?«

»Ja.«

»Vergiss sie.«

»Das kann ich nicht.«

Wilde schwieg. Er wollte nicht noch weiter nachfragen, doch wenn er nach links schielte, dann sah er, wie Rose ihre Augen immer wieder unruhig bewegte.

»Wir haben den ersten Ort gleich erreicht«, erklärte er schließlich.

»Wo ist er?«

»An der Wharf Road, die über die Brücke am Kanal führt.«

»Da sind sie auch?«

»Ja. Ich habe dafür gesorgt. Man hat sie aus der City vertrieben. Manche Brücken sind eben zu berühmt. Du wirst ihre Feuer schon bald sehen können.«

Rose reckte sich. Es war nichts zu erkennen. Hausmauern nahmen ihr die Sicht. Außerdem hatte sie das Gefühl, von entgegenkommenden Scheinwerfern permanent geblendet zu werden. Manchmal explodierten die Lichter regelrecht vor ihren Augen. Auf den Scheiben lag ein Schmier, der das Licht brach.

»Macht dir das Spaß?«

»Was?«

»Bei diesem Wetter zu fahren?«

Matt musste lachen. »Du bist gut. Natürlich nicht. Aber einer muss die Arbeit tun.«

»Leider.«

»Wir packen es schon.«

Es gab eine U-Bahn-Haltestelle, die Angel hieß. Sie waren daran vorbeigefahren, und Rose hatte wieder an den Spitznamen ihres Freundes gedacht, den ihm die Obdachlosen gegeben hatten. Sie war froh, Matt getroffen zu haben. Er war nicht falsch. Er war kein Angeber und Schaumacher, und sie hoffte inständig, dass sich ihre Tante diesmal geirrt hatte.

Überzeugt davon war sie nicht. Die Furcht steckte nach wie vor tief in ihrem Innern. Viel öfter als gewöhnlich schaute sie aus dem Fenster, und sie spürte auch den Druck, der auf ihrer Brust wie ein schweres Gewicht lastete.

Sie fuhren nun auf der Noel Road, die ein Stück parallel zu einem der Kanäle führte und dann einfach aufhörte, weil sie in einer Sackgasse endete, die etwas östlich der Brücke lag.

Die Brücke war kein Prunkstück. Nichts, was Touristen in Entzücken versetzt hätte. Es war einfach nur der Übergang über einen Kanal, und damit hatte es sich.

Matt Wilde hielt bereits nach einem Parkplatz Ausschau. Er kannte sich hier aus und hoffte, dass die Stelle noch frei war, auf der er seinen Wagen immer parkte.

Ja, sie war frei.

Fast unterhalb der Brücke, dicht am Kanalufer und nahe einer nicht sehr hohen Mauer.

Er hielt an.

»Sind wir da?«

»Sicher.«

»Feuer habe ich nicht gesehen.«

»Es ist ihnen wohl noch nicht zu kalt. Die werden später angezündet.«

»Soll ich mit aussteigen?«

»Wenn du willst.«

Rose lächelte knapp. »Okay.«

Sie öffnete die Tür, die noch immer quietschte und die auch immer quietschen würde, bis der 2CV seinen Geist aufgab. Den künstlichen Pelzmantel hatte sie auch im Wagen anbehalten. Als sie jetzt in die kühlere Luft hineinging, fing sie wieder an zu frieren. Für einen Moment sehnte sie sich nach Sonne, Strand und Meer, aber das würde vorerst ein Traum bleiben. Da mussten sie erst das Geld zusammenhaben.

Die Umgebung gefiel ihr nicht. Hätte sie sich selbst im Spiegel gesehen, sie hätte den Zug um ihren Mund sehr gut erkennen können. Sie sah aus wie jemand, der sich ekelte.

Es war feucht, es war dunstig. Die Luft klebte auf ihrem Gesicht. Hinzu kam die Dunkelheit. In dieser Gegend war mit Laternen gespart worden. Aus gutem Grund, denn ein normaler Mensch hatte hier kaum am Tage etwas zu suchen, geschweige denn in der Nacht.

Den Kanal konnte sie nicht sehen, obwohl er auf gleicher Höhe lag. Aber sie sah die Brücke, die über ihn hinwegführte. Sie hörte das Rollen der Autoreifen und sah die Lichter der Scheinwerfer wie bleiche Gespenster durch die Nacht huschen. Jetzt konnte sie erst recht nicht fassen, dass ihr Freund sich diesen Job ausgesucht hatte. Da war es viel besser, wenn man am Abend spießig in der Wohnung hockte und vor die Glotze schaute.

Matt hatte seinen Rucksack aus dem Wagen geholt und trug ihn jetzt auf dem Rücken. »Wir können.«

»Gut.«

Rose hörte seine Schritte, aber sie rührte sich nicht. Denn genau kurz nach ihrer Antwort hatte sie die Gestalt in der

Nähe stehen sehen, als wäre diese aus den dichten Wolken gefallen.

Rose erschrak. Ihr Herz schlug schneller. Sie spürte Stiche im Kopf und dachte wieder an die Worte ihrer Tante.

»Da – da steht jemand!«

Sie hatte nicht laut sprechen können, war aber trotzdem gehört worden. »Wo ...?«

»Da vorn ...«

Sehr schnell war Matt bei ihr. Er blieb dicht neben ihr stehen. Aus seinem Mund drang der Atem als Nebel und vereinigte sich mit dem seiner Freundin.

»Ich sehe nichts, Rose.«

Sie musste schlucken. »Stimmt, ich auch nicht mehr. Aber da hat einer gestanden.«

»Wer denn?«

»Kann ich nicht sagen. Er war so plötzlich da, und jetzt ist er wieder weg, als hätte er sich aufgelöst. Aber es ist ein Mann gewesen. Das habe ich genau erkannt.«

»Hm.« Matt Wilde wollte und konnte Rose nicht glauben. Was sie gesagt hatte, klang für ihn zu unwahrscheinlich. Er hätte den Mann zumindest hören müssen, aber in seiner Umgebung war es still geblieben. Hinzu kamen die Worte der Tante. Sie hatten Rose stark beeinflusst. Da konnte es schon mal zu derartigen Reaktionen kommen.

Aber er wollte auf Nummer Sicher gehen und holte die Stablampe aus der rechten Parkatasche. Rose schaute ihm dabei zu. Ihr Mund stand offen, die Stirn war gefurcht. Wenig später verfolgte sie den Strahl der Lampe, der die Dunkelheit zerschnitt und von rechts nach links geschwenkt wurde. Er leuchtete die Umgebung am Kanalufer aus, huschte wie ein heller Balken über die Straße hinweg bis zur anderen Seite, doch auch dort war nichts zu sehen, was sie hätte misstrauisch werden lassen können.

»Da ist nichts, Rose!«

»Aber da war was!« Ihre Stimme krächzte. Ihre Hände ballten sich zu Fäusten. »Ich bin doch nicht blöd, und ich spinne auch nicht.«

»Das hab ich auch nicht behauptet. Aber manchmal gaukelt die Dunkelheit einem etwas vor. Verstehst du?«

»Weiß ich. Trotzdem ...«

»Okay, dann ist die Gestalt eben verschwunden. Hat sich im Dunst aufgelöst. Wenn sie etwas von uns will, wird sie noch mal erscheinen, denke ich mir.«

»Du glaubst mir nicht.«

»Es ist doch egal, was ich glaube oder nicht. Ich muss meinen Job machen, und das tue ich jetzt.«

Rose hatte den leicht gereizten Klang seiner Stimme nicht überhört. Sie nickte und erklärte sich einverstanden.

»Wir müssen nach links.«

Genau in diesem Augenblick hörten beide die Stimme aus der Dunkelheit. »Hallo, Engel, hier bin ich ...«

Den Worten folgte ein leises und schrilles Lachen, das ihnen den Atem stocken ließ.

Sekundenlang standen die beiden nebeneinander. Sie lauschten dem lauten Schlag ihrer Herzen. Rose zitterte wieder, fand aber als Erste ihre Sprache zurück.

»Das ist er. Das ist er, Matt. Das ist der, den ich gesehen habe. Ich weiß es.«

Wilde sagte kein Wort und überlegte, ob er diese Stimme schon mal gehört hatte. Da kam ihm nichts in den Sinn. Möglicherweise war er auch zu sehr durcheinander, aber Tatsache war, dass sie beide die Stimme gehört hatten.

Zu sehen war der Sprecher nicht. Das war auch nicht möglich, denn er stand hinter ihnen.

»Ich habe dich gefunden, Engel ...«

Matt schüttelte den Kopf. Warum redete der Unbekannte

ihn immer wieder mit Engel an? Es ärgerte ihn. Er war kein Engel. Er war ein normaler Mensch. Man hatte ihm nur den Spitznamen Engel gegeben, weil er sich für die Menschen hier einsetzte.

»Wer sind Sie?«

»Dreht euch um.«

Matthew wollte es tun, aber seine Freundin hatte etwas dagegen. Sie hielt ihn mit einer Hand am Arm fest. »Bitte, Matt, bitte. Das darfst du nicht tun. Dreh dich nicht um. Wir sollten die Chance nutzen und fliehen.«

»Aber das ist doch ...«

»Bitte!«

»Ich muss ihn sehen. Dieser Spaßvogel ...«

Rose lachte kieksend auf. »Was sagst du? Ein Spaßvogel soll das sein? Nein, das ist ernst, verdammt ernst sogar. Und meine Tante«, fügte sie mit noch leiserer und zittriger Stimme hinzu, »hat Recht gehabt. Das weiß ich jetzt. Hinter uns steht der Tod. Die Gestalt mit den Knochenhänden. Ich weiß es.«

»Du spinnst.« Er riss sich los. Er wollte sich nicht von Rose beeinflussen und sich seines gesunden Menschenverstands berauben lassen. So weit kam es noch.

Mit einer heftigen Bewegung schnellte Matt herum – und sah die Gestalt vor sich.

In diesem Moment wünschte er sich an einen anderen Fleck der Erde!

Da stand jemand vor ihm, dessen Existenz er nicht richtig begreifen konnte. Es war ein Mensch, zumindest besaß er den Körper eines Mannes, aber er war auch etwas anderes. Diese Person bestand aus zwei Hälften. Es war der reine Irrsinn, aber sie besaß nicht nur zwei Haarfarben, diese beiden Farben setzten sich auch an seinem Körper fort. Vom Kopf bis hin zu den Füßen. Rechts schimmerte der Körper in einer weißbleichen Farbe, die linke Seite dagegen tauchte im Dunkeln unter. Beim schnellen Hinschauen konnte der Betrachter den Eindruck haben, hier wirklich nur einen halben Menschen vor sich zu sehen.

Er konnte nicht mehr sprechen. Die Kehle saß zu. Und Matt Wilde spürte noch etwas anderes. Von dieser Gestalt ging eine schreckliche Bedrohung für ihn aus. Es war die Aura, die ihm entgegenströmte. Zu erklären war sie für ihn nicht. Er sah sie als böse an und grausam zugleich, obwohl die offen liegende rechte Gesichtshälfte eine Haut besaß, die an die einer jungen Frau erinnerte und so herrlich weich wirkte. Er sah das Auge, aber er entdeckte keine Pupille darin. Es war einfach nur hell, unbeweglich und sehr klar.

Ihm fiel noch auf, dass der Ankömmling dunkle Kleidung trug, und wieder kam ihm der Begriff Engel in den Sinn, wobei er allerdings jetzt an einen Todesengel dachte.

Einer, der aus den Tiefen der Finsternis in diese Welt eingedrungen war, um hier seine grausamen Zeichen zu setzen. Womöglich an ihm und seiner Freundin.

Kälte hielt ihn umfangen. Rose waren die Karten gelegt worden, und die Tante hatte herausgefunden, welches Schicksal ihr bevorstand. Vor einer halben Stunde noch hatte er darüber gelacht, jetzt aber war ihm dieses Lachen vergangen.

Matt Wilde fühlte sich wie gelähmt. Auch wenn er es gewollt hätte, es wäre ihm nicht gelungen, eines seiner Beine anzuheben. Sie waren schwer wie Blei geworden. Er fühlte sich wie am Erdboden festgenagelt.

Seine Freundin hatte sich eher gefangen. Wieder spürte er ihren harten Griff an seinem Arm. »Bitte«, flüsterte die Stimme dicht neben seinem linken Ohr. »Bitte, lass uns verschwinden. Wir müssen weg hier. Das ist der Tod. Meine Tante hat ihn prophezeit.«

»Ich weiß nicht. Ich …«

»Du hast mir noch immer keine Antwort gegeben«, hörte er da die unheimliche Gestalt sprechen. »Bist du ein Engel oder bist du keiner?«

»Ich bin ein Mensch.«

Beide hörten sie das Lachen. »Aber du wirst Engel der Straße genannt, nicht wahr?«

»Ja, das werde ich.«

»Dann bist du ein Engel!«

»Nein, ich ...«

»Du heißt Matthew, wie?«

Er schwieg.

»Gib ihm Antwort!«, flüsterte Rose. »Es ist besser so. Vielleicht haben wir dann eine Chance.«

Er holte erst noch mal Atem. »Ja, so werde ich genannt. Matthew.«

»Ein sehr bedeutungsvoller Name«, erklärte der Unbekannte. »Wirklich sehr bedeutungsvoll.«

»Wieso denn?«

»Das will ich dir sagen, aber ich wundere mich, dass du es nicht weißt.«

»Darüber habe ich nie nachgedacht«, flüsterte er, und jedes Wort fiel ihm schwer.

»Kennst du Matthäus?«

»Wie?«

»Denke nach, schnell, denke nach. Ich will von dir wissen, ob du ihn kennst.«

Doch Matt war zu sehr durcheinander. Im Kopf wirbelten die Gedanken. Er wusste nicht, wie er sie ordnen sollte.

Rose half ihm. »Du musst ihn kennen!«, zischelte sie. »Ich kenne ihn auch. Matthäus, verstehst du? So hieß einer der Evangelisten, die die Bibel geschrieben haben. Das Neue Testament. Das kennst du doch!«

»Ja, ja – das stimmt.«

»Dann sag es ihm.«

Matt nickte. Er riss sich zusammen und wunderte sich darüber, dass er reden konnte. »Ich weiß, wen Sie meinen. Den Evangelisten.«

»Sehr gut.«

»Und was hat das mit mir zu tun?«

»Du bist ein Engel.«

»Nein, ich bin ein Mensch und kein Engel, verflucht!«

»Man nennt dich so.«

»Aber das ist nicht richtig. Das stimmt nicht! Ich … ich … bin kein Engel!«

»Für mich schon.«

»Das ist mir egal. Das ist …«

»Gut wie ein Engel«, unterbrach die kalte Stimme ihn. »So sagt man. Aber ich hasse es. Ich hasse Engel. Ich hasse die, die sich für etwas Besseres halten. Wenn es Engel gibt, dann sind es diejenigen, die zu Luzifer gehören. Hast du mich verstanden? Er ist der höchste, der allerhöchste Engel. Alle anderen sind Dreck, Abschaum. Ich erkenne ihn als obersten Herrscher an, und ich handele nur in seinem Sinne.«

Beide hatten es gehört und nur wenig davon begriffen. Aber die Bedrohung war nicht gewichen, das spürten sie, und sie klammerten sich noch fester aneinander.

Der Fremde ging einen Schritt nach vorn. Wieder sah es so aus, als würde sich nur eine Hälfte von ihm bewegen. Mit diesem Zwitterdasein kamen sie nicht zurecht.

Überhaupt war ihnen alles zu hoch. Nur die Gefahr, in der sie steckten, blieb. Rose versuchte, etwas zu sagen, doch der Fremde ließ sie nicht dazu kommen. Er hatte das Regiment übernommen. Er war bereit, ihnen seine Macht zu zeigen, und genau das tat er.

»Ich werde alle Engel vernichten, die ich zu packen kriege. Ich sorge dafür, dass das große Sterben beginnt. Ich bin geschickt worden, und ich werde mein Ritual durchziehen. Wenn du ein Engel bist, dann wirst du auch wie ein Engel sterben.«

Es waren harte und so endgültig klingende Worte, die den jungen Mann wie schwere Schläge getroffen hatten. Er sollte wie ein Engel sterben, und er traute es dem Fremden zu, dass er das bewerkstelligte.

Rose Cocu wuchs plötzlich über sich selbst hinaus. Sie schien sogar um einige Zentimeter zu wachsen, als sie sagte: »Nein, du kannst uns keine Angst einjagen. Wir wissen, dass Engel unsterblich sind. Sie… sie… sind nicht zu töten und…«

»Ich beweise euch das Gegenteil. Er ist der Erste, weitere drei werden folgen. Erst dann ist das Ritual beendet.«

Beide wussten, dass es jetzt ernst wurde. Und beiden war klar, dass sie etwas unternehmen mussten, wollten sie mit heiler Haut aus dieser Lage herauskommen.

Nur Rose reagierte. Der Wagen stand in der Nähe. Sie konnten sich hineinwerfen, die Türen verrammeln und wegfahren. Rose setzte diesen Gedanken augenblicklich in die Tat um.

Sie zerrte ihren Freund zur Seite. »Komm endlich, wir müssen weg, verdammt!« Ihre Stimme kippte über, wurde aber vom Krach eines vorbeifahrenden Lastwagens geschluckt. Er hing noch in der Luft, als sich der Fremde bewegte.

Er ging, er schwebte, er tat beides zugleich und stand plötzlich dicht vor ihnen. Jetzt sah Rose, dass die Gestalt noch eine zweite Gesichtshälfte besaß. Es war nicht mehr als eine Momentaufnahme. Sie erkannte sie nicht richtig, doch sie bekam mit, dass diese Hälfte das glatte Gegenteil zur anderen darstellte.

Mehr sah sie nicht, denn der andere griff zu.

Eine Hand schoss vor. Rose wusste nicht mal, ob es die

linke oder die rechte war. Aber sie traf ihr Ziel, und sie wurde mitten in das Gesicht der jungen Frau gedrückt.

Der Schrei erstickte noch im Mund. Die Kraft der Hand drückte sie nach hinten, aber es passierte noch mehr. Hitze strömte aus ihr hervor. Unsichtbares Feuer breitete sich auf ihrem Gesicht aus. Schmerzen, wie Rose sie nie im Leben zuvor erlitten hatte, erfassten die junge Frau, die losgelassen wurde.

Sie taumelte zurück. Es gab sie nicht mehr. Sie glaubte, aus dem normalen Leben herausgerissen worden zu sein. Das Gesicht brannte, und erst nach drei Schritten schaffte sie es, die Hände hochzureißen und sie gegen ihr Gesicht zu pressen.

Es war noch da, obwohl sie glaubte, dass es ihr weggerissen worden wäre. Aber es fühlte sich anders an. Die Haut war so weich geworden. Sie ließ sich zusammendrücken wie Pudding, und die Schmerzen strahlten jetzt sogar nach innen ab und damit in ihren Kopf hinein.

Wie eine falsch aufgezogene Puppe drehte sie sich plötzlich auf dem Fleck. Schreie wehten aus ihrem Mund, die Rose nur bedingt hörte, denn etwas anderes war stärker.

Mächtige Schatten wehten von irgendwoher auf sie zu. Es war ihr nicht mehr möglich, sich auf den Beinen zu halten. Ihre Knie begannen zuerst zu zittern, dann gaben sie nach, und die junge Frau fiel nahe des Straßenrands zu Boden, wo sie bewegungslos liegen blieb.

Matt Wilde war noch da. Er hatte sich nicht bewegen können. Es war ihm zudem nicht gelungen, sich um seine Freundin zu kümmern. Er sah nur diese verfluchte Gestalt, die sich ihm näherte. In dem einen hellen Auge las er sein Todesurteil wie gedruckt, und er wusste, dass er seinem Schicksal nicht entkommen konnte.

Der andere packte zu. Er riss Matt zu sich heran. Sein helles Auge funkelte, das zweite in seiner anderen Gesichtshälfte glänzte schwarz und rot zugleich, als hätte sich darin ein kleiner Teil des Höllenfeuers verirrt.

»Engel können fliegen, nicht wahr?«

Matt wollte nicken. Er tat das Gegenteil und schüttelte den Kopf.

»Ja, Engel können fliegen. Und du, Matthäus, wirst auch fliegen. Sehr bald sogar …«

Warum?, dachte Matt. Warum hat der diesen Namen gesagt? Was ist das alles nur? Etwas Verrücktes, das mit dem Tod zu tun hat. Etwas, das ich nicht fassen kann …

»Fliegen, fliegen – und brennen!«

Namtar lachte auf. Er riss den Mann in die Höhe. Er tat es mit einer Hand, als wäre Matt so leicht wie eine Feder.

»Ich bin es, ich bin Namtar!«, rief er laut. »Ich bin der Bote der Finsternis. Ich mache den Weg für ihn frei! Ich bin das Ritual …«

Ein lautes grausames Gelächter fegte aus seinem Mund. Es peitschte wie Donnerhall gegen die tief liegenden Wolken. Mit einer lässig anmutenden Bewegung wirbelte er sein Opfer nach rechts, um es zu Boden zu schleudern. Es war nur eine Finte, denn dicht vor dem Erdboden wurde Matt wieder in die Höhe gezogen.

Namtar drehte sich.

Dabei drang ein schon unbeschreibliches Geräusch aus seinem weit geöffneten Mund. Es war mehr mit dem Röhren eines Raubtiers zu vergleichen, und der Todesbote drehte sich mehrmals im Kreis, den Menschen wie eine Puppe mit einer Hand haltend und dabei schlenkernd.

»Wenn du ein Engel bist, dann flieg!«, brüllte er – und ließ Matthew Wilde los.

Der Körper jagte tatsächlich schräg in die Luft, als wäre er eine Rakete, die ihren Anflugwinkel erreicht hatte und trotzdem falsch programmiert worden war, weil mit ihr etwas nicht stimmte.

Denn Matt Wilde wurde in Richtung Kanal geschleudert, aber noch im Steigflug passierte das Schreckliche mit ihm. Aus zahlreichen Poren schossen kleine Flammen hervor, die sich sehr bald zu einem Feuervorhang vereinigten und ihn vom Kopf bis zu den Füßen einhüllten.

Als lebende Fackel flog er durch die Luft und sah nicht mehr Namtar, der vor Freude tanzte.

»Der Erste!«, rief er dem brennenden Menschen nach. »Der Erste, aber weitere werden folgen. Der Schwarze Tod kommt! Er muss kommen, er wird kommen! Dafür werde ich sorgen!«

Wieder schickte er sein gellendes Gelächter in die Dunkelheit hinein, schaute seinem Opfer noch einmal nach, das sich als Fackel in der Luft befand und wenig später den Gesetzen der Schwerkraft Folge leisten musste und nach unten fiel, aufschlug und dabei einen wahren Regen aus Funken um sich herum hochjagte.

Namtar war sehr zufrieden. Niemand hatte sein Kommen gesehen, und niemand sah ihn verschwinden …

Die Obdachlosen, die im Dunstkreis der Brücken hockten, hatten den brennenden Menschen gesehen, und es gab nicht wenige, die sich bekreuzigten.

Einer von ihnen flüsterte über die Köpfe der anderen seine Meinung hinweg. »Das ist die Nacht des Teufels …«

Er wusste nicht, wie nahe er der Wahrheit damit gekommen war …

Hinter mir lag eine Nacht, die ich am liebsten vergessen hätte. Nur einen Teil davon hatte ich im Bett verbracht, ansonsten war die Unruhe zu stark gewesen und hatte mich nicht schlafen lassen. Ich wusste sehr gut, dass etwas auf uns zukommen würde, aber ich war nicht in der Lage, es zu erkennen und zu stoppen.

Dass die Bedrohung dann mit der Rückkehr des Schwarzen Tods enden sollte, wollte ich noch immer nicht glauben, und doch musste ich mich mit diesem Gedanken vertraut machen.

Es gab einen Weg, es gab eine Lösung. Es hatte etwas mit dem Todesdämon Namtar zu tun, doch ich wusste nicht, wie ich an ihn herankommen sollte. Ich war allein zu schwach.

Während ich wieder im Bett lag und meine Gedanken nicht loswurde, dachte ich an Dracula II, der mir eine Zusammenarbeit angeboten hatte, die ich aber abgelehnt hatte. Jetzt grübelte ich wieder darüber nach und räumte mir gegenüber ein, dass es möglicherweise falsch gewesen war. Manchmal muss man den Teufel eben mit dem Beelzebub austreiben.

Es war schon eine verdammte Qual, die mich peinigte. Wenn der Schwarze Tod tatsächlich zurückkehrte, war die Arbeit von Jahren umsonst gewesen. Da konnte ich einpacken, in Pension gehen, mich verkriechen, wie auch immer.

Noch war dieser Fall nicht eingetreten, und ich würde auch weiterhin alles daran setzen, dass es so blieb, nur brauchte ich dazu mehr Informationen.

Wer war Namtar?

Dass die Sumerer ihn als Todesdämon verehrt hatten, schön und gut. Es gab zahlreiche Götter und Götzen, zu denen die Völker der Antike gebetet hatten. Nur passte dieser Götze oder Dämon nicht in die moderne Zeit hinein. Es sei denn, man hätte ihn ebenfalls modernisiert und ihm ein Gesicht gegeben, das in die heutige Zeit passte. Ihn gewissermaßen mit einem PR-Kleid aufgemotzt.

Er war das Problem. Er war jemand, vor dem selbst Mallmann warnte. Ein alter Götze in einem modernen Gewand. Möglicherweise ein brutaler Killer, der nicht die Spur von Rücksicht nahm und alles aus dem Weg räumte, was eine Rückkehr des Schwarzen Tods hätte behindern können.

Ein Killer? Ein Mensch, der sich den anderen Mächten und Kräften hingegeben hatte?

Es war alles möglich. Er konnte durchaus als Mensch auftreten, aber auch als schreckliche Bestie, als Dämon, der Angst und Schrecken verbreitete, wobei das mehr in den Hintergrund trat, denn ich ging davon aus, dass Namtar im Geheimen arbeitete.

Mallmann kannte ihn. Aber selbst er traute sich nicht an ihn heran. Demnach musste dieser Killer stärker sein als selbst Dracula II. Das gab mir schon zu denken.

All dies ließ mich verdammt unruhig werden. Immer wieder wurden meine kurzen Schlafphasen unterbrochen, wobei die Morgenstunden immer näher rückten.

Irgendwann sackte ich einfach weg, weil mein Körper nach Schlaf gierte, nur dauerte der nicht lange, denn ein bösartiges Geräusch riss mich daraus hervor.

Ich hatte zunächst meine Mühe, mich zurechtzufinden, bis

ich an das Telefon auf meinem schmalen Nachttisch dachte. Es hörte nicht auf, es war ein Peiniger. Mir gelang auch ein Blick auf die Uhr. Es war die sechste Morgenstunde.

Als ich mich meldete, war mein Name kaum zu verstehen, so rau klang meine Stimme.

»Gut, Sie sind zu Hause, John. Guten Morgen.«

»Oh! Sir James?«

»Sie haben sich nicht verhört.«

»Was ist denn passiert, Sir?«

»Bitte, wir haben die erste Spur des Killers, denke ich.«

»Gab es einen Toten?« Ich war plötzlich wie elektrisiert. Die Müdigkeit war verschwunden.

»So ist es. Aber wir haben auch eine Zeugin, wenn ich die Protokolle der Kollegen richtig interpretiere. Leider ist sie noch nicht vernehmungsfähig. Ich habe mit den Ärzten gesprochen. Sie werden ihr Bestes geben. Im Laufe des Vormittags werden Sie wohl Glück haben. Ich erwarte Sie zunächst im Büro.«

»Steht schon etwas in den Zeitungen?«, fragte ich.

»Keine Ahnung. Ich habe sie noch nicht gelesen. Es ist aber möglich, denn der Vorfall passierte recht früh in der Nacht. Das werden wir alles noch genauer erörtern.«

»Ich bin bereits unterwegs, Sir.«

»Lassen Sie Suko nicht zurück.«

»Keine Sorge.«

Ab jetzt hatte ich es eilig. Ich klingelte Suko aus dem Schlaf, gab ihm einen knappen Bericht und gönnte mir noch eine Dusche. Die musste einfach sein, die machte mich wach oder noch wacher, denn in meinem Gehirn arbeiteten die kleinen Denkmotoren auf Hochtouren.

Sollten wir tatsächlich eine Spur gefunden haben, war das ein Glücksfall. So schnell hätte ich damit nicht gerechnet. Es gab auch eine andere Seite, die ich beachten musste. Wahrscheinlich wollte der Schwarze Tod nicht länger warten. Seine Rückkehr musste so schnell wie möglich über die Bühne gezogen werden.

»Namtar«, flüsterte ich scharf, als ich die Wohnung verließ und nach nebenan zu Suko ging. »Ich denke, dass wir dich bald haben werden ...«

Man muss im Leben Optimist sein, sonst kommt man zu nichts. Oder kann sich gleich aufhängen. Ich jedenfalls dachte so und war damit bisher immer gut gefahren. Wenn ich an meinen Job dachte und an die immensen Schwierigkeiten, die damit verbunden waren, blieb mir auch nichts anderes übrig, als so zu denken.

Über dieses Thema sprach ich kurz mit meinem Freund und Kollegen Suko, als wir hoch in die Etage fuhren, in der unser Büro lag und das von Sir James ebenfalls. Wir hatten das Ziel sehr schnell erreicht. Zu dieser Zeit lief der Berufsverkehr gerade erst an. Dennoch war es zu Staus gekommen, aber über die hatten wir nur lachen können.

Mein Freund verließ vor mir den Lift. Als ich neben ihm ging, sagte er: »Nie hätte ich damit gerechnet, dass wir es noch einmal so direkt mit dem Schwarzen Tod zu tun bekommen würden. Ich hatte seine Aktivitäten abgehakt.«

»So kann man sich täuschen.«

Um diese Zeit mussten wir auf Glendas Kaffee verzichten. Sir James würde Wasser trinken, und ich zog mir einen Becher aus dem Automaten. Besser diese Brühe als nichts.

Draußen dämmerte der Morgen, als wir unserem Chef wieder einmal gegenübersaßen und in das sorgenvolle Gesicht des Superintendenten blickten. Er rückte einige Male an seiner Brille herum und fuhr mit der linken Hand über einige Faxe, die vor ihm lagen.

»Das sind die ersten Berichte von den Kollegen der Mordkommission. Ich würde sagen, dass dieser Fall genau passt. Einen hundertprozentigen Beweis habe ich zwar nicht, aber alles läuft darauf hinaus, dass wir eine erste Spur haben.«

»Sollen wir die Protokolle lesen oder …«

»Nehmen Sie sich die Zeit.« Ich bekam die dünnen Blätter gereicht. Suko rückte näher an mich heran, damit er mitlesen konnte. In den folgenden Minuten wurden wir sehr ruhig. Nur spürte ich, wie es in meinen Fingern kribbelte. Was da stand, hätte man als unwahrscheinlich bezeichnen können, aber warum hätten sich die Zeugen, die Obdachlosen, da etwas zusammenspinnen sollen? Sie hatten den fliegenden Mann gesehen, der in Flammen eingehüllt gewesen war.

Es gab da noch eine weitere Zeugin. Sie war für uns wichtiger. Die junge Frau hieß Rose Cocu und war die Freundin des Toten gewesen. Sie hatte einiges mitbekommen und war für uns mehr als wichtig.

Ihre Aussage war nicht protokolliert worden. Sie hatte später im Krankenhaus gesprochen. Dort hatte Sir James angerufen und von einem Arzt die ersten Informationen erhalten.

Ich legte die Blätter wieder auf den Schreibtisch zurück. Dabei holte ich tief Atem.

»Jetzt bin ich gespannt, Ihre Meinung zu hören«, sagte der Superintendent. »Glauben Sie daran, dass dieser Vorgang mit dem Auftreten des Killers in Zusammenhang steht?«

»Auf jeden Fall«, erklärte Suko.

»Wir haben keine Beweise, denken Sie daran.«

»Aber ein gewisses Feeling – oder?« Suko schaute mich an, um eine Reaktion zu erhalten.

Ich gab ihm Recht. »Mein Gefühl sagt mir ebenfalls, dass wir eine erste Spur gefunden haben. Eine ungewöhnliche Rückkehr erfordert ungewöhnliche Maßnahmen. Jetzt ist es wichtig, was uns die Zeugin sagen kann.«

Sir James furchte die Stirn. Er wirkte ein wenig betrübt. »Sie hat Glück gehabt, dass sie noch lebt.«

»Was ist denn genau mit ihr passiert?«

Sir James schaute mich an. »Ihre untere Gesichtshälfte ist so gut wie verbrannt.«

Ich staunte. »Kam sie mit Feuer in Berührung?«

»Nein. Mit einer Hand.«

»Moment, das ist …«

Unser Chef winkte ab. »Immer langsam, John. Ich habe Sie nicht angelogen. Es ist tatsächlich eine Hand gewesen, die für die Verbrennungen sorgte. Sie hat es dem Arzt gegenüber gesagt. Weshalb sollte sie lügen?«

»Das sehe ich auch so.«

Suko musste eine Frage loswerden. »Hat die Zeugin ihren Peiniger denn beschreiben können?«

»Das wird sie hoffentlich. Es ist wichtig für Sie beide. Ich denke, dass Sie gleich losfahren und mit ihr reden sollten. Was in der Presse steht, habe ich noch nicht gelesen, aber wir sollten uns davon auch nicht beeinflussen lassen. Die anderen Zeugen werden den Reportern alles erzählt haben, und sicherlich kommt noch das hinzu, was die Journalisten dazudichten.«

»Wie stehen unsere Chancen, mit dieser Rose Cocu einige Worte zu sprechen?«, fragte ich.

»Ich rufe zuvor den behandelnden Arzt an«, erklärte Sir James. Er setzte sein Vorhaben augenblicklich in die Tat um. Die Telefonnummer hatte er sich notiert.

Wir bekamen mit, dass er mit einem Dr. Croft sprach. Auf knappe Fragen erhielt unser Chef zumeist längere Antworten, die er hinnehmen musste.

»Bitte, können Sie nicht für fünf Minuten eine Ausnahme machen, Doktor?«

Es ging hin und her. Beide wollten nicht nachgeben. Sir

James fuhr dann ein schweres Geschütz auf und sprach davon, dass andere Menschen dadurch möglicherweise gerettet werden konnten. So erhielt er dann die Zusage des Arztes.

Schweiß funkelte auf seiner Stirn, als er den Hörer wieder zurücklegte. »Das war ein hartes Stück Arbeit.«

»Geht es ihr so schlecht?«, fragte ich.

»Scheint so zu sein. Mit Verbrennungen ist nicht zu spaßen.« Er schüttelte den Kopf. »Dr. Croft sagte mir auch, dass die junge Frau nie mehr so aussehen wird wie noch vor einem halben Tag. Die Verbrennungen werden Spuren hinterlassen, trotz der modernsten Methoden. Sie braucht jetzt einen guten plastischen Chirurgen. Schmerzen hat sie noch, spürt sie aber momentan nicht, weil ihr die entsprechenden Mittel gespritzt wurden. Ich hoffe, dass wir Glück haben.«

»Können wir sofort zu ihr?«, fragte Suko.

»Dr. Croft erwartet Sie.«

»Gut, dann wollen wir.«

Es kribbelte in mir. Ich wusste, dass es Suko nicht anders erging. Zwei einsame Jäger hatten endlich eine Spur gefunden, und wir hofften, dass es nicht die einzige bleiben würde …

Krankenhäuser mag ich nicht. Suko erging es ähnlich. Leider haben wir beruflich oft an diesen Orten zu tun, und auch das Krankenhaus, das wir jetzt betraten, war nicht eben das Gelbe vom Ei.

Dass das britische Gesundheitssystem krankte, war nicht erst seit heute bekannt. Es fehlte immer wieder Geld, und das schlug sich auch auf die Krankenhäuser nieder, in denen die Patienten oft zu sechst in einem Zimmer lagen.

An der Anmeldung schaute uns ein junger Mann aus übermüdeten Augen an. Er hatte eine lange Nacht hinter sich und nickte nur, als wir nach Dr. Croft verlangten.

Er telefonierte, bekam ein Okay und schickte uns hoch in die erste Etage. Wir nahmen nicht den Lift, sondern stiegen die alte Treppe mit den gelblichen Stufen hoch, deren Gummileisten an den vorderen Kanten zum Teil schon abgeschabt waren und so kaum noch eine Trittsicherheit gaben.

Dr. Croft erwartete uns in einem Vorraum, in dem auch Kranke in Bademänteln saßen und stumm vor sich hinstarrten. Einige blätterten in alten Zeitungen, ohne eine Zeile zu lesen. Nur das Rascheln des Papiers war zu hören.

Wir wollten auf die Station gehen, was nicht mehr nötig war. Eine Hälfte einer Schwingtür warf einen zuckenden Schatten, als sie jemand von der anderen Seite öffnete.

Dr. Croft trug einen weißen Kittel. Der Mann hatte rötliche Haare. Sein Gesicht wirkte ebenfalls übermüdet. Ränder lagen unter den Augen, und sein Lächeln wirkte gequält.

Wir stellten uns namentlich vor. Unsere Ausweise brauchten wir nicht zu zeigen. Der Arzt glaubte uns auch so.

»Wie geht es Rose Cocu?«, fragte ich ihn.

»Schlecht.«

»Danke für Ihre Ehrlichkeit.«

Er hob die Schultern. »Was soll ich anderes sagen. Sie ist zwar nur im Gesicht verletzt worden, aber das sehr drastisch. Viel können wir erst mal nicht für sie tun. Es war einzig und allein wichtig, ihre Schmerzen zu lindern.«

»Und sie kann trotzdem reden?«

Dr. Croft wiegte den Kopf. »Mehr oder weniger. Es strengt sie schon an. Aber sie hat einen starken Willen. Das Erlebte muss sie wahnsinnig beeinflusst haben. Sie hat einen regelrechten Hass auf den Kerl, der daran die Schuld trägt. Ich habe den Eindruck, dass sie es auch loswerden will. Da muss sie einfach mit einem Menschen reden. Versuchen Sie's. Aber nicht zu lang.«

Wir bedankten uns.

Dr. Croft übernahm die Führung. Mit leicht gesenktem Kopf ging er vor uns her. Er war müde, das gab er uns gegenüber zu, und er sprach von einem verflucht langen Dienst, den man keinem Menschen zumuten sollte.

Der lange Flur mit den Zimmern hätte auch renoviert werden können. Hin und wieder gelang uns ein Blick in die Krankenzimmer, die tatsächlich überfüllt waren.

Der Arzt gab keinen Kommentar ab. Über dieses Thema zu diskutieren hätte zu viel Zeit gekostet.

Zum Glück lag Rose Cocu allein in einem Zimmer. Für Notfälle gab es eben noch einen solch kleinen Raum, der mehr einer Kammer glich oder einer Mönchszelle.

Ein kleines Fenster ließ nur wenig Licht herein. Da draußen die Sonne nicht schien und die Wolken tief hingen, sickerte nur eine grautrübe Suppe in den Raum.

Rose Cocu lag auf dem Rücken. Sie war an einen Tropf angeschlossen und an zwei Messinstrumenten. Eine junge und hübsche Farbige, das stellte ich mir jedenfalls vor. Viel zu sehen war von ihrem Gesicht allerdings nicht. Eingepackt in Mullbinden, lag nur die obere Gesichtshälfte frei. Von der unteren sahen wir nichts, bis auf eine ovale Öffnung im Mundbereich.

Ich fand es zu warm in diesem kleinen Raum mit seinen leeren Wänden. Rose hatte uns gesehen. Sie verfolgte unseren Weg bis an ihr Krankenbett mit den Augen.

Dr. Croft übernahm das Wort. Er erklärte ihr, dass wir die beiden Männer waren, deren Besuch er ihr bereits angekündigt hatte, und dass wir einige Fragen stellen würden.

Sie war einverstanden. Das sagte sie mit leiser Stimme.

Der Arzt richtete sich wieder auf. Er warf uns einen leicht beschwörenden Blick zu. »Sie wissen ja, meine Herren, bitte so kurz wie möglich. Die Patientin verträgt keine Anstrengungen.«

»Klar.«

Es gab einen Stuhl. Den nahm ich, während Suko in der Nähe stehen blieb und sich Dr. Croft wie ein Wachtposten vor der Tür aufbaute.

Ich konzentrierte mich auf das Wesentliche und stellte mich auch nicht großartig vor. Ich bat nur um einen kurzen Bericht.

»Was wollen Sie denn wissen?«, flüsterte sie.

»Nur was Sie erlebt haben.«

»Wir wollten zu den Obdachlosen, aber dazu kam es nicht mehr. Plötzlich war diese Gestalt da …«

Sie riss sich zusammen. Laut konnte sie nicht sprechen. Es war ihr auch nicht möglich, die verbrannten Lippen normal zu bewegen. So blieben einige Aussagen nur Fragmente, aus denen ich mir allerdings das Richtige zusammenreimen konnte.

»Er wollte Matthew fliegen lassen wie einen Engel. Er wollte ihn auch sterben lassen wie einen Engel. Matt hat dann gebrannt. Das Feuer ist plötzlich bei ihm gewesen.«

»Nannte der Fremde seinen Namen?«

»Ja, Tanar oder so ähnlich.«

»Namtar vielleicht?«

»Genau«, hauchte Rose, »das ist er gewesen. So hat er geheißen.«

Mir rann es kalt den Rücken hinab. Es gab ihn also doch. Nicht dass ich daran gezweifelt hätte, aber jetzt hatten wir die absolute Gewissheit.

»Können Sie ihn beschreiben?«

Rose schwieg. Zugleich wurde sie leicht unruhig. Das erkannte ich an den Bewegungen ihrer Augen. Es fiel ihr wohl schwer, die Erinnerung in Worte zu fassen.

»Sie … Sie … würden es gern hören, nicht?«

»Das kann ich nicht abstreiten.«

»Es war ein Mann, aber einer, der sich aus zwei verschiedenen Personen zusammensetzte. Er war hell und auch dunkel. Rechts harmlos, an der linken Seite nicht.«

»Bitte?«

»Mein Gott, ich weiß selbst, dass es für Sie schwer zu glauben ist, aber das habe ich gesehen. Für mich ist er wirklich zweigeteilt gewesen. Als wäre etwas Böses und etwas Gutes in ihm. Sogar die Haare waren an der einen Seite heller und ...« Sie sprach nicht mehr weiter. Übergangslos fing sie an zu zittern, und das fiel auch Dr. Croft auf. Er stand sofort neben ihrem Bett und drängte mich zur Seite. Eine kurze Untersuchung reichte ihm aus.

»Gehen Sie jetzt. Die Patientin hat sich zu sehr aufgeregt. Bitte, verlassen Sie das Zimmer.«

»Natürlich. Und danke auch.«

Der Arzt hörte nicht hin, weil Rose jetzt wichtiger für ihn war. Ich hoffte, dass unser Besuch sie nicht zu sehr angestrengt hatte. Auf leisen Sohlen verließen wir den Raum. Im Flur atmeten wir tief durch.

»Bist du schlauer geworden?«, fragte Suko. »Können wir reden?«

»Nicht hier.« Mit einem kurzen Blick schaute ich mich um. »Ich muss hier raus.«

»Dagegen habe ich nichts.«

Suko musste sich weiter in Geduld üben. Erst als wir draußen auf ein Lokal zugingen, ließ ich mir einen Satz entlocken.

»Es war Namtar.«

Suko stieß die Tür zu dem Bistro auf. »Soll ich mich jetzt freuen?«

»Zumindest haben wir einen Beweis erhalten und nicht nur eine Spur. Es gibt ihn, er ist da, und ich denke auch, dass es nicht bei einer Tat bleiben wird.«

»Ich will ihn haben, John, verstehst du?«

»Ich auch.«

Das Bistro war recht groß. Dank seiner günstigen Lage wurde es sicherlich von zahlreichen Besuchern des Krankenhauses frequentiert, aber um diese Morgenstunde gab es nur vier Gäste, uns eingeschlossen. Die beiden anderen saßen an der halb runden Theke aus Stein, tranken Kaffee, aßen Croissants und unterhielten sich über den stressigen Job als Arzt.

Die Fenster reichten bis zum Boden. Runde Tische, Stühle mit leicht gebogenen Lehnen, ein Fußboden, der sich aus schwarzen und weißen Fliesen zusammensetzte, der Duft nach Kaffee in allen Variationen, das machte diese Atmosphäre aus.

Eine Frau mit fahlen blonden Haaren trat zu uns an den Tisch. Große dunkle Augen blickten uns fragend an.

Als ich die beiden Männer sah, die aßen, bekam ich ebenfalls Appetit und bestellte mir zwei Croissants. Suko verzichtete, nahm aber Tee und ich Cappuccino.

»Fassen wir zusammen?«, fragte mein Freund.

»Gibt es viel Neues?«

»Zumindest hast du was erfahren.«

Ich gab ihm einen kurzen Bericht. Zwischendurch wurde serviert, und ich stellte fest, dass meine Croissants noch sehr frisch rochen. Ich aß sie langsam und trank dazu den guten Cappuccino.

Suko wartete, bis ich mein erstes Hörnchen intus hatte, dann fragte er: »Bist du sicher, dass sich Rose bei der Beschreibung nicht geirrt hat? Könnte doch möglich sein, denn sie stand unter Schock.«

Ich wiegte den Kopf, wobei ich Suko anschaute. »Ja, das ist sicher möglich. Nur darfst du eines nicht vergessen. Es gibt Menschen, die, wenn sie unter Schock stehen, eine ganz besondere Beobachtungsgabe entwickeln. Das scheint mir bei dieser Zeugin der Fall zu sein. Sie hat alles sehr genau gesehen. Es hat sich ihr eingeprägt, und ich nehme ihr die Beschreibung ab.«

»Ein zweigeteilter Mensch vom Aussehen her?«

»Mensch?«

»Was ist er dann?«

Ich biss in mein zweites Hörnchen. »Das kann ich dir nicht sagen, Suko, aber ich gehe davon aus, dass sie es nicht mit einem Menschen zu tun gehabt hat.«

»Hast du auch eine Erklärung?«

»Noch nicht.« Ich wischte etwas Milchschaum von meinen Lippen weg. »Eine Erklärung hat mir Rose natürlich nicht geben können, und auch Lady Sarah konnte Namtars Aussehen nicht beschreiben. Weißt du denn, wie du dir einen sumerischen Todesdämon vorzustellen hast?«

»Wie sollte ich? Zumindest nicht wie einen Menschen. Aber in diesem Fall ist ja wohl eine Ähnlichkeit vorhanden.«

»Das trifft zu.«

In der nächsten halben Minute schwiegen wir. Ich musste mein Croissant essen, grübelte aber auch vor mich hin. Ein paar Krümel wischte ich von den Lippen weg und kam auf etwas zu sprechen, was Rose zu hören geglaubt hatte, sich dabei aber nicht sicher war.

»Dieser Killer hat mit dem Namen des Ermordeten so seine Wortspielchen getrieben. Er kam von Matt oder Matthew auf einen Matthäus zu sprechen und präzisierte dies auch. Er ging von dem Matthäus aus, der mal Evangelist gewesen ist.«

»Oh«, sagte Suko, bevor er erklärte, dass er sich als Chinese da nicht unbedingt auskannte.

»Das ist so. Matthäus der Evangelist.«

»Er war nicht allein – oder?«

»Es gab noch drei andere. Markus, Lukas und Johannes.«

»Weiter!«

Ich schüttelte den Kopf. »Das sind die bekanntesten. Zwar existiert noch ein Thomas-Evangelium und auch eines, das Petrus zugeschrieben wird, aber diese Botschaften sind von der offiziellen Kirche nicht anerkannt worden.«

»Hakst du dich jetzt daran fest?«, fragte Suko.

»Nicht unbedingt. Ich gehe nur davon aus, dass die Nennung des Namens etwas zu bedeuten hat. Namtar hat Matthew Wilde nicht umsonst mit dem Evangelisten Matthäus verglichen.«

»Und er hat ihn getötet!«

»Stimmt.«

Suko hob die Augenbrauen an. »Dann muss er einen Hass nicht nur auf Wilde gehabt haben, sondern auch auf die Person mit dem Namen Matthäus. Wenn wir davon ausgehen, dass es noch drei weitere Evangelisten gibt, dann würde ich sogar einen Blick in die Zukunft wagen, obwohl ich schon jetzt sagen muss, dass es mir nicht gefällt, was ich da sehe. Ich sehe nämlich böse Dinge auf uns zukommen und rechne mit drei weiteren Morden, wenn es das ist, was dieser Namtar will.«

»Was meinst du? Was will er?«

»Den Hass loswerden, den er gegen diese vier Personen aufgebaut hat.«

»Gut gedacht«, murmelte ich vor mich hin. »Nur frage ich mich, was das alles mit dem Schwarzen Tod zu tun hat? Ich sehe da keine Verbindung.«

»Er wird sie kennen, John.«

»Toll. Und was haben wir davon?«

»Noch nichts.«

»Nein, aber wir müssen uns darauf einstellen, dass es drei weitere Opfer gibt.« Ich klopfte auf die Tischplatte aus Stein. »Wenn ich deiner Theorie folge, dann befinden sich drei Männer in Gefahr, die die Namen der restlichen Evangelisten tragen. Markus, Lukas und Johannes.«

»Ja.«

Ich wollte etwas sagen und zugleich zur Tasse greifen, aber Suko schaute mich so seltsam an, sodass ich zunächst den Kopf schüttelte und fragte: »Ist irgendwas?«

»Ich habe nur nachgedacht.«

»Worüber?«

»Über den Namen Johannes.«

»Und?«

»Na ja.« Er hob die Schultern. »Auch Namen haben ihren Ursprung. Du heißt John, und ich denke, dass man ihn von dem Namen Johannes gut ableiten kann.«

Ich schaute Suko an, als hätte er mir etwas Schreckliches gesagt. Aber es stimmte. Mein Name leitet sich wirklich von Johannes ab, und möglicherweise stand jemand mit dem Namen John auf der Todesliste des Dämons. Vielleicht war ich sogar derjenige.

Diese Überlegung teilte ich Suko auch mit.

»Das muss nicht sein, John. Er wird auch wissen, dass er es mit dir nicht so einfach hat. Es war nur eine Überlegung von mir. Weitergekommen sind wir durch sie nicht.«

»Leider.«

Es war wirklich zum Weglaufen. Wir wussten von einer Gefahr, aber wir kamen nicht so nahe an sie heran, um sie stoppen zu können. Genau das war so fatal.

Mir kam wieder Will Mallmann, alias Dracula II, in den Kopf. Verdammt noch mal, er war derjenige, der den Fall ins Rollen gebracht hatte. Er spielte als Vampir in einer ganz anderen Liga, was auch bedeutete, dass er unter Umständen viel mehr wusste als wir, weil er den Einblick in andere Welten oder Dimensionen hatte.

»Woran denkst du, John?«

»An Will Mallmann.«

»Und dass du sein Angebot einer Zusammenarbeit ausgeschlagen hast, ja?«

»Richtig. Ich weiß nicht, ob das richtig gewesen ist von mir.«

»Ich hätte ebenso gehandelt wie du, John, glaube mir. Im Nachhinein betrachtet könnte es ein Fehler gewesen sein, sich nicht mit ihm zu verbünden, aber ...«

»Ja, später ist man immer schlauer. Doch mit Mallmann an einer Seite zu kämpfen, mit einem Todfeind, der sofort mein Blut trinken würde, wenn er es denn könnte, das war mir doch zu weit entfernt.«

»Glaube ich dir gern.« Suko lächelte gegen seine fast leere Teetasse. »Was würdest du denn tun, wenn er wieder versucht, Kontakt mit dir aufzunehmen?«

»Ich würde zumindest nachdenken.«

»Das ist immerhin etwas.«

Ich wunderte mich über Sukos Antwort. »Was redest du denn da so komisch daher?«

»Du wirst dich gleich entscheiden müssen.«

»Wie... wieso?«

Suko lächelte wissend. Er hob den rechten Arm an und deutete an mir vorbei. »Wenn du dich umdrehst, wirst du jemanden sehen, der gerade auf das Bistro hier zukommt.«

»Was? Wer ...?«

»Dreh dich um.«

Ich tat es. Die großen Fenster ließen den freien Blick zu, und meine Augen wurden groß, als ich sah, wer sich da der Tür des Bistros näherte. Es war eine blondhaarige Frau. Justine Cavallo. Draculas II rechte Hand und Gehilfin ...

Namtar war glücklich, sehr glücklich sogar. Von ihm hatte eine nahezu euphorische Stimmung Besitz ergriffen, als er daran dachte, wie leicht alles abgelaufen war. Ein Viertel war geschafft. Er hatte einen kleinen Teil des Tors geöffnet, und jetzt musste er auf dieser Welle weiterreiten, die ihn dann an das große Ziel bringen würde.

Der Engel hatte gebrannt. Der Gute war tot. Es gab noch den Starken, den Sturen und den Freien. Auch vor ihnen brauchte er sich nicht zu fürchten. Sie würden ebenfalls vergehen, wenn er es wollte. Und er wollte es. Er musste es tun.

Er hatte seinen Stützpunkt fast erreicht. Am Schalter eines Schnellimbisses hatte er noch zwei dicke Burger in sich hineingeschlungen, weil er einfach das Menschsein nach außen stellen wollte. Da gehörte diese Art zu essen einfach dazu.

Unterwegs war er mit einem schwarzen Kleinwagen, einem Ford Ka. Er hatte ihn nur genommen, um einen menschlichen Spaß auszuprobieren. Ansonsten waren Entfernungen kein Problem für ihn. Jetzt hatte er den Wagen an einem einsamen Platz abgestellt und näherte sich zu Fuß der Gartenanlage, in der sein Versteck lag.

Es war Tag geworden. Ein Tag, der in das Londoner Klischee passte. Trübe hing der Himmel über der Stadt. Der Wind war recht kühl. Man roch den Herbst, obwohl die Bäume noch ihr Kleid aus Laub trugen. Doch die äußeren Bedingungen waren ihm egal. Er spürte sie so gut wie nicht. Einer wie er nahm die Kälte ebenso hin wie die Hitze. Er war eben etwas Besonderes und mit keinem Menschen auf der Welt irgendwie zu vergleichen.

Das alte Gartenhaus stand noch so, wie er es in der Nacht verlassen hatte. Der Kanal roch weiterhin, der Verkehrslärm war nicht mehr zu hören, und er fühlte sich fast wie auf einer kleinen Insel, als er sich dem Bau näherte.

Es war kein Problem, ihn zu betreten. Er drückte die Tür hinter sich zu und huschte dorthin, wo sich der Zugang zum Keller befand. Namtar lächelte. Er rieb sich die Hände.

In seinen unterschiedlichen Augen lag der gleiche Glanz oder Ausdruck, obwohl die Farben so grundverschieden waren.

Wieder drückte er mit beiden Händen auf eine bestimmte Stelle am Boden. Lächelnd lauschte er dem Geräusch, das entstand, als sich der Grund öffnete.

Wieder wehte ihm aus der Tiefe die schlechte Luft entgegen, was ihn auch nicht weiter kümmerte. Er hatte seine Aufgabe zu erfüllen, an deren Ende das große Ziel stand.

Namtar tauchte ab.

Der Keller schluckte seine Gestalt, und je dunkler es um ihn herum wurde, umso mehr sorgte er für Licht, denn seine rechte Körperseite gab dieses kalte Licht ab, das sich im Keller verteilte.

Er warf nur einen kurzen Blick auf die an den Wänden stehenden Bilder und deren Motive. Normale Menschen hätten sich vor diesen Grausamkeiten erschreckt. Bei ihm traf das nicht zu. Er fühlte sich inmitten der Szenerien des Schreckens mehr als wohl und bewegte sich, obwohl er kaum Platz hatte, lässig und sich mehrmals verbeugend durch den versteckten Raum.

Der Spiegel war wichtig. Namtar hatte es bisher vermieden, ihn anzuschauen. Er wollte bis zum allerletzten Moment warten und hoffte auch, nicht enttäuscht zu werden. Normalerweise hätte das nicht der Fall sein dürfen, aber man konnte nie wissen, denn berechnen ließ die andere Welt sich nicht.

Wie ein Guru oder Magier mit halb erhobenen Armen blieb er vor dem dunklen Spiegel stehen. Er starrte gegen die Fläche, die einfach nur dunkel aussah, was ihn in diesem Fall enttäuschte. Er spürte den heißen Strom, der durch seinen Körper floss. Er fluchte innerlich, verzog sein Gesicht und wollte etwas sagen, als er es sich anders überlegte und noch näher an den Spiegel herantrat.

Ein ungewöhnlicher Laut schwang durch den Kellerraum. Er war aus Namtars offenem Mund genau in dem Moment gedrungen, als er den Spiegel genauer ansah, der sich tatsächlich verändert hatte.

Er war nicht mehr nur glatt. Er zeigte etwas, aber er gab das Bild des Betrachters nicht zurück.

Im unteren Viertel malte sich etwas ab. Es hatte scharfe Umrisse an den Seiten, sodass es auch gut zu erkennen war. Trotzdem musste Namtar genau hinschauen, um völlig sicher zu sein.

Was jetzt aus seinem Mund drang, glich schon mehr einem menschlichen Laut. Er schnaubte und keuchte zugleich. Dazwischen waren leise Schreie zu hören, doch er schrie nicht, weil er Schmerzen verspürte, es waren Laute der Freude.

Er hatte es geschafft!

Es war vollbracht!

Zumindest der erste Teil!

Wieder war das Hecheln zu hören, das leise Lachen. Namtar fiel auf die Knie. Er glich jetzt mehr einem Kind als einem Mordmonster. Auf den Knien robbte er so dicht wie möglich an den Spiegel heran, und das Licht aus seiner rechten Körperhälfte fiel gegen den Spiegel und auch gegen das, was sich abzeichnete.

Kein dunkles Skelett, aber der vierte Teil von ihm. Der Knochenfuß, das Bein, die Hüfte und teilweise auch ein Stück des Körpers bis hin zum Nabel, der natürlich nicht vorhanden war.

Schwarze Knochen. Leicht glänzend, als wären sie mit Öl bestrichen. Es war nichts Helles daran zu sehen, es gab keine bleiche Knochenfarbe. Hier war alles schwarz, und zwar so schwarz, wie es beim Schwarzen Tod üblich war.

Freude?

Ja, die empfand er. Aber es war noch mehr, was ihn durchfloss. Ein Gefühl der Euphorie und das Wissen, auf dem richtigen Weg zu sein. Nichts konnte ihn mehr davon abhalten. Es war einfach das Phänomen des Bösen, das zugeschlagen hatte. Hier galten noch die uralten Gesetze. Hier hatte die Zeit nichts verdrängen können, denn er hatte sie mit einem Riesenschritt überwunden.

Es musste raus. Er konnte es einfach nicht für sich behalten. Seine Worte sprudelten über die Lippen. Er redete in einer Sprache, die wohl noch nie ein Mensch gehört hatte. Jeder Begriff klang guttural, jedes Wort hörte sich in den Ohren eines Menschen regelrecht grausam an. Er kommunizierte mit dem Teil des Schwarzen Tods. Obwohl er keine Antwort erhielt, redete er weiter. Das musste er einfach tun, denn es war etwas geschehen, das alles auf den Kopf stellte.

Durch seine Tat hatte er ein Tor spaltbreit geöffnet, und irgendwann würde er es ganz aufgestoßen haben.

Namtar stand auf. Er bewegte sich so flüssig wie ein Schatten, der über die Wellen huscht. Sein Kopf reichte bis an die Decke heran. Ein letztes Mal nickte er dem Spiegel mit diesem knöchernen Ausschnitt darin zu.

»Ich komme wieder. Schon bald … schon bald …«

Er drehte sich um.

Geschmeidig stieg er die Sprossen der Leiter hoch und fand sich in der normalen Laube wieder. Bevor er sie verließ, warf er einen Blick durch das Fenster.

Das Grundstück war leer. Es kam nicht mal jemand, der es als wilde Kippe benutzte. Das taten die Menschen dann zumeist in der Dunkelheit, wenn sie niemand beobachtete.

Ausruhen wollte sich der Todesdämon nicht. Es galt, ein weiteres Ziel zu finden und dann noch zwei.

Namtar verließ das kleine Haus und eilte mit langen

Schritten davon. Wieder war nicht genau zu sehen, ob seine Füße den Boden berührten oder nicht. Es war zudem nicht wichtig.

Es gab nur eins für ihn. Das nächste Etappenziel. Und das war der Londoner Zoo …

Justine Cavallo!

Ausgerechnet sie. Ausgerechnet die blonde Bestie. Die hatte mir in meiner Sammlung noch gefehlt.

Sie stand an Mallmanns Seite. Sie war so etwas wie sein weibliches Pendant, und sie ernährte sich vom Blut der Menschen. Sie biss, sie saugte und ließ selbst den letzten Tropfen nicht verloren gehen.

Ich hatte mit ihr schon einige Kämpfe ausgetragen und konnte von Glück sagen, noch zu leben. Letztendlich war ich immer besser oder raffinierter gewesen. Sie jetzt als eine Verbündete zu betrachten fiel mir mehr als schwer.

Das merkte auch Suko und sprach mich flüsternd an. »He, du solltest dich zusammenreißen, Alter. Lass es langsam angehen. Denk an die Sache und nicht an sie.«

»Das versuche ich gerade.«

»Man sieht es dir nicht an.«

»Hör auf, ich …«

»Sie kann uns weiterhelfen, John. Denk immer daran. Justine ist nicht grundlos erschienen. Es kann gut sein, dass sie uns eine Botschaft übermitteln will.«

»Ja, wir werden sehen.« Ich beobachtete, wie Justine Cavallo die Tür des Bistros aufstieß, und musste daran denken, dass sie beileibe nicht wie eine Vampirin aussah. Sie war das perfekte Covergirl, angefangen vom Gesicht bis zum Körper. Hellblondes langes Haar umrahmte das Gesicht, dessen Züge in einer gewissen Schönheit erstarrt zu sein schienen. Für meinen Geschmack wirkte sie zu künstlich und zu puppenhaft.

Ich hatte den Eindruck, als würde sie nicht richtig leben und wäre aus Holz geschnitzt.

Ein Irrtum, denn Justine Cavallo war alles andere als eine hölzerne Person. Sie hätte sich auf dem Laufsteg ebenso gut gemacht wie in einer Kampfschule, und wer sich als Mensch mit dieser Unperson einließ, der konnte einfach nur unterliegen.

Das hatte ich festgestellt, aber auch Suko, der nun wirklich verdammt viele Kampftechniken beherrschte. Doch auch ihm hatte Justine seine Grenzen gezeigt.

Sie trat ein.

Inzwischen waren es nicht mehr vier Gäste, sondern die doppelte Anzahl, die sich im Bistro aufhielt. Hinzu kam die Besitzerin, die regelrecht an der Espresso-Maschine einfror, als sie die Blonde sah. Ihr Blick bekam einen starren und sehr ungläubigen Ausdruck.

Für alle Menschen, die Justine Cavallo zum ersten Mal sahen, war es ein Ereignis. Sie kam, sie brauchte nichts zu sagen, aber sie zog alle Blicke auf sich. Das lag nicht allein an den auffallenden Haaren, es galt auch ihrem Outfit. Sie liebte Leder. Schwarzes Leder, das eng an einem Körper lag, dessen Rundungen an den richtigen Stellen saßen und nicht zu übersehen waren. Die enge Hose, die kurze Jacke, die Justine niemals schloss, sodass sie immer viel Haut zeigte und fast die Hälfte ihrer Brüste bis hin zu den Warzen.

Sie ließ sie nicht frei pendeln. Beide Brüste wurden von einem hellroten Top verdeckt, das die Farbe ihrer Nahrung besaß, nämlich von menschlichem Blut.

Die Gespräche waren verstummt. Eine dichte und leicht gespannte Stille lag über dem Raum. Wir hörten, wie die Tür wieder zuschnappte, während uns Justine Cavallo nicht beachtete. Vor der Tür war sie stehen geblieben, und sie ließ ihre Blicke schweifen, wobei sie den Mund etwas geöffnet hatte und mit der Zungenspitze die Lippen umspielte. Auch diese Geste kannte ich und sah sie als obszön an. Zumindest wäre sie es bei einem Menschen gewesen, was Justine jedoch nicht war. Sie brauchte nicht zu atmen, sie spürte weder Hitze noch Kälte. Diese Unperson war eine Wiedergängerin, eine lebende Tote, auch wenn sie nicht so aussah.

Ich wusste, was in ihr vorging. Sie sah nicht nur die Gäste, sie roch auch deren Blut. Es musste ihr wie ein Schwall entgegenkommen. Wahrscheinlich fiel es ihr verdammt schwer, die Beherrschung zu bewahren. Mit ihren Blicken taxierte sie die Gäste so lange, bis sie sich mit einer scharfen Bewegung nach links drehte und sich uns zuwandte.

Sekundenlang schauten wir uns an. Niemand sprach ein Wort, bis ich das Schweigen brach.

»Du willst doch zu uns – oder?«

»Klar.«

»Dann komm her!«

»Bist du der Chef, John Sinclair? Ich komme, wann ich will.« Sie ging auf die Theke zu. Die beiden Ärzte, die dort noch immer saßen, rückten mitsamt ihren Hockern zur Seite, nur um der Cavallo Platz genug zu verschaffen. Sie setzte sich nicht hin, sondern schaute die Frau hinter der Theke an. »Ich nehme eine große Flasche Wasser.«

»Gut, ja.«

»Geben Sie sie mir.«

Die Frau bückte sich schnell. Alles geschah überhastet, denn sie wollte die Person schleunigst loswerden. Mit der Flasche in der Hand trat Justine an unseren Tisch heran. Mit dem rechten Fuß zog sie einen Stuhl näher und nahm Platz.

Ich deutete auf die Flasche, die Justine aufdrehte. »Ist das nicht das falsche Getränk für dich?«

»Im Prinzip schon.« Sie streichelte mit ihren kalten Fingern meine linke Wange. »Dein Blut würde mir besser schmecken. Was nicht ist, kann noch werden.«

»Aber nicht heute – oder?«

»Leider nein.«

Ich schaute zu, wie sie die Flasche an den Mund setzte und das Zeug durch die Kehle laufen ließ. Justine Cavallo gehörte zu den Vampiren, die sich auch am Tage sicher bewegten und keine Angst vor dem Sonnenlicht zu haben brauchten. Zwar entwickelten sie in der Nacht ihre stärksten Kräfte, doch auch die am Tage waren nicht zu unterschätzen, besonders nicht bei der blonden Bestie.

Mit einer langsamen Bewegung setzte sie die Flasche wieder ab. Justine legte eine Hand um sie herum, als wollte sie das Wasser beschützen.

Sie saß zwischen Suko und mir. Das Kreuz auf meiner Brust reagierte auf ihre Nähe, indem es sich erwärmte, doch ich dachte nicht daran, es hervorzuholen, um Justine Cavallo zu vernichten. Es wäre schwierig gewesen, trotz des Kreuzes, denn sie war auf der Hut.

Außerdem dachte ich an Sukos Worte und an das Sprichwort, dass man den Teufel manchmal mit dem Beelzebub austreiben muss, und dieser Beelzebub saß nun bei uns.

Ich stellte die erste Frage und schaute dabei von der Seite her in ihr Gesicht. »Was willst du, Justine?«

Sie lächelte breit. Ich sah einen ihrer verdammten Vampirzähne und hätte ihn am liebsten ausgeschlagen, doch ich riss mich zusammen.

»Kannst du dir das nicht denken?«

»Hat Mallmann dich geschickt? Warum kommt er nicht selbst?«

Sie drehte die Flasche im Kreis. »Es gibt gewisse Regeln, die man einhalten muss, John Sinclair. Unsere Aufgaben sind verteilt, verstehst du? Er setzt dort seine Akzente, ich hier.«

»Wo dort?«, fragte Suko.

»Namtar«, erklärte Justine und ließ den Namen dabei auf der Zunge zergehen.

»Und wo steckt er? Hat Mallmann bereits eine Spur von ihm gefunden?«

»Er ist unterwegs, Suko, und er hat bereits sein Zeichen gesetzt. Sein erstes.«

»Wie viele kommen noch hinzu?«

Justine lächelte wieder breit. »Es müssen wohl alte Regeln eingehalten werden. Ich denke, dass es drei weitere werden. Dann hat er genau das erreicht, was er will.«

»Die Befreiung des Schwarzen Tods?«

Justine legte den Kopf zurück. Kurz und trocken lachte sie in Richtung Decke. »Genau das, meine Freunde. Dann ist der Schwarze Tod endlich frei. Dann hat er die Chance, auf die er so lange gelauert hat. Ich habe das Gefühl, dass ihr es noch immer nicht glauben wollt. Aber ihr solltet die Sache ernst nehmen, verdammt ernst sogar, das sage ich euch.«

Ich hielt mich zunächst mit einem Kommentar zurück. Auch Suko sagte nichts mehr. Trotzdem schossen mir genügend Gedanken durch den Kopf, denn die Situation hier war mehr als befremdlich, obwohl einem Außenstehenden alles völlig normal vorkommen musste. Da saßen Suko und ich mit einer Person zusammen, die zwar aussah wie ein Mensch, aber keiner war. Justine Cavallo ernährte sich von Blut. Wer uns hier zusammen sah, hätte mit dem Kopf geschüttelt, hätte er Bescheid gewusst. Zwei Geisterjäger und eine Wiedergängerin. Todfeinde, die sich bis aufs Messer hätten bekämpfen müssen und nun eine zumindest nach außen hin friedliche Koexistenz demonstrierten. Und das, weil jemand zurückkehren wollte, den ich vor Jahren vernichtet hatte. Und zwar für immer und ewig, wie ich geglaubt hatte.

Nun jedoch konnte ich meine Vorstellungen über Bord werfen. Alles war auf den Kopf gestellt worden.

Durch die noch größere Bedrohung waren wir tatsächlich zu Verbündeten geworden – Justine Cavallo und wir.

Wenn der Schwarze Tod tatsächlich eine Rückkehr schaffte, war die Ordnung gestört. Dann geriet alles durcheinander. Danach wurden die Karten im Reich der Finsternis und nicht nur dort neu gemischt. Und da konnte es sein, dass aus Verlierern Gewinner wurden und umgekehrt. Genau das konnten Dracula II und Justine Cavallo nicht im Sinn haben. Sosehr sie das Chaos liebten, so wollten sie es doch kontrollieren können.

Mit dem Schwarzen Tod hatten sie in ihrer Existenz nie etwas zu tun gehabt. Justine kannte ihn gar nicht. Bei Will Mallmann war das etwas anderes. Er hatte damals seine frisch angetraute Frau durch den Schwarzen Tod verloren. Nur war er zu jener Zeit noch kein Vampir gewesen, sondern ein normaler Mensch. Später war er dann in die Vampirfalle geraten und zu dem geworden, als den wir ihn seit einiger Zeit kannten. Er hatte sich mit seinem Schicksal perfekt abgefunden und sogar seine düstere Vampirwelt geschaffen. Die wollte er natürlich nicht aufs Spiel setzen, was leicht möglich war, wenn es dem Schwarzen Tod gelang, die Macht zu übernehmen und neue Akzente zu setzen.

Mallmann kannte die Stärke dieses mächtigen Dämons, der bereits in Atlantis seine Macht bewiesen hatte und dem es auch gelungen war, den Untergang des sagenhaften Kontinents zu überleben, und er wollte seine Vampirwelt auf keinen Fall verlieren. Er und Justine befanden sich sozusagen noch immer im Aufbau und waren dabei, die Dinge nach ihren Regeln zu richten. Auch sie hatten Feinde, auch sie wollten immer mehr Macht, und sie wollten sich das bisher Erreichte nicht von einem Dritten zerstören lassen.

»Ich weiß, was dir durch den Kopf geht, John«, erklärte Justine Cavallo nun lächelnd. »Und alles, was du jetzt denkst, ist richtig. Ohne dass du es ausgesprochen hast, stimme ich dir zu.«

»Danke«, entgegnete ich spöttisch.

»Keine Ursache. Aber ich weiß, dass du das letzte Rätsel nicht gelöst hast.« Sie fixierte mich mit einem Blick, in dem sich so etwas wie Triumph abzeichnete.

»Stimmt, Justine, warum sollte ich lügen?« Ich schaute genau in ihr perfektes Gesicht und sah das Schimmern der hellblonden Haare. »Aber auch du weißt nicht alles. Du hast ebenso die Probleme, mit denen wir uns herumschlagen müssen, und für Will Mallmann gilt das Gleiche. Ihr beide wisst nicht, wieso es möglich ist, dass der Schwarze Tod so plötzlich zurückkehren kann. Ich selbst stehe vor dem gleichen Problem. Bisher bin ich davon ausgegangen, dass seine Seele, oder was auch immer ihn angetrieben hat, im Reich des Spuks gefangen ist und dort auch für alle Zeiten gefangen bleibt. Einmal wäre er fast entkommen, doch das lässt der Spuk bestimmt nicht noch mal zu. Er würde auch keine Säule seiner Dunkelwelt freiwillig abgeben. Also frage ich mich, was passiert ist, dass es nun Hinweise auf seine Rückkehr gibt. Wie es sich mit euch verhält, weiß ich nicht, aber wir stehen da und wissen nichts.«

Justine grinste, ohne ihre Zähne zu zeigen. »Es ist wirklich ein Problem.«

»Also kommt ihr auch nicht weiter?«

»Nein.«

Jetzt grinste ich, und auch Suko konnte es sich nicht verkneifen, was Justine Cavallo ärgerte, denn sie zischte uns wütend an.

»Was hast du?«

»Du nimmst die Sache nicht ernst genug, John Sinclair!«

»Sehr ernst sogar. Aber wir stehen vor einer Wand, in der es kein Fenster gibt. Wir wissen nicht, was dahinter geschieht.«

»Das ist unser Problem«, sagte Justine.

»Ja, aber wie wäre es dann, wenn wir gemeinsam darüber nachdenken? Es könnte ja sein, dass wir zu einer Lösung gelangen, wenn wir die Fakten in die richtige Reihenfolge bringen.«

»Gibt es die denn?«, fuhr sie mich an.

»Es gibt immer Fakten. Man muss sie nur finden. Etwas um die Ecke denken, meine ich.«

Suko, der sich bisher kaum am Gespräch beteiligt hatte, brachte sich wieder ins Spiel. »John, es könnte sein, dass wir schon eine Spur gefunden haben.«

»Wieso?«

»Du erinnerst dich möglicherweise an Theo Gain?«

Lange überlegte ich nicht. »Den Massenmörder?«

»Ja. Oder dessen Geist, der trotzdem Körper war. Der aus einer Welt kam, zu der wir bis dato keinen Kontakt gefunden haben ...«

Mir ging allmählich ein Licht auf. »Moment mal, sprach Theo Gain nicht von einer Parallelwelt?«

Ich hatte sehr leise gesprochen, denn ich war verdammt überrascht. Jetzt sah ich Sukos Nicken, und als dies passierte, da rieselte etwas über meinen Rücken, als hätte ich von irgendeiner Seite eine gewisse Bestätigung erhalten. Das Innere meiner Kehle wurde trocken, und ich schielte zur Seite.

Auch die Blutsaugerin sagte nichts. Sie musste ebenfalls nachdenken, obwohl die Lösung ihr eigentlich näher sein musste, weil sie und ihre Artgenossen ebenfalls in einer Welt existierten, die mit der menschlichen nichts mehr zu tun hatte.

»Genau«, flüsterte ich, als der kalte Schauer auf meinem Rücken wieder verschwunden war. »Theo Gain, der Massenmörder damals, ist aus einer Parallelwelt entstiegen.«

»Sehr gut, John.«

»Hältst du dich daran fest?«

Suko hob die Schultern. »Das kann ich dir beim besten Willen nicht sagen. Ich habe nur laut gedacht.«

Wir schwiegen. Um uns herum hatte sich das Bistro gefüllt, doch von dem Trubel bekamen wir nichts mit und hatten mehr das Gefühl, auf einer Insel zu hocken.

Justine Cavallo hatte bisher noch nichts gesagt. Auch jetzt blieb sie still und bewegte nur ihre Augen, wenn sie den einen oder anderen von uns anschaute. Plötzlich ging ein Ruck durch ihre Gestalt, und sie fragte: »Was ist mit diesem Theo Gain?«

»Es gibt ihn nicht mehr«, sagte ich.

»Endgültig?«

»Diesmal schon.«

»Und warum war er wichtig?«

»Durch ihn«, sagte Suko, »haben wir einen ersten Hinweis auf diese Welt erhalten. Jetzt denken wir darüber nach, ob die Seele oder der Geist des Schwarzen Tods irgendwie aus dem Reich des Spuks entkommen und in diese Parallelwelt gelangen konnte.«

»Wie sollte ihm das gelungen sein?«, fragte ich.

»Erinnerst du dich an Isaak McLellan und seine Totenkopf-Brigade? McLellan schaffte es damals, den Schwarzen Tod wiederzuerwecken, doch dein Kreuz schleuderte ihn zurück ins Reich des Spuks. So dachten wir damals. Doch was ist, wenn genau das nicht geschah? Wenn der Schwarze Tod stattdessen in jene Parallelwelt geschleudert wurde, aus der auch Theo Gain kam?«

»Das ist nur Theorie«, sagte ich.

»Aber ich frage mich, was uns noch bleibt?«

Justine nickte. Ich glaube nicht, dass sie sich den Fortgang der Unterhaltung so vorgestellt hätte. Sie war bestimmt aus einem anderen Grund erschienen. Danach fragte ich sie jetzt.

»Zur Sache, Justine, warum bist du gekommen?«

»Ich wollte euch sagen, dass Namtar wieder unterwegs ist.«

»Das denken wir uns. Hast du ihn gesehen? Weißt du, welchen Weg er nimmt?«

»Nein, nicht genau, aber ich weiß, dass er bereits ein Opfer hinterlassen hat.«

»Das ist wahr.«

»Und er holt sich das zweite. Danach das dritte, dann das vierte, und schließlich wird es zu einer Rückkehr des Schwarzen Tods kommen. Dann hat sich der Kreis geschlossen.«

»So weit, so schlecht«, sagte ich. »Aber kannst du uns irgendwelche Namen sagen, damit wir die Menschen warnen können. Denn du willst ja auch nicht, dass sich der Kreis schließt.«

»Ich kenne sie nicht.«

»Schwaches Bild, Justine.«

»Nicht ganz.« Sie ließ sich nicht in die Defensive drängen. »Er wird innerhalb kürzester Zeit die vier Opfer dem Schwarzen Tod bringen, um seine Rückkehr zu ermöglichen. Namtar ist bereits unterwegs, um sich das zweite zu holen. Das dritte und vierte werden folgen, und dann hat er es geschafft.«

»Ist uns nicht neu«, sagte Suko. »Weißt du sonst nichts zu erklären, Justine?«

»Manchmal ist es zu spüren. Es ist wie eine Aura, die sich durch die Stadt bewegt. Es sind fremde Gedanken. Es ist etwas Unheimliches, etwas, das auf unserer Linie liegt, das wir lieben und nicht hassen müssten, eine dunkle Macht, deren Gedanken verfolgt werden können. Es gibt jemanden, der sie aufgenommen hat. Fragmente nur, kleine Teile, aber sie könnten uns weiterbringen.«

»Raus damit!«, forderte ich.

Justine schüttelte den Kopf. »Ich habe sie nicht gespürt. Es war Will Mallmann, auf den wir uns verlassen müssen. Er hat über die Zahl Vier nachgedacht. In der Apokalypse vernichten vier Reiter die geschaffene Welt. Nur die geistige bleibt bestehen. Die vier Reiter sind das Symbol des Fluchs, der auf allem Irdischen liegt, und deshalb sind sie auch sehr nahe an dem Schwarzen Tod.«

»Gut – und weiter?«

Sie lächelte. »Jetzt bist du an der Reihe, John Sinclair. Denke nach. Philosophisch, das ist am besten. Mehr kann ich dir nicht sagen oder einen letzten Hinweis auf den Dualismus geben.«

Ich wusste gar nicht, dass sich eine Blutsaugerin auf dieser Ebene bewegen konnte. Nun ja, man lernt eben nie aus.

Suko und ich schauten uns an. Mein Freund dachte ebenfalls über das Gehörte nach, gab allerdings keine Antwort, und ich hakte mich an dem Begriff Dualismus fest.

Hell und Dunkel, Liebe und Hass, Tag und Nacht und so weiter. Gegenteile. Vier Reiter der Apokalypse. Horror-Reiter, gegen die wir ebenfalls schon gekämpft hatten.

Gab es auch zu ihnen ein Gegenstück?

Justine schwieg ebenso wie Suko. Sie ließ mich nachdenken, was wirklich nicht leicht war. Da musste ich schon Gräben überspringen, um zu einer Lösung zu gelangen, die für mich akzeptabel war.

Ich dachte an den ersten Toten. Ich dachte an die Schilderungen der Freundin.

Matthew gleich Matthäus. Ein Evangelist, aber davon gab es vier. Und damit war ich wieder beim Punkt.

Sie waren das Gegenstück zu den Reitern der Apokalypse. Der Schwarze Tod wollte sie auslöschen. Nicht die Evangelisten selbst, das war nicht möglich, aber Menschen, die ihren Namen trugen. Mit Matthew hatte es begonnen.

Er war zu einem brennenden Engel geworden. Er hatte wie ein Engel fliegen sollen, um dann zu sterben. Es existierte also ein Synonym zu ihm. Und zu den anderen drei Namen?

»Habe ich dich zum Nachdenken gebracht, John Sinclair?«, flüsterte die Cavallo mir zu.

Obwohl die Ironie in ihren Worten nicht zu überhören gewesen war, nickte ich. »Das hast du tatsächlich.«

»Sehr gut, John. Der Erste ist tot. Man brachte ihn auf eine besondere Weise um, wie ich erfahren habe. Ich bin nicht du. Ich denke nur, dass ich euch einen Anstoß gegeben habe. Man hat diese Evangelisten schon immer verglichen, und man hat ihnen bestimmte Eigenschaften zugesprochen. Das weiß selbst ich. Es müsste doch ein Leichtes sein, für die anderen drei ebenfalls das Passende herauszufinden.« Sie nickte uns zu, stand auf und sagte: »Wir sehen uns.«

Dann ging sie weg. Es war wieder ein starker Abgang. Diesmal schauten ihr mehr Augen zu als bei ihrem Eintritt.

Wir unternahmen nicht den Versuch, sie aufzuhalten, und schauten ihr kommentarlos nach.

Nach einer Weile fragte Suko: »Sind wir jetzt schlauer?«

Ich hob mein Glas an und trank es fast leer. »Etwas schlauer sind wir schon, aber ich würde mich gern schlauer machen, was die vier Evangelisten angeht.«

»Versuch es.«

»Hier?«

Suko lächelte. Er holte sein Handy hervor und reichte es mir. »Ruf einfach Lady Sarah an …«

Wenn wir nicht weiterwussten, fungierte unsere Freundin, die Horror-Oma, wirklich wie ein zweites Gedächtnis. Man konnte sie auch als wandelndes Lexikon bezeichnen. Und wenn sie mal eine Information nicht einfach so aus dem Handgelenk schütteln konnte, gab es in ihrem Haus zahlreiche Bücher, in denen sie nachschauen konnte. Hinzu kam noch das Internet, das Sarah Goldwyn natürlich auch für sich nutzte.

Das hätten wir auch tun können, doch jetzt ins Büro oder in eines der Internet-Cafés zu fahren, war uns zu mühsam und zu zeitaufwändig, also rief ich sie per Handy an.

»Du mal wieder, John. Ich höre es an deiner Stimme, dass du Probleme hast.«

»Vor dir kann man wirklich nichts verbergen.«

»Das stimmt. Wo also drückt der Schuh?«

Ich erklärte es ihr und wollte wissen, was man den vier Evangelisten andichtete. In der Theosophie wurde sehr oft mit Symbolen gespielt. Genau diesen Weg wollte ich beschreiten.

»Da brauche ich nicht mal nachzuschlagen, mein Junge«, erklärte sie. »Aber dass du es nicht weißt …«

»Ich bin im Augenblick überfragt.«

»Du solltest dich mal öfter mit der Bibel und ähnlichen Schriften beschäftigen.«

»Wenn ich mal mehr Zeit habe.«

»Ach, hör auf, ich kenne dich. Also – die Namen brauche ich ja nicht zu wiederholen. Ich komme direkt zu den Symbolen.«

»Toll.«

»Da wären: Engel, Löwe, Stier und Adler.«

Ich sagte zunächst nichts, weil mir die Überraschung die Stimme verschlagen hatte.

»He, bist du noch da, John?«

»Ja, ja, das bin ich.« Ich nickte dabei Suko bedeutungsvoll zu. »Jetzt hätte ich doch gern von dir noch mal die Namen gehört und die entsprechenden Symbole dazu.«

»Gern. Fangen wir mit dem Engel an. Er wird Matthäus zugeschrieben. Der Löwe gehört zu Markus. Da braucht man nur an Venedig zu denken. Lukas ist der Stier und Johannes der Adler. So sagt man, so schreibt man, und so hoffe ich, dir wieder etwas beigebracht zu haben.«

»Das hast du, Sarah.«

»Sehr gut, mein Sohn. Aber wo bleibt der Dank?«

»Sollen wir mal zusammen essen gehen?«

»Ah, nein. Wichtiger ist mir die Antwort darauf, warum du das alles wissen möchtest? An welch einem Fall arbeitest du, mein Junge?«

»An einem sehr komplizierten.«

»Biblisch kompliziert?«

»Das irgendwie auch. Aber ich kann dir wirklich nichts sagen, das musst du verstehen, Sarah. Hier geht es um Dinge, die nicht einfach zu regeln sind. Wir stehen leider erst am Anfang. Ich kann dir jedoch versichern, dass du uns sehr geholfen hast. Und bitte, Sarah, du kannst uns die Daumen drücken. Sehr fest.«

»Gern. Ist es denn so schlimm?«

»So kann es werden.«

Sie fragte nicht weiter. Sarah Goldwyn wusste, dass es bestimmte Grenzen bei uns gibt, die nicht überschritten werden können. Daran hielt sie sich auch und stellte ihre Neugierde zurück.

Als ich das Handy abschaltete, blickte mich Suko gespannt an. Ich wiederholte, was mir Sarah gesagt hatte.

»Das war mir neu«, flüsterte er.

»Mir auch, obwohl ich es hätte wissen müssen. Schließlich hat man eine Allgemeinbildung. Aber dieses Thema war bei mir leider verschüttet.«

»Deshalb hat Rose Cocu also den Begriff Engel gehört. Flieg wie ein Engel.«

»Was folgt, ist Markus der Löwe.«

»Genau.«

Jeder wartete darauf, dass sein Gegenüber etwas sagte, doch wir konnten nur die Schultern heben und waren zunächst irgendwie sprachlos.

»Unser Unbekannter wird sich wohl kaum in einen Löwen verwandeln können«, sagte Suko schließlich.

Dem stimmte ich zu. »Aber Namtar wird nicht davon abweichen. Er bleibt bei dem Bild.«

»Ein Löwe ist konkreter als ein Engel, John.«

»Bingo.«

»Und wo gibt es hier schon Löwen?«

Ich zuckte nach dieser Frage zusammen. »Verdammt, im Zoo natürlich.«

»Genau darauf wollte ich hinaus.«

»Dann ist unser nächstes Ziel der Zoo?«

»Darauf kannst du dich verlassen. Auch wenn wir Pech haben, es ist besser, als hier herumzusitzen und auf die Apokalypse zu warten.«

»Zahlen!«, rief ich …

5

Es roch nach Blut!
Das Fleisch war frisch, schien noch warm zu sein, und Marcus Fleming hatte das Gefühl, als würde ihn der Blutgeruch wie ein Vorhang umgeben. Er schloss die Tür noch nicht, sondern schaute dem Lieferwagen nach, der das Fleisch gebracht hatte. Das Fahrzeug rollte den schmalen Weg hinunter und würde nach der nächsten Kurve die Lieferanteneinfahrt erreicht haben.

Fleming war wieder allein. Und das freute ihn. Es gehörte zu seinem Leben. Er war ein Einzelgänger, der keine echten Freunde hatte und auf sie auch verzichten konnte. Seine einzigen Freunde waren die Tiere. Besonders die Löwen.

Er liebte die wunderbaren Raubkatzen, die so sanft auf der einen und tödlich auf der anderen Seite sein konnten. Die, obwohl sie im Zoo und nicht mehr in freier Wildbahn lebten, eigentlich nicht zu zähmen waren und von ihrer früheren und angeborenen Wildheit einen großen Teil behalten hatten.

Es gab den großen Käfig, es gab auch das anschließende Freigehege, das die Löwen von den Käfigen aus betreten konnten. Im Winter allerdings hielten sie sich lieber in der warmen Welt auf, die auch groß genug für sie war.

Vier Löwinnen und ein Löwe lebten zusammen. Das

männliche Tier war in die Jahre gekommen. Es hatte seine Pflicht, die Zeugung des Nachwuchses, hinter sich gebracht, und im Zoo dachte man darüber nach, ihn gegen einen jüngeren auszuwechseln, denn Löwenbabys ließen sich immer gut an andere Zoos verkaufen.

Gefährlich waren die Raubkatzen allemal. Besonders dann, wenn sie Hunger hatten.

Marcus Fleming hatte das Licht eingeschaltet. Die Leuchtstoffröhren an der Decke sahen so kalt aus wie Eisarme. Schattenlos knallte ihr Licht auf den Betonboden, der noch mit Strohresten bedeckt war, die Marcus irgendwann zusammenkehren wollte.

Hier war seine Welt, hier fühlte er sich wohl, hier hatte er sich eingerichtet. Hier hielt er sich nicht nur am Tag auf, sondern auch oft genug in der Nacht, wenn er nicht mehr zu seinen Eltern ging, um dort zu schlafen.

Die Tiere akzeptierten ihn auch. Ganz im Gegensatz zu den Menschen. Sie liefen weg oder schauten zur Seite, wenn sie Marcus sahen, denn er gehörte zu den Menschen, die ein Unfall gezeichnet hatte.

Es lag genau acht Jahre zurück, da war er in eine Glasscheibe hineingefallen. Die Splitter hatten sein Gesicht stark in Mitleidenschaft gezogen. Es war nur mehr ein blutiger Klumpen gewesen.

Die Ärzte hatten trotzdem alles versucht und ihn auch einigermaßen wieder hinbekommen. Dennoch war das Gesicht durch Narben gezeichnet, die es entstellten.

Das Äußere sagt nichts über die inneren Werte eines Menschen aus. Nur kapierten das die Wenigsten, und selbst die Kollegen gingen Marcus oft genug aus dem Weg.

Anders die Tiere. Sie spürten genau, dass ihnen der Mann etwas entgegenbrachte. Sie liebten ihn. Dabei spielte es keine Rolle, ob es nun ein Löwe oder ein Rebhuhn war.

Eine Ecke im Vorratsraum hatte er sich gemütlich eingerichtet. Da standen ein Bett, ein Tisch, ein Stuhl, ein Kocher und ein kleines TV-Gerät. In den letzten beiden Nächten hatte er hier übernachtet, und er hatte auch die Unruhe der Tiere gespürt.

Die Löwen verhielten sich anders als sonst. Aggressiver und wilder. Zuerst hatte Marcus es auf das Wetter geschoben, doch das stimmte nicht unbedingt. Andere Tiere verhielten sich nicht so. Es musste etwas Besonderes sein. Als spürten sie ein gewisses Unheil, das in der Luft lag und sich immer näher schob.

Das frische Fleisch war in Kisten geliefert worden. Er hatte die Deckel geöffnet und schaute auf die Masse, die von den Aluminiumwänden umrahmt wurde. Große Brocken. Fett, Sehnen, Fleisch und Blut vereinigten sich zu diesem Konglomerat. Zu zerteilen brauchte er es nicht mehr. Das hatten für ihn schon die Mitarbeiter des Schlachthofs getan. So wurden die Stücke portionsgerecht geliefert.

Auch jetzt brüllten die Tiere. Hatten sie nur Hunger oder gab es eine andere Ursache?

Wenn ja, würde Marcus sie nicht herausfinden. Er ging davon aus, dass die Löwen hungrig waren.

»Okay, okay, ihr bekommt ja euer Fressen. Aber ihr müsst mich in Ruhe lassen. Ich muss hier noch aufräumen und die Kisten auswaschen.« Er sprach, obwohl sie ihn nicht hörten. Manchmal war es anders, wenn er sich in ihrer Nähe aufhielt. Da schauten sie ihn beinahe an wie Menschen, die ihm eine Antwort geben wollten. Sie taten es dann auch. Sie röhrten, brüllten und machten ihm so klar, dass er zu ihnen gehörte.

Aber er durfte nie vergessen, dass sie Raubtiere waren. Wenn das passierte und einer übermütig wurde, dann spielten sie zwar hin und wieder mit ihm, dachten aber nicht daran, nicht ihresgleichen vor sich zu haben, und so konnten spielerisch geführte Prankenhiebe oft mit dem Tod eines Menschen enden.

Drei mit Fleisch gefüllte Kisten hatte der Fahrer gebracht. Rindfleisch, das sah Marcus mit einem Blick. An BSE dachte er nicht, als er die dreizinkige Gabel aus der Halterung nahm und sie in die breite Fläche der Schubkarre legte, die später auch das frische Fleisch aufnehmen sollte.

Es war wie immer. Ein Ritual, an das er sich schon gewöhnt hatte. Er freute sich auf die Fütterung, denn er hatte jedes Mal das Gefühl, die Tiere wären ihm gegenüber dann besonders dankbar.

Er konnte von seinem Anbau aus direkt in die Nähe der Käfige gelangen. Nach vorn besaßen sie den Ausgang ins Gelände hinein. Hinten waren sie verschlossen. Aber es gab Klappen, durch die er die Fleischbrocken warf, und es gab auch eine Nottür, denn hin und wieder mussten die Käfige gereinigt werden. Dann hielten sich die Tiere aber draußen auf und wurden auch von vorn nicht hineingelassen.

Eine Kiste leerte Marcus Fleming und eine halbe dazu. Mehr passte nicht auf die Ladefläche der Karre. Zur Fütterung musste er immer zweimal gehen, das war auch heute nicht anders.

Die Gabel legte er schräg auf die Ladung und hob die schwer gewordene Karre an den Seitengriffen an.

Er fuhr los.

Es war der gleiche Weg, den er immer nahm. Das Gummirad der Karre bewegte sich über die Fliesen hinweg. Er passierte den Wasseranschluss, unter dem ein dicker Industrieschlauch zusammengerollt lag und aussah wie eine schlafende Schlange mit rot und schwarz gemustertem Körper. Nicht weit entfernt und schon fast an der schmalen Seite, wo auch die Regale mit dem Werkzeug standen, befand sich die Seitentür, die er aufdrücken musste, um in den hinteren Bereich des Geheges zu gelangen.

Die Tür bestand aus Metall. Sie war sehr stabil und hielt auch dem Ansturm eines Löwen stand.

Es gab trotzdem noch gewisse Sicherheitskriterien, die Marcus Fleming beachtete. So schloss er die Tür immer ab und erst wieder auf, wenn es sein musste, so wie jetzt.

Aus der Brusttasche des Overalls holte er die Schlüssel hervor, fand den schmalen Spalt in der Tür sofort und drückte sie nach innen. Noch bevor er die Karre mit der Ladung über die Schwelle schob, vernahm er das Brüllen der Löwen.

Sie hatten ihn gehört und auch das Fleisch gerochen. Das Brüllen erreichte seine Ohren wie Donnerhall, er hörte sie mit den Pranken aufschlagen und schaltete das Licht ein.

Es war nicht so kalt wie das im hinteren Raum. Gitterstäbe aus Stahl bildeten die Rückseite der Käfige, die durch offene Türen miteinander verbunden waren.

Kein Tier hielt sich im Freien auf. Sie warteten auf das Fleisch und bewegten sich an den Rückseiten der Gitter entlang, wobei sie mit den Zungen um ihre Mäuler schlugen und leckten.

Marcus Fleming lächelte. »Ja, ja, nur nicht so wild. Ihr bekommt alle etwas. Es ist genug da. Keiner wird hungrig bleiben.« Er hatte die Karre abgestellt. Jetzt musste er nur noch eine Klappe in der Tür öffnen, das Fleisch mit den Zinken der Gabel packen und die Stücke in den Käfig schleudern. Da immer genügend Nachschub vorhanden war, würde es keinen Streit um die Beute geben.

Die Tiere pressten ihre Köpfe von der anderen Seite her gegen das Gitter. Mit den Pranken schlugen sie gegen die Stäbe. Sie rüttelten daran. Die Gitter bestanden aus bestem rostfreiem Stahl.

Fleming griff zur Gabel. Auch wenn er so schmal aussah,

in ihm steckte schon eine gewisse Kraft. Tief hatten sich die Zinken in das Fleisch gebohrt. Noch war die Klappe geschlossen. Fleming steckte seinen linken Arm aus, um den Riegel zu bewegen, als er mitten in der Bewegung innehielt. Etwas irritierte ihn.

Er konnte den Grund nicht nennen. Sekundenlang kam er sich wie vereist vor, als hätte man ihn aus der normalen Welt gezogen. Etwas kroch kalt über seinen Rücken hinweg, und als er den Kopf leicht nach links drehte, wurde er sich des Phänomens bewusst.

Es lag an den Tieren!

Sie waren plötzlich so ruhig geworden. Kein Fauchen mehr, kein Knurren oder leises Brüllen – und sie hatten sich sogar vom Gitter zurückgezogen und hielten sich tiefer im Käfig auf.

Warum?

Die Frage gellte wie ein Schrei durch seinen Kopf, bis er das Lachen in seinem Rücken hörte.

Marcus Fleming fuhr herum – und glaubte, seinen Augen nicht trauen zu können.

Vor ihm stand ein Fremder!

Marcus Fleming fragte nicht, wie der Fremde in den Raubtierkäfig gekommen war, er dachte auch nicht über die Gründe nach, die jemand hierher führen konnten. Er dachte an gar nichts, denn er schaute nur auf die Gestalt und war von ihr fasziniert.

Vor ihm stand ein Mensch, ein Mann, aber einer, wie er ihn noch nie zuvor gesehen hatte. Hell und dunkel zugleich. Links das dunkle, rechts das helle Haar. Die beiden unterschiedlichen Gesichtshälften, die dunkle Kleidung, die linke Schattenhand, während die rechte eine normale Haut besaß.

Es war einfach alles verrückt und trotzdem so normal. Oder? Er fing an zu zwinkern, wischte sich über die Augen, als könnte er dadurch das Bild verscheuchen.

Es blieb bestehen. Es wollte nicht verschwinden. Der Fremde war echt, und nicht nur das. Von ihm strahlte etwas aus oder ab, das Marcus nicht begreifen konnte. Da musste sich etwas ausgebreitet haben. Ein Wille, eine Macht, denn selbst die so starken Löwen bewegten sich nicht und lagen ruhig auf dem Boden.

Das alles hatte er geschafft. Einer, der gekommen war und bewiesen hatte, wozu er fähig war.

Fleming hatte in den vergangenen Sekunden die Luft angehalten. Jetzt stellte er fest, dass es ihm nicht gut getan hatte. Er bekam den leichten Schwindel mit. Er spürte auch den Druck in seinem Kopf und konzentrierte sich wieder auf den Fremden.

Dabei wunderte er sich über sich selbst, dass es ihm gelang, eine Frage zu stellen.

»Wer sind Sie?«

Der Mund in diesem ungewöhnlichen Gesicht bewegte sich. Auch er war verschieden. Normale Lippen auf der einen Seite, dunkle auf der anderen. Das Lächeln kam dem Pfleger grotesk vor. Die Antwort allerdings war es nicht. Sie glich schon einem leichten Schock.

»Ich bin dein Schicksal.«

Zum ersten Mal überhaupt hatte der Fremde gesprochen, und Marcus Fleming lauschte der Stimme nach. Er hatte diesen seltsamen Klang nie zuvor gehört. Er war nicht tief, nicht hoch, eigentlich überhaupt nicht normal. Die Stimme klang künstlich. So etwas gab es ja, wenn jemand Kehlkopfkrebs gehabt hatte. Man baute ihm einen Sprechapparat ein, der über einen kleinen Chip funktionierte.

Er ist mein Schicksal! So hatte der Fremde gesprochen,

und die Worte fuhren dem Pfleger durch den Kopf. Eine mehr als ungewöhnliche Antwort, über die er allerdings nicht lachen konnte. Nein, das auf keinen Fall. So ungewöhnlich und unnormal sie auch geklungen hatte, er glaubte diesem Fremden. Das war ein Mensch, wie man ihn nur einmal im Leben sah, wenn überhaupt…

In Marcus regte sich Widerstand. Er schluckte und versuchte, sich innerlich aufzubauen. »Was… was soll das?«, fragte er flüsternd. »Wie können Sie so sprechen? Was suchen Sie überhaupt hier? Fremden ist der Eintritt hier verboten. Haben Sie die Schilder nicht gelesen, verdammt noch mal?«

Der andere lächelte nur.

Dann ging er vor.

Marcus hatte noch etwas sagen wollen. Er hielt den Mund, denn er sah, dass mit dieser Gestalt etwas nicht stimmen konnte. Sie ging, sie bewegte auch ihre Beine, aber sie schwebte über den Boden hinweg und musste ihn nicht mal berühren.

Es war ein Phänomen. Es war etwas Herrliches. Es war auch nicht zu erklären. Für einen Augenblick sah Marcus einen seiner Wunschträume in dieser Gestalt erfüllt. Auch er wäre gern über den Boden geschwebt, ohne sich anstrengen zu müssen. Und aus dem Schweben wäre dann vielleicht ein Fliegen geworden und…

Seine Gedanken wurden durch den Griff des Mannes unterbrochen. Eine Hand presste sich gegen sein Gesicht. Es war die dunkle, und Marcus spürte die Kälte, die von ihr ausströmte.

Dicht vor sich sah er auch das Gesicht. Unterschiedliche Augen. Beide waren sehr starr. Künstlich vielleicht, wie bei einem Roboter. Er dachte an so vieles, aber der Widerstand drang nicht mehr in ihm hoch. Etwas erwischte ihn. Es drang in seinen Kopf ein, und es wollte ihn übernehmen. Er merkte auch, dass etwas aus ihm entfernt wurde. Es verschwand aus seinem Kopf. Sein Wille war nicht mehr vorhanden. Er gehorchte sich selber nicht mehr.

»Alles klar, Marcus?«

»Ja.«

»So wollte ich das haben.« Die Hand ließ ihn los.

Marcus dachte nicht daran, sich zu bewegen. Er hätte es zudem auch nicht gekonnt. Er stand auf der Stelle und starrte ins Leere. Er war geduldig und wartete auf die Frage des Fremden, die auch prompt folgte.

»Weißt du, wer ich bin?«

»Nein!«

»Ich heiße Namtar!«

»Ich kenne dich nicht!«

»Das ist mir klar, aber jetzt weißt du es. Du wirst dir meinen Namen merken. Namtar. Ein Name, der Geschichte geschrieben hat. Für den es keine Zeiten gibt. Der Himmel und Hölle kennt. Der mit dem Tod tanzt. Der als Schicksal und als Bote geschickt wird und dem die Menschen immer gehorchen müssen.«

»Ja, ich weiß.«

»Sehr gut, mein Lieber. So möchte ich das auch haben. Ich liebe es, meine Zeichen zu setzen. Namtar ist auch dein Schicksal. Ob du es willst oder nicht.«

»Was verlangst du?«

»Ich werde reden und alles regeln. Du wirst dich mir allein hingeben und alles tun, was ich verlange. Ist das klar?«

»Ich habe verstanden.«

»Sehr gut, mein Freund. Wir beide werden jetzt gemeinsam in den Käfig gehen und deinen Tieren einen kleinen Besuch abstatten. Es wird keine Probleme geben, denn sie gehorchen mir. Sie haben Hunger, aber sie werden nicht fressen, obwohl du das Fleisch mitnehmen wirst. Hast du mich verstanden?«

»Das habe ich ...«

»Wunderbar, Marcus. Dann können wir uns auf den Weg machen. Nicht zur Klappe, sondern zur Tür.«

»Ich weiß ...«

Es lag noch nicht lange zurück, da war Marcus Fleming der Vergleich mit einem Roboter durch den Kopf geschossen. Jetzt verhielt er sich selbst wie einer, nur bekam er es nicht bewusst mit. Er setzte sich in Bewegung, ging langsam und mechanisch. Sein Blick war starr. Er kannte sich hier aus. Er wusste auch, wie er den Käfig betreten konnte. Nicht durch die Klappe, sondern durch die stabile Gittertür am Ende. Jeder Stab sah aus wie frisch geputzt.

Kein Löwe rührte sich, als er die Schubkarre anhob. Die Gabel rutschte zur Seite weg und blieb liegen. Er nahm sie nicht hoch, denn er hatte keinen entsprechenden Befehl von dem Fremden erhalten. Schließlich blieb er vor der Gittertür stehen und griff in die Tasche. Er musste die Tür öffnen. Sie war durch das Schloss gesichert, konnte aber auch verriegelt werden.

Niemand sah die beiden ungleichen Gestalten. Es gab auch keine Videokameras, die ihr Verhalten aufgezeichnet hätten. Alles lief ab, als wäre es ganz normal.

Marcus Fleming schloss die Tür. Zwei Mal musste er den Schlüssel drehen, und alles war wie immer.

Raubtiere riechen. Das war auch hier nicht anders. Er nahm den Geruch auf, ohne ihn wirklich zu registrieren. Alles lief wie immer ab, und trotzdem war es anders.

Da war die Stille, und sie wurde durch nichts vertrieben. Selbst die Tür quietschte nicht, als er sie öffnete. Alles lief so wunderbar glatt ab.

»Tritt ein!«

Marcus nickte nur. Er buckte sich, hob die Karre wieder an und schob sie zuerst in den Käfig hinein.

Namtar blieb dicht hinter ihm. Er brauchte keinen Befehl

mehr zu geben. Wenn er sich ab jetzt mit Fleming in Verbindung setzte, geschah dies auf einem anderen Weg. Er leitete ihn auf einer geistigen Ebene.

Der Käfig war groß, aber nicht leer. Die fünf Löwen lagen auf dem Boden, als hätten sie sich bereits satt gefressen und würden nun verdauen und sich ausruhen.

Marcus konnte das Zittern nicht vermeiden, obwohl er unter dem Eindruck des Fremden stand. Er nahm seine Umgebung sehr wohl auf, nur brachte er sie nicht mit einer Gefahr in einen unmittelbaren Zusammenhang. Ebenso hätte er auch eine große Vogel-Voliere betreten können.

Aus irgendeinem Grund hatten die Tiere so etwas wie einen Halbkreis gebildet. Sie blieben am Boden liegen, bewegten jedoch die Köpfe und die Augen ebenfalls. Auf einen neutralen Beobachter hätten sie irgendwie einen künstlichen Eindruck gemacht.

Namtar stand hinter Marcus. »Das war gut«, lobte er ihn, »das hast du wirklich gut gemacht. Und jetzt wirst du auch den zweiten Schritt gehen. Nimm die blutigen Fleischbrocken und wirf sie ihnen zu.«

Der Pfleger gehorchte. Er bückte sich. Mit beiden Händen griff er in die Masse hinein. Er packte den ersten Brocken, und es störte ihn nicht, dass er blutige Finger bekam. Schwungvoll warf er die Stücke zu den Tieren hin, die sich nicht rührten und weiterhin wie ausgestopft wirkten.

»Sie … sie wollen nicht fressen«, flüsterte Marcus.

»Ich weiß.«

»Aber sie sind hungrig.«

»Stimmt auch. Nur bestimme ich, was und wann sie fressen.«

Fleming nickte. Er holte weitere Brocken aus der Karre und warf sie den Tieren vor.

Nichts zu machen.

Keine Regung. Auch als er den letzten Brocken losgeworden war, bewegten sich die Tiere nicht. Als Marcus einen Blick in die Karre warf, war sie leer. Nur Blut klebte noch an den Innenseiten.

Namtar legte ihm eine Hand auf die Schulter. Marcus spürte es als harten Druck. Die Stimme hörte er dicht an seinem Ohr. »Hast du nun gesehen, was ich alles schaffe? Wozu ich fähig bin? Ich herrsche über Menschen und Tiere, aber ich suche mir beide aus, wenn du verstehst?«

»Ja, das glaube ich.«

»Und jetzt bist du an der Reihe, Marcus.« Die Lippen berührten beinahe das Ohr des Pflegers. »Du bist Markus. Du bist stark wie ein Löwe, und du kannst kämpfen wie ein Löwe. Aber du kannst auch sterben wie ein Löwe. Für jeden habe ich eine besondere Todesart ausgesucht. Jeder, den ich suche und finde, wird würdig in den Tod gehen, und für dich sind es die Löwen. Der Löwe bei den Löwen!«

Der Pfleger hatte die Sätze gehört, nur begriff er sie nicht. Etwas störte ihn, und das hing mit ihm zusammen. Er merkte, wie etwas von seinem Menschsein zurückkehrte. Plötzlich konnte er wieder klar denken und ließ sich die Worte noch mal durch den Kopf gehen.

Der Löwe unter den Löwen …

Mit einer Hand schlug Namtar leicht gegen die rechte Wange des Pflegers. Dann trat er zurück und bewegte sich nach hinten, als Marcus so etwas wie einen Stich im Hinterkopf spürte.

Schlagartig hatte ihn die Realität wieder.

Und schlagartig wusste er Bescheid!

Er sah die Tiere, er sah das Fleisch herumliegen. Er roch das Blut, er hörte das Knurren, er starrte auf seine mit Blut beschmierten Hände, und schlagartig wurde ihm bewusst, in welch einer tödlichen Gefahr er schwebte.

Es war etwas geschehen, was auf keinen Fall passieren durfte. Er hatte den Löwenkäfig betreten. Zusammen mit der Nahrung, dem so frischen und blutigen Fleisch.

Nie durfte das geschehen – nie!

Der männliche Löwe brüllte auf. Es klang in den Ohren des Pflegers nach wie ein Urschrei. Das Tier fegte aus seiner schläfrigen Haltung in die Höhe. Es war plötzlich zu einer rasenden Bestie geworden, und seine Urinstinkte reagierten. Er war hungrig, er sah den Menschen nahe seiner Beute, die er sich nicht wegnehmen lassen wollte. Während die weiblichen Tiere noch zögerten, sprang der männliche Löwe auf den Pfleger zu.

Marcus Fleming erlebte dies wie im Zeitlupentempo. Nur war es ihm nicht mehr möglich, auszuweichen. Er musste es hinnehmen, und sein Gesicht verzerrte sich.

»Sei stark wie ein Löwe!«

Die Stimme feuerte ihn an, aber was in der Theorie Bestand hatte, musste in der Praxis nicht auch seinen Wert behalten. Die Arme riss er noch hoch, das war auch alles, denn in der gleichen Sekunde erwischte ihn das Tier.

Der Ansprung war ungeheuerlich. Marcus kippte nach hinten, schlug mit dem Kopf auf, und das Tier hockte fast zentnerschwer auf ihm.

Er sah das gewaltige Maul. Er sah die Zähne, die so leicht zuschnappten und die Beute zerbeißen und zerreißen konnten. Er nahm den Geruch auf, und der erste Biss erwischte ihn an der Schulter. Die Zähne hakten sich in seiner Kleidung fest. Das Tier zog ihn zur Seite. Er blieb auf dem Rücken liegen, schaute allerdings in die Höhe und sah auch seinen Besucher, dem keines der Tiere etwas tat.

Marcus schrie!

Plötzlich hatte er die Starre verloren. Er wollte und er musste einfach losbrüllen. Seine Augen waren verdreht. Heißer

Raubtieratem fegte über sein Gesicht hinweg, und erst jetzt spürte er den wahnsinnigen Schmerz in seiner Schulter.

In seiner Umgebung hörte er das Schmatzen. Die Löwinnen kümmerten sich um das Fleisch, sie rissen es an sich und verschlangen es.

Marcus aber wurde weiter durch den Käfig geschleift, während der Fremde seinen Weg begleitete. Er schaute sogar nach unten, um alles genau verfolgen zu können, und wie in einem Film, der mal gestoppt wurde und mal weiterlief, erschien ab und zu das Gesicht des Fremden in Marcus Flemings Blickfeld.

Noch hat das Tier mich nicht getötet!

Es war ein Satz, der sich in seinem Kopf immer wiederholte. Verrückt in dieser Lage, doch er konnte nichts dagegen tun. Warum? Wieso war das passiert?

Durch ihn, den Fremden?

Namtar verfolgte den Weg der beiden. Er ging schlendernd neben ihnen her. Er schaute nach unten. Er bewegte die Lippen, ohne etwas zu sagen, und doch musste er dem Tier irgendwelche Befehle geben. Daran glaubte Marcus fest. Sonst hätte ihn der Löwe längst zerrissen.

Bis zu einer Wand wurde er geschleift. In der Nähe stand eine Holzklappe offen. Sie markierte den Einstieg zu einem Tunnel, der im Freigehege endete.

Da wollte der Löwe nicht hin. Er ließ seine Beute los, und wieder blieb Fleming auf dem Rücken liegen. Den rechten Arm konnte er nicht mehr bewegen. In Höhe der Schulter hatten ihn die Zähne des Raubtiers einfach zerbissen. Etwas in seinem Kopf war nicht richtig. Er konnte kaum noch denken, aber das verdammte Gesicht seines unheimlichen Besuchers wurde er einfach nicht los.

Der starrte auf ihn nieder.

»Markus der Löwe. So wurde dein Vorgänger genannt. Du

bist sein Nachfolger. Ich habe es so bestimmt, aber ich sage dir auch, dass der Löwe durch den Löwen umkommen wird. Der Starke frisst den Schwachen. So sind die Gesetze, und die gelten auch hier!«

Der Pfleger war noch so weit klar, dass er alles verstand. Er wusste auch, dass sein Todesurteil gesprochen worden war, und er wollte schreien.

Namtar nickte!

Der Löwe reagierte.

Der Schrei drang nicht mehr aus dem Mund des Pflegers, denn das Tier zerfetzte ihm mit einem Bissen die Kehle …

Der Mann hieß Winston Kerr, roch nach Zigarre, war um die fünfzig Jahre alt und saß hinter seinem Schreibtisch wie eine Statue. Er hatte Suko und mir zugehört.

»Nein«, sagte er schließlich und schaute zum Fenster. Dahinter waren die Bäume zu sehen, die noch ihr Laub trugen und an den Rändern der Wege wuchsen, die durch den Zoo führten.

»Was meinen Sie damit?«, fragte ich.

»Dass alles nicht stimmt, was Sie mir hier erzählt haben. Hier hat noch nie ein Löwe einen Menschen getötet oder gefressen. Das ist doch Unsinn, das haben sie sich aus den Fingern gesaugt. Nein, ich kann Ihnen das nicht glauben, verdammt!«

Ich blieb ruhig. Ebenso wie Suko, der sich im Raum umschaute und interessiert die Plakate an den Wänden betrachtete. Auf ihnen waren zahlreiche Tierarten abgebildet und dazu die Regionen, in denen sie lebten. Ansonsten sah das Büro eines der beiden Stellvertretenden Zoo-Direktoren recht nüchtern aus. Kein ausgestopftes Tier, und es gab auch keine Katze, keinen Hund, der hier umherstreifte. Dafür Regale und Schränke, die mit Akten gefüllt waren. Zwei Besucherstühle gab es auch, auf denen Suko und ich Platz genommen hatten.

Einen Teil der Haare hatte der Mann schon verloren, und nur noch eine dünne graue Matte bedeckte seinen Kopf. Im großen Ascher lag eine angerauchte Zigarre, die er jetzt zwischen zwei Finger klemmte und anzündete. Erste Wolken umquirlten seinen Kopf, und mit der Zigarre im Mund verzogen sich seine Lippen zu einem breiten Lächeln.

»Sie brauchen uns auch nicht zu glauben«, sagte ich. »Es ist auch noch nicht gesagt, dass alles so eintreten wird, aber die Möglichkeit besteht durchaus.«

»Nein!«

»Warum sagen Sie das?«

»Weil ich unsere Sicherheitsmaßnahmen kenne, Mr. Sinclair. Wenn die Leute am Zaun stehen und in das Freigehege hineinschauen, dann können Sie sich noch so bemühen, sie werden nicht hineinkommen. Die Distanz ist zu groß und zudem noch durch einen Wassergraben gesichert. Der Löwe holt sich keinen Menschen. Er bekommt seine Nahrung von uns geliefert. Täglich frisches Fleisch.«

»Hier geht es auch nicht um den Normalfall«, erklärte ich. »Wir vermuten, dass etwas geschehen könnte, dass …«

Kerr winkte ab. »Auf Ihre Vermutungen kann ich mich nicht verlassen.«

»Trotzdem möchten wir Sie bitten, uns das Gehege und den Käfig zu zeigen. Das ist wirklich nicht zu viel verlangt.«

Er hob die Schultern. »Das weiß ich alles nicht. So etwas bin ich nicht gewohnt.«

»Es wäre besser, wenn Sie es tun«, sagte Suko. »Wir könnten zu anderen Maßnahmen greifen und Sie zwingen …«

Mit der linken Hand winkte Kerr ab. In der rechten hielt er seine Zigarre und wedelte damit. »Ja, ja, schon gut. Ich will alles, nur eben keinen Stress.«

»Dann bitte.«

Es gefiel Winston Kerr nicht, das sahen wir ihm an. Mit

einer wütenden Bewegung stampfte er die Glut in den Ascher und stand so heftig auf, dass sein Stuhl nach hinten glitt.

»An meine Termine haben Sie wohl nicht gedacht, wie?«

»Haben wir nicht«, erklärte Suko.

»Ich sage Ihnen schon jetzt, dass Sie nichts finden werden. Die Sicherheitsmaßnahmen sind einfach perfekt.«

»Davon würden wir uns gern selbst überzeugen.«

Kerr zog seine Jacke von der Stuhllehne. Sie bestand aus dünnem Leder und schimmerte rötlich. Er wollte auch seine Zigarrenkiste greifen, als das Telefon tutete.

Wütend verzog er das Gesicht. »Erlauben Sie, dass ich mich noch melde?«

»Immer«, sagte ich.

Er bellte seinen Namen in den Hörer und wollte noch etwas sagen, da aber versteinerte sein Gesicht. Er sprach nicht mehr. Er hörte nur zu. Dann nickte und lachte der Mann zugleich, nur war es alles andere als ein fröhliches Lachen, das wir hörten.

»Unmöglich, das kann nicht sein.«

»Doch, doch!«

Auch wir hörten den Anrufer, so laut schrie er in den Hörer. Dann sagte er etwas, was wir nicht verstanden, aber die Antwort des Stellvertretenden Direktors bekamen wir mit.

»Ja, ich komme!«

»Was ist los?«

Er fuhr herum, der Hörer rutschte ihm aus der Hand. Sein Gesicht war wachsbleich geworden. Schweiß schimmerte auf seiner Stirn. Er suchte nach Worten, fand sie zunächst nicht, musste schlucken und stöhnte danach mächtig auf.

»Im Freigehege bei den Löwen«, flüsterte er, »da zieht ein Tier eine Leiche hinter sich her ...«

Beide wurden wir blass!

Es gab einen Weg, den eigentlich nur die Eingeweihten kannten, und genau den nahmen wir auch. Wir überließen Winston Kerr natürlich die Führung, der zu einem Nervenbündel geworden war. Er lief, er zitterte dabei und sprach mit sich selbst. Der Pfad führte zwischen den großen Käfigen der Vögel entlang, und auch sie schienen unsere Aufregung zu spüren, denn alle flatterten unruhig in ihren großen Volieren hin und her.

Für uns stand fest, dass wir der richtigen Spur nachgegangen waren. Der Löwe hält sich im Zoo auf, und nur hier kann er seine Opfer finden. Auch wenn Kerr der Meinung gewesen war, dass so etwas in seinem Bereich nicht in Betracht kam.

Irren ist menschlich, und manchmal kann es auch verdammt tödlich sein. Auf dem Weg zum Ziel dudelte immer wieder das Handy des Mannes. Daran störte sich Kerr nicht. Er versuchte, noch schneller zu gehen, und sprach dabei mit sich selbst.

Wir schafften es wirklich in Rekordzeit, aber schon zuvor hörten wir die Stimmen und die Schreie. Sehr bald hatten wir den Hauptweg erreicht und mussten nach rechts. Der Weg führte ebenfalls in eine Rechtskurve, die praktisch in Höhe des Löwenbereichs auslief. Von dieser Stelle aus fiel der Blick der Zuschauer in das Freigehege hinein, in dem sich die Tiere bei schönem Wetter aufhielten und einen so prächtigen und majestätischen Anblick boten.

Das war jetzt alles anders geworden. Es gab keine Besucher mehr, die voller Staunen die Tiere betrachteten. Jetzt hielt die Panik sie in den Klauen, und sie kamen uns entgegengelaufen, denn ob Frauen, Männer oder Kinder, alle wollten so schnell wie möglich vom Ort des grausigen Geschehens verschwinden.

Normalerweise war der Weg breit genug. Hier aber hatten wir zu kämpfen, als wir in die entgegengesetzte Richtung liefen. Die meisten flohen, doch es gab einige Gaffer, die ihre

Plätze nicht verlassen hatten und die grausame Sensation weiterhin bestaunen wollten.

Auch wir kamen an. Von einer dicken Haltestange aus, die zu einer äußeren Absperrung gehörte, konnten die Menschen in das Freigehege schauen, das zudem umgrenzt war von einem breiten Wassergraben, den kein Löwe der Welt überspringen konnte.

Winston Kerr wirkte hilflos. Für ihn brach eine Welt zusammen. Er starrte in das Gehege, und sein Blick flackerte. In einer hilflos anmutenden Geste hatte er seinen rechten Arm ausgestreckt, um auf einen bestimmten Punkt zu deuten, denn dort hockte das Tier mit der mächtigen Mähne bei seiner Beute.

Der Löwe schleifte sie nicht mehr weiter. Wir mussten nicht erst zweimal hinschauen, um zu erkennen, dass es sich um einen Menschen handelte, der nicht mehr als ein blutiger Klumpen war, denn das Tier hatte nicht nur an einer Stelle zugebissen, sondern an gleich mehreren und hatte auch verschiedene Fleischstücke herausgerissen.

Jetzt schüttelte der Löwe den Kopf, drehte ihn dann und schaute zu uns herüber. Dabei riss er sein Maul auf, aus dessen tiefster Kehle ein schauriges Grollen drang, als wollte er uns seinen Triumph entgegenschreien.

Ich musste schlucken. Mein Gesicht sah bestimmt ebenso bleich aus wie das meines Freundes. Denn beide wussten wir, dass wir wieder mal zu spät gekommen waren.

Auch wenn sich dieser Namtar nicht blicken ließ, stand für uns fest, dass diese Tat auf seine Kappe ging. Er hatte den zweiten Teil seines verfluchten Plans in die Tat umgesetzt. Eine andere Möglichkeit kam für uns nicht in Betracht.

Wärter liefen herbei. Irgendjemand hatte sie alarmiert. Das Handy des Direktors dudelte noch immer. Er nahm es jetzt ans Ohr und schrie den Anrufer an.

»Ja, ja, wir werden den Toten herausholen! Aber es ist nicht so leicht. Vielleicht müssen wir den Löwen auch durch einen Schuss betäuben! Was ist mit Dr. Lincoln? – Gut, ich warte vor dem Freigehege auf ihn. Was ist mit der Rückseite? – Abgeschlossen? – Und die Tür zum Käfig? – Okay, bleiben Sie draußen. Und holen Sie sich sicherheitshalber auch die Gewehre!«

Der Direktor steckte das Handy wieder weg. Plötzlich waren wir seine Opfer. Er schaute uns mit fast schon hasserfüllten Blicken an.

»Sie!«, keuchte er. »Sie haben es gewusst, verdammt noch mal! Sie haben alles gewusst, sonst wären Sie nicht gekommen.«

»Das ist Unsinn!«, widersprach ich. »Wir hatten einen Verdacht und nicht mehr.«

»Ja, und jetzt ist er tot!«, flüsterte Kerr.

»Sie kennen den Mann?«

»Klar, selbst jetzt erkenne ich ihn. Es ist Marcus Fleming, einer unserer besten Tierpfleger.«

Suko und ich sagten nichts. Wir schauten uns nur an. Jeder verfolgte wohl den gleichen Gedanken. In meinem Nacken spürte ich das unsichtbare Eis, das dort lag, und als wir uns gegenseitig zunickten, da schüttelte Kerr den Kopf.

»Was haben Sie denn?«

»Es geht uns um den Namen«, sagte ich.

»Wie? Fleming?«

»Nein. Um den Vornamen Marcus.«

»Wieso?«

»Das verstehen Sie nicht.«

Kerr stampfte mit dem Fuß auf. »Sie werden lachen, das will ich auch nicht verstehen. Und jetzt entschuldigen Sie mich, denn ich habe zu tun.«

Das hatte er wirklich, denn er sah seine Leute kommen.

Auch ein Arzt war dabei. Wir erkannten ihn an seinem Gepäckstück, das er in seiner rechten Hand trug. Es war eine große Tasche, wie man sie eben von den Medizinern her kennt.

»Bleiben wir hier?«, fragte Suko.

»Nein.«

»Du denkst an Namtar?«

»Genau. Ich könnte mir gut vorstellen, dass er noch nicht das Weite gesucht hat. Er wird hier in der Nähe möglicherweise bleiben, um sich anzuschauen, was er angerichtet hat.«

Suko war skeptisch. Ich erkannte es an seinem Blick. Einen Kommentar gab er nicht ab.

Die Neugierigen waren längst zurückgedrängt worden. Die Mitarbeiter des Zoos brauchten jetzt freie Bahn. Ich sah Männer mit Gewehren, die Betäubungspatronen verschießen konnten, und schaute auch wieder zu dem Löwen hin, der noch immer neben dem Toten hockte und mit der breiten Zunge über sein Maul leckte.

»Er scheint satt zu sein«, meinte Suko.

Als hätte er der großen Katze ein Stichwort geliefert, stand das Tier plötzlich auf und trottete davon. Es lief auf zwei große Felsblöcke zu, die durch einen Mittelgang voneinander getrennt waren. Wie eine schmale Schlucht wirkte er. In der Nähe wuchsen einige Sträucher hoch. Links davon schimmerte dunkles Wasser in einem Teich, auf dessen Oberfläche Blätter schwammen.

»Wir könnten uns die Rückseite des Geheges anschauen«, schlug Suko vor. »Möglicherweise finden wir dort einen Hinweis auf Namtar.«

»Nicht nötig!«, flüsterte ich.

»Wieso?«

»Schau hin!«

Beide blickten wir wieder hinein in das Freigehege. Und

beide sahen wir das Gleiche. Die Umgebung und auch der Löwe waren nicht mehr wichtig, denn jetzt hatte ein Anderer seinen Auftritt.

Namtar!

Wir hatten ihn noch nie zuvor gesehen, aber er musste es einfach sein. Neben mir hörte ich Suko scharf atmen, während ich gar nichts tat und einfach nur auf dem Fleck stand, nach vorn schaute und nicht wusste, was ich denken sollte.

Es war wirklich der reine Wahnsinn. Namtar zeigte sich, denn offenbar war er sich seiner Sache unwahrscheinlich sicher. Er schritt dahin wie ein König, der sein Volk sucht. Den Kopf hoch erhoben, sodass von ihm eine gewisse Arroganz ausging. Er war sogar so nahe, dass wir sein Gesicht erkennen konnten, und selbst aus dieser Entfernung sah es zweigeteilt aus.

Die rechte Hälfte war normal hell wie auch das Haar. Die linke allerdings war schwarz. Dunkel, wie angekohlt, und nur in Höhe des Auges glühte es heller.

Die schwarze Kleidung passte zu ihm. Er wirkte wie ein Mensch, doch ich wusste sehr gut, dass das Äußere auch täuschen konnte, denn so wie er sich bewegte, fühlte er sich als etwas Besseres.

Ich war einiges gewohnt und hatte mich auch schnell von der ersten Überraschung erholt. Deshalb gelang es mir, nun über ihn nachzudenken. Ich runzelte die Stirn, denn mir war ein Vergleich in den Sinn gekommen, und das mit einem Wesen, das ich kannte.

Einen Beweis hatte ich nicht, aber irgendwo erinnerte mich diese Gestalt an einen Engel. Nein, nicht an die netten, kleinen, putzigen Figuren mit den dicken Pausbacken. Ich dachte eher an einen Engel aus der Hölle oder dem Reich der Finsternis, denn solche gab es auch.

Ich hatte sie erlebt, und ich wusste auch, wie verdammt mächtig sie sein konnten.

Namtar, der Todesbote des Schwarzen Tods, konnte durchaus ein Engel der Finsternis sein. Das passte zusammen.

Auch die anderen Männer in unserer Umgebung hatten ihn gesehen. Keiner gab einen Kommentar ab. Das Auftauchen der Gestalt hatte sie sprachlos gemacht und geschockt.

Namtar aber genoss seinen Auftritt. Er ging bis zu einer kleinen Erhöhung, die aus mehreren Steinen gebaut worden war, kletterte dort hoch und blieb stehen wie ein Denkmal, das angestarrt werden sollte.

Genau das taten wir.

Wind spielte mit seinen Haaren. Er wirbelte die an der rechten Seite ebenso in die Höhe wie die an der linken. Jeder sah die beiden Farben sehr genau.

Jetzt merkten wir, dass sich der Direktor nicht weit von uns entfernt aufhielt. Zuerst hörten wir ihn lachen. Dann fing er an zu keuchen. Bis er einige Worte hervorbrachte.

»Der … der … ist verrückt. Verdammt, so einer ist lebensmüde. Der muss weg, sonst …«

»Niemand wird ihm etwas tun«, sagte ich.

Kerr war durch meine Antwort so geschockt, dass er nichts mehr erwidern konnte. Da erschien wieder, wie von einem Zauberer herbeigeholt, der Löwe. Eigentlich hätten die Helfer jetzt ihre Betäubungsgewehre anlegen müssen, doch sie taten es nicht. Sie alle standen unter dem wahnwitzigen Eindruck, dass es hier etwas gab, das es eigentlich nicht geben durfte. Dieses Geschehen gehörte auch nicht zum Bereich des normalen Lebens. Der Löwe schien zu einem Kriechtier geworden zu sein, denn beinahe devot und mit eingezogenem Schwanz näherte er sich seinem neuen Ziel.

Es war die Gestalt auf dem Felsen.

Den Königsplatz verließ sie nicht. Sie sonnte sich in ihrem Ruhm, denn sie wusste genau, dass ihr der Löwe nichts anhaben konnte. Namtar war der Chef. Er hielt über allem die Hände, und er würde sich das Heft des Handelns nicht aus der Hand nehmen lassen.

Der Löwe erreichte die kleine Anhöhe. Bisher hatte er den Kopf gesenkt, nun hob er ihn an, ohne dass sich der devote Eindruck veränderte, denn die Raubkatze machte nicht den Eindruck, als wollte sie ihre Beute anspringen.

Ich hatte Löwen bisher nur fauchen oder röhren gehört, oder wie immer man diese Laute auch bezeichnen will. In diesem Fall allerdings bekam ich große Ohren, denn das Tier fing an zu winseln. Es jaulte wie eine Katze, die sich beschweren wollte. Derartige Töne hatte ich nie zuvor gehört. Sie klangen jämmerlich, beinahe schon bittend, und einen Moment später geschah noch etwas.

Der Löwe senkte den Kopf so tief, dass er die Füße der Gestalt ablecken konnte. Er tat es. Er winselte weiter und war plötzlich sehr klein geworden.

Namtar lächelte. Er hatte beide Arme in die Höhe gerissen, senkte sie kurz danach und bückte sich selbst auch nach vorn.

Er fasste den Löwen an – und hob ihn hoch!

Ein hartes Lachen schallte uns entgegen. Er spielte mit dem mächtigen Tier, das er schließlich fortwarf wie einen alten Lumpen. Dicht neben dem Toten prallte der kompakte Körper zu Boden.

Auch Namtar hielt es nicht mehr länger auf seinem Platz. Er drehte sich etwas nach links und streckte seinen linken Arm aus. Deutlich sahen wir die dunkle Hand, an der die Finger zusammengelegt waren, damit sie auf uns zeigen konnten.

Ja, auf Suko und mich, denn beide sahen wir genau, dass nur wir das Ziel sein konnten.

Nichts Genaues war dieser Geste zu entnehmen. Aber der Bote hatte sein Zeichen gesetzt, drehte sich um und ging davon.

Hätte es keinen Wassergraben gegeben, hätten wir die Verfolgung aufgenommen. So aber standen wir da wie zwei kleine Kinder, denen das Spielzeug weggenommen worden war. Wir mussten zuschauen, wie ihn die Umgebung einfach verschluckte, und dann war von ihm nichts, aber auch gar nichts mehr zu sehen.

Winston Kerr wollte etwas sagen. Er suchte noch nach Worten und starrte den in seiner Nähe stehenden Arzt an, aber dieser Mann war ebenfalls nicht in der Lage, einen Kommentar abzugeben. Er holte Luft. Noch immer hatte Kerr seine Probleme. Nur ein Heulen, vermischt mit unverständlichen Worten, drang aus seinem Mund. Dabei hatte er sich gedreht, blickte uns an und raufte sich schließlich die Haare.

Endlich brachte er normale Worte hervor. »Was ... was ... war das, zum Teufel?«

Ich hob die Schultern. »Sagen wir so, Mr. Kerr. Sie haben einen Vorgang erlebt, den man schon als unverständlich ansehen muss. Nicht zu begreifen, nicht zu verstehen, und trotzdem ist er geschehen. Damit müssen Sie und wir uns abfinden.«

»Aha. Abfinden.«

»Genau.«

»Wie denn?«

»Überlassen Sie das uns.«

Er deutete auf das Gehege. Der Löwe lag noch immer neben seinem Opfer und bewegte sich nicht. »Wer war dieser verfluchte Kerl, den wir alle gesehen haben? Keiner kennt ihn. Der ... der ... muss sich verkleidet haben. Wahrscheinlich war er ein Dompteur und wollte uns einfach mal zeigen, wozu er fähig ist.«

»Machen Sie sich darüber keine Gedanken«, sagte ich. »Dieser Mann gehört uns.«

»Soll ich lachen? Ich habe einen Pfleger verloren. Einen jungen Mann. Marcus Fleming. Ich selbst habe ihn eingestellt, weil ich seinen Vater kenne. Und jetzt werde ich diesem Mann sagen müssen, dass sein Sohn nicht mehr lebt und auf seiner Arbeitsstelle von einem Löwen zerrissen worden ist.«

Der Tod des Pflegers ging ihm sehr nahe. Ich konnte sogar Tränen in seinen Augen schimmern sehen.

Ich wollte ihm etwas Tröstendes sagen und kam mir trotzdem fehl am Platz vor. »Wir werden den Mann stellen, das verspreche ich Ihnen, Mr. Kerr.«

»Ja, vielleicht.«

Dr. Lincoln trat zu uns. »Wir sollten es jetzt versuchen, Winston. Die Männer sind bereit. Und wenn die Tiere betäubt sind, dann holen wir den Toten aus dem Gehege.«

»Ja, das ist schon okay.«

Winston Kerr ging einfach weg. Uns blickte er nicht mehr an. Das tat jedoch der Arzt mit einem recht nachdenklichen Blick. Eine Frage stellte er nicht.

Wir fühlten uns hier überflüssig. Suko schlug vor, dass wir uns trotzdem die Rückseite des Geheges anschauten. Möglicherweise hatte Namtar irgendwelche Spuren hinterlassen, obwohl ihm das eigentlich egal sein konnte.

Das Freigehege und das normale, in dem sich auch die Käfige befanden, bildeten eine Einheit. Von der Rückseite her war nichts zu sehen, abgesehen von einer Steinmauer. Die Metalltür war geschlossen, und wir trauten uns auch nicht in das Innere, obwohl man die Tür nicht abgeschlossen hatte.

In der Nachbarschaft turnten die Affen herum. Ihr wildes Geschrei klang, als würden sie uns auslachen.

Von Namtar sahen wir nichts, aber wir hatten ihn zumindest schon entdeckt. Er war kein Phantom mehr, sondern hatte eine Gestalt angenommen. Nur wessen Gestalt?

Das war die große Frage, um die sich meine Gedanken drehten. Was war er? Ein Mensch? Ein Dämon? Ein verlorener Engel? Oder vielleicht alles zugleich?

Wahrscheinlich. Jedenfalls hatte er es geschafft, die Hälfte des Plans in die Tat umzusetzen. Und so rückte die Rückkehr des Schwarzen Tods immer näher …

Ja, er war der Held! Der König. Der Kaiser. Den Menschen überlegen. Er sah aus wie ein Mensch. Er fühlte sich nur nicht so. Bei ihm war alles anders. Da gab es zwei Kräfte oder Mächte, die ihn unglaublich stark machten. Auf der einen Seite Mensch, auf der anderen der Engel oder auch der Dämon – es kam einzig und allein auf die Sichtweise des Betrachters an.

Namtar war alles. Mensch, Engel, Dämon und Todesbote. Oder mehr ein Übermensch. Er war das, was sich die normalen Leute zu sein wünschten. In ihm schlummerten Kräfte, die kaum zu fassen oder zu beschreiben waren. Wenn es darauf ankam, konnte er alles, sogar die Welt, aus den Angeln heben.

Genau das war sein Ziel. Die Welt aus den Angeln zu heben, um sie später dem Schwarzen Tod zu überlassen.

Mit diesem Gedanken näherte er sich seinem Versteck, das im Vergleich mit dem, was er war und als was er sich fühlte, schon ziemlich profan aussah. Aber auch das gehörte zu seiner Täuschung und dem, was er sich aufgebaut hatte. Niemals hätte irgendjemand gedacht, dass er sich einen derartigen Aufenthaltsort ausgesucht hatte. Man hätte ihn ganz woanders vermutet. Auf einem düsteren Thron, umgeben von Gestalten, die allesamt zu den niedrigen Dämonen zählten.

Und es war noch etwas passiert. Er hatte sich den Menschen gezeigt. Wie ein Herrscher über die Tierwelt war er in das Gehege getreten, um sich der Welt zu präsentieren. Sollten die Menschen doch sehen, mit wem sie es zu tun hatten, er fürchtete sich nicht. Das hatte er nicht nötig. Er nahm jeden Kampf an.

Namtar blieb stehen, als er das ehemalige Schrebergartengelände erreicht hatte. Über ihm breitete ein Baum sein Geäst aus. Die Blätter fingen den leichten Nieselregen ab, der aus den tief hängenden Wolken fiel.

Der Bote verharrte nicht, um sich auszuruhen. Es gab andere Gründe für sein Verhalten. Er wollte und musste nachdenken, denn zum ersten Mal hatte er etwas Bestimmtes festgestellt.

Man hatte ihn vor dem Feind gewarnt, doch das hatte ihn nicht besonders gekümmert. Das sah nun anders aus. Zwar war er mit dem Feind nicht direkt zusammengetroffen, er hatte ihn allerdings gespürt, so nahe war er ihm bereits gewesen. Von diesem Feind war etwas ausgeströmt, das ihm nicht gepasst hatte. Noch dachte er an eine Irritation, doch auch die gefiel ihm nicht, weil er immer alles perfekt haben wollte.

Da war jemand gewesen, der eine bestimmte Ausstrahlung gehabt hatte. Genau zu definieren wusste er es nicht. Sie war nur da gewesen, und sie konnte ihm nicht gefallen. Sie war das Gegenteil von dem, auf das er baute. Etwas, das es schon zu seiner Zeit gegeben hatte und das irgendwie alterslos war, aber auf der anderen Seite stand, als sollte sich der Kampf aus dem Anbeginn der Zeiten wiederholen.

Es war für Namtar nicht leicht, dies zu akzeptieren, aber er konnte es auch nicht wegschieben, und so fing er an, darüber nachzudenken, und er bereitete sich darauf vor, diesem Feind irgendwann zu begegnen.

Man hatte ihn eingeweiht. So wusste er genau, wie der

Schwarze Tod damals vernichtet worden war. Ein silberner Bumerang, entstanden aus dem Buch der grausamen Träume, hatte diesen mächtigen Dämon vernichtet. Einfach zerhackt. Zerstört. In die Vernichtung geschickt, aus der es kein Zurück mehr gab.

Das alles war Namtar geläufig. Er hatte es abgespeichert, doch sich nie näher damit beschäftigt. Nun dachte er darüber nach. In seinem Innern flackerten kleine Warnsignale auf, die ihm bedeuteten, in Zukunft vorsichtiger zu sein, ohne jedoch von seiner eigentlichen Aufgabe Abstand zu nehmen.

Es gab den Mörder des Schwarzen Tods noch. Namtar hatte seine Macht für einen Augenblick gespürt. Er konnte nicht sagen, dass er darüber begeistert war. Angst kannte er nicht. Er hasste es nur, wenn jemand seine Pläne stören wollte, aber darüber war noch nicht das letzte Wort gesprochen.

Und noch etwas störte ihn. Es hatte nichts mit dem Mörder des Schwarzen Tods zu tun, denn es lag auf einer ganz anderen Ebene. Hin und wieder hatte er das Gefühl gehabt, von einer unbekannten Macht kontrolliert zu werden. Dass ihm jemand auf den Fersen war. Dass man nach ihm suchte, um ihn zu stellen und zu etwas zu zwingen.

Es konnte eine Vermutung sein. Es konnte allerdings auch der Wahrheit entsprechen. Das alles musste er genau eruieren und zuschlagen, wenn es so weit war.

Zunächst aber wollte er dem noch nicht zurückgekehrten Schwarzen Tod die Referenz erweisen, die ihm zustand. Deshalb machte er sich wieder auf den Weg zu seiner Hütte.

Der feine Nieselregen hielt an. Die Sicht war schlechter geworden, weil sich graue Wolken wie Vorhänge nach unten gesenkt hatten. Er huschte über die nasse Erde, wobei er sie nur hin und wieder berührte und ansonsten darüber hinwegglitt.

Die Mauern der Hütte waren nass geworden und sahen noch trister aus. An den Außenscheiben der Fenster rann das Wasser in Schlieren herab. Pfützen bedeckten den Boden wie große Augen, die sehr dunkel aussahen.

Der Regen löschte alle Spuren. Jetzt hätte selbst er nicht mehr feststellen können, ob ihn jemand besucht hatte.

Namtar erreichte die Tür und schaute sie schnell an. Nichts erregte sein Misstrauen. Es war niemand eingebrochen. Hätte jemand es versucht, er hätte sein böses Wunder erlebt, das stand fest, denn niemand außer ihm durfte sich der magischen Zone nähern.

Der Todesdämon tauchte ein in seine Behausung und hatte sehr bald den Weg in die Tiefe freigelegt. Er musste lächeln, als er daran dachte, wie simpel hier alles angelegt worden war. Jedes Kind hätte, wenn es wollte, sein Versteck finden können. Aber gerade in der Schlichtheit lag eben die Raffinesse.

Wieder wehte ihm die kalte Luft wie ein Atemstoß aus einer anderen Welt entgegen. Es war sehr still. Seine Tritte waren kaum zu hören, als er über die Sprossen der kurzen Leiter hinweg in die Tiefe glitt. In seinen verschiedenfarbigen Augen funkelte es. Namtar spürte genau, wie dicht er davor war, wieder ein großes Ereignis zu erleben.

Vor dem breiten Spiegel blieb er stehen. Die Fläche stand etwas schräg an der Wand, damit er sie sehen konnte. Er kniete nieder. Er verneigte sich. Er wartete auf die Aura, auf den Kontakt mit der anderen Welt. Das alles sollte ihm zeigen, dass er angenommen war und durch die Bluttat wieder ein Tor geöffnet hatte.

Geschafft!

Er sah die Gestalt. Er sah die Bewegung im Spiegel, denn nun entstand die rechte untere Hälfte dieses mächtigen Dämons. Wieder war es einem Teil von ihm gelungen, die Welt der Gefangenschaft zu verlassen. Das Knochengerüst entstand. Das Bein, der Fuß. Schwarzes Gebein, schaurig anzusehen. Die Hüfte bildete sich, und die Beckenknochen waren bald ebenfalls zu erkennen. Die untere Hälfte des Schwarzen Tods gab es bereits. Es fehlte nur mehr der Rest.

Zwei Morde, dann war er fertig!

Namtar sprach. Er konnte nicht mehr an sich halten. Sein Oberkörper war steif geworden. Er hatte die Arme halb angehoben und die Hände zusammengelegt. Den Mund verließen kehlig klingende Worte, die wohl noch nie ein Mensch gehört hatte. Es war die Sprache der Urdämonen, die möglicherweise irgendwann in der tiefsten Hölle entstanden war, in die der mächtige Luzifer hineingestürzt worden war.

Sein Verhalten glich einer Anbetung. Er wollte, dass die mächtigen Kräfte nicht mehr zurückblieben und sich endlich sammelten, damit der Feldzug der Vernichtung beginnen konnte.

Seine Umgebung blieb die gleiche. Trotzdem veränderte sie sich, nur für ihn spürbar. Ein normaler Mensch hätte es kaum bemerkt. Ihn umgab eine Verdichtung, die er wie eine Botschaft empfand. Das Tor stand kurz davor, weit geöffnet zu werden, denn eine Hälfte war bereits aufgeklappt worden, und die zweite würde folgen.

Mit einer letzten Verbeugung neigte er sich so weit nach vorn, dass seine Stirn den Boden berührte. Mit kehligem Stimmenklang gab er noch mal ein großes Versprechen ab, bevor er mit einer gleitenden Bewegung aufstand und sich wegdrehte.

Der Tag war noch lang. Zwei weitere Aufgaben lagen vor ihm. Er würde sie beide erledigen. Erst dann würde sich die Welt anders drehen können, wenn der Schwarze Tod erschien.

Wieder schritt er die Leiter hoch. Federnd und kraftvoll.

Den Mund zu einem Lächeln verzogen, weil er sehr genau wusste, welch ein guter Weg vor ihm lag.

Namtar verschloss den Zugang wieder und schaute sich in der Hütte um. Er war zufrieden, da er keine Veränderung feststellen konnte. Der Regen fiel noch immer aus den tiefen Wolken. In Schlieren rann er an den Scheiben der beiden Fenster herab. Bei diesem Wetter waren die Menschen froh, in den Häusern sein zu können. Freiwillig würde kaum jemand diesen Flecken Erde besuchen, und so sollte es auch sein.

Bevor Namtar die Laube verließ, warf er einen Blick nach draußen. Viel sah er nicht. Es war mehr ein Routineblick, und er bewegte sich zufrieden auf die Tür zu.

Wenig später sprühte der Nieselregen in sein Gesicht. Es war noch Tag, aber die Nacht streckte bereits ihre Fühler aus, und erste Schatten der Dämmerung hatten sich ausgebreitet.

Er trat hinaus. Dabei dachte er an seine nächste Untat.

Matthäus, der Engel – weg!

Markus, der Löwe – weg!

Es fehlten Lukas und Johannes.

Beide hatte er sich bereits ausgesucht. Nur hatten die Männer davon noch keine Ahnung.

Lukas war stur wie ein Stier. Einer, der sich durch nichts von seinen Plänen und seinem Weg abbringen ließ.

Namtar hatte sich kundig gemacht. Es war kein Problem für ihn, diese Person zu finden. Er wollte sich jetzt auf den Weg machen und die Dinge rasch regeln.

Etwas störte ihn.

Es war nur ein Gefühl, das allerdings stärker wurde, je weiter er sich von dem kleinen Gartenhaus entfernte. Namtar mochte diese Art von Gefühlen nicht, denn sie störten ihn.

Er blieb stehen.

Langsam drehte er sich um. Er sah die hohen Sträucher, er

sah das Unkraut, er sah auch die Bäume mit den nassen Blättern. Auf der Straße fuhren die Autos mit eingeschalteten Scheinwerfern. Das Licht wurde vom Nieselregen aufgesaugt und bildete nur mehr milchig weiße Flecken.

Die einsame Gestalt, die sich aus Hell und Dunkel zusammensetzte, streckte ihre »Fühler« aus. Es war das Tasten in die etwas düstere Welt hinein, die ihn umgab. Die etwas verbarg, was nur zu fühlen, aber nicht zu sehen war.

Ein Feind?

Er ging davon aus, sonst hätte er selbst nicht so sensibel reagiert. Jetzt richtete er seinen Blick auch in die Höhe, weil ihn das Unbekannte von überall erreichen konnte.

War es da?

Er sah es nicht. Nur der Regen fiel, und die Wolken drückten sich dem Boden entgegen. Er nahm sie als Dunst oder auch als einen dünnen Nebel wahr.

Etwas huschte an ihm vorbei. Er drehte sich blitzschnell nach rechts und sah nicht mehr als den Schatten eines Hasen, der vor ihm die Flucht ergriff.

Der bedeutete nicht mal den Hauch einer Gefahr für ihn. Überhaupt brauchte er sich dank seiner Kräfte vor nichts zu fürchten. Und trotzdem gefiel ihm nicht, was er hier wahrnahm. Es war einfach die ungewohnte Unsicherheit, die ihn überkommen hatte. Manch einer hätte sich über sich selbst geärgert. Er tat es nicht, er war nur noch mehr auf der Hut.

Wieder der Blick in die Höhe! Wolken, Nieselregen. Oder auch Schatten?

Er konnte es nicht sehen, aber er wollte sich auch nicht länger an dieser Stelle aufhalten. Es gab andere Dinge, die noch erledigt werden mussten.

Namtar schickte ein scharfes Lachen in die Stille hinein, bevor er sich in Bewegung setzte und dorthin ging, wo er sein Auto abgestellt hatte. Er benötigte es im Prinzip nicht. Es machte ihm einfach Spaß, damit unterwegs zu sein und sich derart den Menschen anzugleichen.

Der ebenfalls dunkle Wagen stand auf einem Stück Brachland, das auch andere Fahrer als Parkplatz benutzten. Früher hatten hier mal Häuser gestanden. Sie waren der Abrissbirne zum Opfer gefallen. Einige Reste lagen noch herum, aber es hatte sich kein Investor gefunden, der an dieser Stelle neue Häuser gebaut hätte. So gammelte das Gelände vor sich hin und war für ihn ideal.

Namtar bewegte sich schon sehr misstrauisch und aufmerksam seinem Fahrzeug entgegen. Ein kleiner Van aus deutscher Produktion. Er stand da, als hätte er nur auf ihn gewartet.

Per Fernbedienung entriegelte Namtar die Türen. Er freute sich über das kurze Blinken.

Wenig später öffnete er die Fahrertür und stieg ein. Er hätte jetzt zufrieden sein können, doch er war es nicht. Das Gefühl, nicht allein zu sein, war noch immer da. Als hätte sich tatsächlich jemand an seine Fersen geheftet.

Der Zündschlüssel glitt ins Schloss. Eine kurze Drehung nur, und der Motor würde anspringen.

Das schaffte er nicht mehr.

Plötzlich weiteten sich seine Augen. Direkt vor ihm erschien eine Gestalt. Sie hatte sich aus dem Nieselregen gelöst und kam auf den Wagen zu. Sie trug dunkle Kleidung, doch im krassen Gegensatz dazu stand ihr hellblondes Haar, das an einigen Stellen sehr feucht geworden war und jetzt am Kopf klebte.

Eine Frau!

Eine schöne Frau, aber auch eine gefährliche. Das merkte er sofort, als er sie sah. Sie strahlte etwas ab, das ihm hätte gefallen müssen. In seinem speziellen Fall war es störend. Namtar zählte sich zu den absoluten Einzelgängern, und dabei sollte es auch bleiben. Er wollte mit den anderen nichts zu tun haben. Er hasste sie, auch wenn sie vom Prinzip her auf seiner Seite standen.

Diese Blonde war keine Verbündete.

Sie war gefährlich.

»Gut«, flüsterte er. »Gut, ich werde …«

Namtar hatte einen Fehler begangen und sich nur auf die Frau vor der Kühlerhaube konzentriert. Die beiden anderen Gestalten hatte er nicht gesehen.

Und die rissen plötzlich zwei Wagentüren auf. Die an der Beifahrerseite und eine hinter dem Fahrer.

Namtar drehte den Kopf nach links.

Ein bleiches Gesicht starrte ihn an. Ein Maul war weit geöffnet. Zwei Vampirzähne warteten darauf, sich in seine Haut hineindrücken zu können.

Namtar nahm dieses Bild nur für einen kurzen Moment auf, denn der zweite Eindringling griff ein.

Er krallte seine Hände in die Haare des Todesboten, zerrte diesen sogar noch ein Stück vom Sitz, drückte ihn dabei nach links und legte den Hals frei, dass sein Artgenosse die Zähne hineinhacken konnte …

Es waren zwei schlimme Verbrechen, die wir erlebt hatten. Normalerweise hätten wir im Büro sein müssen, um eine Fahndung anzukurbeln. Oder zusammen mit den Experten der Mordkommission Spuren auszuwerten. Das alles wäre auch bei zwei normalen Yard-Beamten der Fall gewesen. Aber wir waren nicht in dem Sinne normal. Wir jagten keine Verbrecher, sondern Dämonen, Geister, Teufel, Hexen, Zombies, was auch immer. Und deshalb mussten wir uns auch nicht an die Methoden der normalen Polizei halten. Wir gingen andere Wege. Was nicht hieß, dass wir uns nicht auch hin und wieder der üblichen Fahndungsmethoden bedienten, weil es doch gewisse Gemeinsamkeiten gab.

Suko und ich hatten mit unserem Chef, Sir James, ein langes Telefongespräch geführt. Begeistert gewesen war er nicht, und auch wir hatten nicht viel Hoffnung, obwohl wir unseren Gegner jetzt kannten. Aber wir hatten seine Macht selbst aus der Distanz gespürt, und wahrscheinlich hatte er auch gemerkt, dass es Personen gab, die ihn jagten.

Doch das war nur die reine Theorie. Andere Dinge brannten uns mehr auf der Seele.

»Dann nehmen Sie an, John, dass er Menschen tötet, die die Vornamen der vier Evangelisten besitzen.«

»Ja, dabei bleibe ich.«

Ich hörte, wie er sich räusperte. »Es fehlen Lukas und Johannes.«

»Genau, Sir.«

Es entstand eine kurze Pause. Dann stellte unser Chef die nächste Frage. »Glauben Sie denn, dass Sie die entsprechenden beiden Männer ausfindig machen können, John?«

»Wir werden uns bemühen.«

»Sie wissen, dass Sie in einem Heuhaufen herumstochern?«

»Vielleicht glänzen die Nadeln ja, Sir. Jedenfalls sind wir bei Lady Sarah Goldwyn und denken daran, hier noch zu bleiben.«

»Gibt es einen Grund?«

Ich musste lachen. »Keinen, den ein normaler Mensch akzeptieren würde. Aber Sie wissen ja, dass wir unseren Bauchgefühlen nachgehen, und Lady Sarah ist uns in der Vergangenheit schon immer eine große Hilfe gewesen. Ihr Wissen ist einfach unbezahlbar, wenn ich das mal so sagen darf.«

Für die Seele der Horror-Oma, die mir gegenübersaß, war das natürlich Balsam. Sie strahlte, nickte zuerst mir und dann Jane Collins zu, die ebenfalls in unserer Runde saß.

Die blondhaarige Detektivin hatte sich bisher mit Kommentaren zurückgehalten. Auf ihrem Gesicht allerdings lag der Ausdruck einer recht großen Sorge.

»Das weiß ich, John. Wenn es der einzige Weg ist, eine Rückkehr des Schwarzen Tods zu verhindern, dann versuchen Sie es. Trotzdem läuft unsere Fahndung nach diesem Namtar weiter.«

»Das ist okay.«

Unser Gespräch war beendet. Ich legte mit einer sehr bedächtigen Bewegung den Hörer zurück und warf einen Blick in die Runde. Wir hatten uns in das Stockwerk unter dem Dach begeben, das als großes Archiv ausgebaut war. Sarah Goldwyn verließ sich nicht nur allein auf Disketten mit zahlreichen gespeicherten Informationen, es gab auch Bücher, deren Inhalte sich mit den Themen beschäftigten, die für Sarah Goldwyn wichtig waren. Geschichte, Archäologie, Ethnologie, Mystik, Mythenbildung, Religionen, Sagen und Legenden. Bücher, in denen man etwas über UFO-Theorien lesen konnte, und Werke, die sich mit der Urzeit beschäftigten.

Auch ein großes Filmarchiv war vorhanden. Lady Sarah gehörte trotz ihres Alters noch immer zu den Kinogängerinnen. Da war sie wie die Jungen, und sie ließ keinen spektakulären Film aus und war jetzt dabei, ihr Filmarchiv auf DVD umzustellen.

Ich nickte den drei anderen zu. »Sir James gibt uns mal wieder freie Hand.«

»Wie hätte es auch anders sein können«, sagte Jane Collins und schüttelte dabei den Kopf. »Begreifen kann ich es noch immer nicht, und ich habe das Gefühl, einem Phantom nachzulaufen.«

»Das hatten wir auch.«

Mit den Fingern fuhr Jane leicht fahrig über den hellblauen Stoff des Pullovers. Sie kannte den Schwarzen Tod. Sie wusste, welche Gefahr er darstellte, und sie wehrte sich innerlich gegen eine Rückkehr dieses Monstrums.

»Du kannst es noch immer nicht glauben, wie?«, fragte Suko.

»So ist es.«

»Niemand lügt bei derartigen Dingen, und ich will auch nicht fragen, wieso es überhaupt möglich ist und aus welch einer Welt der Schwarze Tod letztendlich entlassen wird und ob er noch immer so schrecklich aussieht wie früher.«

Lady Sarah schüttelte den Kopf. »Müssen wir uns wirklich darüber unterhalten? Sind andere Dinge nicht wichtiger?«

»Sprich sie aus«, sagte ich.

Sie räusperte sich und meinte: »Wir müssen zwei Morde verhindern. Ich kann alles gut nachvollziehen, Freunde. Ich weiß genau, wie die Dinge laufen. Lukas und Johannes – sie müssen wir schützen. Aber wir müssen sie auch finden.«

Das wussten wir alle. Nur der Weg dahin war verdammt schwer, und um ihn zu finden, saßen wir bei Lady Sarah zusammen. Man hätte die Atmosphäre unter dem Dach gemütlich nennen können, denn das warme honiggelbe Licht passte wunderbar zu dem weichen Holz. In diesem Ambiente an das absolute Grauen zu denken, fiel uns nicht leicht.

Auf Lady Sarahs Knien lag ein Buch. Es beschäftigte sich mit den vier Hauptevangelisten, mit ihrer Zeit und auch mit den Geschichten, die man sich nach der Zeitenwende erzählte. Die damals bekannte Welt war da schon in Aufruhr gewesen. Viel war passiert, das meiste jedoch war im Dunkel der Geschichte versunken.

Es gab Überlieferungen, doch als Fakten konnte man die nicht unbedingt bezeichnen. Die Menschen damals hatten viel mit Vergleichen und Gleichnissen gearbeitet. All diese Legenden enthielten einen wahren Kern, doch den herauszufinden war schwer.

»Matthäus, der Engel. Markus, der Löwe. Lukas, der Stier. Johannes, der Adler«, wiederholte Sarah. »Nur daran können wir uns halten. So jedenfalls sehe ich es.« Sie nickte mir zu. »Und bei dir und Suko ist es ja auch so, denke ich.«

»Klar.«

»Zwei sind tot«, flüsterte Jane.

»Und wo suchen wir den dritten und den vierten?«, fragte Lady Sarah.

Wir schauten uns an.

Jane trank einen Schluck Saft. Gegen ihre rechte Gesichtshälfte fiel ein Schatten und ließ sie irgendwie zweigeteilt aussehen.

»Wenn wir wirklich der Reihe nach vorgehen und annehmen, dass auch Namtar das macht«, sagte Suko, »dann müssten wir jetzt nach einem Synonym für den Stier suchen.«

Damit waren wir einverstanden, und Jane sagte nur ein Wort, das aber den Nagel auf den Kopf traf.

»Wo?«

Wir schwiegen. Niemand war in der Lage, sofort eine Antwort zu geben. Wir waren bedrückt, und ich merkte, wie sich die Gegend um meinen Magen zusammenzog.

Suko meinte: »Es muss etwas mit einem Stier zu tun haben.«

»Spanien!«

»Nein, Jane, das glaube ich nicht. Er ist hierher nach London gekommen, um hier seine Zeichen zu setzen. John und ich gehen davon aus, dass er sich die Stadt bewusst ausgesucht hat, denn hier leben seine größten Feinde, eben John und ich. Matt Wilde starb hier in London, Marcus Fleming ebenfalls. So wird er es halten. Zudem fühlt er sich unbesiegbar. Deshalb glaube ich nicht, dass er von seinem Plan abweichen wird. Aber ich lasse mich gern eines Besseren belehren.«

»Bestimmt hast du Recht«, sagte ich und nickte. »Er wird sich an seinen Plan halten.«

Lady Sarah klopfte mit dem Finger auf die rechte Stuhllehne. »Ihr dürft etwas nicht vergessen, Freunde, auch wenn es euch schwer fällt. Man hat euch Hilfe angeboten. Mallmann oder diese blonde Bestie. Vielleicht ist jetzt der Zeitpunkt gekommen, darüber nachzudenken, ob man die Hilfe annimmt oder nicht.«

Im Prinzip mussten wir ihr Recht geben. Weder Suko noch mir passte es in den Kram, das entnahm die Horror-Oma unserem säuerlichen Grinsen.

Sie lachte auf. »Ich kann euch sogar verstehen, aber was wollt ihr tun? Den Schwarzen Tod zurückkehren lassen? Wirklich ohne jegliche Gegenwehr? So was kann nicht euer Ernst sein. Ich denke auch nicht, dass Mallmann und die Cavallo in diesem Fall scharf auf euer Blut sind. Die werden sich schon zurückhalten, denn auch ihnen kann es nicht in die Pläne passen, wenn der Schwarze Tod wieder erscheint.«

Damit hatte Lady Sarah allerdings absolut Recht, und ich machte mir Vorwürfe, dass ich das Angebot abgelehnt hatte. Später ist man ja immer schlauer. Ich konnte mir auch vorstellen, dass sich Mallmann und die Cavallo zu zweit auf die Suche nach dem Todesboten begeben hatten. Ich hätte nichts dagegen gehabt, wenn sie ihn gefunden und besiegt hätten.

Sarah Goldwyn stellte wieder die konkrete Frage. »Ist der Kontakt mit Mallmann und der Cavallo abgebrochen?«

Ich nickte.

Einen weiteren Kommentar bekam ich nicht von ihr, doch ihr Blick sagte genug.

Jane Collins kam wieder auf das eigentliche Thema zu sprechen. »Wo finden wir diesen Stier? Wir müssen einfach bei dem Synonym bleiben. Es ist unsere einzige Spur.«

Ich hob die Schultern. »Wo gibt es Stiere?«

»Müssen es denn Stiere sein?«, fragte Suko.

»Wieso?«

»Gehört der Stier nicht zu der Gemeinschaft der Rinder? Das jedenfalls habe ich bisher angenommen.«

»Stimmt.«

»Ab auf die Weide«, meinte Jane.

»Nein, nicht unbedingt!« Lady Sarah hatte so laut gesprochen, dass wir sie alle anschauten. Wir sahen das Blitzen in den Augen, die von zahlreichen kleinen Fältchen umrahmt wurden. »Es gibt auch eine andere Möglichkeit.«

»Welche?«, rief ich.

Die Horror-Oma machte es noch spannend und lächelte erst vor sich hin. »Ich denke an einen Schlachthof. Auch dort gibt es Rinder. Für mich steht diese Möglichkeit ganz oben auf der Liste, falls es eine solche gibt.«

Wir schauten uns an und sagten zunächst mal nichts. Jeder hing seinen eigenen Gedanken nach.

Es klang verrückt, aber doch nicht so absurd, wie man hätte meinen können. Man musste nur ein wenig um die Ecke denken. Bei Marcus Fleming hatten Suko und ich auch nicht falsch gelegen.

Die Horror-Oma hob ihre Hände und verzog die Lippen gleichzeitig zu einem Lächeln. »Nun, was sagt ihr?«

»Könnte ein Treffer sein«, meinte Suko.

»Bestimmt.« Jane Collins nickte heftig. »Wenn sich Lady Sarah einmal entschieden hat, klappt die Sache.«

Ich winkte ab. »Noch ist nichts entschieden. Wir werden erst mal unsere Fühler ausstrecken.«

»Und wie sieht das aus?«

»Im Schlachthof anrufen«, erklärte Suko trocken.

»Andere Frage«, meinte Jane. »Kannst du mir sagen, wie viele Schlachthöfe es in London oder im Großraum London gibt?«

»Keine Ahnung.« Suko streckte sich. »Aber es lässt sich herausfinden. Wir sind doch bei der Polizei – oder nicht?«

Dass wir es waren, bewiesen wir in den folgenden Minuten. Eine fieberhafte Hektik entfachten wir nicht. Allerdings gingen wir schon ziemlich flott vor. Mithilfe unserer Kollegen fanden wir heraus, dass es drei große Schlachthöfe gab. Die entsprechenden Telefonnummern bekamen wir ebenfalls, und Jane Collins, die im Internet mitgesucht hatte, war auch nicht schneller.

»Jetzt müssen wir nur noch unseren Stier finden«, erklärte Lady Sarah. »Zum Glück hat er einen nicht eben häufigen Vornamen. Irgendwo wird schon ein Mensch mit dem Namen Lucas arbeiten.«

Wieder hingen wir an den Handys. Scotland Yard war so etwas wie ein Türöffner für uns. Man verband uns mit den Chefs der Personalabteilungen. Dort zeigte man sich ebenfalls kooperativ.

Ich hatte Pech. In »meinem« Schlachthof gab es keinen Mitarbeiter mit dem Namen Lucas vorneweg.

Dafür hatte Suko Glück. Als er sich plötzlich versteifte, schauten ihn drei Augenpaare an.

»Wie heißt der Mann?« Er hörte zu, nickte, um wenig später eine Antwort zu geben. »Dann hat sich meine Frage erledigt. Danke für Ihre Mühe.«

»Was ist denn gewesen?«

Suko winkte ab. »Dieser Lucas liegt im Krankenhaus. Betriebs- oder Berufsunfall.«

»Okay, dann bleibt uns nur noch der letzte.« Diesmal telefonierte ich wieder.

Alles klappte reibungslos, und dann war ich es, der sich plötzlich nicht mehr bewegte. »Bei Ihnen arbeitet ein Lucas Taylor?«, fragte ich und ballte die rechte Hand zur Faust.

Die Antwort war jetzt konkreter, die man mir gab. »Ja, in

unserer Zuschneiderei. Wir nennen die Halle so. Da werden die Tiere erst mal zersägt und in Portionen geschnitten.«

»Wie lange hat Mr. Taylor Dienst?«

»Bis zum späten Abend. Er hat erst am Mittag angefangen. Wir arbeiten in zwei Schichten.«

»Danke, Mr. Pembroke, wir werden bald bei Ihnen sein. Und sagen Sie dem Mitarbeiter noch nichts.«

»Werde ich tun. Doch eine Frage hätte ich schon. Was hat Lucas Taylor mit dem Yard zu tun?«

»Sie brauchen sich keine Sorgen zu machen. Er ist persönlich nicht beteiligt. Uns geht es einzig und allein um gewisse Aussagen, die nur er machen kann.«

»Ein Zeuge?«

»Stimmt.«

»Dann bin ich beruhigt.«

Unser Gespräch war beendet. Ich steckte mein Handy wieder weg und holte tief Luft. »Wenn uns jetzt Fortuna nicht im Stich lässt, haben wir vielleicht die Chance, durch Lucas Taylor an unseren Freund Namtar heranzukommen.«

»Falls es nicht zu spät ist«, sagte Jane Collins mit leiser Stimme.

»Seit wann bist du so pessimistisch?«

»Seitdem ich weiß, dass es hier um den Schwarzen Tod geht, John. Kannst du das verstehen?«

»Ja, das kann ich …«

Es war ein Versuch gewesen. Nicht mehr und nicht weniger. Aber Justine Cavallo hatte Glück gehabt. Es war ihr und den beiden Helfern tatsächlich gelungen, den Boten zu finden.

Sie selbst gehörte zwar zu den Wesen, die keine Angst hatten, aber sie kannte auch den Begriff der Vorsicht, und sie wusste nicht, wie sie die andere Seite genau einschätzen sollte. Deshalb hatte sie aus der Vampirwelt die beiden Blutsauger geholt, sie in der Dunkelheit versteckt gehalten und erst an einem bestimmten Zeitpunkt wieder freigelassen. Justine wusste genau, dass das Tageslicht die Gestalten schwächen würde, auf der anderen Seite setzte sie voll und ganz auf die Gier nach dem Lebenssaft der Menschen. Sie würden über ihr Opfer herfallen und es leer saugen. Dann würde sich herausstellen, um wen es sich bei Namtar handelte und ob in seinem Körper ebenfalls Blut floss. Sicher war sich Justine da nicht. Eine Gemeinsamkeit gab es schon zwischen ihnen. Es war die Aura des Bösen, die Justine und Dracula II auf die Spur dieser unheimlichen Gestalt gebracht hatte.

Bisher lief es gut, und Justine hatte sich einen perfekten Platz ausgesucht. Sie konnte durch die Scheibe in das Innere des Fahrzeugs schauen. Der Bote des Schwarzen Tods war praktisch eingekreist und wurde von zwei Seiten angegriffen.

Namtar machte das nichts aus. Er hatte sich auf die beiden Gestalten eingestellt und zunächst keinen Widerstand entgegengesetzt. Justine, die blonde Bestie, war im Moment nicht wichtig, erst musste er mit den Gestalten im Wagen fertig werden.

Sein Kopf war zurückgezogen worden. In seinen Ohren klangen die Schreie der Angreifer nach. Sie setzten voll und ganz darauf, endlich an sein Blut zu gelangen.

Zwei spitze Zähne hackten zu!

Er spürte sie auf der straff gezogenen Haut des Halses. Wie Messer hätten sie jetzt in die dünne Schicht eindringen müssen. So war es immer, so war es auch bei ihm, aber die Haut hielt stand.

Namtar war kein Mensch!

Der Blutsauger merkte es nicht sofort. Er presste seinen Mund gegen den Hals. Er bewegte dabei nickend den Kopf und versuchte weiterhin, die Haut aufzureißen.

Nichts zu machen!

Schmerzen spürte Namtar keine. Auch als sich die Hände in sein Haar hineingedreht hatten. Er lachte sogar, und während er noch lachte, ging er zum Gegenangriff über.

Sein Ziel war die Gestalt, die ihn beißen wollte.

Mit beiden Händen griff er zu. Plötzlich wurde das bleiche Gesicht von zwei Seiten umklammert. Namtar hielt eisern fest. Der Vampir bemerkte nicht, was auf ihn zukam. Erst als sein Kopf vom Hals weg- und zurückgedrückt wurde, da war ihm klar, dass er es nicht mehr schaffen konnte. Aus seinem Maul wehte ein schrecklich klingender Laut, der von einem anderen übertönt wurde.

Es entstand ein Knacken und Knirschen, als Namtar den Kopf einfach drehte. Dann hing der Schädel wie gekippt zur Seite hin. Er fiel nicht herab, er war einfach nicht mehr in der normalen Position. Namtar hatte dem Angreifer ganz locker das Genick gebrochen und hielt den Kopf längst nicht mehr fest, denn er beugte sich nach vorn, was er locker schaffte, obwohl der zweite Blutsauger die Hände noch immer in das Haar des Mannes gekrallt hatte.

Der Vampir kam gegen diesen Druck nicht an. Er röchelte noch, er wurde nach vorn gezogen, weil er nicht loslassen wollte, und als er links an der Kopfstütze sein Gesicht vorbeischob, griff Namtar wieder an.

Justine Cavallo schaute von außerhalb zu. Sie erlebte einen lautlosen Kampf. Kein Schrei, kein Röcheln drang bis zu ihr hin, aber sie bekam mit, dass ihr Artgenosse nicht die Spur einer Chance hatte.

Mit nur einer Hand packte Namtar zu. Er hatte dabei die Finger gespreizt, und er erwischte genau das Gesicht des Blutsaugers. Die Kuppen drückten gegen die Haut, und sie drückten tiefer zu. Sie erinnerten plötzlich an kleine Messer, die alles aufrissen, worauf sie trafen.

Aus dem Maul des Vampirs drang ein Laut, der an ein Blubbern erinnerte. Die Haut riss wie Papier, und eine stinkende Flüssigkeit drang aus den Wunden. Sie war zäh, weißlich gelb und verteilte sich auf dem Gesicht.

Mit einer Hand zerstörte Namtar die untote Gestalt. Er zerriss ihr Gesicht, und die Spuren waren sogar auf der dünnen Haut am Hals zu sehen, die, ebenso wie die Lippen, in Fetzen nach unten hing. Mit einer wuchtigen Bewegung stieß der Bote des Schwarzen Tods die Gestalt auf den Beifahrersitz, wo sie über die andere fiel.

Namtar zischte etwas. Er schüttelte den Kopf, als wären ihm die beiden widerlich. Dann öffnete er die Tür an der Beifahrerseite. Wie alte Lumpen schleuderte er die beiden Blutsauger nach draußen, wo sie übereinander fielen.

Danach stieg er aus.

Das alles hatte Justine Cavallo gesehen, und erst jetzt wurde ihr bewusst, wie gefährlich der Bote des Schwarzen Tods tatsächlich war.

Sie selbst hatte sich bisher immer nur auf sich und ihre außergewöhnlichen Kräfte verlassen. Zum ersten Mal allerdings kam ihr der Gedanke, dass sie hier auf einen Gegner getroffen war, der durchaus stärker sein konnte als sie.

Die blonde Bestie befand sich in einer Zwickmühle. Sie überlegte, ob sie fliehen oder sich stellen sollte. Es einfach auf einen Kampf ankommen lassen, um die Gefahr ein für alle Mal zu vernichten.

Er schlug die Tür zu.

Er richtete seinen Blick auf die Blonde. Sie sah ihn aus der Nähe. Sie erkannte, dass in ihm praktisch zwei Wesen steckten. Das Helle und das Dunkle. Er demonstrierte es nach außen hin und wollte ihr so klar machen, dass er sowohl ein Mensch als auch ein anderes Wesen war, das sich zu einer Symbiose zusammengefunden hatte.

Er kam auf sie zu. Er ging langsam. Er glitt dahin. Sie sah die helle und die dunkle Seite. Die unterschiedlichen Gesichtshälften, wobei die dunkle aussah, als wäre sie von einem Feuer verbrannt worden. Das Auge gloste rot in der Höhle, und sie »roch« die Gefahr, die diese Gestalt ausströmte.

Justine Cavallo war nicht lebensmüde. Sie wusste genau, was sie sich zutrauen konnte und was nicht. Bisher war sie mit jedem Gegner fertig geworden. Angst hatte sie nicht gekannt. Hier aber lagen die Dinge anders. Justine merkte, dass ihr diese Gestalt überlegen war. Sie hatte nicht vergessen, wie das Genick des Blutsaugers gebrochen worden war. Mit einer schon lässigen Geste.

Justine wollte nicht vernichtet werden.

Nein, so nicht!

Justine zog sich zurück. Es tat ihr in der Seele weh. Sie kam sich auch vor wie ein Feigling, doch in dieser Lage blieb ihr nichts anderes übrig. Sie musste einfach weg, denn wenn sie zwischen die Klauen der Gestalt geriet, war sie verloren.

Justine floh!

Und sie war schnell. Schneller als jeder andere Mensch. Sie rannte über das brachliegende Gelände hinweg. Ihr Gesicht war verzerrt. Von der glatten und perfekten Schönheit war nichts mehr zu sehen. In ihr loderte die Wut wie Feuer. Sie ärgerte sich über sich selbst, aber sie wusste auch, dass man ihr die Grenzen aufgezeigt hatte. Es gab einfach Gegner, die auch sie fürchten mussten, und die kamen zudem noch irgendwie aus dem eigenen Lager.

Die blonde Bestie schaute sich auch nicht um. Erst als sie die Nähe der Straße erreicht hatte und das Geräusch der vorbeifahrenden Fahrzeuge deutlicher hörte, drehte sie sich um.

Justine sah Namtar nicht mehr. Und in diesem Augenblick reagierte auch sie wie ein Mensch. Sie spürte eine Erleichterung in sich, die schon einem Strom glich, der keine Stelle in ihrem Körper ausließ. Sie schüttelte den Kopf und dachte daran, dass sie diesen Kampf auf keinen Fall hätte bestehen können. Nicht allein, nicht ohne Hilfe, und genau das würde auch Will Mallmann, alias Dracula II interessieren, denn er hatte sie schließlich zu diesem Test überredet.

Der Blick zurück.

Alles war völlig normal. Nichts gab es zu sehen. Kein Verfolger ließ sich blicken. Namtar hatte sie einfach abgeschrieben, und genau darüber war sie froh. Sie war nicht unbedingt wichtig für ihn. Es hätte sicherlich anders ausgesehen, wenn das große Ziel nicht Vorrang für ihn gehabt hätte.

Sie warf noch einen letzten Blick zurück und konnte zufrieden sein. Es gab keinen Verfolger, und Justine wollte auch nicht wissen, was mit den beiden Gestalten aus der Vampirwelt geschah. Sie waren für sie nicht mehr als Abfall.

Aber es gab eine Zukunft. Und da würde sie verdammt aufpassen und sich vor allem etwas anderes einfallen lassen müssen. Die Zeichen zur Wiederkehr des Schwarzen Tods waren gesetzt worden, und sie würden sich mehren, auch das stand für sie fest.

Mit diesem Gedanken machte sich die blonde Bestie auf den Weg, um zusammen mit Mallmann über die nahe Zukunft nachzudenken. Pläne gab es genug. Sie waren sogar bereit, die Vampirwelt zu leeren und mit der geballten Macht der Blutsauger anzugreifen.

Daran dachte Namtar nicht, als er wieder zum Wagen zurückging. Er hätte die Blonde verfolgen und auch stellen können, doch etwas anderes war für ihn wichtiger. Die Vorbereitungen für den großen Coup mussten getroffen werden, und die Zeit rückte immer näher. Er wollte sie nicht noch weiter hinauszögern. Die ersten beiden Schritte waren getan worden, die Nächsten würden folgen, sie würden ihn dann an das große Ziel bringen.

Die zwei Gestalten lagen tatsächlich wie Abfall übereinander. Namtar berührte sie mit dem Fuß. Den oberen Körper schleuderte er herum, sodass er auf dem Rücken zu liegen kam.

Es war der mit dem zerrissenen Gesicht. Er »lebte« noch, wenn man das bei einen Untoten sagen kann, aber nur schwach. Er war es nicht gewohnt, länger mit Helligkeit in Kontakt zu sein. Zwar schien die Sonne nicht, zwar war das Wetter herbstlich trübe, doch auch dieses matte Licht reichte aus, um den Blutsauger zu schwächen oder ihn gar zu vernichten.

An den Beinen zog Namtar die zweite Gestalt zur Seite. Er legte sie neben die erste und schaute für einen Moment auf die beiden nieder. Er hätte sie ihrem Schicksal überlassen können, wobei der erste Vampir den Kopf völlig starr angewinkelt zur Seite gedreht hatte. Es kam schon einem kleinen Wunder gleich, dass er nicht abgerissen war. Noch hielten die Sehnen ihn fest.

Namtar dachte daran, diesen Vampirabfall zu zertreten wie Gewürm. Das Knacken der Knochen wäre Musik in seinen Ohren gewesen, vielleicht auch das Reißen der Sehnen, aber das wollte er nicht. Es gab andere Möglichkeiten für ihn, die Spuren zu verwischen.

Er beugte sich nach unten, streckte die Arme aus, spreizte die Hände und bohrte die Finger wieder in die Haut der Blutsauger. Dass sie an einigen Stellen riss, war ihm egal, ihm kam es auf etwas anderes an.

Die Glut des linken Auges sprang auf seine Finger über. Plötzlich glichen sie glühenden Stäben, die sehr heiß waren und die ihre Hitze in die Körper der Blutsauger schickten.

Es dauerte nur Sekunden.

Plötzlich glühten die Körper auf. Als bestünden sie aus Eisen, das jemand in ein Schmiedefeuer geworfen hatte. Die

Fetzen – mehr Kleidung trugen sie nicht – fingen ebenfalls an zu brennen, aber sie loderten nur ganz kurz auf, dann war es vorbei.

Auch mit den Blutsaugern!

Als sich Namtar aufrichtete, da lag vor seinen Füßen nichts anderes als noch immer warme Asche. Mehr war von diesen Gestalten nicht zurückgeblieben.

Es tat ihm gut. Er nickte. Er war mit sich zufrieden, und um seinen Mund huschte ein Lächeln.

Hindernisse waren dazu da, um aus dem Weg geräumt zu werden, das hatte er wieder mal bewiesen.

Zufrieden stieg er in seinen Wagen. Er nickte, als er sich hinter das Lenkrad setzte.

Zwar war er aufgehalten worden, aber das machte nichts. Es würde weitergehen.

Matthew Wilde gab es nicht mehr. Ebenso Marcus Fleming. Jetzt brauchte er das dritte Opfer.

Den Namen kannte er.

Der Mann hieß Lucas Taylor …

Ich sah noch immer ihr Lächeln auf dem Gesicht. Ich sah, wie sie ihren Kopf schüttelte, und erinnerte mich genau an die Worte der blondhaarigen Detektivin.

»Du glaubst doch wohl nicht, John, dass ich mich zurückhalte?«

»Bitte, Jane, ich …«

»Nein, nein. Die alten Zeiten sollen nicht wiederkehren. Ich habe damals miterlebt, was es für ein Stress gewesen war, den Schwarzen Tod zu vernichten, und jetzt möchte ich wieder dabei sein. Ich will ihn endgültig vernichtet sehen, hast du verstanden. Da kannst du dich auf den Kopf stellen.«

Lady Sarah, die alles gehört hatte, war natürlich einverstanden gewesen und hatte ihr zugestimmt.

Was sollte ich tun?

Ich wusste es schon, aber ich konnte eine Jane Collins nicht festbinden, also hatte ich zähneknirschend zugestimmt und auch Sukos Gesicht gesehen, das vor Freude nicht eben gesprengt wurde, denn er dachte ähnlich wie ich.

Lady Sarah Goldwyn hatte uns verabschiedet. Die Horror Oma war wirklich eine taffe Person, und das trotz ihres Alters. Sie hatte verdammt viel überstanden und war dem Sensenmann des Öfteren gerade noch aus den Klauen geglitten.

Als sie uns jetzt verabschiedete, da schimmerte es feucht in ihren Augen. Sie konnte mit ihren zuckenden Lippen einfach nicht reden, schüttelte nur den Kopf und zog sich schnell wieder in ihr Haus zurück, während wir zu unserem Rover gingen.

Auf dem Weg dorthin schwiegen wir. Und auch beim Einsteigen sprachen wir kein Wort.

Suko übernahm das Steuer. Ich setzte mich neben ihn, und Jane rückte in den Fond.

Das Ziel kannten wir, die Strecke dorthin auch. Wenn ich ehrlich war, dann spürte ich die verdammte Ungewissheit in meinem Innern. Ich merkte Kälte und Wärme zugleich, ich war angespannt, und durch meinen Kopf huschten zahlreiche Gedanken wie ein Blitzgewitter. Ich bekam keine Ordnung in sie. Ich dachte im Prinzip an die Zukunft und natürlich daran, was passieren würde, wenn es uns nicht gelang, die Rückkehr des Schwarzen Tods zu verhindern.

Jane ahnte, was mich da beschäftigte. Sie tippte mir auf die Schulter und machte mir durch ihre Worte Mut. »Du schaffst es, John. Wir packen es. Davon bin ich überzeugt.«

»Die Hoffnung stirbt zuletzt, wie?«

»Das stimmt.«

Suko sagte nichts. Er konzentrierte sich auf die Fahrerei, die innerhalb des Molochs London kein Vergnügen war. Hinzu kam das diesige Wetter, das der Welt einen traurigen Anstrich gab.

Der Schlachthof lag auf einem Gelände, zu dem eine breite Zufahrtsstraße führte. Ein großes Backsteingebäude fiel uns zuerst ins Auge. Zwei Schornsteine ragten in den Himmel. Aus ihren Öffnungen kroch dünner Rauch. Ich wusste nicht, was man verbrannte, doch mir kam ein Krematorium für Tiere in den Sinn.

Eine Zufahrt führte zu einem Flachbau. Diese Strecke war nur für Anlieferungen gedacht. Wir bogen vorher nach links, dabei fiel uns auch der Viehtransporter auf, der mit der Rückseite zu einer Rampe hin aufgestellt worden war. Man hatte wie im Zirkus ein Laufgitter aufgebaut, und gleich mehrere Männer waren dabei, die Rinder aus dem Transporter über das Laufgitter hinweg in den Schlachthof zu treiben.

Die Tiere schrien und brüllten. Sie spürten ihr nahes Ende. Sie weigerten sich auch, den Transporter zu verlassen, aber die Männer mit ihren Stöcken brachen ihren Willen.

Janes hartes Schnaufen drang bis an meine Ohren. Das Bild ging nicht nur ihr unter die Haut. Suko und ich hörten ihren geflüsterten Satz: »Wenn man das so sieht, könnte man fast zum Vegetarier werden.«

Widerspruch erntete sie nicht.

Ich lenkte den Wagen vor das höhere Gebäude. Dort saßen die Mitarbeiter der kaufmännischen Seite des Schlachthofs. Durch das trübe Wetter fiel nicht genügend Licht in die Büros, und so waren die beiden Fenster erleuchtet.

Freie Parkbuchten gab es genug, und Suko stellte den Rover in einer von ihnen ab. Unsere Gesichter zeigten einen nicht eben freudigen Ausdruck, als wir den Rover verließen. Ich konnte den Gedanken an Namtar und den Schwarzen Tod nicht vertreiben und schaute mich unwillkürlich um, als ich aus dem Rover gestiegen war.

Es gab nichts zu sehen, was mich gestört hätte. Abgesehen vom Brüllen der Rinder, die noch immer in das Schlachthaus getrieben wurden. Ihr Schreien glich wirklich Lauten der reinen Verzweiflung.

Die mit einem schweren Glaseinsatz bestückte Eingangstür war nicht verschlossen. Ich hatte die Führung übernommen, zog die Tür auf und schnupperte. Es konnte Einbildung sein, aber irgendwie hatte ich das Gefühl, dass in der Luft der warme Geruch von Blut lag, vermischt mit einem Gestank nach altem Fett.

Es gab eine Anmeldung. Hinter der hockte ein junger Mann, dessen Kopf so kahl wie ein Spiegel glänzte. In den Ohrläppchen schaukelten Ringe, und auf seinem grauen Sweatshirt stand in dicken, roten Lettern das Wort KILLER geschrieben.

Ich war freundlich, was dem Knaben in der Anmeldung nicht mal ein Lächeln entlockte.

»Was möchten Sie?«

»Zu Mr. Pembroke.«

»Angemeldet?«

»Ja.«

»Ich rufe an.«

Von Verbindlichkeit hatte der Typ noch nichts gehört. Die Umgebung schien abzufärben. Als er telefonierte, schielte er auf Jane Collins und zog sie beinahe mit seinen Blicken aus.

Es dauerte nicht lange, bis er Mr. Pembroke an der Leitung hatte. Er sprach von drei Personen, und da ich uns nicht vorgestellt hatte, erkundigte er sich nach einem Mr. Sinclair.

»Das bin ich.«

»Ja, er ist dabei.« Nach einigen Sekunden legte der Knabe auf. »Da ist eine Treppe«, sagte er. »Gehen Sie hoch in die erste Etage. Zweite Tür rechts. Die Sekretärin von Mr. Pembroke hat Urlaub. Sie können sofort hineingehen.«

»Danke, Mister. Noch eine Frage.«

»Was denn?«

Ich stellte mich so hin, dass ich ihm den Blick auf Jane Collins nahm. »Sind außer uns in der letzten Zeit noch andere Besucher hier eingetroffen?«

»Wieso? Wann?«

»Ungefähr im Zeitraum einer Stunde.«

»Ja, zwei Mal.«

»Kannten Sie die Leute?«

»Alle.«

Ich hakte noch mal nach. »Ein Fremder war also nicht dabei?«

»Nein, verdammt.«

»Gut, das wollte ich nur wissen. Und danke, dass Sie so freundlich gewesen sind. So etwas findet man nicht oft.«

Er wusste nicht, ob ich es ernst meinte oder ihn auf den Arm nehmen wollte. Jedenfalls hob er nur die Schultern und schaute uns nach, wie wir zur Treppe gingen.

Sie bestand aus breiten Stufen, die an den Kanten durch eine Gummileiste gesichert worden war.

Jane ging neben mir. »Hier riecht es widerlich«, flüsterte sie mir zu. »Oder nicht?«

»Kann sein. Ist ja nicht für immer.«

»Zum Glück.«

Die Umgebung strahlte den Charme eines Kühlschranks ab. Graue Wände ohne Bilder. Der Teppich, über den wir schritten, war abgetreten, und auch die Bürotüren hätten eine Aufarbeitung vertragen können. Die Lampen an der Decke bestanden aus Kugeln und waren mit Fliegendreck beschmiert. Die Umgebung passte sich eben der Arbeit an, die hier getan wurde.

Das Büro war schnell gefunden. Ich klopfte an, drückte die Tür auf und trat über die Schwelle.

Pembroke kam uns bereits entgegen. Er war ein recht kleiner Mann, schon älter, und auf seinem Kopf wuchsen so gut wie keine Haare mehr. Nur an der Hinterseite war noch ein Kranz. Dunkle Augen, ein breites Gesicht, ein fleischiger Mund, der zu einem abwartenden Lächeln verzogen war. Bekleidet war er mit einem altmodisch geschnittenen braunen Anzug. Auch die Krawatte passte dazu. Sie war bunt und schlecht geknotet.

Er reichte jedem von uns die schweißfeuchte Hand, erfuhr unsere Namen und bot uns Plätze auf harten Stühlen an, die schon der Armen-Sünder-Bank glichen.

»Hat ja schnell geklappt«, sagte er und zog sich ebenfalls einen Stuhl heran.

Durch die beiden Fenster konnten wir auf den Hof hinausschauen. Wenn sie offen standen, war bestimmt das Blöken und Schreien der Tiere zu hören. Aber einem wie ihm machte es wohl nichts aus. Er wollte uns auch etwas anbieten, aber wir lehnten ab.

»So viel Zeit haben wir nicht«, sagte Jane. »Sie wissen, um was es uns geht?«

»Ja, um Lucas Taylor.«

»Dann wären wir Ihnen sehr verbunden, wenn Sie ihn zu sich bitten könnten.«

Pembroke ließ sich auch durch Janes freundliches Lächeln nicht irritieren. »Das werde ich natürlich tun, aber ich möchte schon meiner Verwunderung Ausdruck verleihen.« Er wusste nicht, ob er lächeln sollte oder nicht. Jedenfalls entschied er sich zu einem Grinsen.

»Bitte«, sagte ich.

»Sie kommen hier mit großer Mannschaft. Sie sind zu dritt, und das wundert mich schon.«

»Warum?«

»Ist Lucas Taylor ein Schwerverbrecher?«

»Nein, das ist er nicht, denken wir.«

»Warum sind Sie denn …«

Ich winkte ab. »Es geht um seinen Schutz und um seine Aussage, wenn Sie verstehen?«

»Nein, tu ich nicht.«

»Bitte«, drängte ich, »mehr kann ich Ihnen nicht sagen. Lassen Sie ihn herholen.«

»Ja, ja, schon recht.«

Es war ihm nicht so recht, das sahen wir ihm an. Er weigerte sich jedoch nicht und ging zu seinem mit Papieren übersäten Schreibtisch. Im Schatten des PCs stand ein Telefon. Er nahm den Hörer ab, wählte eine innerbetriebliche zweistellige Nummer und musste warten, bis sich jemand meldete.

Genau das passierte nicht.

Suko drehte langsam den Kopf. »Probleme?«, fragte er.

»Keine Ahnung. Ich wundere mich nur, dass niemand abhebt.«

»Wo haben Sie denn angerufen?«

»Im Büro der Schlachtanlage.« Er winkte ab. »Es ist ein kleines Büro. Manchmal auch Pausenraum. Eigentlich hält sich dort der Vorarbeiter auf, wenn er nicht mithelfen muss. Das ist im Moment nicht der Fall. Er müsste zwar dort sein, um Listen anzufertigen, auf die ich warte, aber …«

»Ist es denn normal, dass Sie ihn nicht erreichen?«, wollte Jane Collins wissen.

»Nun ja, ich könnte es in zwei Minuten noch mal versuchen, wenn Sie möchten. Dann haben wir bestimmt Glück.«

Suko und ich standen zur gleichen Zeit auf. »Ich denke, dass es nicht nötig sein wird«, sagte ich.

»Warum nicht?« Er legte den Hörer wieder auf. »Wollen Sie denn schon gehen?«

»Ja, aber mit Ihnen.«

»Das verstehe ich nicht.«

»Zu Taylors Arbeitsplatz. In den Schlachthof. Ich denke schon, dass Sie den Weg kennen.«

Pembroke nickte, war jedoch etwas verunsichert. »Klar, aber hier ist es besser und …«

»Wir müssen ihn sprechen, und zwar sofort!«, drängte ich.

Der scharfe Ton hatte ihn verunsichert. Er stimmte allerdings zu, wobei er auf das Telefon deutete. »Ich könnte es noch mal versuchen, und dann werden wir …«

»Nein, Mr. Pembroke!«, unterbrach ich ihn. »Wir werden jetzt gehen. Und zwar auf dem schnellsten Weg!«

Da sagte er nichts mehr.

Tony Forman war zufrieden, dass der Betrieb so gut lief. Keiner aus der Gruppe hatte sich abgemeldet, um krank zu feiern. So konnte er sich um die Liste kümmern, die erstellt werden musste und auf die Pembroke wartete.

Er hockte in seinem kleinen Büro, das den Namen eigentlich nicht verdiente. Es war ein Kabuff, abgeteilt vom Arbeitsraum, allerdings nicht durch Wände, sondern durch Styropor und Sperrholz. Die Geräusche wurden zwar gedämpft, aber sie waren immer vorhanden, ebenso wie der Geruch, aber den nahm Tony Forman nicht mehr wahr. Wer den Job so lange machte wie er, der roch das nicht mehr. Seine Frau schon. Sie rümpfte jedes Mal die Nase, wenn er von der Arbeit nach Hause kam.

Er hatte sich wirklich hochgeschlachtet. Von der Pike angefangen, hatte er nur malocht und war schließlich zum Gruppenchef oder Vorarbeiter gemacht worden. Dieser Job gefiel ihm. In die Verwaltung wollte er auf keinen Fall. Er brauchte einfach den Blutgeruch, das Schreien der Tiere, das Hacken der Schlachtermesser in die Körper und das schrille Geräusch der Sägen, wenn sie die toten Tiere zerteilten. Das war eben seine Welt, für die er keine anderen Menschen begeistern konnte, was für ihn auch verständlich war.

Andere gingen ins Fitnessstudio, um einen kräftigen Körper zu bekommen. Das hatte Tony nicht nötig. Durch seine Arbeit sah er aus wie ein Bodybuilder. Muskeln und Sehnen waren jeden Tag trainiert worden, und wenn jemand etwas zu tragen oder zu stemmen hatte, wurde Tony gerufen.

Seine Mutter war eine echte Rothaarige, und das sah man auch seinen Haaren an. Hier mischte sich das Erbe des Vaters, der blond war, mit dem der Mutter. Er hatte die Haare so kurz geschnitten, dass sie wie ein Flaum auf seinem Kopf lagen.

Sein Gesicht war kantig. Das Kinn sprang vor. Unter der etwas zu dicken Nase zeichnete sich ein sehr dünner Oberlippenbart ab, der erst beim zweiten Hinschauen zu entdecken war.

So klein seine Bude auch war, es gab trotzdem zwei Zugänge. Der eine führte ihn geradewegs in den Betrieb zum Band und zu den Schlachttischen. Der zweite, der in seinem Rücken lag, war der Ausgang nach draußen in den Hof, wo das Vieh angeliefert wurde. Dort musste er des Öfteren hin, denn er war auch dafür verantwortlich, dass die Ladung stimmte und nicht zu wenige Tiere geliefert wurden.

An diesem Tag war die letzte Fuhre mit Rindern durch. Erst am nächsten Morgen würden wieder neue eintreffen. Einen Blick nach draußen hatte er nicht. In seinem Büro gab es keine Fenster, aber das war für Forman auch nicht wichtig. Er hatte sich an seinem Schreibtisch zwei Lampen anbringen lassen, die von verschiedenen Seiten ihre Lichtkegel schickten. Zwei schmale Spinde hatten ebenfalls ihre Plätze gefunden, ein Telefon stand auf dem Schreibtisch, und ein alter PC war auch vorhanden. Da konnte er Informationen über vergangene Lieferungen abrufen, die er zum Aufstellen der Listen brauchte.

Er war bald damit durch. Als Fachmann für Rechnungswesen sah er sich nicht, doch er überblickte die Lage derart gut, dass niemand mehr Angst um seinen Arbeitsplatz hier auf dem Schlachthof zu haben brauchte. Das war mal anders gewesen, als die BSE-Seuche grassierte. Da waren Leute entlassen worden, und die anderen hatten Tiere töten und verbrennen müssen. Eine beschissene Zeit war das gewesen.

Tony rollte irgendwann mit seinem Stuhl zurück und streckte die Beine aus. Er brauchte mal eine Pause. Das Lesen der Zahlenkolonnen war doch recht anstrengend.

Er rieb sich die Augen und drehte den Verschluss der Wasserflasche auf. Hunger verspürte er nicht, dafür Durst. So trank er die Flasche bis auf einen geringen Rest leer.

Er wollte sich wieder seiner Arbeit widmen, als ihn etwas störte. Ein dünner Luftzug war über seinen Nacken geweht. Zunächst achtete er nicht darauf, dann erwischte ihn der seichte Strom erneut, und noch auf dem Stuhl sitzend drehte er sich herum.

Tony Forman erstarrte!

Jemand war gekommen. Er hatte einfach die Tür geöffnet und sich in den Raum hineingeschoben. Das passierte des Öfteren, aber in der Regel klopften die Besucher an.

Der hier hatte es nicht getan, und er war auch anders als die normalen Menschen oder diejenigen, die Forman besuchten. Er war ein Mensch, bei dessen Anblick einem der Atem wegbleiben konnte, und genau das war auch bei Forman der Fall.

Er blieb starr sitzen. Noch nie in seinem Leben hatte er sich so klein gefühlt. Der Mann war da und sagte nichts. Er ließ Forman erst schauen, damit dieser jede Einzelheit in sich aufsaugen konnte.

Der Fremde war groß, größer als die normalen Menschen. Doch das war es nicht allein, was ihn von denen unterschied, schon das Aussehen raubte Forman die Luft. Dieser Typ war zweigeteilt. Einmal hell und dann dunkel. Das zog sich von den Füßen bis hin zum Kopf, denn an der rechten Seite war das Haar blond und an der linken dunkel. Ein Auge schimmerte rot, das andere war sehr hell, und nach Pupillen hielt Tony Forman vergeblich Ausschau. Der Mann sah aus wie ein Mensch, aber er war keiner, wie man ihn sich vorstellte. Er war noch etwas anderes, aber Forman wusste nicht, wie er ihn einstufen sollte.

Formans Schädel war wie leer gefegt. Er konnte nicht denken, doch er spürte, dass von dieser Gestalt etwas ausging, das ihm nicht gefallen konnte. Etwas Böses, Kaltes und zugleich Unheimliches, als käme es nicht von dieser Welt, sondern aus einer anderen, die irgendwo in der Ferne lag und in die noch nie das Auge eines Menschen hineingeschaut hatte.

Etwas umklammerte Formans Brust und Kehle so stark, dass er kaum atmen konnte. Er wollte eine Frage stellen, nur brachte er das einfach nicht fertig.

Dafür sprach der Eindringling. Und er redete mit einer Stimme, wie Forman sie noch nie gehört hatte. So hoch und zugleich auch schrill, als wäre sie künstlich, hörte sie sich an.

»Ich suche Lucas Taylor!«

Forman musste schon genau hinhören, um die wenigen Worte verstehen zu können.

»Er ist nicht hier«, gab er flüsternd zurück.

»Wo finde ich ihn?«

»An der Bank!« Forman deutete auf die Tür und ärgerte sich selbst darüber. Er ahnte etwas. Nein, er wusste es. Dieser Typ war gekommen, um das Grauen zu bringen, und genau dieses Wissen erfasste Forman immer mehr. Plötzlich dachte er wieder an seine Verantwortung, die er seinen Leuten gegenüber hatte, und entschied sich dafür, dass er es dem Fremden nicht so leicht machen würde.

»Wer sind Sie?«, fragte er.

»Das ist nicht wichtig für dich!«

Tony Forman hatte jedes Wort der Antwort verstanden. Er war plötzlich sensibel geworden. Mochte ihn das erste Auftreten des Fremden auch geschockt haben, nun sah es anders aus. Auch war er kein Kegel, den man einfach in verschiedene Richtungen schob und mit dem man machen konnte, was man wollte. Widerstand stieg in ihm hoch und wurde zu einem Gefühl der Wut. Er wollte sich von diesem zweibeinigen Arschloch nicht vorführen lassen.

»Hau ab!«

Der seltsame Kerl blieb stehen. Er schaute Forman etwas irritiert an, und auf seiner Stirn verschob sich die Haut, was wegen der Zweifarbigkeit irgendwie komisch aussah.

»He, hast du nicht verstanden?«, grollte Forman. »Du sollst verschwinden! Für dich gibt es keinen Lucas Taylor mehr. Heute nicht und auch morgen nicht!«

Namtar sagte nichts. Er räusperte sich nur und bewegte dabei die Augen. Dann schaute er zu, wie sich Tony Forman von seinem Stuhl erhob. Der Mann im grauen Kittel ließ sich Zeit. Er sah so aus, als wäre er von seiner Handlung selbst nicht überzeugt. In der Tat war Forman vorsichtig. In seinem Innern schrillte die Alarmglocke. Es wäre für ihn besser gewesen, zu fliehen. Nur traute er sich das nicht mehr. Er war schon zu weit gegangen. So würde er auch den Rest noch durchziehen müssen.

Er stand!

Der Besucher lächelte nicht. Er traf auch keinerlei Anstalten, das Büro zu verlassen. Er wartete einfach nur ab, bis Forman erneut Anstalten machte, etwas zu sagen.

Namtar kam ihm zuvor.

»Du bist tot«, sagte er.

»Hä?«

»Ja, tot!«

Tony Forman fühlte sich nicht auf den Arm genommen. Er war nur perplex, weil er keine Ahnung hatte, was er von diesem Satz halten sollte. Eine Sekunde später begriff er den Ernst der Lage. Urplötzlich traf ihn der Schlag.

Forman hatte die Faust nicht kommen sehen. Sie krachte gegen seine Stirn. Ihm kam es vor, als hätte ihn ein Felsbrocken erwischt. In seinem Kopf explodierte etwas. Er hatte den Eindruck, fliegen zu können, und spürte dann den heftigen Schlag am Rücken, als er gegen die Wand prallte.

Luft bekam er so gut wie nicht mehr. Er wollte schreien, brachte jedoch nur ein schweres Keuchen fertig. Die Welt um ihn herum war eine andere geworden. Er schaffte es nicht mehr, sie mit seinen Blicken zu durchdringen. Nebel wallte vor seinen Augen, und aus diesem Nebel erschien wieder die Gestalt.

Sie hielt etwas in der Hand.

Tony Forman riss die Augen auf. So deutlich erkannte er den Gegenstand nicht. Er war auf jeden Fall lang, auch hell, und dann wurde Forman erwischt.

Etwas drang in seine Kehle ein. Ein kurzer Stoß nur, der jedoch ausreichte. Etwas spritzte aus dem Hals in die Höhe. Eine dünne rote Fontäne, aber das sah Tony Forman nicht mehr. Der Tod war einfach schneller und hatte ihn mit in sein Reich gezerrt.

Namtar ließ ihn liegen. Lucas Taylor war wichtiger. Lukas, der Stier, der auch so sterben sollte.

Hier an der Schlachtbank…

Lucas Taylor wusste, dass er Warnungen niemals überhören durfte. Das hatte er von seiner Großmutter gelernt, die aus Jamaika stammte und sehr dunkelhäutig gewesen war.

»Wenn der Tag mit einem schiefen Ereignis beginnt, dann musst du dich in Acht nehmen. Dann ist das erst der Anfang für dich, mein Engel.«

Den Satz hatte Lucas nie vergessen und sich auch danach gerichtet. An diesem Morgen war es wieder geschehen. Er hatte sich in der kleinen Dusche den Kopf gestoßen und eine kleine Wunde zugezogen. Ein schlechter Anfang für den Morgen, und der Schlachter war davon überzeugt, dass der Tag auch nicht besonders werden würde.

Er war auf der Hut.

Ziemlich brummig war er zur Arbeit gefahren. Es war ein verdammter Knochenjob, aber man musste ihn tun, sonst bekamen die Menschen kein Fleisch. Nach Blut und Fett roch es, nach heißem Wasserdampf. Er hörte das Singen der Sägen, und die Musik blieb ewig in seinen Ohren. Auch in der Nacht hörte er sie noch.

Die Arbeitskleidung bestand aus einem Overall. Darüber trug er eine dicke abwaschbare Jacke. Die Haare hatte er durch eine Mütze geschützt, und seine Füße steckten in dicken Schuhen.

Sein Arbeitsgerät war die Säge. Manchmal kam er sich vor wie ein Waldarbeiter, der Bäume fällen musste. Nur bestanden seine Bäume aus Tierkörpern.

Er zersägte sie zuerst in zwei Hälften. Später wurden sie dann in weitere Stücke zerteilt, doch damit hatte er nichts am Hut. Das machten die Kollegen im Nebenraum, in den das Fleisch transportiert wurde. Es hing an einem Haken und fuhr über eine Rinne hinweg, in der sich das Blut sammelte und wegen der Schräge auch abfloss. Das Licht war grell und kalt. Die Tierkörper hatte man zuvor mit Wasserdampf behandelt, nachdem das Fell abgeschält worden war. Immer wenn ein Körper in seine Nähe kam, hielt das Band an. Die Zeit war genau ausgerechnet worden. Und Lucas Taylor kam damit gut zurecht. Den Schlachthof bezeichnete er als sein zweites Zuhause, und er war froh darüber, dass man ihn damals zur Zeit der BSE-Krise nicht gefeuert hatte. Er hatte seinen Job gehalten, denn er war ein Routinier und konnte auch an anderen Arbeitsplätzen eingesetzt werden.

In den letzten Tagen war alles etwas langsamer gegangen. Er arbeitete zusammen mit einem Kollegen. Beide Männer sahen sich nicht, weil sie Rücken an Rücken standen, denn das Transportband mit den hängenden Tierkörpern daran teilte sich kurz nach dem Eintritt in diese Welt, die so etwas wie der Bauch des Schlachthofs war.

Taylor beherrschte die Säge wie andere Menschen Messer und Gabel. Er schien mit ihr auf die Welt gekommen zu sein. Sie war für ihn zu einem perfekten Instrument geworden, und wenn er mit ihr in die Rinderkörper hineinschnitt und sie teilte, war das auch so etwas wie ein Frustabbau, denn hin und wieder stellte er sich den Tierkörper als einen verhassten Menschen vor.

Die Geräte liefen nicht über eine Batterie. Lange Leitungen, die stark gesichert waren, verbanden sie mit den Steckdosen. Er konnte sich mit den Geräten gut bewegen, da sie genügend Spielraum boten.

Hin und wieder hatte Taylor das Gefühl, als würden ihn die Tiere noch anglotzen, wenn sie auf ihn zuschaukelten. Dann lachte er, sprach sogar mit ihnen, setzte seine Säge an und schaute zu, wie sie in zwei Hälften geteilt wurden.

Es war herrlich. Zumindest manchmal, wenn er sich einen verhassten Menschen vorstellte. Ärger in seinem Leben gab es genug. Er lebte allein und in einer Gegend, die nicht eben als vornehmes Wohnviertel galt. Wer hier wohnte, der gehörte zu den unteren Zehntausend, und Streit gab es immer wieder.

Auch er blieb nicht davon verschont. Bisher allerdings hatte er keine Blessuren davongetragen, und darüber konnte er sich freuen. Irgendwie ging es immer weiter, und den Frust ließ er an den Geschöpfen ab, die sich nicht wehren konnten.

Immer wieder kamen sie.

Sie hingen an den Haken. Sie schaukelten durch die Lücke zwischen den beiden Gummiwänden, die zwei Räume voneinander abtrennten. In der Halle davor wurden die gehäuteten Körper gewaschen und danach an die Haken gehängt.

Lucas Taylor hatte sich schon manches Mal gefragt, wie er wohl reagieren würde, wenn auf einmal statt eines Rindes ein

Mensch am Haken hinge. Er hatte so etwas mal in einem Film gesehen. Seit dieser Zeit ging ihm das Bild nicht mehr aus dem Kopf. Ob er dann lachen oder schreien würde, er wusste es nicht. Bisher allerdings hatte sich dieser Albtraum noch nicht erfüllt.

Immer wieder schaukelten sie auf ihn zu. Er stoppte sie kurz und begann mit seiner Arbeit. Dann kreischte die Säge los, als wäre sie ein Lebewesen, das unter großen Qualen litt.

Daran konnte man sich gewöhnen. Taylor hörte die Geräusche schon längst nicht mehr.

Wieder schaukelte ein Körper heran.

Wieder zerteilte Taylor ihn.

Wieder ließ er ihn weiterfahren.

Wieder wartete er auf den nächsten.

Er atmete durch, er spürte den Wind eines Ventilators unter der Decke. Er roch das Blut, schmeckte Salz auf seinen Lippen. Er schaute nach rechts. Von dort schwebte das nächste Tier heran – und Lucas Taylor verwandelte sich plötzlich in eine Eissäule.

Sein Albtraum hatte sich erfüllt.

Da hing kein Rind mehr, sondern ein Mensch, den er sogar gut kannte.

Es war Tony Forman, der Vorarbeiter!

Lucas Taylor wusste zunächst nicht, ob er träumte oder das alles wirklich erlebte. Er starrte den Toten an, dessen Gesicht blutbespritzt war. Jemand hatte ihn an der Kleidung aufgehängt, die sein Gewicht sogar hielt. Lucas starrte auf den Hals, der nur aus einer einzigen Wunde bestand. Das Blut war aus ihr herausgequollen und hatte auf der Vorderseite des Arbeitskittels eine breite Spur hinterlassen.

Das Gesicht sah schrecklich aus. So maskenhaft leer. Es

gab keine Regung darin. Der Kopf war leicht zur linken Seite gefallen. Die Augen standen weit offen, aber Tony Forman war nicht mehr in der Lage, etwas zu sehen. Jemand hatte ihn so brutal gekillt, dass …

In diesem Moment riss bei Lucas Taylor die Starre. Plötzlich wurde ihm bewusst, dass er möglicherweise in einer tödlichen Gefahr schwebte und sich Formans Mörder in der Nähe befand. Das Transportband stand still. Nur der Elektromotor der Säge lief noch, aber er hörte trotzdem ein anderes Geräusch.

Er war hinter ihm, wo sein Kollege arbeitete oder nichts mehr tat, denn er stöhnte nur noch.

Über Taylors Rücken rann eine Gänsehaut. Sie war so kalt wie der Frost im Winter. Er spürte den Druck in seinem Magen. Ihm wurde plötzlich übel. Die Augen des Kollegen empfand er wie eine einzige Anklage gegen ihn. Er glaubte auch, in einem Eiskeller zu stehen, und wusste, obwohl er keinen Beweis dafür erhalten hatte, dass er nicht mehr allein war. Dabei dachte er nicht an seinen Kollegen. Es ging ihm um etwas anderes.

Endlich rührte sich Taylor wieder, und er drehte sich langsam um.

Doch er traute sich nicht, den Blick nach vorn zu richten. Er hielt ihn gesenkt und sah das rote Rinnsal auf dem Boden, das nicht durch die Auffangrinne lief.

Kein Tierblut …

Er drehte den Kopf leicht nach rechts. Da lag sein Kollege. Halb in der Rinne. Tot und blutüberströmt.

Warum?

Das eine Wort war für ihn wie ein Schrei. Er drehte fast durch. Taylors Augen glänzten wie im Fieber. Er hatte den Mund geöffnet, aber es drang kein Schrei daraus hervor. Etwas hatte seine Kehle zugeschnürt. Was völlig normal ablief, das kam ihm jetzt zeitverzögert vor, und ihm kam in den Sinn, dass es jemanden gab, der dafür verantwortlich sein musste.

Er schaute jetzt hoch.

Der Killer stand vor ihm. Es musste der Mörder sein, denn er hielt das blutige Messer noch in der Hand. Nur wies die Spitze nach unten und zeigte nicht auf Lucas Taylor.

Der Blick des Schlachters saugte sich am Gesicht der Gestalt fest, und Taylor konnte nicht glauben, was er sah. Es war einfach nur grauenhaft und unerklärlich. Dieser Mann besaß zwei Gesichter. Oder zwei verschiedene Gesichtshälften. Die rechte hell, beinahe wie von einer Kinderhaut überzogen. Die andere dunkel, aufgeraut, beinahe wie verbrannt wirkend, eben absolut verschieden zu der anderen.

Verschieden waren auch die Augen, die keine Pupillen hatten. Das linke gloste in einem schon bösen Rot. Das rechte war sehr hell, wirkte aber trotzdem kalt, absolut gefühllos.

Lucas Taylor stöhnte. In seinem Kopf rumorte es. Den Herzschlag spürte er überdeutlich. Er wusste auch, das seine Gesichtsfarbe gewichen und er bleich geworden war. So wie er musste eine Leiche aussehen.

Auch Taylor trug eine Art Waffe. Mit beiden Händen hielt er die Säge fest. Er hatte sie nicht mal ausgeschaltet und lauschte ihrem Summen, wie jemand, der auf ein bestimmtes Signal wartet, das bei ihm leider nicht eintrat.

Zwei Sekunden später hörte er die Stimme der Gestalt. Für Lucas klang sie nicht normal. Sie war zu hoch, nahezu schrill. Sie klang auch wie elektronisch verzerrt und nicht zu einem Menschen gehörend.

»Bist du Lucas Taylor?«

»Ja.« Eigentlich hatte er die Antwort nicht geben wollen. Jetzt war es geschehen. Er konnte nichts daran ändern.

»Das ist gut. Ich habe dich endlich gefunden.«

»Scheiße, Mann. Scheiße, was willst du?«

»Du bist der Dritte!«

»Wieso?«

»Stur wie ein Stier!«

Taylor begriff nichts. Allerdings war ihm klar, dass dieser Typ nicht gekommen war, um sich mit ihm zu unterhalten. Er hatte ihn gesucht, das war seinen Worten zu entnehmen gewesen.

Gesucht, gefunden und …

An das nächste Wort wollte er nicht denken. In seinem Kopf rauschte es plötzlich, und deshalb hörte er die Stimme des Sprechers nicht mehr so deutlich.

»Der Stier wird mit einem einzigen Stich getötet!«

»Aber …«

»Du bist der Stier, Lucas!«

Endlich hatte Taylor begriffen, und zwar alles. Der Typ war nicht gekommen, um ihn in Angst und Schrecken zu versetzen. Er wollte ihn töten. Er war sein Killer.

Der Schlachter erwachte wie aus einem tiefen Schlaf. In seinem Gesicht verzerrten sich die Züge. Weit riss er die Augen auf. Plötzlich war der Widerstand da, und er dachte daran, dass er ebenfalls eine »Waffe« in seinen Händen hielt.

Sie war eingeschaltet. Er hörte ihr Summen als eine schon tödliche Melodie.

Scharf lachte er auf, als er die Säge anhob. »Nein, nein, du nicht!« Die Worte verließen den Mund als Brüllen. Lucas warf sich dem Mann entgegen. Er wollte sich von ihm nicht abschlachten lassen. Er war kein totes Vieh.

Seine Säge jaulte auf, als wollte sie einen Hit spielen, als er sie ansetzte. Wie bei dem Rind. Von oben nach unten ziehen. Den Hundesohn in zwei Hälften teilen.

»Stur wie ein Stier!«

Noch in der Vorwärtsbewegung hörte er den Satz erneut.

Er war wie eine Warnung, nur konnte Taylor nicht mehr zurück, denn der seltsame Mann war schneller.

Seine Waffe war es!

Ein Stoß. Wie in der Arena. Hier stand der Torero des Todes vor ihm. Und er traf.

Lucas Taylor spürte einen irrsinnigen Schmerz in der Brust, so als würde sein gesamter Leib zerrissen. Er hörte noch das Singen seiner Säge. Es war die Melodie, die ihn bis hinein in den Tod begleitete.

Taylor blieb noch auf den Beinen. Er wankte jedoch zurück. Es waren unsichere Schritte, denn das Leben rann aus seinem Körper. Blut hatte seine Brust befleckt. Der Mund stand offen, und auch aus ihm sickerte ein dünner roter Streifen.

Dann brach er zusammen. Er konnte die Säge nicht mehr halten. Sie landete auf seinem Körper, rutschte daran entlang, schnitt die Kleidung auf und hinterließ auf seiner Haut zusätzlich eine rote Rinne oder Linie.

Das spürte er nicht mehr, denn der Schlachter Lucas Taylor war tot. Genau das hatte Namtar gewollt. Er ging auf die Leiche zu, blieb bei den Füßen stehen und schaute nach unten.

»Der Dritte. Lukas, der Stier…«

Namtar war zufrieden.

Jetzt fehlte nur noch einer.

Und den würde er sich nun holen…

Oft genug hatte ich mich über die Luft im Yard Building beschwert. Mal war sie zu warm, dann wieder zu kalt, aber sie war letztendlich der Himmel im Vergleich zu der Luft, die im Innern des Schlachthofs herrschte. In seinem Bauch gewissermaßen.

Es war schlimm. Ich kann sie auch nicht beschreiben, weil mir ein derartiger Geruch sonst nicht bekannt ist. Man muss ihn als neutral-widerlich ansehen. Er war einfach da. Man schmeckte ihn auf der Zunge, und ich ging davon aus, dass er sich auch in meiner Kleidung schon festgesetzt hatte.

Nie mehr werde ich mich über die Luft im Yard beschweren. Wir waren nicht hier, um den Schlachthof zu besichtigen. Auf dem kürzesten Weg mussten wir unser Ziel erreichen. Ich hörte wieder auf mein berühmtes Bauchgefühl, und das konnte ich nicht eben mit dem Begriff positiv umschreiben.

Es drängte mich, diesen Lucas Taylor kennen zu lernen, und ich hoffte, ihn lebend anzutreffen. Sicher war das nicht, denn ein Killer wie Namtar verlor keine Zeit. Er machte Nägel mit Köpfen.

Pembroke, der Suko und mich begleitete, sprach nicht. Er gab sich recht kurzatmig, und in seinem Gesicht zeichneten sich Flecken auf den Wangen ab.

Jede Stufe, über die ich ging, schien mir glatt zu sein, als hätte sich dort eine Fettschicht abgesetzt. So glich es schon einem kleinen Wunder, dass ich nicht rutschte und mir irgendwelche Knochen verstauchte.

Ein paar Mal setzte Pembroke zum Sprechen an. Als er jedoch mein Gesicht sah, schwieg er lieber. Ich war auch nicht in der Stimmung, irgendwelche Fragen zu beantworten.

Er hatte nur von einem kurzen Weg gesprochen, der uns durch das Büro des Vorarbeiters führte.

»Hier ist es«, sagte Pembroke, als wir vor der Tür stehen blieben.

»Ja, ja, gehen Sie schon hinein.«

»Gut.« Pembroke klopfte, zerrte die Tür auf und ging ins Büro. Uns war das zu langsam. Wir drückten ihn über die Schwelle und schauten in ein leeres Büro. Der Vorarbeiter saß nicht auf seinem Platz.

»Das … das verstehe ich nicht …«

»Er ist auch nicht ans Telefon gegangen«, sagte ich und schob mich an Pembroke vorbei.

»Ja, das schon. Er hätte ja längst …«

Suko war weiter nach vorn gegangen und dann zur Seite getreten. Jetzt hatten wir alle einen freien Blick und sahen das Blut auf dem Boden.

Hinter mir hörte ich kieksende Geräusche und wenig später einen Würgelaut.

Als ich mich umdrehte, sah ich einen kalkbleichen Pembroke an der Wand lehnen. Er konnte nicht mehr sprechen. Dass er sich noch auf den Beinen hielt, wunderte mich.

Ich wollte ihn aus der Reichweite und der Gefahrenzone haben. Deshalb packte ich ihn an beiden Schultern, drehte ihn herum und schob ihn aus dem Raum.

Danach schloss ich die Tür.

Suko hatte sich mir wieder zugedreht. Er schaute mich mit einem bestimmten Blick an, aus dem ich fast den Namen Namtar las.

»Da ist eine zweite Tür!«

»Okay.«

Wir hatten beide unsere Waffen gezogen. Die Stille kam mir schon ein wenig ungewöhnlich vor. Aus den Räumen jenseits der Wände war nichts zu hören. Es schien, als wären die Mitarbeiter in einen Streik getreten.

Vor der zweiten Tür hatte Suko bereits Aufstellung genommen. Wir wussten, dass wir sie öffnen mussten und dass uns dahinter womöglich etwas Schlimmes erwartete.

Ein Schlüsselloch gab es zwar, doch es war zu schmal. Ich war sensibilisiert und glaubte, den Geruch aus Blut, Fett und Angst noch intensiver wahrzunehmen.

Ich schaute Suko an. Er mich. Beide nickten wir uns zu. Es war mein Freund, der die Tür öffnete, und er zerrte sie mit einem heftigen Ruck auf, wie jemand, der eine andere Person überraschen wollte.

Das schafften wir nicht.

Die Person gab es, aber sie zeigte keine Überraschung. Dafür waren wir überrascht, denn wir sahen die beiden Toten, wir sahen die Tiere über der Rinne hängen, ebenso einen Toten, und wir sahen zum ersten Mal in unserem Leben den Boten des Schwarzen Tods …

Es war schon seltsam, doch keiner von uns drehte durch. Wir hielten uns auch mit einer Reaktion zurück. Selbst die Luft hielten wir an.

Er war einfach da. Er war ein Mensch, und zugleich war er trotzdem etwas anderes. Ich wunderte mich noch für einen Moment darüber, dass mein Kreuz nicht reagierte. Es schien in die gleiche Starre verfallen zu sein wie Suko und ich.

Namtar war eine zweigeteilte Persönlichkeit. Auf der linken Seite normal menschlich, auf der rechten sah er anders aus. Ein verbranntes Gesicht, ein glosendes Auge. Schwarze Haare, nicht so hell wie an der linken Seite.

Mensch und Dämon!

Er wollte etwas dokumentieren. Er wollte durch seine Gestalt beweisen, dass es den Dualismus gab, dem er frönte. Er stand auf seiner Seite. Er war Mensch und …

Was war er noch?

Ich konnte es nicht sagen. War er ein Dämon? War er ein Teufel? War er ein Diener des Schwarzen Tods? War er alles zusammen? Hatte man ihn aus der Hölle geholt, damit er Angst und Terror verbreitete? Oder war er ein Kunstgeschöpf, das Luzifer persönlich geschaffen hatte?

Ich flüsterte seinen Namen.

Ich erhielt auch eine Antwort.

»John Sinclair …«

Beide hatten wir seine Stimme gehört. Ja, sie klang menschlich und trotzdem anders. In seinem Hals schien ein technisches Gerät zu stecken, das seine Stimme verfremdete.

Er zeigte alles, nur keine Furcht. Er gab sich sogar sehr gelassen und richtete den Blick seiner unterschiedlichen Augen auf uns beide. Dass wir Waffen in den Händen hielten, interessierte ihn nicht. Unsere Finger lagen an den Abzügen. Wir würden schießen und die geweihten Silberkugeln in seinen Körper jagen.

Ob sie ihn allerdings vernichteten, stand noch in den Sternen. Ich schätzte ihn als so stark ein, dass ihm auch das geweihte Silber nichts ausmachte. So etwas hatte ich nicht erst einmal erlebt. Bei mächtigen Dämonen mussten andere Waffen eingesetzt werden.

Die hellen und auch dunklen Lippen bewegten sich. Der Mund blieb in dieser Grinshaltung bestehen und veränderte sich auch nicht, als Namtar anfing zu sprechen.

Zwei Tote lagen in diesem Raum. Er deutete auf eine der Leichen. »Das ist Lucas Taylor. Er ist der Dritte. Und der Vierte wird folgen. Stur wie ein Stier heißt es. Drei leben nicht mehr …«

»Du wirst den vierten Menschen nicht mehr töten!«, versprach ich mit einer Stimme, die mir selbst fremd vorkam. Sie war tief in meiner Kehle geboren. Sie war zudem von dem gezeichnet, was ich hier zu sehen bekam, und das war schlimm genug. Ich wusste selbst nicht mehr, wie ich mich fühlte. Ein Teil meiner Psyche schien den Körper verlassen zu haben. Ich sah mich mehr wie einen Roboter, dessen Waffen plötzlich den Tod ausspeien konnten.

»Wer sagt das?«, fragte die ganz in Schwarz gekleidete Gestalt. »Du, Sinclair?«

»Das hast du doch gehört.«

»Du irrst dich. Mich kann niemand stoppen. Du nicht, dein Freund ebenfalls nicht. Ich bin zu stark. Ich bin beides zugleich. Mensch, Dämon, vielleicht auch ein Engel? Dann bin ich drei in einem. Und Menschen bin ich überlegen.«

»Du vergisst, dass ich den Schwarzen Tod schon einmal vernichtet und auch schon seine Wiedergeburt verhindert habe. Und ich werde auch den aus dem Weg räumen, der noch mal versucht, ihn zurückzuholen. Es wird keine Rückkehr geben.«

»Bist du sicher?«

»Ja, das bin ich. Sehr sicher sogar.« Ich sprach wider meine Überzeugung, doch ich durfte ihm gegenüber keine Unsicherheit zeigen.

»Er kehrt zurück!«

»Wie denn?«

»Ich habe das Tor bereits weit aufgestoßen. Es fehlt noch ein Teil des Bildes, dann ist er frei.«

»Und wir sind gekommen, um das Tor wieder zu schließen«, erklärte ich ganz emotionslos. »Deshalb fangen wir bei dir an.«

»Ach ja?«

»Suko?«

»Okay, John!«

Wir waren ein Team. Eingespielt, nennt man das, und mein Freund Suko wusste genau, wie dieses Spiel weiterlief.

»Jetzt!«, sagte ich nur.

Wir schossen gleichzeitig!

Es war vorbei mit der Stille. Das Krachen der Schüsse zerriss sie brutal. Sie wurde zerfetzt, und die Echos dröhnten in unseren Ohren nach. Es war eine Hinrichtung, wenn man es genau nahm. Niemand von uns beiden musste hier ein schlechtes Gewissen haben, denn wir schossen nicht auf einen Menschen.

Keiner zielte vorbei. Jede Kugel traf. Wir erlebten die Folge aus unmittelbarer Nähe mit. Wir sahen, wie die verdammte Gestalt immer wieder zusammenzuckte. Wir warteten darauf, dass die Wucht der Einschläge sie zu Boden schleuderte und dass sie plötzlich anfing zu brennen, wobei das kalte Feuer aus ihrem Körper schlüge.

All das hatten wir gesehen. All das war für uns normal, doch hier passierte es nicht. Namtar, der sumerische Todesdämon, stand vor uns und nahm jede Kugel hin.

Die Wucht ließ ihn zucken. Das war auch alles. Und wir ließen die Waffen sinken, als jeder von uns vier Mal geschossen hatte. Namtar stand noch immer am gleichen Fleck. Aus den Einschusslöchern drang kein Blut. Es schlugen auch keine Flammen daraus hervor, überhaupt – ich sah keine Einschusslöcher. Aber es gab trotzdem eine Reaktion. Das harte und bösartig klingende Lachen erreichte unsere Ohren. Dieser verfluchte Kerl hatte seinen Spaß, und er hob wie ein Guru die Arme an, als das Krachen der Waffen verstummt war.

»Wer will mich töten?«, fragte er. Auf seinem Gesicht erschien ein arrogantes Grinsen.

Es war müßig, auf diese Frage eine Antwort zu geben. Das Silber brachte bei ihm nichts. Ob das bei meinem Kreuz anders sein würde, konnte ich nicht sagen. Es hing vor meiner Brust, unter meinem Hemd, und meldete sich nicht. Nicht der geringste Wärmestoß war zu spüren. Natürlich dachte ich an eine Aktivierung, aber neben mir bewegte sich Suko. Er griff an seinen Gürtel, um die Dämonenpeitsche hervorzuholen.

Die Dämonenpeitsche – die Riemen bestanden aus der Haut eines Dämons, und sie war eine mächtige Waffe gegen die Kreaturen der Hölle!

Es war schon ungewöhnlich, was hier ablief. Wir konnten

uns selbst als Hauptpersonen bezeichnen oder als Akteure, die auf der Bühne agierten. Trotzdem passte das nicht. Irgendwie war es anders geworden. Ich hatte den Eindruck, als hätte sich einiges verändert, ohne dass sich wirklich was verändert hatte.

Fast zum Greifen nah stand die Gestalt des Namtar vor uns. Trotzdem kam sie mir weit entfernt vor.

Irgendetwas stimmte da nicht. Ich bekam es einfach nicht auf die Reihe. Hier lief etwas gewaltig aus dem Ruder. Ich hatte den Eindruck, ein Phänomen zu erleben, das keines war oder zumindest nicht von uns gesehen werden konnte, aber trotzdem vorhanden war.

Namtar war nah und trotzdem fern!

Ob es Suko ebenfalls so erging, wusste ich nicht. Er jedenfalls ließ sich nicht stoppen und griff nach der Peitsche, die er ganz normal aus dem Gürtel zog. Dabei wirkte er dennoch irgendwie anders, wie jemand, der neben sich steht.

»Ich versuche es damit, John!«

Ich nickte, war aber nicht bei der Sache. Meine Gedanken drehten sich noch immer um die Schüsse. Warum, zum Henker, hatten die Kugeln nicht getroffen? Was war da passiert? Ich hatte auch nicht gesehen, ob sie seinen Körper durchschlagen hatten. Zudem war die Gestalt nicht geschmolzen oder irgendwie verbrannt. Hier war alles anders, und dafür gab es nur einen Ausdruck.

Ein Phänomen!

Aber was? Ein magisches Rätsel möglicherweise? Oder etwas, was wir noch nie zuvor erlebt hatten?

Auch das konnte zutreffen, denn dass der Schwarze Tod überhaupt zurückkehren würde oder sollte, war schon verrückt und unglaublich genug. Da passte dies auch dazu.

Namtar tat nichts.

Er hätte uns angreifen müssen. Das wäre logisch gewesen.

So aber stand er auf dem Fleck und schaute Suko zu, der die Peitsche hervorgeholt hatte und nun den Kreis schlug.

Die drei Riemen, die aus der Haut des Dämons Nyrana geschnitten waren, rutschten hervor. Auch das war normal, nur reagierte Namtar nicht. Er schaute einfach nur zu. Er spielte weiterhin den unbeteiligten Zeugen. Das Rätsel verdichtete sich.

Ich wollte etwas unternehmen. Zumindest etwas sagen, doch selbst das schaffte ich nicht. Die Überraschung war einfach zu groß. Ich erlebte sie als eine fremde Kraft, die mich in ihren Klauen hielt, mich zwar nicht behinderte, mich jedoch irgendwie lethargisch machte.

Lag es wirklich nur an den verschossenen Kugeln, die zwar getroffen, aber nichts angerichtet hatten?

Ich hatte keine Ahnung und wartete darauf, was passierte, wenn Suko die Peitsche einsetzte.

Die drei Riemen lagen frei. In ihnen vereinigten sich zwei Farben. Ein dunkles Braun und ein dunkles Grün. Beide Farben wurden zu einem Mischmasch.

»Suko …«

»Ja?«

»Sag mir bitte nur mal, was du fühlst?«

»Nicht eben Freude.«

»Das meine ich nicht. Es geht um ihn.«

Suko hob die Schultern an. »Es ist schon ungewöhnlich. Wir haben ihn getroffen und trotzdem nicht erwischt. Dass er nicht vernichtet ist, sehe ich ein, aber wir sehen keine Einschläge in seinem Körper, und das gibt mir zu denken.«

»Genau wie mir. Jetzt möchte ich von dir, wenn möglich, eine Erklärung haben.«

»Ich weiß keine.«

»Danke.«

»Aber lass es mich versuchen. Die Peitsche wird uns schon den richtigen Weg weisen.«

Auf diesen Optimismus konnte Suko bauen. Das hatte uns die Vergangenheit gelehrt. Die Peitsche war wirklich eine mächtige Waffe. In der Vergangenheit hatte sie das immer wieder unter Beweis gestellt. Sie war es sicherlich auch jetzt noch, und trotzdem vertraute ich ihr nicht mehr. Ich ging aus irgendeinem Grund davon aus, dass sich gewisse Gesetze und Regeln verändert hatten.

Die Zeit lief normal ab. Auch wenn es mir etwas anders vorkam, obwohl Suko seinen Stab nicht eingesetzt hatte, mit dem er die Zeit für fünf Sekunden stoppen konnte.

Nun, wir beide standen wahrscheinlich dermaßen stark unter Spannung, dass wir das Gefühl für den normalen Ablauf der Zeit verloren hatten.

Das zumindest nahm ich als eine vorläufige Erklärung hin und konzentrierte mich auf meinen Freund, der endlich handelte.

Er hatte den Arm leicht angehoben. Suko beherrschte die Peitsche meisterhaft – und schlug zu!

Er traf!

Ich sah es genau. Die drei fächerförmig gefalteten Riemen konnten den Körper einfach nicht verfehlen.

Oder traf er doch nicht?

Namtar war nicht einmal zusammengezuckt, wie es hätte der Fall sein müssen. Er stand weiterhin auf der Stelle und schaute uns direkt ins Gesicht.

»Das gibt es nicht«, flüsterte Suko.

»Schlag noch mal zu!«

Das ließ er sich nicht zweimal sagen. Er wurde zu einem Wirbelwind. Die drei Riemen erwischten den Körper an den verschiedensten Stellen. Das Gesicht blieb ebenso wenig verschont wie die Beine – und trotzdem passierte nichts.

Namtar blieb dort, wo er stand!

Es war für uns das zweite Phänomen. Als Suko die Waffe sinken ließ und einen Schritt zurücktrat, reagierte auch der Bote des Schwarzen Tods. Er hob seinen rechten Arm, streckte den hellen Zeigefinger in die Höhe und verabschiedete sich mit einem Versprechen.

»Drei sind tot. Der Vierte wird folgen. Bevor die Dunkelheit anbricht, ist das Tor zum Schwarzen Tod offen ...«

Ein schauriges Gelächter folgte dem schlimmen Versprechen. Es wehte noch als Echo durch die Halle, als sich Namtar umdrehte, uns den Rücken zuwandte und davonging.

Seine Gestalt, sein Erscheinungsbild oder wie auch immer wurde schwächer. Seine Umrisse nahmen immer mehr ab, und schließlich war er ganz verschwunden ...

Wir standen da wie zwei Schüler, denen der Lehrer erklärt hatte, dass sie nicht versetzt werden würden. Ich hielt die Beretta fest, Suko seine Dämonenpeitsche, und beide waren wir nicht in der Lage, auch nur ein Wort zu sprechen.

So etwas hatten wir noch nie erlebt. Zumindest konnten wir uns daran nicht erinnern. Es war auch kein Traum gewesen, denn die beiden Toten in dieser schon an sich blutigen Umgebung waren der beste Beweis für die Realität.

Doch was war noch real? Eigentlich nichts mehr. Da war ich ehrlich genug, dies zuzugeben. So wie wir fühlte sich jemand, dem der Boden unter den Füßen weggezogen worden war.

»Sag du was, John!«, flüsterte Suko.

Ich hob nur die Schultern.

»Das ist nicht viel.« Suko steckte die Peitsche wieder weg. Dann schaute er zu Boden und schüttelte gleichzeitig den Kopf. »Bisher habe ich es noch nicht so richtig glauben können, nun allerdings habe ich allmählich den Eindruck, dass er es schafft, den Schwarzen Tod wieder zurückzuholen.«

»Geht mir auch so.«

»Haben wir verloren?«

Ich wusste es nicht. Wenn ich mich allerdings umschaute und die beiden Toten sah, dann standen wir von einer Niederlage nicht zu weit entfernt. Das stimmte schon. Die Toten waren Realität.

Nur – was war Namtar gewesen? Auch Realität? Vielleicht eine Spukgestalt? Eine Einbildung? Oder was?

Da konnte ich hin und her überlegen, ohne eine Antwort zu finden. Möglicherweise war es beides, Realität und Fiktion. Dafür allerdings einen gemeinsamen Nenner zu finden, war im Augenblick unmöglich. Ich wusste auch, dass ich mir weiterhin den Kopf darüber zerbrechen würde, und konnte nur hoffen, dass wir irgendwann eine Lösung fanden.

Suko fasste unsere Lage in einem Satz zusammen. »Wir haben verloren, John. Das spüre ich. Wir werden auch den vierten Mord nicht verhindern können.«

»Ich würde dir gern widersprechen.«

»Kannst du aber nicht.«

»Leider.«

Suko runzelte die Stirn und schaute mich dabei an. »Es gäbe vielleicht doch eine Chance.«

»Da bin ich gespannt.«

»Dracula II und Justine Cavallo. Auch wenn es uns nicht passen will, wir werden wahrscheinlich gezwungen sein, uns mit ihnen zu verbünden. Im Moment sehe ich keinen anderen Weg.«

Den sah ich auch nicht, doch ich wollte dies nicht laut sagen. Ich ärgerte mich sowieso schon zu sehr über unsere Niederlage.

Im Büro nebenan wurden die Stimmen lauter. Die von Pembroke war herauszuhören.

Ich nickte Suko zu. »Kümmere du dich darum. Ich werde die Kollegen anrufen, damit sie drei Leichen abholen können und die Spuren sichern.« Mehr wusste ich im Moment nicht zu sagen. Allerdings rief ich noch unseren Chef, Sir James Powell, an …

Dessen Gesicht war zu einer Maske geworden, als wir ihm gegenübersaßen. Allerdings nicht in seinem Büro, sondern im Schlachthof. Der Raum gehörte zur Verwaltung. Er wurde als eine Art Archiv genutzt, auch als Abstellkammer für Stühle. Unter dem kleinen Fenster hatte ein großer Farbkopierer seinen Platz gefunden.

Sir James wusste jetzt alles. Im Laufe der Jahre hatten wir perfekt zusammengearbeitet. Er war derjenige gewesen, der uns oft auf bestimmte Lösungen gestoßen hatte. Der uns den Rücken freihielt und auch ansonsten verdammt wichtig war.

In diesem Fall stieß er an seine Grenzen. Er schaute auf seine Schuhe und atmete immer wieder durch die Nase ein. »Ich begreife es einfach nicht, meine Herren, wie so etwas passieren konnte. Das ist mir ein Rätsel. Es gibt auch für mich, den neutralen Zeugen, keinen Punkt, an dem ich ansetzen könnte.«

»So ergeht es uns auch«, sagte Suko.

»Ja, ja.« Sir James hob den Kopf wieder an. Zwischen seinen Augenbrauen hatte sich ein V als Falte gebildet. »Ich glaube Ihnen jedes Wort, das Sie mir gesagt haben. Damit gibt es keine Probleme. Trotzdem drängt sich eine Frage auf.«

»Welche?«

»Haben Sie das wirklich alles erlebt?«

Suko und ich schauten uns an.

»Natürlich haben wir das alles erlebt!«, flüsterte ich. »Wir haben Ihnen keinen Bären aufgebunden, Sir.«

»So meine ich das nicht.«

»Wie dann?«

Sir James räusperte sich. Er sah aus, als wollte er sich erheben, auf und ab gehen und sich überlegen, was er zu sagen hatte. Das tat er nicht, er blieb sitzen, und auch das V auf seiner Stirn verschwand nicht. »Kann es sein, dass Sie einer Täuschung oder einer Halluzination erlegen sind?«

»Nein!«

Auf meine spontane Antwort hin hakte er sogleich nach: »Was macht Sie so sicher?«

»Die drei Toten. Die sind keine Täuschung.«

»Das habe ich auch nicht damit gemeint, John. Ich dachte eher an etwas anderes. Dass dieser Namtar eine einzige Täuschung gewesen ist.«

»Und dennoch gemordet hat?«, fragte Suko.

»Nun, ich habe mich vielleicht falsch ausgedrückt. Keine Täuschung, sondern einfach nur ein Geist. Eine feinstoffliche Person, die mordet.«

»Das wäre zu simpel«, erklärte ich.

»Warum?«

»Weil wir mit feinstofflichen Gestalten unsere Erfahrungen haben sammeln können. Die sind anders, Sir. Diese Gestalt war aus Fleisch und Blut, und sie hat sich bei ihrem Verschwinden auch nicht in etwas Feinstoffliches verwandelt. Die ist vor unseren Augen verschwunden. Sie war einfach weg, als wäre sie in einen Tunnel gegangen, um von dort so schnell nicht wieder zu erscheinen.« Ich stand auf und blieb vor dem Fotokopierer stehen. Am liebsten hätte ich ihn zertrümmert, so wütend war ich. »Dieser Namtar ist einfach ein Phänomen. Anders kann man es nicht sagen. Er ist ein Phänomen, wie wir es nicht kennen. Genau das bereitet uns die verdammten Probleme, und wir beide wissen nicht, wie wir sie lösen sollen.«

Sir James zeigte sich tief beeindruckt. »Dann ist eine Rückkehr des Schwarzen Tods also unvermeidlich?«

»Das befürchten wir.«

Sir James schwieg. Er presste die Lippen zusammen. Wieder hörten wir das scharfe Atmen.

»Es bleibt nur eine Chance, nicht?«

Wir wussten, was er meinte, und Suko gab die Antwort. »Ja, wir müssen den vierten Mann, diesen Johannes, vor Namtar finden. Ob uns das allerdings gelingen wird, ist fraglich.«

»Haben Sie einen Verdacht?«

Gemeinsam schüttelten wir die Köpfe.

»Wer könnte helfen? Sarah Goldwyn?«

»Ich glaube nicht, Sir. Sie hätte uns schon längst einen Hinweis auf ihn gegeben, wenn sie ihn wüsste. Sie sucht danach, während wir hier sprechen. Aber sie hat sich nicht gemeldet, und das aus gutem Grund.«

»Dabei ist Johannes kein so seltener Name«, sagte der Superintendent. »John stammt ebenfalls davon ab – oder?«

Ich stimmte ihm zu.

Auf die nächste Frage lauerte ich und wurde nicht enttäuscht. »Haben Sie nie daran gedacht, John, dass Sie die vierte Person sein könnten?«

Ich lächelte mokant. »Daran gedacht habe ich schon, Sir. Nur passt es nicht.«

»Wieso?«

»Es geht um die Synonyme. Der erste Tote war in seinem Leben gut wie ein Engel. Der zweite stark wie ein Löwe. Er hatte ja auch mit Löwen zu tun. Der dritte stur wie ein Stier. Okay, Rinder können auch Stiere sein, sage ich mal. Und der vierte soll frei wie ein Adler sein.« Ich hob die Schultern. »Bin ich das?«

»Wenn man es so sieht, nicht.« Sir James überlegte und fuhr dann fort: »Dann müsste diese Person etwas mit Fliegen zu tun haben. Oder sehen Sie das anders?«

»Nun, Sir …«

»Das ist eine Spur, John. Und wer fliegt?«

Diesmal gab Suko die Antwort. »Ein Pilot fliegt. Einer, der ein Flugzeug lenkt. Wir müssen nur alle Piloten durchchecken, die mit Vornamen John heißen.«

»Dann sieht die Zukunft sehr düster aus«, meinte Sir James. »Denn von Piloten mit Vornamen John gibt 's wohl mehr als genug. Wir werden die Rückkehr des Schwarzen Tods wohl nicht verhindern können.«

»Die nahe Zukunft«, meinte Suko. »Namtar wird sich nicht aufhalten lassen und alles so schnell wie möglich durchziehen wollen. Nach dem Motto: Vier auf einen Streich.«

Sir James schwieg.

Genau das taten Suko und ich auch.

Der Dritte!

Der Gedanke glich einem Motor, der Namtar antrieb. Er war glücklich. Er fühlte sich unheimlich wohl in seiner Existenz. Er war auf dem richtigen Weg.

Wäre er ein normaler Mensch gewesen, er hätte gelacht, getobt, sich irrsinnig gefreut. Doch er war kein Mensch, Engel oder Dämon. Er war ein Wunder. Ein Bote aus einer Welt, die es zwar gab, in die man sogar hineinschauen konnte, die aber letztendlich nicht zu fassen war.

Er hatte es erlebt. Bei Sinclair und bei diesem Chinesen. Sie hatten ihn mit ihren nicht mal ungefährlichen Waffen attackiert. Sie hatten auf ihn geschossen, ihn getroffen und trotzdem nicht erwischt. Umgekehrt wäre es anders gewesen, doch darüber wollte er nicht nachdenken. Er hatte es bewusst nicht getan, weil er zunächst seine Aufgabe erfüllen musste. Danach würde man weitersehen.

Nicht nur der Schwarze Tod war ein Phänomen, er war es selbst ebenfalls. Und Namtar war, was dieses Geheimnis anging, eng mit dem düsteren Dämon verbunden.

Momentan war für ihn das Versteck wichtig. Und auch die Zeit. Er richtete sich jetzt nach ihr, obwohl er sonst mit ihr spielte, denn die Zeit war für ihn zu einer besonderen Größe geworden. Er hatte sie mal als metaphysische Normalität bezeichnet, ohne sich im Einzelnen darüber Gedanken zu machen, was das wirklich bedeutete.

Für Namtar zählte nur, dass sie auf seiner Seite stand und er sie überwinden konnte.

So wie in diesen Augenblicken!

Plötzlich erschien er inmitten des kleinen Gartenhauses. Er war einfach da. Für einen Moment war noch ein Streifen zu sehen, dann nichts mehr, nur er persönlich.

Ein schneller Rundblick!

Es hatte sich nichts verändert. Niemand hatte versucht, in das Haus einzudringen. Es waren keine Spuren von Fremden zu sehen, und auch seine vampirischen Verfolger hielten sich zurück.

Als er an sie dachte, fegte ein heiseres Lachen aus seiner Kehle. Er konnte sich vorstellen, was sie zu leiden hatten. Sie waren einfach unfähig, mit seiner Existenz zurechtzukommen. Es war unmöglich, denn sie fürchteten sich nicht allein vor ihm, sondern auch vor dem, was er in die Wege leitete und bringen würde. Das war es doch. Sie hatten Angst vor der Zukunft. Sie sorgten sich um ihre Pfründe, und deshalb gingen sie nach dem Motto vor: Wehret den Anfängen!

Und sie waren nicht allein. Es gab noch genügend, die um ihre Macht fürchteten. Viele Schwarzblütler strebten nach der Macht, aber sie belauerten sich auch gegenseitig und achteten darauf, dass einer nicht zu mächtig wurde. Doch wenn der Schwarze Tod zurückkehrte und in diesen Kreis hineinstieß, dann kam es zum großen Chaos. Dann wurde in der Schüssel gerührt, und das neue alte Grauen wuchs wieder aus den Ruinen hervor. Ja, so musste es sein. Ein neues Zeitalter stand bevor, und eine Welt würde auf den Kopf gestellt werden.

Mit seiner dritten Tat stand der Schwarze Tod bereits mit einem Schritt in der neuen alten Welt.

Namtar wollte es sehen und spüren. Diesmal machte er sich die Mühe und hob den Deckel des Einstiegs in die Höhe. Wieder glitt er hinein in die Finsternis. Das durch die Öffnung fallende Licht war dunkler geworden. Namtar musste schon genau hinschauen, um den Spiegel zu sehen, der schräg an der Wand lehnte.

Er kniete sich davor!

Zuerst tat er nichts. Namtars Lippen blieben geschlossen. Den Blick hatte er gegen den Spiegel gerichtet, und er brauchte nicht zum zweiten Mal hinzuschauen, um erkennen zu können, dass der Schwarze Tod bereits zu drei Viertel entstanden war.

Der erste Teil des Oberkörpers hatte sich gebildet. Die linke Seite. Der Arm, die schwarze Knochenklaue, die Schulter, ein Teil der Brust, ein Stück Hals und die Hälfte des schaurigen Skelettgesichts. Es gab nur dieses dunkle Gebein, nichts schimmerte wie normale Knochen, denn hier erlebte der Betrachter das wahnsinnige Phänomen, das normal nicht erklärt werden konnte.

Namtars Blick richtete sich auf die neu entstandene Gesichtshälfte. Er sah die Knochen, er sah das Auge, das Gebein, das diese schwarze Färbung bekommen hatte und einen leichten Glanz abgab, als wäre es mit Öl bestrichen worden.

Vier Opfer mussten es sein!

Drei hatte er dem mächtigen Dämon bereits gebracht, und das vierte würde folgen.

Namtar verbeugte sich wieder. Dann sprach er. Seine Stimme klang rau und kratzig. Die Worte konnten von keinem Menschen der Welt verstanden werden und hörten sich an, als wären sie vor unendlichen Zeiten in unendlichen Tiefen inmitten einer höllischen Welt entstanden. Ein archaischer Sprung in eine Zeit, die für Menschen nicht einsehbar war, denn diese hatte es da noch nicht gegeben.

Aber das Böse existierte bereits. Und dieses Böse war nun auf dem Weg in die neue Zeit.

Namtar freute sich. Er beugte sich noch tiefer. Er spürte bereits, wie nahe der Schwarze Tod war. Aus dem Spiegel drang die Aura wie eine Botschaft. Sie erfasste ihn und ließ ihn vor Freude zittern. Noch in der folgenden Nacht würde es so weit sein. Dann würde der Erzdämon zurückkehren.

Namtar richtete sich wieder auf. Er war zufrieden, weil auch die andere Seite zufrieden war. Noch einmal würde er zurückkehren und dann nie mehr, weil es nicht mehr nötig war.

Namtar stand auf – und merkte, dass etwas nicht stimmte! Er war nicht mehr allein!

Jemand hatte sich dem Gartenhaus genähert. Lautlos, aber nicht für ihn. Er merkte sehr wohl, dass man ihm auf den Fersen war. Sofort dachte er wieder an die blondhaarige Vampirin, der er schon mal begegnet war. Er hatte sie nicht getötet, weil er sich damit nicht hatte aufhalten wollen. Das sah er nun anders.

Namtar drehte sich um.

Er schaute die Stufen hoch zur offenen Luke. Zu sehen war nichts, auch nichts zu hören, denn die Ankömmlinge verhielten sich still. Aber er war auf der Hut. Gleichzeitig überlegte er, ob er eingreifen sollte oder nicht. Er entschloss sich, den Eindringling oder die Eindringlinge auflaufen zu lassen, und näherte sich der schmalen Leiter, die er lässig nach oben stieg…

»Und Sinclair hat es nicht geschafft?«

»Nein, Will, das hat er nicht. Er ist zu schwach. Er wird Namtar nicht stoppen können.«

Justine Cavallo und Dracula II standen sich gegenüber. Sie sprachen über das Geschehen, das keinem von ihnen gefallen konnte. Wenn Namtar seinen Weg bis zum Ende ging, wurden die Dinge auf den Kopf gestellt. Dann waren sie verloren, dann würde die Welt nicht mehr so sein, wie sie sein musste, und dann sah es auch mit ihren Plänen nicht mehr gut aus.

Je mehr Zeit verstrich, umso nervöser wurden sie. So etwas kannten sie nicht. Bisher hatten sie immer am längeren Hebel gesessen, nun aber wurde ihnen gezeigt, wie klein sie waren, und so etwas konnten und wollten sie nicht hinnehmen.

Justine hatte das Versteck des Boten ausfindig gemacht, was sehr einfach gewesen war. Sie hatte sich darüber gewundert, dass sich diese Person nicht besser abgesichert hatte, aber es war nun mal so gewesen.

»Wer kann ihn denn stoppen?«

Die blonde Bestie schaute auf das rote D, das sich deutlich auf der Stirn des Vampirs abzeichnete. »Ich weiß es nicht. Aber wir müssen es versuchen. Nicht vorrangig, um Sinclair zu helfen, sondern weil es uns ebenfalls betrifft. Wir werden nicht mehr leben können, wie wir es uns vorgestellt haben. Der Schwarze Tod wird keine anderen Herrscher neben sich dulden, und deshalb müssen wir beide seine Rückkehr stoppen. Vielleicht schaffen wir es gemeinsam.«

Will Mallmann überlegte. Er war es gewohnt, zu herrschen. Er stand an der Spitze der Blutsauger. Er hätte aber nie gedacht, einmal gegen die mächtige Gestalt kämpfen zu müssen, wie es ein anderer vor ihm im alten Atlantis getan hatte.

Damals war Myxin, der Magier, ein absoluter Feind des Schwarzen Tods gewesen. Er hatte versucht, ihn zu vernichten. Er war mit einer Armee von riesigen Flugvampiren gegen ihn angetreten, aber der Schwarze Tod und seine fliegenden Skelette waren stärker gewesen. Sie hatten die Armee des Magiers vernichtet und Myxin selbst in einen mehr als zehntausendjährigen Schlaf auf dem Grund des Meeres versetzt. Erst nach dieser Zeit war der Magier von John Sinclair erweckt worden. Nach der Zeit der Irrungen und Wirrungen stand er jetzt auf der Seite des Geisterjägers, und eigentlich hätte er eingreifen müssen. Ihm war bestimmt nicht verborgen geblieben, wer da zurückkehren wollte.

Mallmann wusste dies. Als normaler Mensch hatte er an Sinclairs Seite gestanden und war in vieles eingeweiht worden. Das hatte er nicht vergessen, und auch nicht, dass der Schwarze Tod seine Frau kurz nach der Hochzeit beim Verlassen der Kirche mit seiner mächtigen Sense getötet hatte.

»An wen oder was denkst du?«, flüsterte Justine.

»An die alten Zeiten, von denen ich dir erzählt habe.«

»Myxin?«

»Ja.«

»Und?«

»Ich weiß es nicht«, gab Dracula II zu, »da bin ich ehrlich zu dir.«

»Du willst es noch immer allein schaffen?«

»Ich hätte nichts dagegen.«

Justine schüttelte den Kopf so heftig, dass die blonden Haare flogen. »Ich glaube nicht, dass wir es schaffen können. Myxin wäre wirklich wichtig.«

»Und John Sinclair?«

»Er auch.«

»Myxin könnte ihn holen.«

Justine hob die Augenbrauen. »Bist du sicher? Möglicherweise will sich Myxin gar nicht einmischen. Ich kenne ihn nur aus deinen Erzählungen und kann mir denken, dass die alten Zeiten endgültig für ihn vergangen sind.«

»Aber eine Rückkehr des Schwarzen Tods würde alles verändern.«

»Sag es ihm!«

»Nein, Justine.« Mallmann hatte sich entschlossen. »Wir werden weitermachen.«

»Gut. Und wie?«

»Du kennst das kleine Haus. Wir werden es uns aus der Nähe anschauen.«

»Bitte.«

Sie hielten sich bereits in Sichtweite auf. Mallmann wusste alles. Justine hatte ihm von ihrer Flucht berichtet und ihm auch erzählt, dass ihre Helfershelfer zerrissen worden waren. Allerdings hatte sich die blonde Bestie danach nicht auf dem Grundstück umgeschaut und erst mit Will Mallmann darüber geredet.

Und jetzt waren sie da. Gemeinsam schritten sie auf die verlassene Laube zu. Kein Mensch hielt sich in der Umgebung auf. Niemand verfolgte das so unterschiedliche Paar, denn es gab für einen normalen Menschen keinen Grund, dieses Gelände zu besuchen. Hier existierte nichts. Nicht mal ein ordentlicher Platz für Liebespaare. Wer sich in dieser Gegend aufhielt, war selber schuld.

Mallmann blieb plötzlich stehen. »Er ist hier!«, sagte er mit leiser Stimme. »Ja, er ist hier …«

Justine, die bereits weitergegangen war, drehte sich um. »Bist du sicher?«

»Allerdings.«

»Hast du ihn gesehen?«

»Nein«, sagte er leise. »Aber ich habe ihn gespürt. Und das sogar sehr deutlich. Es sind seine Schwingungen.« Das scharf geschnittene Gesicht des Blutsaugers verzog sich zu einem kantigen Lächeln. »Ich weiß es genau.«

»Wo kann er sein?«

Mallmann hob den rechten Arm. Er deutete auf das Gartenhaus, das deutlich zu sehen war. »Dort, Justine. Ich weiß genau, dass er sich dort versteckt hält.«

In den Augen der blonden Bestie leuchtete es auf. Endlich sah sie Land. Endlich würden sie auf diese Gestalt treffen. Möglicherweise waren sie sogar in der Lage, sie zu stoppen.

Sie hatten es eilig, doch sie ließen die Vorsicht nicht außer Acht. Ihre Blicke glitten nach rechts und nach links. Sie waren darauf gefasst, angegriffen zu werden. Dies geschah nicht. Niemand störte sie auf ihrem Weg zum Ziel.

Es war ein Kinderspiel, die Hütte zu betreten. Justine, die wieder Kraft geschöpft hatte, wollte es tun, aber Dracula II war dagegen. Er hielt sie zurück.

»Nein, nicht!«

»Warum nicht?«

»Er kommt!«

Das konnte die Vampirin kaum glauben. Sie zitterte plötzlich vor Erregung. Sie wollte auch Fragen stellen, aber Mallmann schüttelte nur den Kopf und deutete dann auf die Tür der Laube.

Und dann hörten sie, wie die Tür von innen geöffnet wurde.

Namtar kam!

Es war für sie die Zeit der Entscheidung. Sie würden und wollten es nicht mehr länger hinauszögern. Sie waren zu zweit. Sie besaßen übermenschliche Kräfte. Sie würden Namtar in Stücke reißen und seine Einzelteile später verbrennen.

Es war nicht dunkel. Er würde sie sehen können, wenn er die Laube verließ, doch das war ihnen egal. Er sollte es sogar. Er sollte wissen, woran er war und dass er sich nicht alles erlauben konnte.

Dann war er draußen.

Sein Anblick konnte sie nicht schocken, da sie gewusst hatten, wie er aussah. Er ging auch völlig normal. Von der Gestalt her war er größer als Dracula II, der nichts tat, sondern nur starrte.

Das gefiel Justine Cavallo nicht. Sie stöhnte auf und wollte Mallmann zum Angriff treiben.

»Pack ihn!«

»Nein!«

»Was stört dich?«

»Er!«

Justine fragte nicht mehr nach. Es war ihr zu dumm, einfach dazustehen, und deshalb wagte sie den Sprung nach vorn. Sie hatte sich abgestoßen, lag plötzlich in der Luft und schlug mit beiden Händen von verschiedenen Seiten zu.

Dabei drang ein Kampfschrei aus ihrem Mund. Sie wartete darauf, dass die Gestalt zusammenbrechen würde. Sie würde nicht bewusstlos werden wie ein normaler Mensch, aber diesen Schlag konnte sie nicht verdauen.

Die Schläge trafen – und sie trafen nicht!

Namtar ging einfach weiter, als wäre nichts geschehen, und Justine taumelte von der Wucht des Sprungs getragen so weit nach vorn, dass sie sogar gegen die offene Tür stieß und diese zudrückte. Aus ihrem Mund drang ein Laut der Enttäuschung. Er hörte sich an, als würde eine Katze jaulen, und sie begriff es einfach nicht.

Aus einer hockenden Stellung fuhr sie herum. Wieder verließ ein Schrei ihren Mund. Sie wollte Namtar nicht entkommen lassen, der einfach wie ein Spaziergänger über das

Grundstück ging und ihnen nun seinen Rücken zugedreht hatte.

Justine dachte auch nicht darüber nach, warum Mallmann nicht eingriff, sie war einfach nicht mehr zu stoppen, jagte mit langen Schritten hinter der Gestalt her und stieß sich genau im richtigen Moment ab, um mit beiden Füßen den Rücken zu treffen.

Justine traf ihn – und traf ihn nicht!

Er war da und doch nicht vorhanden. Dies wurde ihr klar, als sie wieder auf ihren Füßen landete, nach einer schnellen Drehung das Gleichgewicht wiederfand und fassungslos dem Boten des Schwarzen Tods nachschaute, der sich nicht mal umdrehte.

Dafür sprach Mallmann. »Ich habe dir doch gesagt, dass du ihn nicht stoppen kannst.«

Justine ballte ihre Hände zu Fäusten. »Aber er war da!«, schrie sie. »Zweimal habe ich ihn angegriffen. Ich hätte ihn zu Boden stoßen müssen, und wir hätten alle Chancen gehabt, ihn auszulöschen. Wieso ist das nicht geschehen, verdammt?«

Dracula II winkte Justine zu sich heran, die langsam näher kam und noch immer den Kopf schüttelte.

»Er war da, Justine.«

»Verdammt, das habe ich gesehen!«

»Und er war trotzdem nicht da!«

Eine Körperlänge vor Mallmann blieb sie stehen. »Wie kannst du das sagen?«

»Du hast es selbst erlebt.«

»Wo war er dann? Und wo ist er?«

Mallmann lächelte. »Er ist uns überlegen. Sieh es ein.«

»Nein, nein, das will ich nicht!« Justine wehrte sich mit aller Kraft dagegen.

Mallmann blieb im Gegensatz zu ihr ruhig. »Du musst begreifen, dass er über Mittel verfügt, die wir nicht haben,

Justine. Er ist weiter als wir, und er steht unter einem besonderen Schutz, das darfst du ebenfalls nicht vergessen.«

»Der Schwarze Tod?« Sie sprach die Frage mehr als Feststellung aus, und sie sah Mallmanns Nicken.

»So kann man es sagen. Der Schwarze Tod lebt. Er wird wieder zurückkehren, aber er lebt in einer Welt, die wir nicht kennen.«

Justine Cavallo sagte nichts. Sie stand auf der Stelle und schaute ins Leere. Ihr Blick war in irgendeine Ferne gerichtet, und möglicherweise sah sie dort etwas.

»Nein«, flüsterte sie nach einer Weile. »Ich kann es nicht begreifen, verstehst du?«

»Finde dich damit ab.«

»Dann sind wir chancenlos?«

Die Gestalt mit dem roten D auf der Stirn blickte aus schmalen Augen gegen den Himmel. »Man kann es so oder so sehen«, gab Dracula II zu. »Auf der einen Seite schon, wenn wir nur zu zweit vorgehen. Auf der anderen gibt es einen Menschen, der ihn schon einmal vernichtet hat ...«

»Nein!«, schrie Justine. »Er hat ihn nicht vernichtet! Das ist unmöglich. Würde er sonst zurückkehren können?«

Mallmann schüttelte den Kopf. »Sieh es anders, Justine. Was bist du? Bist du ein Mensch?«

»Nein.«

»Aber du siehst so aus. Du bist auch auf eine gewisse Art und Weise tot und existierst trotzdem ...«

»Aber man hat mich nicht mit einem Bumerang zerschlagen, um mich anschließend wieder erwecken zu können.«

»Über dieses Problem werden wir noch nachdenken müssen«, gab Will Mallmann zu. »Ich gehe davon aus, dass es eine Lösung gibt. Wir müssen sie nur finden.«

»Und wo willst du mit der Suche beginnen?«

»Hier!«

»Was? Habe ich richtig …«

»Du hast richtig gehört, Justine. Er hat sich nicht grundlos diesen Flecken ausgesucht. Wir werden uns die Hütte näher anschauen. Ich bin sicher, dass wir eine Spur finden.«

Die blonde Bestie war noch immer nicht überzeugt. Sie fuhr sich mit beiden Händen durch das Haar. »Und diese Spur oder diesen Beweis lässt er einfach allein und im Stich?«

»Er kann es sich leisten.«

Justine sprang auf diese Antwort regelrecht an. »Du weißt mehr, nicht wahr?«

»Nein, leider nicht. Ich habe mir nur meine Gedanken gemacht, das ist alles.«

Die Blonde schaute zur Tür. Sie war sich noch immer nicht sicher, ließ es aber geschehen, dass ihr Dracula II eine Hand auf die Schulter legte und sie auf den Eingang zudrehte, damit beide die Hütte betreten konnten.

Justine Cavallo war immer auf dem Sprung. Auch jetzt rechnete sie mit einem feindlichen Angriff, der allerdings nicht erfolgte. Unangefochten konnten sie die Laube betreten.

Es gab hier nichts Besonderes zu sehen, bis sie die Klappe entdeckten, unter der sich der Zugang in die Tiefe verbarg. Justine fing an zu kichern. Sie sprach von einem Allerheiligsten, in das sie vordringen würden, um es vielleicht zu zerstören.

Dracula II sagte dazu nichts. Er ließ Justine in ihrem Glauben und tauchte als Erster ab. Die Sprossen waren schmal, hielten ihr Gewicht allerdings aus. Bevor Justine noch den Kellerboden erreicht hatte, stieß sie einen Zischlaut aus.

»Da ist er!«

Sie hatte den Spiegel gesehen, in dessen Fläche sich das noch unfertige Skelettgebilde des Schwarzen Tods abzeichnete. Es war ein Puzzle, das aus vier Teilen bestand. Drei davon waren bereits vorhanden, es fehlte das letzte Teil.

»Der Kreis schließt sich«, erklärte Will Mallmann mit leiser Stimme. »Drei Tote, drei Teile. Wenn der vierte Mann stirbt, steht einer Rückkehr des Schwarzen Tods nichts mehr im Wege.«

Justine wollte und konnte es nicht begreifen. »Warum sagst du so etwas?«, fuhr sie Mallmann an. »Es hört sich so pessimistisch an, verdammt noch mal.«

»Nein, es ist realistisch.«

»Das verstehe, wer will, ich nicht«, flüsterte Justine. »Wir haben hier alle Chancen, ihm die Rückkehr zu verweigern.«

»Wie willst du das anstellen?«

»Indem ich das Bild zerstöre. Ich kann das verfluchte Gebilde zertreten. Ich *werde* es zertreten. Es steht vor uns. Es ist …«

»Versuche es!«

Justine tat es noch nicht sofort. Der erste Schwung war dahin, denn die Aussagen des Vampirs hatten sie nachdenklich werden lassen. Sie schaute zur Seite, sie versuchte, alles in diesem Keller zu sehen, um herauszufinden, ob es irgendwelche Fallen gab, aber die waren nicht vorhanden. Sie waren und blieben allein.

»Willst du nicht, Justine?«

»Doch, ich will!« Es war ihr jetzt egal. Nur kurz hob sie das Bein an, dann fegte ihr Tritt genau auf die Mitte des Spiegels zu.

Sie traf.

Und schrie auf!

Der Widerstand war vorhanden gewesen. Nur nicht durch eine Spiegelfläche. Sie hatte auch kein Klirren oder Splittern gehört, dafür jedoch einen Gegendruck am Fuß gespürt, denn ihr Tritt hatte die Wand getroffen, und der Spiegel stand noch immer an der gleichen Stelle.

Ein Mensch hätte geschrien und auch Schmerzen verspürt. Bei einem Vampir war das anders. Justine fluchte nur darüber, dass ihr kein Erfolg vergönnt gewesen war, denn der Spiegel stand noch so vor ihr, wie sie ihn gesehen hatte.

»Das ist … das ist …«

»Ein einmaliges Phänomen«, vollendete Mallmann ihren Satz. »Wir müssen uns damit abfinden, ob du es nun willst oder nicht. Man hat uns die Grenzen aufgezeigt.«

Justine gab keinen Kommentar ab. Sie schaute stumm nach unten. Ihre Wut verrauchte allmählich, aber sie war nicht restlos überzeugt. Sie wollte es wieder wissen.

Mallmann schaute zu, wie sich seine Partnerin bückte und beide Hände um den Rahmen legte, weil sie den Spiegel anheben wollte. Sie fasste ihn an und hatte trotzdem ins Leere gegriffen.

Nach einem zweiten Versuch drückte sie sich langsam wieder hoch. Kopfschüttelnd stand sie da und flüsterte: »Wir sind an unsere Grenzen gestoßen, glaube ich.«

»Ja, das sagte ich schon.«

»Und was machen wir jetzt?«

»Wir? Nichts. Wir beide können die Rückkehr nicht verhindern. Das solltest du endlich akzeptieren.«

»Das will ich nicht, verflucht! Es würde unsere gesamten Pläne zerstören!«

»Ja, darauf läuft es wohl hinaus, und ich glaube auch nicht, dass John Sinclair das Kommen des Schwarzen Tods verhindern kann …«

Über den Wolken war die Freiheit wirklich grenzenlos! John Preston erlebte dies immer wieder. Und er geriet jedes Mal in einen Rausch, wenn er in seiner einmotorigen Piper saß, gestartet war und über die Landschaft hinwegflog.

Er sah die Riesenstadt London unter sich liegen und immer mehr zusammenschrumpfen, je höher er flog. Dann überkam ihn das Gefühl, sich von der normalen Welt zu lösen und hinein in eine andere zu gleiten, in der die Probleme der Welt entweder sehr klein geworden oder gar nicht mehr vorhanden waren.

Allein mit sich, der Maschine und dieser wunderbaren Welt zu sein, das war für John Preston das Höchste überhaupt. Er war der Flieger, der Pilot. Er war es, der sein Leben lenken konnte, der selbst bestimmte, wohin er flog.

John Preston war vierzig Jahre alt, Wirtschaftsanwalt, arbeitete selbstständig, besaß zehn Mitarbeiter und konnte sich über den Eingang von Aufträgen nicht beklagen. Manchmal waren es sogar so viele, dass sein Hobby zurückstehen musste, doch an diesem Tag hatte er endlich die Zeit gefunden, um wieder mal in die Lüfte zu steigen.

Der Mann mit der sportlichen Figur und den blondgrauen Haaren war einfach selig. Die Probleme des Alltags hatte er hinter sich gelassen, und er freute sich auch auf die Zeit nach der Landung. Da war er mit einigen anderen Piloten verabredet. Gemeinsam würden sie einige Flaschen Wein köpfen und natürlich über die Fliegerei sprechen.

Er brauchte nicht auf den beiden großen Flughäfen wie Heathrow oder Croydon zu landen. Seiner lag mehr im Südosten, ganz am Rand der Stadt. Auch Segelflieger starteten dort. Für Propellermaschinen gab es eine glatte und betonierte Landebahn, auf die er seine Piper immer sicher aufgesetzt hatte.

Sicherheit ging Preston über alles. Deshalb stand er stets mit der kleinen Bodenstation auf dem Flughafen in Funkverbindung. Zudem hielt er exakt seine Flugrouten ein. Nur so konnte er Kollisionen oder gefährliche Manöver vermeiden. London war eine Stadt, die verdammt oft angeflogen wurde. Immer wieder sah er, wie gewaltige Flügelschiffe durch die Luft schwebten und sich langsam den Flughäfen entgegensenkten.

Er wollte noch eine Runde über das Gebiet südöstlich von London drehen und dann landen. Es schaute gegen die Hügel, die Straßen, sah alles sehr klein werden und wurde von ersten Wolkenfetzen gestört, die an seiner Maschine vorbeihuschten.

Der Tower meldete sich. Die Stimme des Mannes, der dort saß, klang leicht verzerrt.

Beide kannten sich gut. Deshalb sprachen sie bei ihren Kontakten auch immer sehr persönlich.

»Es ist Zeit für die Landung, John.«

»Ich weiß, Teddy. Nur noch eine Acht. Danach gehe ich dann in den Sinkflug über.«

»Kannst du. Die Piste bleibt frei. Es hat sich keiner in der letzten Zeit angemeldet. Bei diesem Wetter verständlich.«

»Sind eben nicht alle Freaks.«

»Du sagst es, John. Bis dann. Komm gut runter.«

»Alles klar«, sprach Preston in das kleine Mikro vor seinem Mund.

Er war ein Routinier. Er dachte an nichts Schlimmes. An keine Gefahr. Er drehte wieder seine Acht und ging allmählich schon in den Sinkflug über. Er schaute durch die Scheibe nach draußen, aber er vergaß auch nicht, hin und wieder einen Blick auf die Instrumente zu werfen. Die Wolkenfetzen verdichteten sich nicht. Er befand sich bereits unter ihnen und hatte wieder eine wunderbar klare Sicht.

Alles lief wie immer perfekt. Es hatte bei seinen Flügen, den Starts und den Landungen nie Probleme gegeben. Auch bei diesem Trip rechnete er nicht damit.

Bis er den klaren Hauch an seinem Hinterkopf spürte und zugleich etwas wie eine Berührung.

John Preston zuckte zusammen. Er konnte sich diesen Kontakt nicht erklären, musste sich aber auf den Flug konzentrieren und konnte sich nicht sofort umdrehen.

»Du bist der Vierte und der Letzte, mein Freund!«

Urplötzlich war die Stimme da. Er hatte sich nicht getäuscht, und sie war auch nicht aus dem Kopfhörer gedrungen. Jemand hatte laut und deutlich hinter ihm gesprochen.

Über Prestons Rücken rann der Schauer wie eine breite Eisbahn. Er befand sich von einer Sekunde zur anderen in einer Stresslage. Er wusste plötzlich nicht mehr, wie er sich verhalten sollte. Er wollte und konnte die harte Stimme nicht ignorieren, denn er hatte sie überdeutlich gehört.

Er sah den Sprecher nicht, da dieser sich in seinem Rücken aufhielt. Aber er bekam mit, dass sich jemand an seiner rechten Seite bewegte und auf dem schmalen Sitz des Co-Piloten seinen Platz einnahm.

John Preston wusste nicht, was er von dieser Szene halten sollte. Sie war einfach nur verrückt und auf keinen Fall nachvollziehbar. Woher kam die Gestalt, die ein Mann war, zugleich ein besonderer, was er mit einem raschen Blick zur Seite festgestellt hatte?

Ein Gesicht aus zwei unterschiedlichen Hälften. Hell und dunkel. Das galt auch für die Haare und war für ihn nicht nachvollziehbar. Dass es so jemand überhaupt gab, wollte ihm nicht in den Kopf, aber er täuschte sich nicht.

Woher war der Mann gekommen?

Beim Start war John Preston allein gewesen. Keinesfalls hatte er einen blinden Passagier mitgenommen, doch jetzt befand er sich nicht mehr allein in der Maschine.

Das war nicht nur unwahrscheinlich, das war sogar unheimlich und unerklärlich.

John Preston hatte nie an Geister und Gespenster geglaubt. In diesem Fall jedoch war er sich nicht mehr so sicher, auch wenn die Gestalt nur wenig oder keine Ähnlichkeit mit einem Gespenst oder Geist hatte. Der sah mehr aus wie ein Mensch, und er konnte auch sprechen. Der Fremde hatte ihn als Vierten und zugleich als Letzten bezeichnet. Was das bedeutete, war ihm ein Rätsel. Trotz dieser extremen Situation versuchte Preston nachzudenken, und er kam zu dem Ergebnis, dass die Person nur etwas von ihm wollte und sich ihn ausgesucht hatte.

Mit der Maschine war alles okay. Er hatte die Nerven bewahrt und sie nicht in die Höhe gerissen oder in die Tiefe kippen lassen. Der Flug verlief noch ruhig, aber die Frage konnte er nicht mehr zurückhalten.

»Wer sind Sie?«

»Ich bin Namtar!«

John Preston hatte den Namen verstanden. Allein, er konnte damit nichts anfangen, weil er ihn nie zuvor gehört hatte. Deshalb ging er darauf auch nicht ein.

Die nächste Frage bereitete ihm schon Probleme. Er wagte

kaum, sie zu stellen, und quetschte sie förmlich hervor. »Wie kommen Sie in die Maschine?«

Als Antwort hörte er zunächst das Lachen und anschließend die geflüsterten Worte. »Ich bin einfach da, John. Das solltest du dir merken. Und du bist der Vierte und der Letzte.«

Wieder hatte Preston die für ihn unbegreiflichen Worte gehört. Er fasste sie nicht als eine direkte Drohung auf, obgleich sie schon ein kaltes Gefühl in seinem Nacken hinterließen.

»Was meinen Sie damit?«

»Ich will es dir sagen. Du wirst sterben, damit er endlich zurückkehren kann.«

Preston riss sich zusammen. Es fiel ihm verdammt schwer. Er hätte am liebsten geschrien, um sich geschlagen oder wer weiß was getan. Doch er blieb sitzen, denn er musste auch immer daran denken, wo er sich befand. In einem Flugzeug, in seiner Maschine, in einer Höhe, in der die Freiheit angeblich grenzenlos war.

Das stimmte nicht. Nicht mehr. Denn seine Freiheit war ihm genommen worden. Er kam sich jetzt wie in einer Gefängniszelle vor, aus der es kein Entrinnen mehr gab. Eingepackt, umschlossen von den kalten Armen des Sensenmannes, der in seinem Fall allerdings ein anderes Aussehen hatte. Alles war auf den Kopf gestellt, und John Preston, der in seinem Beruf immer nüchtern dachte, erlitt eine Hirnblockade wie nie zuvor in seinem gesamten Leben. Er musste sich immer wieder auf neue Situationen einstellen in seinem Beruf, aber so etwas war ihm noch nie zuvor passiert, und als einen Spaß empfand er es schon längst nicht mehr.

Der andere hatte vom Sterben gesprochen!

Preston schluckte. Er wischte über sein Gesicht. Auf seinem

Handrücken blieb klebriger Schweiß zurück. Seine Lippen zuckten. Er hatte das Gefühl, innerlich zu verbrennen.

»Sterben?«

»Du bist Johannes. Du bist der vierte Evangelist. Man sagt, dass Johannes ein Adler ist. Er war frei wie ein Adler, und auch du genießt deine Freiheit in der Luft. Das ist nun vorbei. Ein für alle Mal. Du bist der Letzte in der Reihe.«

»Wollen Sie mich erschießen?«

»Nein. Du wirst zusammen mit deiner Maschine vergehen. Du wirst abstürzen.«

Spätestens jetzt hätte Preston anfangen müssen, sich zu wehren, aber noch steckte die Überraschung zu stark in ihm. Sie hatte ihn bewegungsunfähig gemacht. Er wünschte sich, hier und jetzt einen Traum zu erleben, doch leider war der Mann neben ihm kein Geschöpf aus einem Traum, sondern die grausame Wirklichkeit.

Dabei verlief der Flug ruhig. Er hätte trotzdem etwas verändern müssen, denn auf dem richtigen Kurs zum Landeplatz hin war er noch zu hoch, und die Stimme in seinem Kopfhörer sagte ihm das auch.

»He, John, schläfst du? Du bist zu hoch, verdammt. Du musst tiefer, John. Mach schon!«

Preston gab keine Antwort.

»Verdammt, schläfst du denn?«

Der Unheimliche neben ihm sprach. »Sag ihm, dass du jetzt sterben wirst, mein Freund!«

»Nein, ich … ich …«

»Doch!«

»He, was ist da los? Bist du nicht mehr allein, John? Verdammt, so melde dich endlich!«

Er konnte sich nicht mehr melden, denn Namtar hatte blitzschnell zugegriffen. Er drückte seine Finger gegen den Hals des Piloten – und dann durch die Haut in ihn hinein!

Blut strömte aus den Wunden wie aus den Quellen zahlreicher kleiner Bäche. Es war eine brutale Methode, einen Menschen umzubringen, aber das unterschiedliche Gesicht zeigte jetzt ein Lächeln. Als der Bote seine Finger wieder aus dem Hals hervorzog, zeigten sie einen blutigen Film, was Namtar nichts ausmachte.

Sein Blick flog über die Instrumente. Sekundenlang tat er nichts, dann verstellte er sie.

Er sorgte dafür, dass die Maschine in einen Sinkflug geriet, nahm Tempo weg und kümmerte sich nicht um den toten Piloten, der auf seinem Sitz zur Seite gesunken war und sich nicht mehr rührte.

Der Motor heulte fast wütend auf. Die Maschine erhielt mehrere Stöße, sie bockte, dann senkte sich plötzlich die Nase nach vorne und richtete sich auch nicht wieder auf.

Im Sturzflug jagte die Piper wie ein mächtiges Geschoss dem Erdboden entgegen, und es gab nichts, was sie noch aufhalten konnte.

Die Männer auf dem kleinen Flughafen wurden Zeugen dieser sich anbahnenden Tragödie. Die meisten waren sprachlos durch den Schock. Einer jedoch redete immer wieder mit lauter Stimme und schnellen, sich überschlagenden Worten.

Die Stimme drang aus dem Kopfhörer des toten Piloten, wurde aber nur von Namtar gehört und von dessen grausam klingendem Lachen übertönt.

Noch einmal schrie er seine Botschaft hinaus. »Der Vierte, der Letzte! Jetzt kann der Schwarze Tod kommen! Der Weg ist frei ...«

Auch für die abstürzende Piper. Nur nicht bis in alle Ewigkeit. Der Boden rückte wahnsinnig schnell näher.

Der Aufprall war gigantisch. Die Maschine schien plötzlich aus weicher Knete zu bestehen. Sie wurde von vorn her zusammengedrückt, bohrte sich mit der Nase in eine weiche Grasfläche hinein, schuf einen ersten Krater und explodierte dann in einem dunkelroten Feuerball, dem eine fette, schwarze Rauchwolke folgte.

Namtar aber war längst verschwunden, und John Preston war nicht mehr als ein verkohlter Fetzen Fleisch …

Der Tiger im Käfig!

Das stimmte nicht ganz, denn es waren zwei Tiger, die sich im Käfig aufhielten, obwohl dieser nicht durch Stangen von der Außenwelt getrennt war, sondern nur durch Bürowände.

Dorthin waren Suko und ich gefahren. In unserem Büro, um dort unserem Frust nachzugeben, wobei schließlich die Erkenntnis überwog, dass wir tief hinein in das Gelände der Verlierer geraten waren und uns dort auch festgefahren hatten.

Ein Tiger lief hin und her. Das war ich. Der zweite Tiger – Suko – saß auf seinem Platz, und ich wusste, dass seine Ruhe nur gespielt war, denn er loderte innerlich.

»Setz dich endlich hin, John!«

Ich schüttelte den Kopf. »Nein, das kann ich einfach nicht. Ich brauche die Bewegung.«

»Du änderst daran nichts.«

»Verdammt, das weiß ich ja. Aber ich fühle mich hilflos, und das bin ich nicht gewohnt. Man macht mit uns, was man will.« Ich schlug zweimal gegen meine Stirn, um mich danach auf den Schreibtischstuhl fallen zu lassen. »Der Schwarze Tod, Suko, der verdammte Schwarze Tod steht kurz vor einer Rückkehr. Das muss man sich mal vorstellen. Und wir können ihn nicht stoppen. Wenn das kein Frust ist, mache ich ab morgen Streifendienst. Er hat uns überlistet und …«

»Bisher war es nur Namtar.«

»Klar, der hat uns unsere Grenzen aufgezeigt. Ich kann noch immer nicht fassen, wie er deiner Peitsche und meinen Kugeln entwischen konnte. Das soll mir mal einer erklären.«

Suko konnte es nicht, und ich fand auch keine Antwort. Sonst hätte ich ihn nicht gefragt. Wir waren auf ein Phänomen gestoßen und hatten uns noch nie so sehr ins Abseits gestellt gefühlt wie in diesem Fall. Man machte mit uns, was man wollte. Man ließ uns an der langen Leine laufen und am ebenfalls langen Seil tanzen, und wir gingen beide davon aus, dass wir den vierten Mord nicht verhindern konnten.

Vier Namen!

Vier Evangelisten!

Das hatte etwas zu bedeuten. Wahrscheinlich wollte Namtar beweisen, dass die Botschaft, durch die unzählige Menschen Kraft schöpften, nichts mehr galt. Er war der Vorbote einer anderen Zeit, die dann beginnen würde, wenn der Schwarze Tod tatsächlich seine Rückkehr geschafft hatte.

Daran durfte ich gar nicht denken. Und ich wollte auch nicht darüber nachgrübeln, wie stark und wie schnell sich alles verdichtet hatte. Praktisch von einem Tag auf den anderen. Wenn der Schwarze Tod tatsächlich freikam, würde er sich an mir rächen wollen, denn ich hatte ihn damals mit Hilfe des silbernen Bumerangs vernichtet.

Nur würde es dabei nicht bleiben. Der Schwarze Tod war schon immer ein verdammter Machtfaktor gewesen. Man konnte ihn auch als einen Herrscher bezeichnen, der alles andere unterdrückte. Nichts sollte sich ihm in den Weg stellen. Er war grausam, es gab keinen, der mit ihm zu vergleichen war, und wer sich nicht fügte, der wurde vernichtet.

Die Gedanken waren mir abgeglitten von den vier Evangelisten. Wenn ich über einen Machtanspruch nachgrübelte, dann musste ich automatisch sehr weit zurückdenken. Zehntausend Jahre und mehr, denn damals hatte noch der Kontinent Atlantis existiert. Dort war der Schwarze Tod der monströse Herrscher gewesen. Da war es ihm gelungen, alle Feinde unter seine Knute zu zwingen. Auf diesem Kontinent hatte er fürchterlich gehaust und das Grauen gebracht. Seine Gegner waren vernichtet worden, er hatte rücksichtslos aufgeräumt, aber er hatte nicht alle geschafft. Es gab Personen, die den Untergang überlebt und uns zur Seite gestanden hatten. Das alles um Jahrtausende später in der Jetztzeit.

Suko, der mich genau beobachtet hatte, streckte mir seinen Zeigefinger entgegen. »Soll ich dir sagen, an wen oder was du jetzt denkst, Alter?«

»Ich bitte darum.«

»Deine Gedanken drehen sich um Atlantis.«

»Stimmt.«

»Ein wenig spät, wie?«

»Ich bin bisher nicht dazu gekommen. Aber du hast Recht. Es ist schon richtig, dass ich an Atlantis denke und an diejenigen, die überlebt haben und die Feinde des Schwarzen Tods sind. Es wundert mich, dass weder Myxin, der Magier, Kara oder der Eiserne Engel eingegriffen oder sich gemeldet haben.«

»Du gehst davon aus, dass Sie Bescheid wissen?«

»Klar gehe ich davon aus. Sie sind auf der Hut. Sie leben nicht umsonst bei den Flammenden Steinen in dieser magischen Zone. Sie sind immer voll dabei, das kannst du mir glauben. Aber sie tun nichts. Sie lehnen sich zurück und warten ab.«

»Was hätten sie denn unternehmen sollen? Losziehen, um den Schwarzen Tod endgültig zu vernichten?«

»Das wäre gut gewesen.«

»Sie hätten es auch geschafft oder getan, wenn sie Bescheid

gewusst hätten. Ich bin der Meinung, dass sie nichts wissen. Und wenn doch, haben sie keine Chance gesehen.«

Suko konnte Recht haben, doch so vollends hatte er mich nicht überzeugt. Noch war nicht aller Tage Abend. Es bestand durchaus die Möglichkeit, dass sie trotz allem noch eingriffen und zunächst abwarten wollten, wie sich die Dinge entwickelten.

Die Tür zum Vorzimmer wurde langsam aufgedrückt. Glenda Perkins, unsere Assistentin, schob sich über die Schwelle. Das Tablett hielt sie mit beiden Händen fest. Eine Teekanne und zwei Tassen hatten dort ihre Plätze gefunden.

Der Tee war für Suko. Ich hielt mich gern an den Kaffee. Glenda kochte meiner Meinung nach den besten der Welt.

»Du bist ein Engel«, lobte ich sie.

»Klar, mir fehlen nur noch die Flügel.« Sie stellte das Tablett ab. Dann schaute sie zu, wie Suko und ich es leerten, dann stellte sie die Frage, die ihr auf der Zunge gelegen hatte.

»Hat euer Nachdenken etwas gebracht?«

»Nein«, sagte Suko.

Glenda richtete sich auf. Sie schaute auf ihre rehbraune Feinkordhose, zu der sie einen dünnen cremefarbenen Rolli trug. »Das wundert mich, wenn ich ehrlich bin. Ihr steht doch nicht allein auf dieser Welt. Denkt nur an Myxin, Kara und …«

»Das haben wir, Glenda.«

Sie blickte mich aus ihren dunklen Augen an. »Und?«

»Nichts«, gab ich zu und hob dabei die Schultern. »Still ruht der See. Und du weißt selbst, dass wir von uns aus keinen Kontakt zu den Flammenden Steinen aufnehmen können. Das schafft auch mein Kreuz nicht. Die einzige Hilfe wurde uns von der Gegenseite angeboten, und darauf können wir verzichten.«

Glenda Perkins dachte einen Moment nach. »Ich möchte euch ja nicht reinreden, John, aber klingt das nicht etwas arrogant? Solltet ihr in diesem Fall nicht über den eigenen Schatten springen? Ich kann mich gut in die andere Seite hineinversetzen. Gewisse Mächte wollen einfach, dass die Konstellationen bleiben, die sich nach der Vernichtung des Schwarzen Tods gebildet haben. Sie verfolgen alle ihre eigenen Pläne. Egal, wer sie auch sind. Ob Assunga, Justine Cavallo, Dracula II, Vincent van Akkeren oder all die anderen Dämonen, die sich etabliert haben. Ich finde schon, dass sie alle auf eurer Seite stehen würden, wenn es denn so weit ist.«

»Du meinst also, dass wir mit Mallmann und Justine Cavallo eine Mannschaft bilden sollen?«

»Würde ich sagen.«

Ich schwieg, aber Suko übernahm das Wort. »Das wäre die letzte Lösung.« Danach lachte er. »Dabei haben wir ihn schon so gut wie gehabt. Wir wissen, wie er aussieht, aber er ist auch verdammt raffiniert. Er kann vor dir stehen, Glenda, und du glaubst, dass du nur kurz hinfassen musst, und trotzdem ist er nicht da. Wenn du ihn packen willst, greifst du ins Leere. So ist das. So haben wir es erlebt, und genau dieses Phänomen macht uns zu schaffen.«

»Ergeht es den anderen auch so?«, fragte Glenda.

Ich trank erst mal zwei Schlucke von Glendas hervorragendem Kaffee. Danach stimmte ich ihr zu. »Ja, wir sind leider nicht die Einzigen, denke ich. Allmählich muss man das Gefühl haben, dass der Schwarze Tod noch stärker geworden ist. Weder Suko noch ich haben eine Erklärung dafür gefunden.«

Glenda hatte sich neben der Tür an die Wand gelehnt. »Gesetzt dem Fall, er kehrt zurück – wo könnte das eurer Meinung nach passieren? Was denkt ihr?«

»Keine Ahnung«, gab ich zu.

»Zumindest hier in der Nähe, denn hier sind auch die Vorzeichen gesetzt worden. Und ich denke, dass er auf dich scharf ist, John. Zum zweiten Mal wirst du ihn nicht mit dem Bumerang vernichten können. Du brauchst also Verbündete.«

»Wobei wir wieder bei Mallmann und Justine Cavallo sind.«

Glenda lächelte mich an. »Bingo!«

Wir konnten es drehen und wenden, wie wir wollten, sie hatte einfach Recht. Um den Teufel zu bekämpfen, blieb uns ein anderer Teufel als Helfer. Das schmeckte mir zwar nicht, doch ändern konnte ich es auch nicht. Außerdem wollten wir überleben.

Wieder wurde die Tür geöffnet. Ich war dabei, einen Schluck Kaffee zu trinken, ließ die Tasse jetzt sinken und hob den Kopf.

Sir James betrat den Raum. Ein Blick in sein Gesicht reichte aus, um zu erkennen, dass er alles andere als gute Nachrichten brachte, und damit hielt er nicht hinter dem Berg. Er war zudem innerlich aufgewühlt, und das zeigte er auch nach außen, denn er ging im Büro auf und ab, so wie ich es zuvor getan hatte.

»Es ist passiert!« Der Satz kam ihm nur schwer über die Lippen. Mit dem Rücken zum Fenster blieb er stehen und wartete auf unsere Reaktion.

Es war vorauszusehen gewesen, aber wir hatten bis zum Schluss noch gehofft. Jetzt saßen wir da, und nicht nur ich war blass geworden.

»Wer war der Vierte?«, fragte Suko.

»Ein Pilot namens John Preston. Zum Glück flog er allein. Es gab also keine weiteren Opfer, als er mit seiner Maschine abstürzte. Wir hätten auch nichts davon erfahren, wenn ich nicht die Anweisung erlassen hätte, mir alle ungewöhnlichen

Zwischenfälle und Unglücke zu melden. Jetzt hat sich der Kreis wohl geschlossen.«

Ja, das hatte er!

Und ich saß hier im Büro, trank wieder Kaffee, ohne ihn jedoch zu schmecken. In mir war alles anders geworden. Ich fühlte mich aus meinem Körper rausgenommen. Ich war irgendwie vereist, und ich hörte meinen Herzschlag doppelt so laut. Die Echos dröhnten wie akustische Vorwürfe durch meinen Kopf, und mein starrer Blick war ins Leere gerichtet. Ich wusste wirklich nicht mehr, was ich noch denken sollte. Jedenfalls fühlte ich mich als Verlierer, und auch meine Gedankenwelt war irgendwie blockiert. Ich fühlte mich wie jemand, dem alle Hoffnungen genommen worden waren und der jetzt wieder von vorn anfangen musste. All die abenteuerlichen und gefährlichen Jahre schienen mit einem Schlag weggewischt zu sein. Ich stand wieder am Beginn. Wie damals, als der Schwarze Tod seine verdammte Schreckensherrschaft auch in unsere Welt und Zeit hatte bringen wollen.

Dass ich mich von meinem Stuhl erhob, merkte ich selbst kaum. Danach hielt ich es wie Sir James. Ich schritt wieder in unserem Büro auf und ab. Die kalte Haut auf meinem Rücken wollte nicht weichen. Dennoch lag auf meiner Stirn ein leichter Schweißfilm und ebenfalls auf meiner Oberlippe.

Suko und Sir James ließen mich in Ruhe. Sie konnten sich vorstellen, wie es in mir aussah. Ich fühlte mich verkrustet, deprimiert, am Boden zerstört, wie ein Verlierer, und wenn ich einen Fuß aufsetzte, dann hatte ich das Gefühl, in den Boden zu treten und immer tiefer in ihn hineinzusinken.

Irgendwann blieb ich stehen, wandte mich an Sir James und fragte mit einer Stimme, die mir selbst sehr fremd vorkam: »Haben Sie sonst noch etwas gehört?«

»Nein, das war alles. Es gab Zeugen. Die Maschine ist kurz vor der Landung auf einem kleinen Flugplatz abgestürzt, aber die Menschen dort haben nur den Absturz gesehen. Sie wurden Zeugen des großen Schreckens, aber es gab nur die Maschine und die völlig verkohle Leiche des Piloten. Es muss kurz vor dem Absturz etwas im Cockpit passiert sein. Es war von einer fremden Stimme die Rede, die die Menschen im Tower gehört hatten.«

»Er war da«, sagte Suko. »Für ihn ist es kein Problem, so plötzlich zu erscheinen. Es würde mich nicht wundern, wenn er auf einmal hier im Büro steht und sich über uns lustig macht. Namtar ist etwas Besonderes. Nicht ohne Grund hat man ihn für diese Aufgabe ausgesucht. Und jetzt müssen wir damit rechnen, dass sich das Tor öffnet.«

»Wo?«, fragte Sir James.

Darauf konnten wir ihm leider keine Antwort geben. Das wusste einer wie Namtar oder auch Dracula II, wir aber nicht.

»Wenn er dann tatsächlich erscheint«, sagte Sir James, »wird er nicht untätig bleiben. Ich denke, dass er sich noch an bestimmte Dinge gut erinnern wird, John. Sie wissen, worauf ich hinauswill.«

»Klar. Es gab den Friedhof am Ende der Welt. Dort habe ich ihn vernichtet.«

»Und jetzt?«

»Besitze ich keinen silbernen Bumerang mehr. Er hat mir einige Sorgen abgenommen. Auch Izzi, den Höllenwurm, konnte ich damit besiegen.« Ich winkte scharf ab. »Nur ist das vorbei.«

»Aber Sie haben das Kreuz, John!«, sagte Sir James.

»Na und? Das besaß ich damals auch schon.«

Zum ersten Mal seit seinem Eintreten lächelte der Superintendent. »Das schon. Nur haben Sie damals noch nicht gewusst, wie stark und mächtig es wirklich gewesen ist. Gut, das Herbeiholen der Erzengel in einer extremen Lage hat Ihnen schon geholfen, doch die Formel zur wirklich starken Aktivierung kannten Sie noch nicht. Könnte es vielleicht möglich sein, dass uns allen die neuen Erkenntnisse bessere Chancen gegen den Schwarzen Tod eröffnen? Überlegen Sie mal, John. Schon einmal sollte der Schwarze Tod zurückkehren, da war es ihr Kreuz, das dies verhinderte.«

Ich erinnerte mich daran, und doch schüttelte ich den Kopf. »Das Kreuz ist kein Allheilmittel. Der Schwarze Tod ist einfach zu alt. Als er entstand, hat es das Kreuz, in welcher Form auch immer, noch nicht gegeben. Deshalb rechne ich auch nicht damit, dass dieser Dämon durch das Kreuz vernichtet werden kann. So muss man das leider sehen.«

»Was haben wir dann?«

Ich hob die Schultern.

Suko gab eine normale Antwort. »Unsere Fantasie, Sir. Nicht mehr und nicht weniger.«

Sir James war die Brille etwas nach vorn gerutscht. Er schaute über sie hinweg. »Was bleibt uns dann? Depression? Aufgabe ...?«

Suko schüttelte den Kopf. »Bei mir nicht.«

»Und was ist mit Ihnen, John?«

»Ich kann nichts Konkretes sagen. Nur werde ich nicht in eine Depression verfallen. Wir haben uns nicht grundlos all die Zeit so hart eingesetzt, um jetzt so zu tun, als wäre alles umsonst gewesen. Nein, das akzeptiere ich auf keinen Fall. Wir werden uns so verhalten wie immer und ihn bekämpfen, falls wir ihn zu fassen kriegen.«

»Der Weg führt über Namtar«, sagte Sir James. »Zumindest kann ich mir nichts anderes vorstellen.«

»Ja, das denken wir auch.«

»Wo wollen Sie ihn suchen?«

»Er wird sich melden und ...«

Als hätte ich ein Stichwort gegeben, schlug plötzlich das

Telefon an, und wir wurden starr, als wir das Tuten vernahmen.

Es sah wirklich so aus, als traute sich niemand, den Hörer abzuheben, bis Suko die Starre abschüttelte, sich den Hörer schnappte, den Lautsprecher einschaltete und ein knappes »Ja« ausstieß.

Wir hatten erwartet, etwas von Namtar oder dem Schwarzen Tod zu hören. Den Gefallen tat man uns nicht. Stattdessen vernahmen wir ein Lachen, das uns ebenfalls bekannt vorkam.

Es stammte von Will Mallmann, alias Dracula II.

»Ich wusste doch, dass ich euch im Büro erreichen würde. Ich kann mir zudem vorstellen, wie es euch geht. Ihr sitzt da, ihr redet, ihr verflucht das Schicksal und die Tatsache, dass ihr es nicht geschafft habt, Namtar zu stoppen. Ist es so?«

»Mag sein«, gab Suko zu. »Nur – was willst du von uns?«

»Kannst du dir das nicht denken?«

»Wir wollen es von dir wissen.«

Er lachte wieder. Nur klang es diesmal nicht so hämisch. Der Grund war leicht zu erraten, denn auch jemand wie Dracula II sorgte sich um die Zukunft.

»Er hat es geschafft!«

»Was?«

»Tu nicht so. Auch der Vierte wurde vernichtet. Für den Schwarzen Tod ist der Weg frei.«

»Das gefällt dir auch nicht – oder?«

»So ist es.«

»Denkst du dabei an deine frühere Existenz, als er eine gewisse Karin Becker, deine Frau, tötete?«

»Nein, das interessiert mich nicht. Das ist vergessen. Ich bin jetzt ein anderer.«

»Wunderbar, aber auch du bekommst Probleme.«

»Die gleichen, die ihr auch bekommen werdet, wenn der Schwarze Tod diese Welt wieder betritt. Er wird seine Ordnung schaffen wollen, Suko, und ich weiß nicht, ob das gut für euch und auch für uns ist. Man hat sich an den vorhandenen Status doch so wunderbar gewöhnt, denke ich.«

»Rede nicht lange herum. Was willst du?«

»Für eine bestimmte Zeit einen Burgfrieden und eine gewisse Zusammenarbeit.«

»Wie sollte die aussehen?«

»Das kann ich dir nicht sagen. Es muss sich jeweils aus der Situation selbst ergeben. Jedenfalls wäre ein Treffen zwischen uns angebracht, oder?«

Suko gab zunächst keine Antwort. Er legte die Hand auf die Sprechmuschel und schaute mich über den Schreibtisch hinweg an. In seinem Blick lag eine Frage, die ich verstand und mit einem Nicken beantwortete. Ich war einverstanden.

»Gut«, sagte Suko wieder. »Du scheinst an der Quelle zu sitzen. Wie hast du dir das weitere Vorgehen vorgestellt?«

»Ihr kommt zu mir.«

Suko lachte. »In deine verfluchte Vampirwelt?«

»Nein, die habe ich verlassen. Nur könnte es sein, dass ihr noch froh sein werdet, dass es sie überhaupt gibt. Ich habe mir vorgestellt, dass wir uns hier in London treffen. Ich warte auf euch an einer bestimmten Stelle.«

Suko blickte mich wieder an.

Abermals nickte ich.

»Einverstanden. Und wo ist das genau?«

»Ihr werdet den Punkt noch vor der Dunkelheit erreichen«, versprach er. Dann nannte er den entsprechenden Ort. Eine Wegbeschreibung brauchte er uns nicht zu geben, wir kannten uns in der Stadt aus. Allerdings waren wir schon überrascht, an welch einem unspektakulären Ort die Rückkehr des Schwarzen

Tods stattfinden sollte. Da hatten wir eigentlich mehr erwartet, doch Mallmann blieb dabei.

»Und wann?«, fragte Suko sicherheitshalber.

»So schnell wie möglich.«

»Gut, wir kommen!«

Das Gespräch zwischen den beiden war damit beendet. Hätte eine dritte, nicht eingeweihte Person mitgehört, sie wäre nie auf den Gedanken gekommen, dass hier ein Vampir und ein Mensch miteinander geredet hatten, so normal war das Gespräch verlaufen.

Unser weiteres Vorgehen stand jetzt fest, doch einen zufriedenen Ausdruck zeigte keiner von uns. Wir schauten uns an, niemand fand die richtigen Worte. Selbst Sir James schaute nachdenklich zu Boden und hatte die Stirn gerunzelt.

Nur Glenda sprach mit leiser Stimme. »Das muss dann wohl so sein, denke ich.«

Ich nickte. »Ja, das muss es.«

»Dann tun Sie, was Sie tun müssen«, erklärte Sir James. Auch seine Stimme kratzte etwas. Ihm war es nicht recht, doch auch er wusste, dass es keine andere Möglichkeit für uns gab, denn gekniffen hatten wir noch nie, und das würden wir auch jetzt nicht tun.

Welch eine Veränderung. Den Schwarzen Tod hatten wir auf dem Friedhof am Ende der Welt vernichtet. Jetzt würden wir ihn wiedertreffen, und das an einem wenig spektakulären Ort. In einer Weltstadt, in einer Metropole. Das war schon verrückt.

Wie ich den Schwarzen Tod kannte, hatte er nichts vergessen. Er wusste genau, wer ihn damals vernichtet hatte, und dieser Jemand lebte nun mal in London.

Ein wenig bedrückt war mir schon zu Mute, als ich das Büro verließ, und das merkte auch Glenda Perkins, die mir schnell gefolgt war, während Suko sich noch mit Sir James unterhielt.

»John …«

Ich blieb stehen und drehte mich um.

Sie kam auf mich zu. Durch ihr Lächeln versuchte sie, mich aufzuheitern, aber das Lächeln auf ihren Lippen wirkte irgendwie gequält und künstlich.

»Du schaffst es.«

»Meinst du?«

Sie umarmte mich. »Verdammt noch mal«, flüsterte sie in mein Ohr. »Du musst es einfach schaffen. Alles andere kannst du vergessen. Du und Suko, ihr habt bisher alles geschafft.«

»Manchmal ändern sich die Zeiten, Glenda.«

»So pessimistisch?«

»Nein, Glenda, nur realistisch. Aber keine Sorge, ich werde mein Bestes geben.«

»Tu das. Ich vertraue dir.«

Nein, es war kein endgültiger Abschied zwischen uns beiden, auch wenn er mir ein wenig so vorkam. Es gab für Suko und mich keinen anderen Weg. Wir mussten den vorgezeichneten gehen. Vielleicht gab es ja doch eine Chance für uns …

Wäre Namtar ein normaler Mensch gewesen, dann hätte er womöglich das Dach des kleinen Gartenhauses erklettert und seinen großen Triumph hinausgeschrien.

Ja, er hatte es geschafft!

Johannes, der vierte Evangelist, in diesem Fall John Preston, war tot. Frei wie ein Adler hatte er sich gefühlt, und ebenso frei war er plötzlich abgestürzt.

Vier Tote, um das Tor zu öffnen. Endlich Freiheit für den größten aller Dämonen.

Namtar konnte es selbst kaum fassen. Noch immer steckte dieser einmalige Triumph in ihm. Es war eine Freude, wie nur er sie empfinden konnte und kein anderer.

Er wusste, dass er von der anderen Seite beobachtet wurde. Aber was machte das schon? Nichts, er war der König, der einem noch Höheren den Weg geebnet hatte.

Diesmal riss er die Tür zur Laube hin auf. Er öffnete auch die Luke und stieg die Stufen der Leiter hinab. Er genoss jeden Tritt. Da war ein völlig neues Gefühl in ihm, denn er hatte das Ziel erreicht. In seinen verschiedenfarbigen Augen stand wieder dieser triumphale Glanz. Das rechte strahlte, das linke Auge gloste noch intensiver als sonst.

Die Bahn war frei …

Er jubelte innerlich. Er schwebte wie auf einer Wolke in die düstere Welt des Kellers und konnte es kaum erwarten, sich vor den Spiegel zu stellen oder zu knien.

Noch warf er keinen Blick auf den Gegenstand. Er genoss die Umgebung, die anders geworden war, obwohl sie äußerlich gleich aussah. Es war etwas in sie hineingedrungen, das nur derjenige spürte, der auch unmittelbar davon betroffen war.

Und das war er!

Der Schwarze Tod war unterwegs. Es gab ihn wieder. Er würde sein Versteck verlassen. Es war alles für eine Rückkehr gerichtet. Seine Aura hatte sich bereits verteilt. Eine ungewöhnliche Kälte hatte sich ausgebreitet. Sie war nicht mit der des Winters zu vergleichen, nein, diese Kälte war mehr ein Gefühl, eine böse Vorahnung und bestückt mit einem Grauen, das einfach nicht fassbar war.

Erste Anzeichen für die Rückkehr breiteten sich hier aus.

Namtar senkte den Kopf. Er schaute gegen die Spiegelfläche, und ein scharfes schrilles Geräusch drang aus seinem Mund. Bei Menschen wäre es ein Jubelschrei geworden, und bei ihm vertrat es die gleiche Position.

Geschafft!

Es gab ihn!

Namtar konnte es selbst kaum glauben. Er zitterte so stark, dass er auf die Knie fiel und es aussah, als wollte er dieses neue Gebilde im Spiegel anbeten.

Er war es!

Der vierte Teil hatte noch gefehlt, und es war ihm gelungen, sich harmonisch in die dunkle Knochengestalt einzufügen. Der Schwarze Tod war jetzt perfekt. Er stand in der Dunkelheit der Spiegelfläche und war trotzdem genau zu sehen, denn diese schwarzen Knochen schimmerten wie mit einem kalten Glanz bestrichen.

Auch ein heller Streifen war erkennbar, als hätte jemand eine scharfe Krümmung in die Luft gezeichnet. Nur war es keine Zeichnung, sondern das Metall einer Waffe, die zum Schwarzen Tod gehörte wie das Salz in der Suppe.

Eine Sense!

Ein mörderisches Instrument, das dieser Dämon perfekt beherrschte. In den alten Atlantis-Zeiten hatte er damit seine Feinde massenweise mit wenigen Streichen und Schlägen aus dem Weg geräumt. Davon konnten auch Myxin, der Magier, und der Eiserne Engel berichten. Myxin hatte seine schwarzen Vampire verloren und der Eiserne Engel seine Freunde, die Vogelmenschen.

Dabei war es nicht die Original-Sense, die Waffe, die der Schwarze Tod vor seiner Vernichtung benutzt hatte. Die war in der Welt der Sterblichen zurückgeblieben und später zusammen mit dem grünen Dschinn zerstört worden.

Doch irgendwie hatte es der Schwarze Tod fertig gebracht, sich eine neue Waffe zu schaffen, eine höllisch scharfe Sense. Wahrscheinlich war dies ein schwarzmagischer Akt gewesen.

Der mächtige Dämon sah nicht mal schaurig aus. Das

mochte daran liegen, dass sich seine Ausmaße der nicht eben großen Spiegelfläche angepasst hatten, doch das war eine Täuschung, auch dies wusste Namtar sehr genau.

Jedenfalls gab es ihn.

Und er lebte auch, obwohl er sich noch nicht bewegte. Aber er war fertig und bereit zur Rückkehr.

Namtar verneigte sich. Außer dieser Gestalt gab es keine, vor der er im Staub gekrochen wäre. Hier aber war es anders, denn der mächtige Dämon sollte erkennen, wie gewogen ihm sein Diener war, der ihn zurückgeholt hatte.

Es war für Namtar ebenfalls die Stunde der Entscheidung. Wie lange hatte er darauf gewartet, um dieses Ereignis genießen zu können. Er hatte sich von der Welt gelöst, die ihn aufgefangen hatte, und war seinen eigenen Weg gegangen, auch wenn dies nicht so leicht gewesen war, denn Verfolger lauerten überall.

Sehr geschickt hatte er sich angestellt und deshalb auch verdient gewonnen. Und jetzt sprach er den Schwarzen Tod an. Wieder mit einer Stimme, die so schrill klang, menschliche Laute vermissen ließ, aber Töne und Klänge produzierte, die dem Schwarzen Tod einfach gefallen mussten. Sie sollten ihm noch mehr klar machen, auf welcher Seite sein bislang einziger Diener stand.

Mit ihm zusammen würde er die Welt aufwühlen, und niemand würde sie stoppen können, auch nicht Sinclair und seine Freunde. Es war schon lächerlich gewesen, wie sie versucht hatten, Namtar in die Schranken zu weisen, denn sie wussten nichts, gar nichts.

Er hob die Stirn vom Boden, und Namtar richtete sich wieder auf. Erneut schaute er in den Spiegel und lächelte breit, als er den Schwarzen Tod betrachtete.

Es gab keine Veränderung zu der Gestalt, die damals zertrümmert worden war. Da war auch der schwarze und glänzende Schädel, in dessen Augenhöhlen allmählich das hineintrat, was Namtar als Leben ansah.

Das rote Glühen. Eine unheimliche Glut. Bösartig, gefährlich und voller Kraft steckend. Der unheimliche Blick der roten Augen, deren Strahlen sich noch auf dem Metall der glatt geschliffenen Sense wiederfand.

Namtar stand auf.

Er verbeugte sich erneut.

Er hob die Arme an, seine Hände berührten die Decke, und er sagte nur einen Satz.

Hätte ein Mensch ihn verstanden, er hätte ihn folgendermaßen übersetzen können.

»Der Weg ist frei!«

Schweigend fuhren wir durch London, Suko und ich. Jeder von uns hing seinen eigenen Gedanken nach, und die waren nicht eben optimistisch.

Viel war geschehen, seit wir den Schwarzen Tod vernichtet hatten. Wir waren oft mit der Vergangenheit konfrontiert worden. Die Templer waren in unser Leben getreten, ich hatte den Tod meiner Eltern miterleben müssen auf der Jagd nach der Bundeslade. Ich wusste etwas mehr über die rätselhafte Person der Maria Magdalena, kannte inzwischen die Psychonauten, ich hatte Engel erlebt – grausame ebenso wie gute –, ich kannte Raniel und Elohim, aber auch Belial, den mörderischen Lügenengel. Dracula II, Justine Cavallo, die der Vampirbrut ein völlig neues Gesicht geben wollten, aber auch Assunga nicht zu vergessen.

Neue Freunde waren hinzugekommen. Harry Stahl und seine Partnerin Dagmar Hansen, die Psychonautin. Ich dachte an die geheimnisvolle Nora Thorn mit den übermenschlichen Kräften, aber auch an Maxine Wells, die Tierärztin, und an Carlotta, das Vogelmädchen. Oder an Karina Grischin und Wladimir Golenkow, meine russischen Freunde. All sie kannten den Schwarzen Tod höchstens aus meinen Erzählungen. Dass er jetzt einfach so zurückkehren würde, das drückte schon stark auf mein Gemüt.

Suko, der den Rover lenkte, schaute mich das eine und andere Mal von der Seite her an.

»Soll ich raten, an was du denkst?«

»Nicht nötig.«

»Du denkst an die Vergangenheit. An die letzten Jahre – oder?«

»Genau.«

Er versuchte, mir ein wenig von seinem Optimismus zu geben. »Schwächer sind wir nicht geworden, John, sonst hätten wir nicht so viel geschafft, das kannst du mir glauben.«

»Ich weiß. Trotzdem komme ich mir allein vor. Und dass wir uns auf zwei Blutsauger verlassen müssen, macht die Sache nicht einfacher. Das hätte ich mir nie träumen lassen.«

»Die Zeiten ändern sich eben.«

»Möglich, Suko, aber das ist mir zu wenig.«

Hatten sich die Zeiten wirklich geändert? Standen wir nicht wieder allein? Es gab keine Helfer, auch keinen Father Ignatius, der mittlerweile zum Chef der Weißen Macht aufgestiegen war. Als ich an ihn dachte, fielen mir auch wieder die Horror-Reiter ein, die es nach wie vor gab, und automatisch fragte ich mich, wie sie die Rückkehr des Schwarzen Tods wohl aufnehmen würden. Außerdem gab es da noch die Überlebenden des versunkenen Kontinents Atlantis. Ich war gespannt, wie sie auf die neuen Verhältnisse reagieren würden.

Suko versuchte es wieder mit einem guten Ratschlag. »Lass am besten alles auf uns zukommen. Dann sehen wir weiter und können etwas unternehmen.«

»Mal schauen.«

Es war noch nicht dunkel. Noch stand der Ball der Sonne am Himmel. Nur war er bereits dabei, eine dunklere Färbung anzunehmen, und würde in nicht zu langer Zeit tief im Westen abtauchen. Auch der Autoverkehr hielt sich in Grenzen. Es schien, als wollte man uns zumindest mit einem positiven Aspekt beglücken.

Das Gelände, zu dem wir fuhren, lag zwar nicht einsam, kam uns aber trotzdem irgendwie vergessen vor, denn es handelte sich um Brachland. Wahrscheinlich suchte man nach einem Investor, der hier bauen sollte. Von Brachflächen dieser Art gab es in der Stadt einige. Da hatten sich die Menschen etwas ausgedacht, das niemand in die Tat umsetzen konnte. Es mangelte an Kapital.

Es waren nicht meine Sorgen. Die drehten sich um andere Dinge, über die die meisten anderen Menschen in der Regel die Köpfe schüttelten. Das Gelände lag zudem in der Nähe eines Kanals.

Wir rollten über eine normale Straße, an deren linker Seite noch Bäume wuchsen. Suko betätigte den Blinkhebel, und wir verließen die Straße, um in das große Unkrautfeld hineinzurollen.

Von dem Garten war nichts mehr zu sehen, bis auf ein kleines Haus, das wie eine Insel inmitten des Geländes stand und auch deshalb gut zu erkennen war, weil es noch von den Sonnenstrahlen getroffen wurde, die dem Dach einen leichten Glanz gaben.

Von Mallmann und der Cavallo keine Spur. Sie waren da, das wusste ich. Auf eine falsche Fährte würden sie uns nicht gelockt haben.

Natürlich war ich während der Fahrt nicht entspannt gewesen. Genau diese Spannung steigerte sich noch, als Suko den Rover stoppte, mir einen knappen Seitenblick zuwarf, nickte, sich losschnallte und dann die Wagentür öffnete.

Auch ich stieg aus.

Zu sprechen brauchten wir nicht. Es war alles gesagt worden. Zu viel Theorie brachte auch nichts. Große Gedanken wollte ich mir auch nicht mehr machen. Jetzt musste ich alles auf mich zukommen lassen.

Trotzdem konnte ich den Schwarzen Tod nicht vergessen. Es war zudem recht schwer für mich zu begreifen, dass er in einer derartigen Umgebung seinen Auftritt haben sollte. So etwas war im Vergleich zu dem, was wir mit ihm erlebt hatten, einfach unfassbar. Ich dachte an seine früheren Auftritte, die viel bombastischer waren. So eine Bühne wie hier hatte er wohl nie gehabt.

Wir suchten Mallmann und die Cavallo. Noch immer fiel es mir schwer, mich mit dem Gedanken anzufreunden, mit ihnen Seite an Seite zu kämpfen. Wir hassten uns. Wir hatten uns bis aufs Messer bekämpft. Ich hätte nie gedacht, dass es einmal zu einer derartigen Zusammenarbeit kommen würde. Aber Irren ist menschlich.

Wir erlebten die Normalität eines allmählich sich dem Ende neigenden Tages. Und wir befanden uns mitten in London. Trotzdem schien sich die Stadt und deren Hektik ziemlich weit entfernt zu haben, denn in dieser Umgebung erlebten wir eine relative Ruhe.

Ich wollte etwas sagen, als Suko nach vorn deutete. Er hatte das Haus gesehen, doch das meinte er nicht. Wir sahen Will Mallmann, der sich aus seinem Versteck gelöst hatte. Er hatte nun die Deckung einiger Sträucher verlassen.

Er wartete auf uns. Von Justine Cavallo sahen wir noch nichts. Wahrscheinlich sicherte sie sein Kommen, denn beide waren sie uns gegenüber sicherlich misstrauisch.

Mallmann lächelte. Er war Dracula II. Er besaß den Blutstein, der ihm eine gewisse Immunität verlieh. So brauchte er keine Furcht davor zu haben, von geweihten Silberkugeln getötet zu werden, und auch die alten Vampirgegenmittel wie Knoblauch und Salz taten ihm nichts.

Ich hörte hinter mir ein Geräusch und drehte mich um. Ich

schaute direkt in das perfekte Gesicht der Justine Cavallo. Ich sah die blonden Haare, die enge Lederkleidung auf ihrem kurvenreichen Körper. Ich blickte in den Ausschnitt ihrer Jacke hinein, aus dem die Brüste hervorquellen wollten, und ich konzentrierte mich auf ihr Lächeln, das so glatt und so falsch war, die Spitzen ihrer Vampirzähne allerdings nicht sehen ließ.

»John Sinclair!«, flüsterte sie. Ihre Augen glänzten dabei. Ich konnte mir vorstellen, dass sie dabei an mein Blut dachte, das sie so gern getrunken hätte. Sie hatte auch schon mehrmals den Versuch unternommen, ohne allerdings erfolgreich gewesen zu sein. Da war ich im letzten Augenblick immer wieder besser gewesen und hatte auch das nötige Glück gehabt.

Da sie mich angesprochen hatte, gab ich ihr eine Antwort. »Na, wartest du noch immer darauf, mich leer trinken zu können?«

»Ja, Sinclair, ja. Eines Tages werde ich es schaffen. Das schwöre ich dir.«

»Warum nicht jetzt?« Ich wollte sie provozieren. Irgendetwas musste ich einfach tun, denn der Frust über die Rückkehr des Schwarzen Tods steckte zu tief in mir.

»Aufhören!«, flüsterte Will Mallmann scharf. »Deshalb haben wir uns hier nicht getroffen.«

Justine nickte. »Ich weiß. Aber man darf ja wohl träumen.«

»Dann träume weiter«, sagte ich.

Sie kam auf mich zu. Bei jedem Schritt schwang sie in den Hüften. Dann stand sie vor mir, hob den Arm und strich mit den kalten Fingern ihrer Vampirhand über meine rechte Wange. »Du hast es schon einmal geschafft, John. Jetzt wirst du wieder vor dieser Aufgabe stehen. Diesmal ohne Bumerang. Aber keine Angst, wir sind bei dir. Wir werden dich unterstützen.«

Mich interessierte ihr Gerede nicht. Deshalb wandte ich mich an Dracula II. »Wir reden hier vom Schwarzen Tod, aber es gibt noch einen anderen. Wo steckt Namtar?«

»Er ist noch da.«

»In der Hütte?«

»Ja!«

»Warum habt ihr ihn nicht hervorgelockt?«

»Wir wollten warten.«

»Angst, wie?«

Auf Mallmanns bleichem Gesicht zeichnete sich ein Lächeln ab. »Nein, John Sinclair, aber du bist es gewesen, der den Schwarzen Tod damals vernichtet hat. Jetzt wirst du es wiederholen.«

Das war leicht dahingesagt, aber ich wusste auch, wie verdammt schwer es mir fallen würde. Ich spürte bereits jetzt die Hitzewellen, die hoch in meinen Kopf stiegen. Auf den Schwarzen Tod in dieser Umgebung zu treffen war einfach nicht zu fassen.

»Gehen wir!«, sagte Will Mallmann.

»Darauf habe ich gewartet!«

Wir hatten uns zwar getroffen, und ein unbeteiligter Beobachter hätte meinen können, dass hier vier Freunde zusammenstanden, aber so war es nicht. Jeder war auf der Hut, achtete auf die Bewegung des anderen, und keiner wollte den anderen in seinem Rücken wissen. Das Misstrauen würde auch so schnell nicht verschwinden, obwohl wir letztendlich dasselbe Ziel verfolgten.

Ich fragte nicht danach, warum Mallmann den Schwarzen Tod vernichtet haben wollte. Die Antworten gab ich mir selbst beziehungsweise hatte sie mir schon längst gegeben.

Und so gingen wir nebeneinander her und glichen dabei vier Westernhelden, die es mit einer anderen Bande ausschießen wollten und nur darauf lauerten, dass diese auch erschien.

Neben mir ging Dracula II. Flankiert wurde er von Suko, ich von Justine Cavallo, die mich hin und wieder berührte und deren Kontakte mich wie schwache Stromstöße erwischten.

Die Hütte rückte näher. Auch jetzt hatte sie ihre Normalität nicht verloren. Wir sahen nichts Verdächtiges. Wir hörten auch keine Stimmen oder Schreie.

Aber wir sahen, dass sich die Tür bewegte, als wir schon recht nahe herangekommen waren.

Eine Gestalt erschien!

Ohne uns abgesprochen zu haben, blieben wir stehen. Ich hatte auf einmal das Gefühl, dass die Zeit einfror. Alles war so anders geworden. Die Spannung in mir stieg. Ich dachte an mein Kreuz, das ich auf der Fahrt von der Brust weggezogen und in die Tasche gesteckt hatte.

Ein schneller Griff.

Nein, es hatte sich nicht erwärmt. Ich war nicht mal enttäuscht. Ich hatte nur auf Nummer Sicher gehen wollen. Oder doch?

Verflixt, ich war einfach zu nervös, und meine Hände rutschten über das edle Metall hinweg.

Doch, es gab schon Wärme ab. Nur lag es nicht daran, dass es den Schwarzen Tod bereits spürte, sondern an unserer Begleitung. Vampire gehören ebenfalls zu den Schwarzblütlern und dem großen Kreis der Dämonen.

Das Öffnen der Tür glich einem Auftritt. Wer immer die Hütte verließ, er machte es spannend. Sicherlich wusste er bereits, was ihn erwartete.

Und dann war er da.

Alles ging sehr schnell. Eine dunkle Gestalt erschien, aber sie war nicht der Schwarze Tod.

Vor uns stand Namtar!

Wir gingen noch jeder einen Schritt nach vorn und blieben stehen, als hätten wir uns abgesprochen.

An meiner linken Seite hörte ich das leise Stöhnen der blonden Bestie. Es war ein Laut der Wut. Sie hatte ihn einfach nicht unterdrücken können. Plötzlich glich sie einem unruhigen Rennpferd, dass es kaum erwarten konnte, bis sich das Gitter hob, damit es endlich durchstarten konnte.

Namtar verhielt sich locker. Es war auch nicht festzustellen, ob er uns gesehen hatte oder nicht. Im Prinzip konnte er uns nicht übersehen, und er kam auf uns zu.

Groß, überlegen. Irgendwie auch arrogant. Ein zweigeteiltes Gesicht. Hell auf der einen, dunkel auf der anderen Seite. Ein rotes Auge links, ein sehr helles rechts.

Dunkle Kleidung. Dazu Haare, die ebenfalls eine unterschiedliche Farbe aufwiesen. Wir hatten ihn im Schlachthof gesehen, und wieder fragte ich mich, wen ich hier vor mir hatte. Einen Menschen, einen Dämon? Eine Kreatur der Finsternis?

Wir versperrten ihm den Weg. Er hätte natürlich ausweichen können, doch er traf keinerlei Anstalten, es zu tun. Locker setzte er seinen Weg fort, bis eine gewisse Entfernung erreicht war, die mir für einen Kampf sogar recht günstig erschien.

Zwischen uns baute sich die Spannung auf. Ich kannte so etwas. Sie war eine unsichtbare Wand. Nicht zu sehen, aber sehr deutlich zu spüren

»Warum macht er das?«, flüsterte Suko.

»Er will uns provozieren.«

»Ist er sich so sicher?«

»Ja, auch gegen vier!«

Ich hatte den letzten Satz aus vollster Überzeugung gesprochen. Einer wie Namtar traf keine falschen Entscheidungen. Dafür war er sich zu sicher. Er konnte sich auf seine Kräfte verlassen, was wir ja schon einmal erlebt hatten.

Plötzlich sprach er. Er bewegte dabei seinen verschiedenartigen Mund. Es sah aus, als wollte er etwas aus seinem Rachen hervorwürgen, und es waren tatsächlich Worte, die wir schließlich zu hören bekamen. Sehr schwer zu verstehen, weil er mit der normalen menschlichen Sprache seine Probleme hatte.

»Er ist wieder frei!«

Der Satz hätte auch aus einem völlig verstimmten Kassettenrecorder stammen können, und wir hatten schon große Mühe, die Worte überhaupt zu verstehen.

In meinem Magen entstand ein Klumpen. Ich glaubte ihm jedes Wort. Meine eigene Unzulänglichkeit wurde mir wieder bewusst. Das Blut schoss mir in den Kopf, als wollte es mich innerlich verbrennen. Aber ich war trotzdem in der Lage, etwas zu sagen.

Ich tat einen Schritt nach vorn.

»Wo ist er?«

»Frei!«

»In der Hütte?«

»Überall«, erklärte Namtar lachend. »Man hat lange gesucht, doch dann hat man mich gefunden. Ich habe auch mal auf der anderen Seite gestanden, doch es gab zu viele Feinde und Neider, die mich in die Hölle stürzten. Sie wollten mich dort im ewigen Feuer verbrennen, aber sie haben es nur zur Hälfte geschafft. So bin ich das, was ich einmal war, aber auch etwas ganz Neues.«

Ich konnte mich nicht zurückhalten. »Und wer bist du einmal gewesen?«

»Ein Engel! Eines der hohen Geschöpfe.«

»Dann hat man dich verstoßen – oder?«

Namtar nickte. »Ja, man verstieß mich. Man schleuderte mich weg. Die große Abrechnung fand zwischen Himmel und Hölle statt. Aber wir waren viele, wir waren stark. Wir wehrten uns. Wir wollten nicht in der Verdammnis landen, denn wir sahen noch große Aufgaben vor uns. Und so erschufen wir eine Welt, die uns gefiel. Die weit weg von dieser war, der euren Welt aber doch so nah. Eine Welt der verstoßenen Engel, in der wir die aufnahmen, die zu uns gehörten. Sie ist herrlich, sie ist wunderbar. Sie ist eine Welt, in der ich mich wohl fühlte, denn sie ist der der Menschen gleich.«

»Was?«, rief ich.

»Du hast richtig gehört. Es gibt eure Welt noch mal. Mit allem, was ihr kennt. In ihr existieren die Personen weiter, die ihr getötet habt. Aber nur, wenn wir es wollen, und manchmal öffnen sich Tore, wenn es jemanden gibt, der unbedingt zurückkehren will. So ein Tor habe ich jetzt wieder geöffnet.«

Ich hörte jedes Wort, doch mit den Gedanken war ich nicht dabei, weil mir wieder ein Killer einfiel, den wir vor ein paar Wochen gejagt hatten. Es war Theo Gain gewesen, und er hatte ebenfalls schon von dieser anderen Welt gesprochen.

Er war aus dieser Welt entlassen worden. Und nun auch der Schwarze Tod, für dessen Entlassung extra vier Menschen ihr Leben lassen mussten, um das Tor zu öffnen. Nicht einfach nur vier Menschen, sondern Auserwählte, deren Namen für die der vier Evangelisten standen, die in damaliger Zeit schon als Kämpfer gegen das Böse fungiert hatten. Gegen die Evangelisten selbst hatte man nichts mehr ausrichten können, also hatte das Tor eben auf ein andere Art und Weise geöffnet werden müssen.

Was für mich wiederum bedeutete, dass der Schwarze Tod nicht einfach von einer Welt oder Dimension in die andere wechseln konnte. Erst nach einem bestimmten Ritual war dies möglich gewesen, und das hatte sich nun leider erfüllt.

Von Theo Gain hatten wir etwas über Wohnstätten in der Hölle erfahren. Wer darüber nachdachte, der begriff allmählich, wie vielfältig die Hölle letztendlich war. Sie war etwas zum Greifen, wie in diesem Fall, aber sie gab sich oft auch so abstrakt, dass sie nicht begriffen werden konnte.

Hölle gleich Parallelwelt?

In meinem Kopf schwirrte einiges durcheinander. Es musste nicht sein, aber es war zumindest für mich ein Anhaltspunkt. Wenn alles stimmte, was ich mir zusammenreimte, war der Schwarze Tod nach seiner Beschwörung durch Isaak McLellan nicht wieder in das Reich des Spuks zurückgeschleudert worden, sondern in jene Parallelwelt, von der Namtar gesprochen hatte. Auch das war bereits Jahre her, und dort hatte er Zeit genug gehabt, sich auf seine Rückkehr vorzubereiten. Bis zum heutigen Tage.

»Gibt es sie?«, flüsterte ich Namtar zu. »Gibt es diese Parallelwelt, von der du gesprochen hast?«

»Ja, wir bauten sie auf. Wir erschufen sie. Wir beobachteten die Menschen. Wir, die Ausgestoßenen. Wir waren die Wächter, und wenn in deiner Welt Freunde von uns getötet wurden, holten wir ihre Seelen und überließen sie nicht dem Spuk.«

»Und wie viele waren es?«, flüsterte ich.

»Nur ganz wenige. Sie mussten schon würdig sein.«

»Und dazu gehört auch der Schwarze Tod?«

»Ja. Er war ein besonderer Gast. Er besaß starke Fesseln. Wir konnten ihn nicht so leicht freilassen und mussten erst nach einer Methode suchen. Wir haben sie gefunden, und wir haben dem obersten Höllenherrscher, dem großen Luzifer, ein Versprechen abnehmen müssen.«

»Welches?«

Ich erhielt die Antwort noch nicht sofort. Meine Aufregung stieg an. Irgendwie wusste ich, dass dieses Versprechen mit mir zu tun hatte, denn Namtar konzentrierte sich einzig und allein auf mich. Die anderen waren für ihn nicht interessant.

Das linke Auge glühte so stark auf, dass ich den Eindruck bekam, es würde brennen. Auch das rechte strahlte stark wie eine kleine Sonne. Und dann vernahm ich die folgenschweren Worte.

»Es ging nur gegen einen Austausch, John Sinclair. Du hast den Schwarzen Tod damals getötet. Er gegen dich!«

Plötzlich brannte der Boden unter meinen Füßen, sinnbildlich gesprochen. Ich wusste nicht, was mir dabei durch den Kopf schoss. Es war alles Mögliche, aber ich bekam es in keine Reihenfolge.

ER GEGEN DICH!

Was das bedeutete, war klar. Der Schwarze Tod nahm meinen Platz in dieser Welt ein, ich würde für immer und ewig abtauchen, und mich würde man bestimmt nicht zurückkehren lassen.

Drei Helfer standen an meiner Seite. Sie waren ebenso geschockt wie ich. Ich weiß nicht, wie lange mein Zustand anhielt. Ich sah nur das Gesicht. Ich sah, wie sich Namtar bewegte, wie er nach mir schnappte oder schnappen wollte und dabei in meinem Kopf etwas zerplatzte.

Ich erlebte die nächsten Szenen zeitverzögert. Keiner stand mehr still, jeder bewegte sich. Suko hatte die Dämonenpeitsche hervorgerissen. Er schlug wieder zu. Ob er traf, sah ich nicht, denn Justine Cavallo verwehrte mir den Blick. Sie griff in ihrer typischen Art Namtar an – und erreichte nichts. Sie schlug wieder hindurch.

Auch Dracula II wollte es nicht hinnehmen und Namtar zerstören. Aus seinem Mund drang ein wilder Schrei. Das Gesicht war schrecklich verzerrt.

Und mein Freund Suko griff zum letzten Mittel.

Er schrie ein Wort.

Das Wort für ihn überhaupt. Mit ihm konnte er die Zeit

für fünf Sekunden anhalten. Nur er war in der Lage, sich zu bewegen, und er hatte dabei seinen Stab berührt, ein Erbe des großen Religionsstifters Buddha. So setzte er darauf, mich retten zu können.

»Topar!«

Alles stand still. Die Cavallo, auch Dracula II. Nur Suko nicht. Und er sah mich. Ich sah ihn.

Er rannte auf mich zu.

Fünf Sekunden blieben ihm. Zeit genug, um mich zu packen und in Sicherheit zu bringen.

Der letzte Sprung!

Ich war da, ich sah sein Gesicht dicht vor mir. Sah das verzerrte Grinsen. Er griff nach mir, wollte mich an sich reißen – und Suko griff hindurch.

Ich war da und trotzdem nicht greifbar. Die Hölle der gefallenen Engel hielt mich umfangen. Namtar hatte auch sein letztes Versprechen eingelöst.

Der Austausch war perfekt!

Es gibt diese schlimmen, diese schrecklichen Momente, in denen der Mensch seine eigene Schwäche besonders stark erlebt. Genau das traf auf Suko zu.

Er hatte sich stark gemacht. Er hatte alles eingesetzt. Er hatte die Zeit für fünf Sekunden angehalten, um seinen Freund John Sinclair vor der verfluchten Magie zu retten.

Vergebens.

Die andere Welt hatte sich bereits gebildet. Obwohl John zum Greifen nahe gewesen war, hatte er ihn nicht fassen können. Sein Griff war ins Leere gegangen, und er war ins Leere gesprungen.

Suko hielt seinen Stab noch immer in der Hand. Er schaute dabei zu Boden. Er stellte fest, dass er ausgerutscht war und nun kniete. Um ihn herum waren die gleichen Geräusche zu hören wie eben auch schon. Die von der Straße, wenn die Autos vorbeifuhren, und er hörte Stimmen in seiner Nähe, auf die er allerdings nicht achtete.

Er stand auf.

Er drehte sich um.

Justine Cavallo und Dracula II gerieten in sein Blickfeld. Er kannte sie lange genug. Er wusste, wie brutal und blutgierig diese beiden Geschöpfe waren, doch so wie hier auf dem Feld hatte er sie noch nie zuvor erlebt. Sie standen auf der

Stelle wie Schaufensterpuppen, die keiner mehr haben wollte. Sie starrten Suko dabei an und schauten trotzdem hinein ins Leere.

Auch Vampire können Gefühle zeigen, und die spiegelten sich auf ihren Gesichtern wider. Es waren zahlreiche, doch man konnte sie mit zwei Begriffen zusammenfassen. Fassungsloses Staunen.

Suko stellte sofort fest, dass diese beiden Blutsauger nicht ansprechbar waren. Er hatte sie auch nur am Rande bemerkt, denn sein Freund John Sinclair war wichtiger.

Dort, wo er ihn hatte wegziehen wollen, stand er nicht mehr. Suko schaute ins Leere, gab jedoch nicht auf, drehte sich auf der Stelle und nahm zunächst wahr, dass die Schatten der ersten Dämmerung sich allmählich lösten und es dunkler wurde.

Eine Szenerie, die irgendwie passte, denn die Düsternis war zugleich die Kraft der Hölle.

Und dann sah er seinen Freund!

Nicht mal weit weg hielt er sich auf. Zwanzig Schritte im Höchstfall. Aber er war nicht allein. Neben ihm stand Namtar. Sie sahen aus wie zwei Freunde, denn diese Mischung aus Dämon, Engel und Mensch hatte eine Hand auf die rechte Schulter des Geisterjägers gelegt. Es war eine Geste, die Suko im Normalfall nicht weiter gestört hätte. In diesem Fall allerdings schon, denn sie kam ihm so schrecklich besitzergreifend vor. Als Suko mehr darüber nachdachte, da musste er zugeben, dass er verloren hatte. Er konnte für John Sinclair nichts mehr tun. Ein Mann, der sich der Welt der Geister und Dämonen immer wieder mit aller Kraft entgegengestellt hatte, war selbst zum Opfer des Schreckens geworden.

Suko wollte es trotzdem nicht glauben. Zu klar und deutlich sah er seinen Freund vor sich stehen. In ihm schoss eine Flamme hoch. Er war wütend, rasend, was bei ihm selten vorkam, und er ging mit entschlossenen Schritten auf John Sinclair zu.

Suko kam näher.

Er sprach ihn an.

Er bekam keine Antwort!

Und dann griff er nach ihm!

Zum zweiten Mal innerhalb kürzester Zeit, und wieder musste er erleben, dass die andere Seite stärker war. Er konnte John nicht anfassen, denn seine Hand fuhr durch die Gestalt hindurch. Aber er sah etwas, und das zerriss ihm beinahe das Herz.

John musste ihn ebenfalls gesehen haben. Er sprach sogar seinen Namen. Suko las es von den Lippen des Geisterjägers ab – und wich mit zittrigen Schritten zurück.

Sie hatten viel durchgemacht und wahnsinnig viel erlebt, aber so etwas noch nicht.

Auch bei einem Menschen wie Suko gibt es einen Punkt, an dem er die Beherrschung verliert. Das war jetzt der Fall, denn er schrie John an, und die Stimme überschlug sich dabei.

»Sag was, verdammt! Bitte, John! Sag endlich was. Verflucht noch mal! Ich will was hören!«

Ja, John Sinclair bewegte seinen Mund, doch er konnte nicht sprechen, aber der traurige Ausdruck in den Augen und auch in seinem Gesicht war nicht zu übersehen.

Für Suko stand fest, dass sein Freund John Sinclair genau wusste, dass er verloren hatte.

Es sprach trotzdem jemand.

Hinter ihm. Und die Stimme klang auf keinen Fall euphorisch, obwohl der Sprecher über das Schicksal des Geisterjägers im Prinzip hätte froh sein müssen.

»Du kannst ihn nicht erreichen, Suko. Auch wir können es nicht. Wir waren nicht gut genug …«

Der Inspektor drehte sich um. Mallmanns Gesichtszüge waren versteinert. Okay, er war kein Mensch mehr, sondern ein Vampir, doch in diesem Fall überwogen bei ihm die menschlichen Züge, denn auch Dracula II war zutiefst enttäuscht. Er hasste den Schwarzen Tod ebenso wie John Sinclair und Suko, aber beide mussten zugeben, dass sie ihn unterschätzt hatten.

Suko musste schlucken. Innerlich zitterte er. Den Stab hatte er wieder verschwinden lassen. Die Hände hatte er jetzt zu Fäusten geballt. »Nein, Mallmann, nein! So leicht gebe ich nicht auf. Ich werde ihn zurückholen. Ich muss es einfach tun.«

Dieses Versprechen vernahm auch Justine Cavallo. Sie näherte sich den beiden und lachte dabei scharf auf. »Wie willst du es denn schaffen, Suko? Du hast doch gesehen, wie lächerlich wir uns alle gemacht haben! Nein, sie haben gewonnen. Du wirst dich darauf einstellen müssen, in Zukunft ohne Sinclair gegen den Schwarzen Tod kämpfen zu müssen. Das ist die verfluchte Wahrheit. Aber du wirst uns bei diesem Kampf an deiner Seite haben.«

»Darauf kann ich verzichten, verdammt!«

»Ich würde das nicht so laut sagen«, warnte Mallmann. »Jetzt werden auch Todfeinde zusammenhalten müssen. Das Leben schreibt nicht nur schöne Geschichten.«

»Hör auf mit dem Gerede!« Suko drehte sich wieder um. Namtar und John Sinclair waren verschwunden. Die Tiefe dieser höllischen Welt hatte sie verschluckt.

Wieder überkam ihn die Depression wie ein gewaltiger Schub. Er konnte und wollte es noch immer nicht fassen. Unsichtbare Hammer bewegten sich in seinem Kopf und sorgten für ein ständiges Dröhnen.

Auch Suko hatte verdammt viel erlebt. Jetzt aber fühlte er sich ins Abseits gestellt. Er war frustriert. Er war sauer. Er wäre am liebsten schreiend über das Gelände gelaufen, doch er riss sich zusammen, und er hörte einen bestimmten Ton, der sich ständig wiederholte.

Sein Handy meldete sich. Ein flüchtiger Gedanke galt der Vergangenheit. Als der Schwarze Tod vernichtet worden war, hatte es so etwas noch nicht gegeben, doch trotz des enormen technischen Fortschritts waren die Kräfte des Unheils stark geblieben.

Suko meldete sich.

»Na endlich«, hörte er die Stimme seines Chefs. »Ich habe es bei John schon versucht, aber keine Verbindung bekommen. Egal jetzt. Ist bei Ihnen alles klargegangen?«

Suko schwieg. Er konnte nicht mehr sprechen, weil ein Kloß in seiner Kehle saß.

»He, Suko, was ist …«

»Sir, ich …«

»Also sind Sie nicht klargekommen.«

»So kann man es sagen.«

Sir James war kein heuriger Hase. Er kannte seine beiden besten Leute lange und gut genug, und plötzlich klang seine Stimme wie die eines Vaters, der zu seinem Sohn spricht.

»Bitte, Suko, sagen Sie mir, was passiert ist. Ich merke doch, dass etwas nicht stimmt.«

»Sie haben Recht, Sir, ich muss es so sagen. Wir … wir haben verloren.«

Stille, aber nicht sehr lange. Dann die Frage: »Gegen den Schwarzen Tod?«

»Und gegen Namtar. Aber das ist nicht das Schlimmste, denn ich muss sagen, dass es John nicht mehr gibt.«

»*Was?*« Es war ein Schrei, wie Suko ihn von seinem Chef nie zuvor gehört hatte. »Bedeutet das, dass … dass … John Sinclair nicht überlebt hat und tot ist?«

»Nein. Ja. Ich weiß es nicht …«

»Verdammt, reden Sie doch vernünftig!«

»Es ist nicht leicht, Sir.«

»Versuchen Sie es trotzdem.«

Suko gab sein Bestes, auch wenn es ihm schwer fiel. Er hatte des Gefühl, die Begräbnisrede für seinen besten Freund halten zu müssen. Und während er sprach, standen Justine Cavallo und Dracula II wie zwei düstere Wächter im Hintergrund.

»Und nun wissen Sie alles, Sir«, beendete Suko seinen Bericht mit einer zittrigen Stimme, über die er sich selbst ärgerte. Was hier passiert war, hatte ihn verdammt tief getroffen.

»Ja, ich weiß alles«, vernahm er nach einer Weile die Antwort, die sehr bedrückt klang. »Und wie geht es weiter, Suko?«

»Ich weiß es nicht, Sir.«

Suko hörte einen tiefen Atemzug. »Können Sie nicht einen Kontakt zu John herstellen?«

»Bitte, Sir, fragen Sie mich nicht.« Der Inspektor wollte einfach nicht mehr länger reden. Nichts hätte ihn weitergebracht. Es war alles gesagt worden. Er wusste nicht, wie es weiterging. Das musste er schon der anderen Seite überlassen. »Ich werde mich wieder melden.«

»Ist es dann nicht zu spät, Suko? Der Schwarze Tod wird nicht zu stoppen sein, denke ich.«

»Ja, das stimmt. Ich hatte Glück. Bisher wurde nur John aus dem Weg geschafft. Ich denke, dass es auch einer gewissen Taktik entspricht. Vergessen wurde nichts, denn schließlich ist John Sinclair es gewesen, der den Schwarzen Tod damals vernichtet hat. Die andere Seite scheint noch immer großen Respekt vor dieser Tat gehabt zu haben.«

»Ich habe verstanden, Suko.« Sir James' Stimme klang sehr dünn. »Wenn Sie allerdings Hilfe benötigen – ich werde alles tun, was in meinen Kräften steht.«

»Das weiß ich, Sir. Und ich werde mich dann wieder bei Ihnen melden.« Es waren Sukos letzte Worte. Er stellte das Handy ab und ließ es verschwinden. Wer ihn jetzt erreichen wollte, der hatte Pech. Den Horror der folgenden Zeit musste er allein durchstehen.

Während des Gesprächs mit dem Superintendent hatte er sich nicht um Will Mallmann und Justine Cavallo gekümmert. Jetzt drehte er sich herum und schaute zu den beiden hin.

Sie standen nebeneinander wie ein Paar, das auf die anbrechende Dämmerung wartete. Es gab die Schatten, die mittlerweile länger geworden waren und über den Boden krochen. Sie schwebten auch durch die Luft und dunkelten sie ein, sodass die Umrisse immer mehr verschwammen und das Brachland mitten in London zu einer kleinen Insel wurde.

Auch Sukos neue Verbündete hatten bemerkt, dass nicht mehr gesprochen wurde. Beide drehten sich um und schauten dem Inspektor entgegen, der mit kleinen Schritten auf sie zuging. Er sagte nichts. Erst als er vor ihnen stand, stellte er die Frage.

»Ihr habt nichts gesehen?«

»Nein!«, sagte Mallmann.

Suko deutete auf die Hütte. »Dort muss er sein. Warum habt ihr nicht nachgeschaut?«

»Er wird von allein kommen.«

»Oder seid ihr zu feige?«

Die Frage gefiel vor allen Dingen der blonden Bestie nicht. Justine fauchte Suko an. »Wenn wir Partner sein wollen, dann müssen wir uns aufeinander verlassen können. Stell nicht so dumme Fragen, verdammt!«

»Dann werde ich nachschauen.« Suko wartete keine Antwort ab und setzte sich sofort in Bewegung.

Sein Ziel war die alte Hütte, die aussah, als würde sie nicht hierher gehören. Sie stand auf dem Platz. In ihrer Nähe bewegte sich nichts. Auch die Tür blieb geschlossen, und als Suko versuchte, einen Blick durch die Fenster zu werfen, wurde er ebenfalls enttäuscht, weil er hinter den Scheiben keine Bewegung sah.

Es war ihm egal, ob ihm die beiden Blutsauger folgten. Er ging seinen Weg. Er wollte Gewissheit haben und konnte sich vorstellen, dass dieser Weg einer war, der ihn möglicherweise zu John Sinclair führte. Vielleicht war es ihm möglich, Kontakt mit ihm aufzunehmen.

Justine Cavallo und Mallmann hielten sich zurück. Vielleicht waren sie froh, dass ihnen jemand die Arbeit abnahm. Suko sah, dass die Tür nicht ins Schloss gefallen war. Spaltbreit stand sie offen und ließ einen Blick in das Innere der Hütte zu.

Suko sah dort nichts. Alles lag in einem grauen Dämmer. Er holte seine kleine Lampe hervor, stellte den Strahl breiter und leuchtete in die Laube hinein.

Es gab dort keinen Schwarzen Tod. Er sah überhaupt keine Bewegung. Es war nur die Stille vorhanden, die sich wie ein dichtes Tuch ausgebreitet hatte.

Er zog die Tür weiter auf. Sein Herz klopfte schneller, wenn er daran dachte, was hier alles auf dem Spiel stand. Auch als er die Lampe schwenkte, war nichts zu erkennen. Niemand hielt sich in der Hütte versteckt. Er stellte sich zum ersten Mal die Frage, ob man ihn getäuscht hatte.

Suko drückte sich über die Schwelle und hatte sie kaum hinter sich gelassen, als er die andere Atmosphäre spürte, die sich zwischen den Wänden festgesetzt hatte.

Hier war jemand gewesen!

Suko hielt den Atem an. Er rechnete jeden Augenblick mit einem Angriff. Aber er konnte aufatmen. Niemand löste sich aus dem Dunkel, um ihn anzuspringen.

Suko leuchtete in die Finsternis. Er drehte sich dabei. Sein

Herz schlug immer noch schneller. Er spürte, dass er innerlich zitterte. Hier war etwas, auch wenn er nichts sah. Die Aura des Bösen hatte sich ausbreiten können, aber sie musste auch irgendwoher gekommen sein, denn aus dem Nichts konnte nichts kommen.

Von seinen eigenen Gedanken etwas abgelenkt, senkte er seinen rechten Arm und ließ den hellen Kegel über den Boden wandern. Nur ein kurzes Stück, dann kam er zur Ruhe.

Suko hatte den Zugang entdeckt!

Er stand offen, und wäre Suko zwei Schritte weitergelaufen, wäre er ins Leere getreten.

Der Chinese leuchtete hinein.

Er sah den Beginn einer Stiege. Das Licht schimmerte auf zwei, drei Sprossen, die aus der Dunkelheit hervorgerissen wurden. Dahinter ballte sich die Finsternis.

Aber er spürte auch das Andere!

Es war da. Es war nicht zu sehen, nur eben zu spüren. Ein unheimlicher Geist hatte hier die Kontrolle übernommen. Etwas Fremdes, das nicht in diese Welt hineingehörte.

Suko war kein Feigling, doch in diesem Fall traute er sich nicht, über die Leiter nach unten zu steigen. Er zog sich sogar etwas zurück und dachte darüber nach, ob er nicht seinen beiden neuen Verbündeten Bescheid geben sollte.

Der Schwarze Tod lauerte in der Nähe. Suko spürte ihn, ohne dass er ihn sah. Er umgab ihn. Seine Aura konnte er einfach nicht verbergen, und Suko glaubte auch fest daran, dass es kälter geworden war, seit er die Hütte betreten hatte.

Er wandte sich wieder der viereckigen Öffnung zu. Klar, es kostete schon Überwindung, nach unten zu steigen, doch Suko war nie feige gewesen. Er trat noch dichter an die Öffnung heran, leuchtete hinein und hatte dabei den Winkel verändert, um sich einen besseren Überblick verschaffen zu können.

Er sah es.

Und er sah nichts!

Der Strahl hatte nicht mal mehr die Hälfte seiner Länge. Der vordere Teil wurde von der Schwärze verschluckt. Es war kein normales Hindernis, das dafür verantwortlich war. Es war auch nicht die Kälte, die Suko entgegendrang. Es hatte mit den Wolken zu tun, die aus dem Keller allmählich in die Höhe krochen und sich der Öffnung entgegendrängten.

Schwarzer Nebel!

Passend zum Schwarzen Tod. So etwas wie ein Vorbote, dem Suko nicht unbedingt in dieser Umgebung begegnen wollte. Es war jetzt besser, einen Rückzieher zu machen, um abzuwarten.

Mit lautlosen Schritten entfernte er sich aus der Hütte und wurde sofort angesprochen.

»Er kommt, nicht wahr?«

Suko drehte sich um und nickte Mallmann zu. »Ich habe so etwas wie einen Vorboten gesehen.« Seine Stimme klang ruhig. Er zeigte seine innere Unruhe nicht nach außen. »Schwarzer Nebel, fett wie Ruß und …«

»Er ist da!«

Beide hatten die schrille Stimme der blonden Bestie gehört. Justine war einige Meter zurückgewichen. So hatte sie einen besseren Überblick, und sie deutete jetzt mit beiden Händen auf das Haus, aus dessen Mauern und Dach dunkle Schwaden quollen, die sich wie Dampf verteilten.

Es entstand eine gewaltige Wolke. Viel dunkler als die Dämmerung und auch als der Himmel, der noch breite weiße Flecken zeigte, die sich nur allmählich zuschoben.

Die Wolke quoll aus dem Haus. Sie drang zudem aus dem Boden. Sie stieg immer weiter in die Höhe. Sie pumpte sich auf. Sie war dicht und trotzdem irgendwie durchsichtig, und sie hatte es geschafft, die drei Zuschauer starr werden zu lassen.

Furcht und Faszination hielten sich bei Suko die Waage. Die Hölle hatte ein Schlupfloch bereitet, das der Schwarze Tod ausnutzte.

Er kam!

Es war nicht nur die Wolke, die sich ins Freie schob. Plötzlich war auch er zu sehen, denn inmitten dieser gewaltigen schwarzen Insel bildete sich das monströse Skelett, dessen Knochen noch dunkler waren als seine Umgebung.

Suko kannte den Schwarzen Tod. Mallmann war er ebenfalls bekannt. Beide mussten zugeben, dass er sich nicht verändert hatte. Noch immer war er eine Gestalt, die bei einem Menschen Angst und Panik verbreitete. Sein Körper bestand aus schwarzem Gebein, dessen Oberfläche ölig glänzte. Es gab den Kopf. Es gab des Gesicht, das keines war, weil es auch nur aus Knochen bestand. Haut war nicht vorhanden, aber jeder konnte in die roten, unheimlich glühenden Augen hineinschauen, die sich auf die drei Zuschauer richteten.

Das war nicht alles. In seinen Klauen hielt der Schwarze Tod das, was ihn noch gefährlicher machte und was auch einfach zu ihm gehörte. Die gewaltige Sense, perfekt geschliffen und damit so scharf, dass sie es schaffte, einen Menschen wie einen Grashalm in zwei Hälften zu zerschneiden, mit einem nur einzigen Schlag.

Seine ursprüngliche Sense war zusammen mit dem grünen Dschinn vernichtet worden, doch diese hier war bestimmt nicht minder gefährlich.

Suko wusste nicht, was er denken sollte. Er war noch immer fasziniert. Ein böser Albtraum war zur Wahrheit geworden. Wovon er und sein Freund in den letzten Jahren öfter gesprochen hatten, war nun eine grausame Tatsache.

Der Schwarze Tod würde seine Zeichen setzen. Er würde möglicherweise dort wieder anfangen, wo er aufgehört hatte, um die alten Machtverhältnisse herzustellen.

Über dem Haus schwebte er in diese schwarze Wolke eingehüllt. Er malte ein Bild des Schreckens in die Dunkelheit und damit auch gegen den finsteren Himmel.

Ob es noch andere Zeugen gab, wusste Suko nicht. Wenn ja, dann würden sie es wohl für eine Halluzination halten, denn so etwas konnte es nicht geben. Bei einem derartigen Anblick setzte der normale Menschenverstand aus.

Auf Sukos Rücken lag eine straff gespannte kalte, zweite Haut. Er war auf der Hut, weil er sich auch vorstellen konnte, dass der Schwarze Tod seine Sense einsetzte, um sich der ersten Feinde zu entledigen. Zu ihnen gehörten auch Mallmann und die Cavallo, denen Suko einen knappen Blick zuwarf.

Er sah, dass auch sie geschockt und zugleich sprachlos waren. Sie bewegten sich nicht. Nur ihre Augen waren starr auf die mächtige Erscheinung gerichtet, die selbst von oben her auf sie herabblickte, damit ihr nichts entging.

»Er hat sich nicht verändert«, flüsterte Suko.

Dracula II runzelte die Stirn. »Ja, ich erkenne ihn wieder. Aber ich frage mich, was er vorhat.«

»Wir stehen auf dem Präsentierteller.«

»Du rechnest mit einem Angriff?«

»Ja.«

Mallmann sagte nichts. Er und Justine besaßen keine Waffen, um diesem mörderischen Dämon entgegenzutreten. Natürlich konnten sie sich im Normalfall auf ihre Vampirkräfte verlassen. Menschen hatten gegen sie keine Chance. Hier jedoch hatten sie es mit einem ganz anderen Gegner zu tun. Der Schwarze Tod beherrschte seine Sense perfekt, und wer ihr entkommen wollte, der musste schon verdammt viel Glück haben.

»Was tun wir?«, fragte Mallmann.

Beinahe hätte Suko gelacht, weil er derartige Fragen aus dem Mund des Blutsaugers nicht gewohnt war. Er hielt sich zurück und sagte nur: »Nichts können wir tun.«

»Du hast Waffen!«, zischelte die Cavallo. »Deine Peitsche und deine Pistole, die …«

»Vergiss sie. Der Schwarze Tod ist nicht irgendjemand. Er ist ein verdammter Dämon, und er ist mehr als mächtig, das kann ich dir sagen. Wenn er will, wird er uns vernichten.«

»Früher hat er das nicht geschafft!«

»Stimmt. Da hatten wir oft Glück.«

»Oder seid ihr besser gewesen?«

»Wohl nicht. Davon abgesehen, noch leben wir. Ich denke nicht daran, mich kampflos zu ergeben. Dass er etwas unternehmen wird, steht fest. Stellt sich nur die Frage, wie er es anstellen wird.«

Suko hatte diesen Satz kaum ausgesprochen, als die riesige Gestalt handelte. Ihr mächtiger Körper zuckte. Die Arme mit der Sense glitten in die Höhe. Auch der schwarze Knochenschädel mit den roten Augen bewegte sich. Das Bild über dem kleinen Haus fing plötzlich an zu leben. Die Sense war schnell, ihre Schneide glitt wie eine helle Feder durch die Luft. Das Rauschen erreichte Sukos Ohren, aber er brauchte sich keine Deckung zu suchen, denn der Schwarze Tod hatte bisher nur einen Probeschlag durchgeführt.

Genau das änderte sich.

Beim zweiten Angriff senkte er die Sense tiefer, schwang seinen Körper mit und griff richtig an …

Es war einer von diesen Momenten, in denen der Mensch das Richtige tun musste. Man ließ ihm für Überlegungen keine Zeit, und genauso sah das auch Suko. Wenn er sich nicht innerhalb von zwei, drei Sekunden in Sicherheit brachte, war er verloren.

Der Schwarze Tod hatte weit ausgeholt. Die Sense war zur linken Seite gerissen worden, um dann mit ungeheurer Kraft nach rechts zu schwingen. Gleichzeitig ließ sich der Schwarze

Tod nach unten sacken, um so nahe wie möglich bei seinen Feinden zu sein.

Sie hörten das Pfeifen der Waffe. Suko vernahm den Fluch, den Mallmann ausstieß. Er hörte auch Justines Schrei, während er selbst dafür sorgte, dass er mit schnellen Schritten eine Deckung erreichte, falls es die hier überhaupt gab.

Da war die Laube, hinter der Suko verschwand. Sie nahm ihm wenig später die Sicht, als er sich mit dem Rücken gegen die Mauer presste, dann hörte er ein schleifendes und beinahe schon klirrendes Geräusch dieser monströsen Waffe, die über den Boden gezischt sein musste.

Er wartete auf einen Schrei, weil er damit rechnete, dass jemand getroffen worden war.

Nichts dergleichen drang an seine Ohren. Dafür bekam er die schnellen Schritte mit. Sie lenkten ihn von einem Beobachten des Schwarzen Tods ab, und als er den Kopf nach links drehte, da huschte Justine Cavallo auf ihn zu.

Wut und auch Anstrengung zeichneten ihr Gesicht. Beides hatte die perfekte Schönheit daraus vertrieben. Justine presste sich neben Suko gegen die Wand. Ihr Kommentar erreichte ihn bruchstückhaft.

»Soeben geschafft … war etwas schneller … wollte Will und mich auf einmal …«

»Und was ist jetzt?«

Justine schüttelte den Kopf. »Ich weiß es nicht, verdammt.« Sie hielt den Mund offen, die Oberlippe hatte sie zurückgeschoben, und Suko sah das gelbliche Schimmern der Vampirhauer. Die konnte sie vergessen. Der Schwarze Tod bestand nur aus Gebein. Da gab es nicht einen Fetzen Haut, in die sie ihre Zähne hätte hineinschlagen können.

Im Moment sahen sie die mörderische Gestalt nicht. Aber sie war zu hören. Wieder entstand dieses fauchende Geräusch, als die Klinge der Sense die Luft zerschnitt. Ein Schrei folgte nicht, es blieb still, aber Sekunden später vernahmen sie ein anderes Geräusch.

In der Nähe musste ein großer Vogel in die Luft gestiegen sein. Das Flattern der Schwingen verursachte die entsprechenden Geräusche.

»Was war das?«

Suko gab keine Antwort auf Justine Frage, aber er konnte sich gut vorstellen, was passiert war. Er löste sich von der Mauer und ging damit das Risiko ein, völlig deckungslos zu sein. An der Seite des kleinen Hauses blieb er stehen und brauchte nur einmal zu schauen, um zu sehen, was sich über ihm am Himmel abspielte.

Ein großer Schatten mit breiten Schwingen jagte durch die Dunkelheit. Es war kein Vogel, auch wenn er auf den ersten Blick so aussah. Was Suko da sah, war der Körper einer gewaltigen Fledermaus, in die sich Dracula II verwandelt hatte.

Schwarz wie die Nacht, nur mit einem kleinen roten D auf der Stirn des breiten Kopfes zwischen den Schwingen. Es gab nicht viele Vampire, die den uralten Gesetzen gehorchten und es schafften, die Gestalt der Fledermaus anzunehmen.

Bei Mallmann war es der Fall!

Nur so konnte er der mörderischen Sense des Schwarzen Tods entkommen. Er musste geschickter sein als das durch die Luft fliegende Skelett, das ihn verfolgte.

Justine war Suko gefolgt. Sie stand direkt neben ihm. Ein Stöhnen konnte sie nicht unterdrücken, als sie nach oben schaute und sich die Verfolgung am Himmel zitternd mit ansah.

Der Bereich über ihnen war plötzlich zu einer Bühne geworden, auf der sich das Drama abspielte. Der Schwarze Tod hatte sich auf den einen Gegner konzentriert. Er versuchte, die Fledermaus einzuholen. Er jagte hinter ihr her, aber Mallmann war geschickt. Er schien auch am Hinterkopf Augen zu haben, denn immer wieder entging er den schnellen Schlägen der Sense.

Manchmal nur so haarscharf, dass Justine Cavallo aufschrie. Die Hände hatte sie zu Fäusten zusammengedrückt. Das Schauspiel über den beiden Zuschauern ließ sie vorerst nicht mehr los. Wenn es dem Schwarzen Tod gelang, Mallmann zu vernichten, dann war auch ihre Existenz bedroht.

»Er will sein erstes Zeichen setzen, Justine!«, sagte Suko.

»Und weiter?«

»Danach sind wir an der Reihe!«

Plötzlich konnte sie lachen. »Keine Sorge, Will wird es schaffen. Er ist schnell und geschickt. Der Schwarze Tod kann ihn nicht vernichten. Er wird Hilfe bekommen und ...«

»Von wem?«, fragte Suko

»Es gibt genügend Helfer, die uns zur Seite stehen. Wir haben sie in der Vampirwelt gesammelt. Das weißt du selbst.«

»Mach dich nicht lächerlich, Justine. Der Schwarze Tod hat schon mal eine Armee von Vampiren vernichtet, deren Chef Myxin, der Magier, war. Nein, nein, da kannst du zwei Armeen losschicken. Er wird sie mit seiner Sense wegfegen.«

Justine, die sonst immer ein Gegenargument zur Hand hatte, blieb in diesem Fall sehr still. Sie wollte weiterhin sehen, wer von den beiden Gestalten letztendlich siegte.

Noch war nichts entschieden. Beide jagten sich gegenseitig. So sah es zumindest aus. Weil er die schwere Sense in beiden Klauen hielt, war der Schwarze Tod in seinen Aktionen leicht behindert. Er setzte sie auch immer wieder ein, und wenn er das Ziel dabei verfehlte, verging Zeit, in der er sich wieder neu auf das veränderte Ziel einstellen musste.

Das war Mallmanns Chance, die er auch ausnutzte. Wer

den Kampf verfolgte und genau hinschaute, der sah auch, dass sich der Abstand der beiden zum Erdboden immer mehr vergrößerte.

Auf diese Weise versuchte Mallmann, den Verfolger loszuwerden, und alles deutete auf ein Unentschieden hin.

»Ich denke, er wird es schaffen«, murmelte Suko. »Zumindest hat er ihn abgelenkt.«

Justine hatte ihn trotzdem verstanden. »Was bedeutet das für uns?«

»Für dich kann ich nicht sprechen. Mir geht es noch immer um John Sinclair.«

Die Blutsaugerin lachte schrill in Sukos Ohr. »Rechnest du noch immer damit, dass du ihn wiedersiehst?«, höhnte sie. »Nein, er wurde geholt. Damit hat der Schwarze Tod seinen ersten Sieg errungen. Sinclair steckt in einer Hölle, aus der es keinen Weg nach draußen mehr gibt. Die Welt der verlorenen Engel wird ihn nicht mehr freigeben. Alles das, was ihr bisher getan und geleistet habt, könnt ihr vergessen, denn der Schwarze Tod ist der große Sieger. Ein John Sinclair jedenfalls wird ihn nicht mehr stoppen können.«

Suko hatten diese Worte getroffen. Er drehte sich um und schaute Justine in die Augen. »Das mag aus deiner Sicht so sein«, flüsterte er ihr zu. »Aber ich weiß es besser. Ich kenne John. Ich weiß, dass er in der Lage ist, Unmögliches möglich zu machen. Solange ich nicht vor seiner Leiche stehe, ist er für mich nicht tot.«

»Dein Problem.«

»Und wie sieht deines aus?«

Sie grinste scharf. »Auch ich ziehe mich zurück, aber ich werde immer da sein, verstehst du?«

»Okay, halten wir es so. Dann kannst du Mallmann einen schönen Gruß von mir bestellen, falls er noch existiert und die Vampirwelt so aussieht, wie du sie verlassen hast.«

»Das wird sie!«, keifte Justine. Es sah so aus, als wollte sie Suko anspringen, um ihre Zähne in seinen Hals zu schlagen. Für einen Moment rechnete er mit einem Kampf, erwartete die Entscheidung, aber die blonde Bestie wollte nicht.

Sie fuhr auf dem Absatz herum.

»Wir sehen uns, Suko!«, schrie sie, rannte weg und verschwand in der Dunkelheit …

Ich war noch da. Es gab mich noch. Aber nicht mehr in meiner normalen Welt, in die ich hineinschaute. Ich selbst kam mir vor wie in einem gläsernen Käfig gefangen, den jemand irgendwohin geschoben hatte. Ich schaute nach vorn, und ich spürte zugleich den Druck der Hand auf meiner Schulter, denn Namtar hatte mich nicht verlassen.

Ich erlebte auch Sukos verzweifeltes Bemühen, mich aus dieser Zone hervorzuholen. Es war vergebens. Selbst durch das Einsetzen seines Stabs hatte er nichts erreichen können. Ich hatte erleben müssen, dass es leider auch für uns Grenzen gab. Da wuchsen keine Bäume in den Himmel. Die andere Seite war einfach stärker gewesen.

Der Druck der Hand hatte mich irgendwie steif werden lassen. Es konnte auch an meinem Schock liegen, der dafür sorgte, dass ich nicht in der Lage war, mich zu bewegen. Ich stand auf der Stelle wie eine Statue, schaute nach vorn, sah Suko, Dracula II und auch Justine Cavallo, aber ich war nicht in der Lage, mit ihnen Kontakt aufzunehmen.

Ich atmete durch die Nase. Ich konnte Luft holen. Es gab keinen Unterschied zu der, die ich in meiner Welt erlebte, und mich durchfuhr mehrmals die Bezeichnung »Welt der verlorenen Engel«.

Das war es. Man hatte mich auf eine rätselhafte Art und

Weise in diese Welt oder Dimension entführt. Neu war es für mich nicht, denn ich war es gewohnt, Zeitreisen zu unternehmen, auch Reisen in andere Dimensionen, die es neben der unseren tatsächlich noch gab. Im Laufe der Jahre hatte ich die verschiedensten kennen gelernt und wusste, dass zwischen dem Diesseits und dem Jenseits noch zahlreiche andere Reiche existierten.

Aber diesmal war es anders. Ich steckte in einer Welt fest, die nicht düster und grausam war, obwohl sie von den verlorenen Engeln geschaffen worden war. Man konnte sie als etwas Besonderes ansehen. Möglicherweise als eine Heimat und zugleich als einen Traum, den sich diese Engel erfüllt hatten. Hier war es ihnen gelungen, ihre Sehnsüchte in die Tat umzusetzen, und so hatten sie sich eine Parallelwelt geschaffen. Für mich konnte das nur heißen, dass diese andere Dimension eben so aussehen musste wie die mir bekannte Erde.

Es waren verrückte Gedanken, doch wie so oft musste ich auch hier erleben, dass die Grenzen der Logik und des Messbaren gesprengt wurden. Ich hatte mich einfach damit abzufinden.

In dieser Welt war die Seele des Schwarzen Tods geschleudert worden, und ich ging schon jetzt davon aus, dass es nicht die einzige Seele eines meiner Feinde war. Es konnte durchaus sein, dass ich mehr von ihnen traf, von denen ich geglaubt hatte, dass sie vernichtet waren, und die nun alle Chancen besaßen, sich an mir zu rächen.

Namtar kicherte. Da reagierte er schon menschlich. Das Geräusch klang sehr schrill und störte mich. Es endete schließlich in einer Frage, die er mir stellte.

»Was, glaubst du, wird geschehen, wenn der Schwarze Tod erscheint?«

»Er ist noch nicht zu sehen!«

»Ha, ha, aber bald. Ich habe alles vorbereitet. Schau genau hin, dann wirst du es erleben.«

Er behielt Recht. Ich konnte zurück in meine Welt schauen, umgekehrt war das nicht der Fall. Denn wäre es so gewesen, dann hätte mein Freund Suko anders reagiert. Jetzt aber machte er den Eindruck eines Menschen, der sich darüber klar war, dass er verloren hatte. Er schaute zwar in die Richtung, in der ich verschwunden war, doch sein Verhalten hatte sich geändert. Er nahm mich nicht mehr wahr. Das erkannte ich an seinen Gesten und seinem Gesichtsausdruck.

Die Dämmerung schritt sehr schnell fort. Sie war der ideale Begleiter für eine Szenerie, wie sie sich der Schwarze Tod nur wünschen konnte. Düster und bedrohlich. Auch Suko und seine Begleiter nahmen dies hin, und sie hatten sich mit meiner Entführung abgefunden. Das mussten sie auch, denn sie konnten nicht untätig bleiben.

Noch war der Schwarze Tod nicht erschienen, aber er würde nicht lange warten, das stand für mich fest. Ich konnte Suko beobachten, und der tat das einzig Richtige. Er wollte den Schwarzen Tod zu Gesicht bekommen und verschwand in der Hütte.

Auch Namtar hatte ihn beobachtet. »Er wird ihn sehen, Sinclair. Er wird ihn erleben, und dann wird er seine Niederlage eingestehen müssen.«

Dazu musste ich keinen Kommentar geben, denn ich sah selbst, was passierte.

In der folgenden Zeit hätte ich schreien, weinen und durchdrehen können, weil ich die Rückkehr des Schwarzen Tods ebenfalls erlebte. Es hatte sich nichts verändert. Das schwarze Skelett sah noch so aus, wie ich es kannte, auch die Wolke, in die es sich hin und wieder einhüllte, war die gleiche geblieben.

Als ich die scharfe Sense sah, hatte ich das Gefühl, dass sie mir über den Rücken schnitt, und der unheimliche Dämon blähte sich immer weiter auf, bis er zu einer gewaltigen Gestalt wurde, die über dem kleinen Haus eingepackt in eine Wolke schwebte.

Drei standen gegen ihn.

Ein Mensch und zwei Vampire!

Über diese Gegner würde er nur lachen. Er konnte sie sich packen und vernichten, und auch Suko hatte meiner Meinung nach keine Chancen mehr. Er war jemand, auf den man sich hundertprozentig verlassen konnte. Ob er allerdings die richtigen Waffen besaß, um den Schwarzen Tod in die Schranken zu weisen, war mehr als fraglich.

Der Dämon kam und griff an.

Er hielt sich nicht lange auf und eröffnete den mörderischen Tanz. Ich sah noch, dass Suko Deckung suchte, sie auch außen am Haus fand, was natürlich keine Sicherheit für ihn war.

Erst jetzt wurde mir richtig bewusst, in welch einer Lage ich mich befand. Ich konnte mich anstrengen, wie ich wollte, die andere Welt hielt mich gefangen, und da stand noch Namtar neben mir, der mich plötzlich zurückzog. Zugleich stellte ich fest, dass sich meine Welt, aus der ich stammte, allmählich auflöste.

Jemand schien mit gewaltigen Pranken alles aus ihr zu entfernen und schob dann die Dunkelheit darüber hin wie einen gewaltigen Sack.

Es war vorbei!

Keine Sicht mehr, und ich wusste nicht, ob es Suko gelungen war, dem Schwarzen Tod und seiner Sense zu entkommen.

Namtar meldete sich wieder. Er sprach leise, aber durchaus verständlich.

»Der Schwarze Tod wird hierher, in diese Welt, zurückkehren und sich um dich kümmern, denn er hat nichts, aber auch gar nichts vergessen, John Sinclair …«

Ich blockte ab. Ich wollte nichts mehr hören und gab deshalb auch keine Antwort. Es war genug gesagt worden, auf Versprechungen wie diese konnte ich verzichten, und ich tat das, was ich immer bei derartigen Gelegenheiten unternahm. Gewisse Aussichten auf eine Zukunft schob ich zurück und kümmerte mich um mich selbst.

Steckte ich tatsächlich in einer Welt, die ich kannte? Die identisch war mit meiner? Nur eben geschaffen von Engeln, die irgendwann mal verflucht worden waren und sich nach so etwas wie einer Heimat sehnten?

Mit hundertprozentiger Sicherheit wusste ich es nicht. Da man mir allerdings nichts anderes gesagt hatte, ging ich zunächst mal davon aus. Ich war es zudem gewohnt, mich mit bestimmten Situationen abzufinden, auch wenn sie außerhalb des normalen menschlichen Daseins lagen. Irgendwann fand ich mich auch in diesen extremen Lagen zurecht. Das hatte ich oft genug unter Beweis stellen müssen.

Positives Denken, auch in extremen Situationen. So hielt ich es auch hier, und allmählich kehrte mein Optimismus zurück, denn etwas hatte ich nicht vergessen, das ungemein wichtig war.

Ich lebte noch!

Solange ich lebte, würde ich auch nicht aufgeben, das stand fest. Hätte ich anders gedacht, wäre ich nicht mehr am Leben, das gestand ich mir ehrlich ein.

Ich musste davon ausgehen, dass es eine Welt voller Gefahren war, in der ich mich befand. Nur waren die nicht zu sehen. Im Moment sah ich nichts, denn das Tor hatte sich geschlossen. Was mir blieb, war Namtar. Er stand in meiner

Nähe, und beide wirkten wir wie allein auf weiter Flur und auch irgendwie verloren.

Namtar hatte sich äußerlich nicht verändert. Ich stellte allerdings fest, dass er sehr zufrieden wirkte. Das sah ich einfach seiner Haltung an. Er schaute mich an wie ein Herr seinen Sklaven. Auch sein Körper war weiterhin geteilt.

Links die dunkle Seite, rechts die helle!

Mal Mensch und mal …?

Genau wusste ich es nicht. Ich tippte einfach auf einen Dämon oder einen gefallenen Engel. Für mich war er kein Kunstgeschöpf im eigentlichen Sinne, er war in seiner Gestalt eigentlich alles, was es auf der Welt gab.

Er zeigte den Dualismus. Auf der einen Seite das Positive, auf der anderen das Negative.

Gut und Böse. Licht und Schatten. So war die Welt. So war sie immer gewesen. Als Mensch musste man nur versuchen, ein Gleichgewicht zu finden und keinesfalls auf die Seite des Bösen abzukippen.

Dass ich mit ihm noch meinen Spaß bekommen würde, stand fest. Der Schwarze Tod war befreit. Er musste sich um andere Gegner kümmern, doch er würde so schnell wie möglich in meiner Nähe erscheinen, wenn er seine ersten Erfolge erzielt hatte.

»Wo befindet sie sich?«, fragte ich.

Namtar lachte. »Du meinst die Welt, in der wir uns hier befinden.«

»Genau.«

»Du stehst darin.«

»Aber ich sehe nichts.«

»Keine Sorge, ich werde dir die Augen öffnen. Ich wollte dich nur nicht schocken und alles der Reihe nach in Bewegung setzen. Ich bin gespannt, wie dir die zweite Welt gefällt.«

Namtar ging zur Seite. Er hob die Arme an, wirkte in diesen Augenblicken wie ein Guru, der alles unter seine Kontrolle gebracht hatte. Ich merkte, dass sich in meiner Nähe etwas veränderte, und es war fast unglaublich.

Unsichtbare, aber gewaltige Hände schienen aus dem Dunkel hervor etwas aufzubauen. Es entstand die Umgebung, die ich aus London kannte. Ich befand mich in meiner Stadt. Ich sah den Verkehr um mich herum. Er umbrauste mich, ohne dass ich einen Laut vernahm. Ich fand mich zudem an einer exponierten Stelle wieder. Es war der Piccadilly Circus. Der Kreisverkehr umrollte mich. Es war ein immer währendes Fließen, aber es war trotzdem anders als in der Wirklichkeit.

Denn ich hörte nichts.

Alles lief lautlos ab. Auch sah ich die Vorgänge nicht so klar, sondern verschwommen. Vor jeden Gegenstand hatte sich ein leichter Nebelschleier gelegt, und ich startete den Versuch, die Straße zu überqueren. Ich ging einfach los. Tauben umflogen mich dabei, aber es gab für mich keine Probleme, die Autos zu kreuzen. Einige Male zuckte ich, weil ich zurückspringen wollte. Dann begriff ich, dass ich dies nicht brauchte, denn es fuhr kein Wagen gegen mich.

Waren die Autos feinstofflich? Oder war ich es?

Eine Antwort konnte ich nicht geben. Noch nicht. Aber ich dachte beim Überqueren der Straße nach, und als ich vor einer mit Reklame übersäten Hausfassade stehen blieb und zurückschaute, da klärte sich mein Kopf allmählich.

Ich sprach aus, was ich dachte, und meine Worte waren an Namtar gerichtet. »Du hast es nicht geschafft. Das spüre ich. Dies hier ist keine Welt, wie ich sie kenne. Sie ist zwar vorhanden, aber sehr weit weg. Sie ist nicht zu fassen. Sie läuft an mir ebenso vorbei wie an dir. Du kannst dich nicht einmischen, du kannst sie nicht verändern. Du kannst sie sehen, du kannst davon träumen, aber eine volle Manipulation ist dir nicht möglich. Und das ist auch gut so. Auch dir sind Grenzen gesetzt, Namtar. Jedem Dämon sind irgendwo Grenzen gesetzt. Das ist es, was uns Menschen einen Vorteil bringt. Ihr könnt euch nicht alle Wünsche erfüllen. Die Welt der verlorenen Engel bleibt verloren.«

Namtar schüttelte den Kopf. »Ich zeige dir alles, wenn du willst. Ich kann es dir beweisen. Ich kann dich überall hinführen. Ich kann dir alles zeigen und beweisen. Das Eis, die Wüste, die Städte, die Menschen. Fremde und Freunde. Du kannst dich hier bewegen wie in deiner Welt, Sinclair. Geh über die Straßen, geh zu deinen Freunden. Sag ihnen Guten Tag. Schau, was sie machen und …«

»Hör auf!«, fuhr ich ihm in die Parade. »So läuft das nicht, Namtar. Du hast hier keine Parallelwelt aufgebaut. Es ist nicht alles gleich. Wenn das so wäre, dann würde ich mir selbst begegnen. Dann müsste es alles, was ich kenne, auch hier geben. Meine Freunde, meine Wohnung, mein weiteres Umfeld, einfach alles. Aber das stimmt nicht. Es ist ein Wunschtraum von dir. Ich gehe davon aus, dass du mal versucht hast, eine Parallelwelt zu erschaffen, das aber ist dir nicht gelungen, denn die Kräfte eines verlorenen Engels sind nicht so stark. Du hast wohl die Grenze zwischen den beiden Welten geöffnet, sodass ich annehmen muss, vor einem riesigen Fenster zu stehen, aber mehr ist nicht passiert. Deine Träume schmelzen zusammen, du kommst nicht weiter, denn es gibt eine Kraft, die euch Engeln, oder wer auch immer ihr seid, schon mal eine Grenze aufgezeigt hat. So wird dein Traum ein Traum bleiben. Dass ihr euch zwischen den Welten bewegen könnt, ist ein Phänomen, aber ihr seid damals in die tiefsten Abgründe der Finsternis gestoßen worden, als ihr am Thron des Allmächtigen gerüttelt habt, und die Folgen davon haben für alle Ewigkeiten Bestand. Nur so kannst du es sehen, mein Freund.«

Ich freute mich über meine eigene Rede. Ich hatte sie auch nur halten können, weil ich innerlich lockerer geworden war. Man musste sich eben mit gewissen Dingen abfinden, und genau das war mir wunderbar gelungen. Wenn ich Namtar gegenüber Schwäche zeigte, war ich verloren. So aber merkte er, dass er es mit mir nicht leicht haben würde.

Er ging hin und her.

Wie ein Gespenst schritt er durch London, in dem die Lichter in zahlreichen Farben funkelten. Er war nur zweiter Sieger, und das musste er endlich einsehen.

Genau das wollte er nicht. »Man soll die Macht des Anderen nicht unterschätzen. Schau dich um. Es gehört alles mir und meinen Freunden. Und ich habe es geschafft, die Seele des Schwarzen Tods hierher zu holen. Hier hat er seine Helfer gefunden, und hier haben wir bis zu einem bestimmten Zeitpunkt gewartet, um ihn zu erwecken. Sehr lange haben wir nach einer Möglichkeit gesucht, aber jetzt ist er wieder da. In deiner Welt, in der echten. Er kann mit den Zeiten spielen. Er wird seine Zeichen setzen und Widerstände aus dem Weg räumen. Er muss und er wird sich wieder zum großen Herrscher aufschwingen. Es gibt keinen anderen König mehr als den Schwarzen Tod. Das ist so geschehen, und damit musst du dich abfinden. Die verlorenen Engel haben ihn geholt, denn er sollte mit seiner Seele nicht das Reich des Spuks vergrößern. Wir wussten, dass es irgendwann zu einer Rückkehr kommen wird, um alte Zeiten wieder erstehen zu lassen. Und irgendwann werden all die Welten zusammenwachsen und dann unter seiner Herrschaft stehen. So haben wir es vorgesehen.«

»Wir oder du?«

»Wir!«

»Wo sind sie denn, deine Freunde?«

Namtar lächelte mich an. Sein Gesicht bekam dabei einen

schon seltsamen Ausdruck. Er streckte mir die Hände entgegen, blieb auch nicht mehr stehen, und ich sah ihn für einen Moment leicht durchscheinend werden, als wollte er sich auflösen.

Das irritierte mich schon, denn um mich herum passierte wieder diese Veränderung.

Jetzt verschwand meine Stadt. Eine andere Schicht war darüber geschoben worden. Eine gewaltige Wand, sehr breit, auch rund und düster zugleich. Hier hatten sich innerhalb dieser Welt Dimensionen verschoben, und ich erhielt Einblick in einen anderen Teil.

Bisher hatte Namtar nur von seinen Freunden gesprochen. Jetzt zeigte er mir die gesamte Wahrheit, und tatsächlich sah ich die verlorenen Engel in meiner Umgebung…

Schon wieder überkam mich der Eindruck, einen bösen Traum zu erleben. War dies das wahre Gesicht dieser Welt?

Ich musste davon ausgehen. Es konnte der Urzustand sein, denn um mich herum herrschte die Düsternis einer Welt, wie ich sie noch nie in meinem Leben gesehen hatte.

Es konnte der Blick in die Hölle sein. In einen Teil der Hölle oder was der Mensch als Hölle ansah. Schaurige Gestalten hingen in einer gewaltigen Höhle an den Wänden und an der Decke.

Sie sahen aus wie Marmorfiguren, die man in ein dunkles Gestein hineingedrückt hatte. Aber es war nicht finster. Von irgendwoher erreichte mich ein Lichtschein, wobei es kein helles Licht war.

Gab es dunkles Licht?

In diesem Fall schon. Es war kalt, es war grau. Es verteilte sich wie ein großer Schleier, und als sich meine Augen an die Umgebung gewöhnt hatten, war ich in der Lage, Einzelheiten zu erkennen.

Keine der Gestalten bewegten sich. Sie hingen fest, aber sie alle hielten ihre Augen offen und schauten auf einen bestimmten Punkt der Höhle.

Es war die Mitte, und es war genau die Stelle, an der ich stand. Sie hielten mich unter Kontrolle. Von oben und von den Seiten her glotzten mich ihre Augen an.

Beim ersten Hinsehen hätte man sie für Heiligenfiguren halten können. Tatsächlich aber waren sie das genaue Gegenteil davon. Verlorene Engel, die gern zu Heiligen geworden wären, jetzt aber der bösen Macht gehorchten. Der des Satans, des obersten bösen Engels überhaupt.

Luzifer!

Als ich daran dachte, rann mir ein Schauer über den Rücken. Ich fühlte mich zugleich hilflos und verloren, denn jetzt begriff ich, dass ich mich in seiner direkten Nähe aufhielt. In der Nähe Luzifers.

Tief holte ich Luft. Über meinen Rücken jagten die Schauer so schnell, als wollten sie sich gegenseitig einholen. Meine rechte Hand rutschte unwillkürlich in die Tasche und betastete das Kreuz, das keine Wärme abgab.

Im Gegenteil. Es war kalt geworden. Man zeigte mir, dass das Zeichen dieses Sieges hier nichts verloren hatte. Es waren archaische Zeiten gewesen, als diese Welt entstanden war.

Maler hatten zu allen Zeiten immer wieder versucht, den Kampf zwischen Gut und Böse für die Nachwelt zu hinterlassen. Sie hatten sich die grausamsten Szenarien ausgedacht. Sie hatten den Teufel gemalt und dazu seine Helfer. Schreckliche Kreaturen, wie sie nur die schlimmen Fantasien eines kreativen Menschen schaffen konnten.

Nichts davon traf hier zu.

Ich sah mich umringt von steinern wirkenden Gestalten mit Körpern, die sich nicht bewegten. Die Höhle war zu einem Versammlungsort der Toten geworden. So zumindest sah es im ersten Moment aus. Genau das stimmte nicht. Ich wollte es nicht akzeptieren, weil ich einfach nicht daran glaubte, dass man mich hergebracht hatte, nur um irgendwelche steinernen Gestalten zu sehen.

Ich ließ meine Finger noch mal über das Kreuz rutschen. Wieder wunderte ich mich über die Kälte, die so unnatürlich war, aber zugleich fiel mir etwas anderes auf.

Es gab die Kälte auch in meiner Umgebung. Sie ließ mich frieren. Eine besondere Art des Frostes, der mich auch innen erreichte.

Meine Seele fror!

Es war schwer zu erklären, aber ich fühlte mich so. Es lag an der Umgebung, doch nicht allein an Namtar und an den Figuren. Es gab noch einen anderen Grund für diese Kälte.

Ich wusste von ihm. Ich erlebte ihn nicht zum ersten Mal. Es kam nur selten vor, dann jedoch hatte es mich immer mit voller Wucht getroffen.

Die Kälte des Luzifer!

Ja, das war die Kälte der Hölle oder des Bösen, um es populärer auszudrücken. Es war die Kälte einer völlig gefühllosen Zeit, in der es weder Wärme, Liebe noch Menschlichkeit gab. Diese Kälte kann einen Menschen fertig machen. Sie bedrückt ihn. Sie nimmt ihm den Atem. Sie raubt ihm den Verstand. Sie ist das Grauen und die Hoffnungslosigkeit zugleich. Sie ist nicht zu sehen. Man kann sie nicht anfassen, aber man kann sie fühlen, und man merkte, wenn sie einen übernimmt.

Mir erging es nicht anders. Ich besaß keinen Schutz mehr. Auf das Kreuz konnte ich mich nicht mehr verlassen. In dieser seelischen Einöde fühlte ich mich wie eine Kreatur, der man nicht die geringste Chance gelassen hatte.

Und die Kälte übernahm mich. In mir spürte ich das Gefühl einer bedrückenden Leere, und genau das machte es schlimm. Diese Kälte schaffte es tatsächlich, mir die Hoffnung zu nehmen, und so wurde ich traurig, depressiv und steckte voller Angst.

Luzifer selbst hatte ich nicht gesehen. Sein kaltes Gesicht hatte sich noch nicht gezeigt, aber er hatte seine Vorboten geschickt, um mich, den kleinen Menschen, zu einem Wurm zu degradieren. Er wollte mir seine Macht beweisen, um den Geisterjäger John Sinclair in ein Häufchen Elend zu verwandeln.

Ich kämpfte damit, auf den Beinen zu bleiben. Etwas ungemein Schweres drückte gegen meinen Körper. Ich konnte nicht stehen und nicht gehen, es war zu anstrengend für mich.

Namtar stand da und schaute zu. Er brauchte nichts zu tun. Das Grauen in dieser Welt machte mich von allein fertig.

»Spürst du es, Sinclair? Spürst du, wie es ist, wenn man sich als Mensch in der Welt der verlorenen Engel aufhält und sich dem Schutz des Luzifer übergeben hat?«

Ich war schwach, sehr schwach sogar. Trotzdem spürte ich in mir den Widerstand. Ich wollte einfach nicht aufgeben. Ich hatte es noch nie zuvor getan. Ich hasste die Schwäche, und diesmal musste ich meine eigene hassen.

»Er wird nicht gewinnen!«, keuchte ich. »Er kann es nicht. Er ist einmal geschlagen worden. Der Erzengel hatte den Drachen vernichtet. Er hat ihn in den Staub getreten und Luzifer in die ewige Verdammnis geschickt. Und was ewig ist, das bleibt auch ewig ...«

Die letzten Worte zu sprechen war mir immer schwerer gefallen. Zu groß wurde der Druck in meinem Innern. Er schien mich zusammenpressen zu wollen. Er war so grausam und böse, und immer mehr Hoffnung wurde mir genommen.

»Du hast vom Staub gesprochen«, hörte ich Namtar sagen. »Das hat mir gefallen, denn damit hast du dein Schicksal bereits vorgezeichnet. Auch du wirst in den Staub fallen und zu einer Beute unserer Welt werden. So haben wir uns dein Sterben vorgestellt. Du bist schon dabei, die seelische Folter zu erleben. Alles, an was du bisher gedacht hast, wird aus deiner zukünftigen Welt verschwunden sein. Es wird dich vielleicht noch geben, aber du bist dann zu einem anderen geworden, denn hier trifft dich die Kraft der verlorenen Engel. Wir haben die Hindernisse überwunden. Ich konnte beweisen, wie man es schafft, indem ich den Schwarzen Tod wieder auferstehen ließ. Luzifer persönlich hat sich seine Seele geholt, die er nun freigab. Er hat hier ausgehalten, wo du dich befindest und nun zu spüren bekommst, wie stark das Böse ist. Es hat schon viele Siege errungen, und es wird auch dich besiegen, John Sinclair …«

Ich hatte genau zugehört. Meine Ohren schienen ausgespritzt worden zu sein, so deutlich vernahm ich die kalte Stimme des Todesdämons. Er triumphierte, während ich immer weiter in die Knie sank und mich auch nicht mehr aufrichten konnte.

Diese seelisch so kalte und grausame Welt hatte mir den Widerstandswillen und die Kraft genommen. Ich befand mich in einem Gefängnis ohne Mauern und spürte nicht mal den Schmerz, als ich mit den Knien zuerst aufprallte.

Jetzt hatte Namtar mich dort, wo er mich hatte haben wollen. Für eine Weile hielt ich den Kopf gesenkt wie jemand, der sich erholen muss. Nur erholte ich mich nicht. Die Kraft der anderen Seite war einfach zu stark. Sie drängte immer tiefer in mich hinein, und sie raubte mir das Menschliche. Man nahm mir alles weg, was mir bisher lieb und teuer gewesen war.

Die Hoffnung, die Freude, das Vertrauen, die Liebe – eben all das, was den Menschen von seinen inneren Werten her so kostbar und auch einzigartig macht.

Mir wurde es entzogen. Und so blieb nur das Gegenteil von dem. Die Leere und Hoffnungslosigkeit. Die Angst und das große Zittern vor einer Zukunft, die für mich wahrscheinlich keinen Bestand mehr hatte.

Tränen rannen über mein Gesicht.

Ich war nicht in der Lage, sie zurückzuhalten. Irgendwie musste sich das Gefühl freie Bahn verschaffen. Ich war dessen beraubt worden, was einen Menschen ausmacht. Zurück blieb eine unendliche Traurigkeit in dieser kalten Welt.

Mein Blick blieb weiterhin auf den Boden gerichtet. Ich sah ihn und nahm ihn trotzdem nicht wahr. Dafür hörte ich wieder die Stimme des Todesboten.

»Schau mich an, Sinclair, und sieh dich um!«

Ich hatte nicht vor, ihm zu gehorchen, doch ich war nicht in der Lage, Widerstand zu leisten. Ich musste mich selbst loslassen und dem gehorchen, was hier das Sagen hatte.

War mein Nacken aus Stein?

Ich hatte beinahe das Gefühl, denn es fiel mir so schwer, den Kopf anzuheben. Ich stöhnte auf, fühlte mich noch stärker gedemütigt, und dann hatte ich es geschafft.

Ich sah ihn an.

Aber ich kniete vor ihm!

Ich, John Sinclair, musste vor Namtar, dem Boten des Todes knien, ohne etwas unternehmen zu können. Ich war nicht gefesselt. Trotzdem fühlte ich mich wie von starken Fesseln umgeben, auch wenn sie unsichtbar waren.

Namtar hatte sich nicht verändert. Er blieb das, was er war. Aber die Umgebung zeigte ein anderes Gesicht. Zuerst glaubte ich, mich getäuscht zu haben, dann jedoch schaute ich genauer hin und erkannte, dass es der Wahrheit entsprach.

Es waren keine Figuren aus Stein an den Wänden und an der Decke. Jetzt sah ich, dass sie lebten. Sie bewegten ihre

Augen, sie rollten sie, und von innen her erhielten sie einen für mich erschreckenden Glanz. In ihnen steckte der Geist des Luzifer, des schrecklichsten aller Engel, das absolut Böse überhaupt. Es gab keine Steigerung mehr. Er war das große Grauen, das Übel der Menschheit, und genau das strahlten die Augen in ihrem eisig kalten Licht ab.

Bisher hatte ich gedacht, noch eine Chance zu haben. Nun glaubte ich nicht mehr daran.

Hölle, wo ist dein Stachel?, heißt es.

Diese Worte waren im Zeichen des Sieges gesprochen worden. Ich aber spürte ihn in mich eindringen …

Der Schwarze Tod jagte den Blutsauger Dracula II!
Es war nicht zu fassen. Schon allein von der Tatsache her, dass Mallmann von einer noch schrecklicheren Kreatur gejagt wurde, war es unfassbar. Hinzu kam, dass es diese beiden Gestalten eigentlich nicht geben konnte oder durfte. Sie waren wie aus einem Horror-Szenario entsprungen, aber es gab sie trotzdem.

Beide fegten über den Londoner Himmel!

Ihnen kam die Dunkelheit zugute. Und überhaupt waren die Menschen, die in der Stadt lebten, mit anderen Dingen beschäftigt, als ihre Blicke dem Nachthimmel entgegenzuschicken, und so hatten die beiden Geschöpfe der Hölle freie Bahn.

Es gab keine Piloten, die den Kampf gesehen hatten. Die Dunkelheit verschluckte alles, aber für die beiden Feinde war sie nicht existent, sie konnten auch ohne Licht sehen.

Wie ein Sturmwind war der Schwarze Tod in die Wolken hineingerast. Er suchte den breiten Schatten der Fledermaus. Seine Sense hielt er mit beiden Klauen umklammert. So hart, dass man meinen konnte, die Knochen würden brechen.

Das blanke Metall schimmerte wie ein Spiegel, und wenn der Schwarze Tod seine Waffe bewegte, sah es aus, als wollte er die Wolken in seinem Weg zerteilen.

Er war der Jäger, Mallmann war der Gejagte!

Er, der Supervampir, der gegen Silberkugeln gefeit war, der sich immer auf der Siegerstraße gesehen hatte, dem es gelungen war, eine eigene Vampirwelt aufzubauen, musste plötzlich zugeben, dass seine Chancen sanken. Es würde ihm schwer fallen, hier zu entkommen. Sosehr er sich auch anstrengte, je raffinierter und stärker die Kapriolen waren, die er schlug, er schaffte es einfach nicht, den Verfolger abzuschütteln, der ihm auf den Fersen blieb.

Mallmann hörte ihn.

Immer wieder drang das Fauchen an seine Ohren, wenn das riesige Skelett in seine Nähe geriet. Er wusste, dass der Schwarze Tod seine Sense einsetzte, und wenn er nahe genug war, würde er es schaffen, ihn mit einem Schlag in zwei Hälften zu teilen, denn auch ein Dracula II war nicht unbesiegbar.

Mallmann versuchte auszuweichen. Er tauchte ab, er flog Spiralen und Kreise, er fügte überraschende Wenden ein, stieß mal senkrecht in die Höhe, drehte sich dort und hatte sich etwas Luft verschafft, weil der Schwarze Tod sich erst neu orientieren musste.

Aber er blieb dem Vampir auf der Spur.

Diesmal kam er von unten. Mallmann schaute auf ihn hinab. Er sah dieses monströse, schwarze und leicht glänzende Skelett, das seine mörderische Sense schwang und noch immer seine Schläge einübte. Und ihm wurde in diesen Augenblicken bewusst, dass er mit seinem mächtigen Vampirkörper ein viel zu großes Ziel bot, das auch in der Dunkelheit nicht übersehen werden konnte.

Wieder jagte er los. Wolkenfetzen umspielten ihn. Die Lichter der Stadt schickten ihren Widerschein nicht bis in diese Höhe hoch. Das Monster-Skelett hatte seine Sense gedreht, denn es wollte seinen Gegner von unten nach oben aufschlitzen.

Mallmann wusste zu diesem Zeitpunkt, dass er ihm noch

mal entkommen konnte. Er schlug wild mit den Schwingen, denn diese Zeit nahm er sich, und während er dem Schwarzen Tod auswich, überschlugen sich in seinem Kopf die Gedanken, wobei er sich auch vom Fauchen der verdammten Sense nicht stören ließ.

Sie fegte an ihm vorbei, während er dem Boden entgegenflog. Er wusste, dass er eine zu große Angriffsfläche bot. Er konnte dem Feind nicht ewig entrinnen, und deshalb musste sich daran etwas ändern.

Noch während er durch die Wolken glitt, dachte er an die Verwandlung. In der Gestalt eines Menschen besaß er womöglich mehr Chancen, wobei Will Mallmann auch an seine eigenen Kräfte dachte, die weit über die eines Menschen hinausgingen.

Letzte Wolkenreste umfegten ihn. Wenig später war der Blick auf London frei. Ein Mensch hätte sich über das nächtliche Panorama gefreut, bei ihm war das anders. Er nahm es nicht wahr, denn er suchte nach einem Platz, der dunkel genug war, um dort zu landen.

Der Schwarze Tod saß ihm im Nacken. Was er an Geräuschen hörte, das stammte nicht von ihm selbst, sondern von diesem Skelett, das immer mehr aufholte.

Mallmann blieb keine Zeit mehr, um sich den idealen Landeplatz auszusuchen. Noch besaß er die Gestalt einer riesigen Fledermaus, doch auf dem Weg in die Tiefe begann die Rückverwandlung.

Seine Schwingen schrumpften zusammen. Das Gesicht erlebte zugleich eine Metamorphose. Die dunkle Haut zog sich zurück. Die dreieckigen Umrisse nahmen immer stärker eine ovale Form an. Seine Augen durchlebten ebenfalls eine Veränderung. Sie erhielten wieder das menschliche Aussehen, und während dieser Verwandlung hörte er dicht hinter sich ein Geräusch, das wie ein Schrei klang.

Der Vampir flog zur Seite.

Genau im richtigen Moment. Die Sense verfehlte ihn nur hautnah. Er spürte noch das Zupfen, als sie ihn berührte, doch mehr geschah nicht. Noch besaß er seine Schwingen. Die trugen ihn auch weiter, aber der Körper hatte bereits ein menschliches Aussehen angenommen. Er war gestreckt, das Gesicht ähnelte immer stärker dem des Will Mallmann. Der breite Mund war bereits entstanden, und als er ihn öffnete, schimmerten für einen Moment die spitzen Vampirzähne.

Mallmann hatte bei seinem Flug nach unten Glück. Er war nicht in die Nähe der Wohnhäuser gelangt, sondern flog über einen dunklen Park hinweg und hatte ihn Sekunden später überflogen.

Dann sah er die Wand!

Sie war breit, sie war hoch. Er hätte sie umfliegen können, aber er wusste auch, dass seine Vampirkräfte allmählich erlahmten. Die Schwingen hatten nicht mehr die Kraft, die sie hätten haben müssen, doch sie reichte noch aus, um ihn in die Höhe zu katapultieren. Niemand sah ihn, als er an der Hauswand nach oben flog. Es war die Rückwand eines Hochhauses, an der sich nur wenige Fenster abzeichneten.

Hinter ihm jagte der Schwarze Tod her. Er holte auch auf, nur war er nicht schnell genug, um seinen Feind noch vor dem Erreichen des Daches zu packen.

Mallmann schaffte es.

Er landete auf dem Dach. Er fiel hin, er überschlug sich, während sich die Flügel zurückbildeten und dabei in normale Menschenarme übergingen.

Will Mallmann war wieder zu dem geworden, was er sich gewünscht hatte. Und er musste sich dem Schwarzen Tod erneut stellen. Diesmal auf dem flachen Dach eines Hochhauses mitten in London. Es war groß, aber es war auch begrenzt. Die Flucht in seine Vampirwelt war Dracula II nicht gelungen, aber darüber wollte er jetzt nicht nachdenken. Diesmal konnte er nicht ausweichen. Er wollte es darauf ankommen lassen und erinnerte sich daran, dass es auch ein John Sinclair geschafft hatte, den Schwarzen Tod zu besiegen. Warum sollte er es dann nicht fertig bringen?

Der Blutsauger hüpfte wie ein kleines Kind über das Dach hinweg. Dabei schwang er die Arme, um herauszufinden, ob er okay war.

Er war es.

Eine schnelle Drehung.

Er schaute den Weg zurück, um zu sehen, ob der Schwarze Tod bereit war.

Ja, er war es!

Wie eine riesige mutierte Spinne kroch er über den Dachrand hinweg. Schwarze glänzende Knochen. Skelettklauen mit einer mörderischen Kraft. Ein roter, böser Glanz in den Augen, der etwas Unheimliches abstrahlte.

Das Grauen hatte hier Gestalt angenommen, und es bewegte sich weiter über das Dach hinweg.

Für den Schwarzen Tod gab es nur ein Ziel!

Die Gestalt richtete sich auf. Seine Sense schwang dabei von einer Seite zur anderen und kratzte schleifend hin und wieder über den Boden.

Mallmann sah alles sehr genau, und er machte sich auf den härtesten Fight seiner Existenz gefasst …

Sukos Gesicht sah aus, als würde es nicht ihm gehören. Auch Sir James war bleich wie nie, und Glenda Perkins versuchte erst gar nicht, etwas zu sagen. Sie fand keine tröstenden Worte für das, was geschehen war.

Jeder hing seinen Gedanken nach. Aber keiner sprach sie aus, obwohl sie das Gleiche dachten.

Sie warteten, das war alles.

Schließlich unterbrach Sir James das Schweigen. »Es hat keinen Sinn, denke ich. Diesmal müssen wir davon ausgehen, dass der Schwarze Tod gewonnen hat.«

Glenda wollte das nicht hinnehmen. »Und John Sinclair?«, zischte sie scharf.

»Er ist ein Mensch.«

»Ja, das weiß jeder.«

»Und er kann nicht immer gewinnen. Das weiß er, das wissen wir alle. Und wir müssen demnach damit rechnen, dass es uns ähnlich ergeht. Irgendwann einmal ...«

»Also tot – oder?«

Sir James schwieg und Suko ebenfalls. Aber er wollte es nicht akzeptieren.

Er schüttelte den Kopf und ergriff schließlich wieder das Wort. »Nein, verdammt, nein. Das will ich nicht einsehen. John hat es bisher immer geschafft. Er konnte jeder fremden Dimension entkommen ...«

»Aber diese ist anders, das hast du uns selbst erzählt«, sagte Glenda leise. »Du bist dabei gewesen, und auch du hast keine Chancen gesehen, ihn zurückzuholen.«

»Das stimmt leider.« Suko hob die Schultern. »Er war so plötzlich verschwunden. Ab- oder eingetaucht in die Dimension, in der sich der Schwarze Tod so lange hat verstecken können. Das ist eine andere Liga, fürchte ich. Diesmal ...«

»Er hat es immer geschafft!«, flüsterte Glenda. »Ich kann mir nicht vorstellen, dass es diesmal anders sein soll. Du selbst hast uns gesagt, dass er noch seine Waffen besitzt. Das Kreuz und ...«

Suko hob die Augenbrauen. »Was heißt Kreuz? Es hat ihm nicht geholfen. Keiner konnte ihm helfen, auch ich nicht. Es gab einfach niemanden, der ihm zur Seite stand. Auf seine Freunde Myxin und Kara konnte er sich auch nicht verlassen.

Ich denke, dass sie nicht mal wissen, dass der Schwarze Tod wieder befreit wurde. So ist das leider. Er wird erst seiner Rache nachgehen, um sich danach um die Dinge zu kümmern, die noch aus Atlantis stammen.«

»Rache an John Sinclair!«

»Ja, Sir.« Suko musste sich die Kehle freiräuspern. »Man darf nicht vergessen, dass es John gewesen ist, der den Schwarzen Tod vernichtet hat. Was immer auch von ihm zurückblieb, vergessen hat er nichts. Er wird und will seine Rache.« Suko stand auf und ging zum Fenster. »Und er hat die nötige Unterstützung erhalten, das steht auch fest. Allein hätte er sich nie befreien können.«

»Was halten Sie von Mallmann in diesem Fall?«, fragte Sir James.

»Nicht viel. Er kocht zwar immer seine eigene Suppe und diesmal sogar mit uns zusammen, nur glaube ich nicht, dass er stark genug ist, um John zur Seite zu stehen.«

»Glauben heißt nicht wissen, Suko.«

»Denken Sie anders, Sir?«

»Ich versuche es.«

Suko sagte nichts. Er wusste, dass sein Chef es nicht hinnehmen wollte. Das wollte Suko selbst auch nicht, aber die verdammten Fakten sprachen dagegen, und daran konnte er leider nichts ändern. Er fühlte sich auch deshalb wie am Boden zerstört, weil es ihm nicht gelungen war, selbst in diese Welt einzutauchen und John beiseite zu stehen.

Der Inspektor war so in seine trüben Gedanken versunken, dass er zusammenschrak, als er das Geräusch des Handys hörte. Blitzschnell holte er es hervor. Für einen winzigen Moment durchfuhr ihn der Gedanke, dass es John sein könnte, der ihn da anrief, aber es war nicht sein Freund. Es meldete sich eine Frau.

»Hier spricht Justine!«

Suko zuckte erneut zusammen. Diesmal vor Überraschung. »Du? Verdammt, wo bist du?«

Die blonde Bestie gab darauf keine Antwort. Aber sie sagte etwas anderes, das Suko elektrisierte.

»Ich weiß, wo sich Will Mallmann aufhält. Zusammen mit dem Schwarzen Tod.«

»Wo?«

»Nicht weit und ...«

»Wo, verdammt?«

»Auf dem Dach eines Hochhauses. Caxton Street.«

»Das ist um die Ecke!«

»Sagte ich doch!«

»Du wartest?«

»Aber nicht lange.«

»Bin schon unterwegs.« Mehr sagte Suko nicht. Er ließ das Handy verschwinden und kümmerte sich nicht um die Rufe seines Chefs und die Fragen der Assistentin.

Wenn es eine Chance gab, mehr über John zu erfahren, dann von Mallmann.

Sie ließen sich Zeit. Sie belauerten sich, denn jeder wartete auf einen Fehler des anderen. Als Arena stand ihnen das gesamte Viereck des Daches zur Verfügung, über das der Wind pfiff. Für die Umgebung hatte keiner von ihnen einen Blick, und so sahen sie auch nicht, wie nahe sie dem Yard Building waren.

Der Schwarze Tod wirkte weniger mächtig als in der Luft. Noch immer war er um einiges größer als ein normaler Mensch, und auch seine Sense hatte größere Ausmaße.

Er hielt sie so gesenkt, dass sie auch weiterhin über den Boden schleifte. Schritt für Schritt bewegte sich das schwarze Skelett auf seinen Gegner zu, der nicht auswich und auch nicht nach hinten ausweichen konnte, weil er sonst über die Kante gekippt wäre.

Will Mallmann blieb nichts anderes übrig, als den Kampf durchzuziehen. Beide waren sie keine Menschen, auch wenn Mallmann jetzt wieder so aussah. Aber er lebte nicht, er existierte. Er brauchte nicht zu atmen, nichts zu essen, nur eben zu trinken, und zwar das Blut der Menschen. Ansonsten hatte er seine Stärke und gewisse Unverletzlichkeit, die er auf alle Fälle einsetzen wollte, und so war er nicht ganz chancenlos gegen dieses mörderische Monster-Skelett.

Dracula II, der sich als legitimer Nachfolger des großen Vlad Dracula fühlte, hatte sich längst einen Plan zurechtgelegt. Er würde versuchen, dem Dämon die Sense zu entreißen. Damals hatte John Sinclair seinen silbernen Bumerang eingesetzt und damit das schwarze Knochengestell zertrümmert. Mallmann würde es auf eine ähnliche Art und Weise versuchen, nur eben mit der Sense, und seinen Gegner mit den eigenen Waffen schlagen.

Das gegenseitige Belauern würde nicht ewig währen, das wusste auch Will Mallmann. Der Schwarze Tod brauchte eine erste Entscheidung, auch deshalb, um sich zu beweisen, wie gut er war. Im Gegensatz zu ihm wirkte Mallmann recht klein, und er kam sich noch kleiner vor, als das düstere Skelett angriff.

Es bäumte sich auf. Für einen Moment verlor es den Boden unter den Füßen. Es schwang sich nach vorn und startete einen Angriff, wie er seit alten atlantischen Zeiten bekannt war. Der Schwarze Tod war stets direkt auf seine Feinde zugelaufen. Genau das erlebte auch Will Mallmann. Er sah auch das Blitzen der Sense, die von einer Seite zur anderen schwang. Er hörte die zischenden Laute. Die helle Schneide geriet in schnelle Zickzack-Bewegungen, und plötzlich war sie in seiner Nähe.

Mallmann lag am Boden!

Das Blatt erwischte ihn nicht. Es zischte über seinen Körper hinweg und daran vorbei. Er rollte sich zur Seite, um aus der Bewegung hervor in die Höhe zu schnellen.

Der Schwarze Tod wollte einen weiteren Angriff starten. Er musste die Waffe erst zurückziehen, um erneut ausholen zu können.

Mallmann sprang ihn an.

Nicht als Mensch, als Vampir. Und dessen Kräfte überstiegen die eines Menschen. Plötzlich umklammerten seine Hände das dunkle Gebein des Monsters. Er riss daran. Die Gestalt kippte zu Boden, weil sie den Halt verlor. Im Moment gewann Mallmann die Oberhand. Mit einem gestreckten Sprung warf sich Dracula II nach vorn, um an den Knochenarm der Gestalt heranzukommen. Er wollte ihr die Waffe entwenden. Die Schneide musste den Knochenkörper zertrümmern.

Will Mallmann schaffte es. Er riss den rechten Knochenarm in die Höhe. Die Hand verlor den Kontakt mit der Waffe. Genau das hatte Mallmann gewollt. Er sah plötzlich seine Chance, an die Sense zu gelangen, deren Griff nur von einer Hand umklammert wurde. Der Vampir hielt eisern fest. Er wartete auf das Knacken der Knochen, als er den Arm herumdrehte, um ihn aus dem Gelenk zu brechen.

Es gelang ihm nicht.

Der Schwarze Tod hatte bisher nur mit ihm gespielt. Jetzt machte er Ernst. Mallmann bekam einen gewaltigen Stoß gegen die Brust. Er musste loslassen. Der Schwung trieb ihn über das Dach. Er wurde zu einer kreiselnden Gestalt. Hinter sich hörte er das röhrende Lachen und wieder dieses hässliche Schleifen, als das Metall der Sense über den Boden glitt. Zudem geriet er immer mehr in die Nähe des Dachrands. Er konnte im letzten Augenblick abstoppen. Es wäre nicht schlimm gewesen, wenn er hinabgestürzt wäre, weil er sich auf dem Weg nach unten hätte verwandeln können, doch das entsprach nicht seinem Plan.

Mallmann fing sich kurz vor dem Rand.

Er fuhr herum.

Der Schwarze Tod kam auf ihn zu. Im Film hätte man ihn möglicherweise als lächerliche Erscheinung erlebt. Nur wirkte er in diesem Fall nicht lächerlich, sondern tödlich. Er steckte voller Mordlust. Seine roten Augen bewegten sich. Das Feuer der Hölle schien noch einmal entfacht zu sein.

Es gab kaum Zeit für Will Mallmann. Die Gedanken des Vampirs irrten trotzdem für einen Moment ab, als er an die Knochen des Skeletts dachte. Er hatte sie angefasst, und er wusste auch, wie fest und hart sie waren. Das war nicht mit dem normalen Gebein eines Menschen zu vergleichen. Diese Knochen schienen aus Eisen zu bestehen, was ihn im Nachhinein kaum verwunderte.

Der Schwarze Tod wusste um seine Stärke. Er kam wieder auf Mallmann zu. Seine Sense war die perfekte Waffe, um einen Feind in Stücke zu hauen. Der Vampir ließ den geschliffenen Stahl nicht aus den Augen. Er wartete auf eine bestimmte Bewegung, die dann auch erfolgte.

Das Metall jagte nach unten. Der Hieb war leicht schräg angesetzt. In ihm steckte eine zerstörerische Kraft. Die Klinge wurde zu einem huschenden Blitz, als sie nach unten fuhr – und den Vampir nicht traf.

Im letzten Augenblick war Mallmann ausgewichen. Er hatte sich auf den Schwarzen Tod zubewegt und dessen Waffe somit unterlaufen. Er spürte nur mehr den Luftzug, der ihn in Höhe des Kopfes streifte.

Wieder prallte er gegen die Knochengestalt. Er klammerte sich an ihr fest. Er wollte sie von den Beinen reißen. Er wollte sie am Boden haben, um endlich mal selbst Zeichen setzen zu können.

Er schaffte es nicht. Die Kraft des Schwarzen Tods war einfach zu stark. Er ging zum Gegenangriff über. Mallmann hörte ein grollendes Geräusch in seiner unmittelbaren Nähe. Das Monster hatte es ausgestoßen. Es schien sehr unwillig zu sein und griff auch an.

Der Fußtritt schleuderte den Vampir zu Boden.

Mallmann schrie vor Wut. Er rollte sich auf den Rücken und sah über sich das Grauen.

Der Schwarze Tod hatte seine Sense angehoben. Er war schlagbereit. Die Waffe konnte Mallmann nicht verfehlen, und sie verfehlte ihn auch nicht, denn die Klinge fuhr in den Körper des Vampirs hinein. Sie zerschnitt die Kleidung. Sie zog eine Furche in die bleiche Haut. Sie hinterließ eine Wunde, aus der so gut wie kein Blut quoll, sondern nur eine dünne blass gefärbte Flüssigkeit.

Ein Mensch hätte vor Schmerzen geschrien, aber Mallmann war kein Mensch. Vampire kennen keine Schmerzen, höchstens Behinderungen durch normale Waffen.

Noch war es nicht so weit. Mallmann lebte. Er konnte sich wehren. Er würde sich wehren, und er hatte Glück, dass der Schwarze Tod nicht sofort nachsetzte.

Er holte erneut aus.

Er zielte genau!

Und hörte den irren Schrei hinter sich!

Es war ein Frauenschrei. Die blonde Bestie Justine Cavallo hatte ihn ausgestoßen. In diesem Schrei lagen all ihre Empfindungen, die sie durchtosten. Sie wehrte sich gegen die Niederlage. Sie wollte auf keinen Fall verlieren, doch sie hatte erkennen müssen, dass sich ihr Mentor in einer verdammt kritischen Lage befand.

Sie hatte auch geschrien, weil sie noch zu weit vom Ort des Geschehens entfernt war, um anders in das Geschehen eingreifen zu können. Sie hatte sich einfach nicht anders zu helfen gewusst.

Auch der Schwarze Tod reagierte menschlich, wenn man seine Reaktion so deuten wollte.

Der Schrei irritierte ihn. Er fuhr herum. Die Sense schwang mit, und er sah eine Gestalt auf sich zurennen, deren blonde Haare den Kopf umwirbelten wie eine Fahne.

Justine Cavallo war schnell. Auch ihre Kräfte standen weit über denen eines Menschen. Sie konnte zwar nicht fliegen, doch in diesem Fall sah es so aus, als würde sie über den Dachboden hinweghuschen. Ob der Schwarze Tod von einer gewissen Überraschung gelähmt worden war oder nicht, niemand konnte es sagen, aber die Zeit reichte aus, dass die angreifende Justine ihr Ziel erreichen konnte.

Kurz vor dem Ziel stieß sie sich ab.

Sie schrie noch einmal auf und wurde zu einem regelrechten Geschoss, dem selbst das mörderische Skelett nicht mehr ausweichen konnte. Mit beiden Füßen gleichzeitig erwischte sie die Gestalt. Die Sohlen hämmerten gegen das schwarzölige Gerüst, und diesem Aufprall war auch das Monstrum nicht gewachsen.

Es wurde zurück und zugleich zur Seite katapultiert. Es schrammte mit seinen nackten Füßen über das Dach. Aus seinem Maul drang ein wütender Laut, und Justine war sofort bei Mallmann. Wenn Vampire Furcht empfinden können, dann empfand sie die in diesen langen Augenblicken. Sie riss ihren Freund in die Höhe und schleuderte ihn zur Seite. Danach wollte sie sich dem Schwarzen Tod stellen. Sie sprang über Mallmann hinweg und erwartete den Angriff des Monsters.

Das hielt sich zurück. Es nahm seine Chance seltsamerweise nicht wahr. Etwas hatte den Dämon abgelenkt. Die roten Augen bewegten sich in den Höhlen, und als sie nach rechts schauten, entdeckten sie die zweite Gestalt, die das Dach betrat.

Es war Suko, der es endlich geschafft hatte. Er war nicht der Langsamste, aber gegen die Kraft einer Justine Cavallo kam er nicht an. Sie hatte einen Vorsprung herausgeholt. Über Treppen hatte Suko das Dach erreicht, denn der Lift fuhr nicht so hoch.

Jetzt spürte er den heftigen Wind. Er hörte in seinen Ohren das Brausen und musste sich erst an die neuen Verhältnisse gewöhnen. Das Dach lag wie eine Bühne vor ihm. Die Akteure waren für einen Moment erstarrt. Mallmann lag wie endgültig vernichtet am Boden. Es fehlte nur mehr der Pfahl, der aus seiner Brust ragte, dann wäre die Szene perfekt gewesen.

Nicht weit entfernt stand der Schwarze Tod. Er hielt noch immer die Sense, setzte sie allerdings im Moment nicht ein, weil ihn Justine Cavallo wohl irritiert hatte.

Seine mit geweihten Silberkugeln geladene Beretta hatte Suko nicht gezogen. Dafür steckte die Dämonenpeitsche ausgefahren im Gürtel. Er besaß noch den Stab des Buddha, mit dessen Hilfe er die Zeit für fünf Sekunden anhalten konnte.

Drei Gegner standen vor dem Schwarzen Tod. Auch Mallmann war wieder auf die Beine gekommen. Ein Treffer mit der Sense hatte seine Kleidung an der Brust zerfetzt, und auf der Haut zeichnete sich eine breite Wunde ab, die ihn jedoch nicht behinderte.

Er wollte weitermachen.

Und Justine Cavallo auch.

Der Schwarze Tod schüttelte sich. Man hätte das Klappern seiner Gebeine hören müssen, was nicht passierte.

Er schlug wieder zu.

Diesmal noch raffinierter. Er versuchte dabei, mit einem Treffer Justine und Will Mallmann gleichzeitig zu treffen. Die blonde Bestie tauchte ab, und Mallmann wollte auch ausweichen, war aber nicht schnell genug. Zudem drehte er sich in die falsche Richtung und lief praktisch in die Sense hinein, die ihn voll erwischte. Sie zerschnitt ihn nicht. Sie drang nur mit der Spitze in seinen Körper hinein und blieb darin stecken.

Mallmann wurde in die Höhe gerissen. Er hing an der Sense wie eine Puppe, und Suko konnte es kaum glauben. Es war ein Bild, das er nicht mal zu träumen gewagt hatte. Der mächtige Dracula II hatte es nicht geschafft, dem Schwarzen Tod Paroli zu bieten.

Er kam nicht mehr frei. Er wurde weiter durchgeschüttelt. Die Szene kam Suko noch immer so unwirklich vor, denn so hilflos hatte er Mallmann noch nie erlebt. Alles war anders geworden. Der Schwarze Tod hatte seine Machtposition sofort gefestigt und bewiesen, dass sich die Verhältnisse nach seiner Rückkehr ändern würden.

Justine Cavallo zeigte sich ebenfalls geschockt. Sie konnte nichts tun. Der Schwarze Tod hatte seine Sense in die Höhe gerissen. Er drehte sich jetzt. Das Blatt schwang über seinem Kopf. Die Spitze war durch Mallmanns Körper gedrungen und schaute aus dem Rücken wieder hervor.

Er war der Sieger!

Und er drehte sich weiter.

Er blieb dabei auf der Stelle. Er fuhr herum, kreiselte immer schneller. Die Sense machte die Bewegung mit, der Körper auf ihr ebenfalls. Arme und Beine des Blutsaugers wurden von der Fliehkraft gepackt und nach außen gerissen.

Alles geschah innerhalb von Sekunden, aber Justine konnte es nicht mit ansehen. Sie jagte auf den Schwarzen Tod zu, der genau in diesem Augenblick seine Arme und damit auch die Sense senkte, sodass diese in eine waagerechte Lage geriet.

Plötzlich fing der Körper des Blutsaugers an zu rutschen. Er glitt über das Blatt hinweg auf das Ende der Sense zu. Da gab es nichts, was ihn noch stoppen konnte.

Ein Schrei fegte aus einer Kehle.

Es war Justine, die nicht mehr an sich halten konnte. Noch bevor sie den Schwarzen Tod ansprang, löste sich der Körper des Will Mallmann. Er segelte durch die Luft und hatte genügend Geschwindigkeit, um über den Dachrand geschleudert zu werden.

Er schrie nicht, das Puppenhafte an dieser Gestalt blieb, und ebenso puppenhaft verschwand die Gestalt des Vampirs in der Tiefe.

Justine wollte ihn rächen.

Der Tritt des skelettierten Beins stoppte sie. Mehr noch, die Blutsaugerin wurde von dem Treffer zurückkatapultiert. Mit dem Rücken rutschte sie über den Boden bis in Sukos Nähe und bewies in der nächsten Sekunde, dass sie wirklich kein Mensch war.

Der wäre liegen geblieben. Sie aber hatte den Tritt bereits verkraftet und schnellte hoch.

Sie dachte weder an den Schwarzen Tod noch an Suko, für sie war wichtig, so schnell wie möglich das Dach zu verlassen, um nach Mallmann zu sehen. Ihr war es nicht möglich, sich in eine Federmaus zu verwandeln, und so war sie gezwungen, den normalen Weg zu nehmen.

Für einen Moment sah Suko ihren Rücken, dann war sie verschwunden. Die Treppen, der Lift, erst danach war sie unten. In der Zwischenzeit stand Suko dem Schwarzen Tod allein gegenüber.

Das monströse Skelett hatte sich gedreht. In den Augen bewegte sich die rote Masse. Sie musste so etwas wie eine Urglut sein, die den Schwarzen Tod am Leben erhielt. Energiequelle. Heißer Höllenschlamm, wie auch immer.

Suko kam sich im Vergleich zu diesem Monstrum klein vor. Allein die Klinge der Sense war so lang wie er. Richtig eingesetzt würde sie ihn zerstückeln, und der Schwarze Tod sah nicht aus, als wolle er sich zurückziehen.

Ihn mit Silberkugeln aufhalten zu wollen, war einfach lächerlich. Das wusste Suko auch noch aus der Vergangenheit. Die Peitsche brachte ihn auch nicht weiter. Wahrscheinlich musste wieder eine Waffe gefunden werden, um diese Gestalt ein weiteres Mal zu vernichten.

Kämpfen oder sich zurückziehen?

Suko stand vor dieser Alternative, die auch in der folgenden Zeit blieb, obwohl etwas eintrat, mit dem Suko nicht gerechnet hatte. Er hielt sich noch an derselben Stelle auf, aber seine Umgebung veränderte sich. Um ihn herum geriet die Welt in Bewegung. Zugleich glühten die Augen des Schwarzen Tods noch stärker auf, und Suko sah, wie sich der Boden unter seinen Füßen einfach auflöste, obwohl er selbst den Halt behielt.

Etwas anderes nahm dessen Platz ein.

Eine fremde Welt schob sich heran.

Sie war düster, sie besaß keinen Himmel mehr. Sie kam wie Nebel, und für Suko gab es die Möglichkeit zur Flucht nicht mehr, denn die fremde Dimension hatte ihn jetzt gefangen.

Sein Gehirn arbeitete noch klar. Er wusste jetzt, zu was der Schwarze Tod fähig war. Es gelang ihm, die Dimensionen zu steuern und Grenzen zu verändern. Er schaffte eine andere Welt heran, jedoch nur die, die er auch wollte.

Kein Himmel mehr. Dafür eine stärkere Dunkelheit.

Da war auch Namtar.

Und zu seinen Füßen lag John Sinclair wie jemand, der sich mit seinem Schicksal endgültig abgefunden hatte.

Aber Suko sah noch mehr.

Aus den düsteren Wänden der nahen Umgebung lösten sich unheimliche Gestalten, deren Gesichter Masken glichen, deren Augen aber allmählich das rote Licht des Schwarzen Tods annahmen.

Jetzt wusste Suko, dass er sich in der Welt der verlorenen Engel befand …

Ich hatte es geschafft und mich gedreht. So lag ich auf dem Rücken und sah sozusagen aus der Froschperspektive, was da für ein Unheil auf mich zukam.

Die Welt der verlorenen Engel zeigte ihre Kraft. Ich konnte nichts dagegen unternehmen, denn hier war auch mein Kreuz machtlos. Kalt war es, so verflucht kalt, und trotzdem hatte ich den Glauben daran nicht verloren.

Ich wollte und musste es aktivieren. Es war nur eine Formel, die gesprochen werden musste, dann würde sich seine gesamte Macht entfalten.

Die verdammte Kälte war nicht verschwunden. Der Geist des absolut Bösen behielt weiterhin die Oberhand. Jetzt war der Schwarze Tod nicht mal so wichtig, sondern nur noch Namtar, der in dieser Welt so etwas wie ein Führer war.

Die Formel!

Sie war meine Hoffnung. Wenige Worte konnten einiges verändern. Bisher hatte das Böse nicht gewonnen. Wenn es hier passierte, war die Welt für mich auf den Kopf gestellt worden.

Die Kälte war überall in mir. Sie umklammerte mein Herz, sie presste es zusammen. Sie griff nach meiner Seele, sie drängte sich hoch in meinen Geist. Sie beherrschte mich, und dann geschah noch etwas Erschreckendes.

Mein Kopf war leer!

Mir fiel nichts mehr ein.

Ich konnte es nicht fassen. Der Schreck durchfuhr mich so intensiv wie die Klinge eines Messers. Mein Herz schlug weiter, nur waren die Schläge unregelmäßiger geworden.

Wie hießen die Worte der Formel?

Ich hatte sie so oft gerufen. Ausgerechnet jetzt konnte ich mich nicht mehr daran erinnern.

Es war nicht normal. Ich wusste das. Alles lief in diesen Augenblicken schief, und mir war klar, dass hier jemand anderer Regie führte.

Ich bewegte meine Augen und schaute in Namtars zweigeteiltes Gesicht.

»Willst du noch etwas tun, Sinclair?«

»Ja«, keuchte ich und freute mich darüber, dass ich sprechen konnte und mir die entsprechenden Worte wieder einfielen. »Ja, ich möchte dich zur Hölle schicken! Endgültig, verstehst du?«

Er lachte nur.

Und genau dieses Lachen tat mir weh. Es klang so überheblich. Es steckte voller Hohn. In dieser Welt der verlorenen Engel galten meine Erdenregeln nicht mehr.

»Versuche es, Sinclair. Ich weiß, dass du das Zeichen des angeblichen Sieges bei dir trägst. Es bringt dir nichts, denn letztendlich ist unsere Welt stärker. Sie wird dich vernichten. Sie ist die, in der das wahre Leben stattfindet. Sie hat es geschafft, den Schwarzen Tod zurückzuholen, und von hier aus werden wir unsere Eroberungen durchführen. Darauf kannst du dich verlassen. Und du, der du immer unser Todfeind gewesen bist, wirst daran nichts ändern können.«

Harte und leider auch zutreffende Worte, denen ich nichts entgegensetzen konnte. Ich war bereits ein Gefangener dieser Welt, die von der kalten Macht des Luzifers beherrscht wurde.

Aus den Wänden hatten sich die anderen Gestalten gelöst. Sie blieben auch nicht an der Decke, sondern glitten nach unten als schwebende Engel, die meinen Tod begleiteten.

Namtar hatte mich nicht angegriffen. Er würde die Tat einem anderen überlassen, aber das mörderische Skelett des Schwarzen Tods war noch nicht zu sehen.

Mein Gott, die Formel!

Ich hatte sie nicht vergessen, aber mir fiel der Text nicht mehr ein. Himmel, da hatte jemand eine Bremse in meinen Kopf eingebaut. Es war doch immer so einfach gewesen, und ich gab nicht auf. Egal, ob ich nun vom kalten Licht des Luzifer erfasst wurde oder nicht. Ich musste einfach etwas tun, solange ich lebte.

Meine Hand glitt wieder in die rechte Tasche.

Diesmal holte ich das Kreuz hervor. Es fühlte sich für mich an wie ein kalter Klumpen.

Sei 's drum. Ich hatte lange Zeit darauf vertraut. Vielleicht konnte das Unmögliche trotzdem noch möglich gemacht werden.

Ich umschloss es mit der Faust, presste diese auf meinen Bauch. Dann öffnete ich die Hand und schaute mir das Kreuz an, das so kalt geworden war.

Es hatte seine Form nicht verändert. Es gab die zwei langen und die zwei kurzen Seiten. Die Zeichen waren vorhanden, aber der Glanz des Silbers war verschwunden. In seinem Innern musste sich das Metall in Eis verwandelt haben.

Namtar grinste breit. Er schaute auf mich nieder. Die anderen Gestalten zogen ihren Kreis nicht mehr enger. Sie beobachteten aus einer bestimmten Entfernung, was jetzt geschehen würde.

Namtar beugte sich vor. Er verspottete mich. »Nun, willst du es nicht einsetzen, Sinclair? Du kennst doch die Formel. Ich weiß das alles. Ich habe dich lange genug beobachten können.

Denk daran, dass wir in der Parallelwelt leben. Wir haben sehr viel von euch Menschen abgeschaut. Irgendwann werden wir es schaffen, beide Welten zusammenzuführen. Dann werden sich Engel mit Menschen mischen. Dann wird niemand mehr erkennen, in welch einer Welt oder Dimension er eigentlich lebt. Und dem Schwarzen Tod ist es vergönnt, sich ein neues Reich aufzubauen. Er wird wieder herrschen, aber er wird weiterhin im Schatten des großen Luzifer stehen, denn er ist der wahre Herrscher über diese neue Welt. Nur wirst du es nicht mehr erleben, denn …«

Er stoppte mitten im Satz.

Etwas hatte ihn irritiert, und auch ich spürte eine herannahende Veränderung.

Namtar drehte sich. Ich geriet damit aus seinem Blickfeld und konnte mich auf etwas anderes konzentrieren.

Da schob sich was in meine neue Umgebung hinein. Ich sah plötzlich ein Bild dort, wo sich die Dimensionen überlappten. Es war auch die Sekunde der Hoffnung, denn ich konnte zurück in die Welt schauen, aus der ich kam.

Suko?

Ja, er war es tatsächlich. Er stand irgendwo. Den Ort erkannte ich nicht, aber ich sah den Schwarzen Tod als mörderische Drohung in seiner Nähe. Beide wurden von einer Kraft bewegt, die sie nicht lenken konnten, weil sie unter der Kontrolle des Luzifer stand.

Ich hatte das Gefühl, dass sich die Kälte noch mehr steigerte. In meinem Innern kroch sie als wahnsinnige Angst in die Höhe, erreichte meine Kehle und presste sie zusammen.

Suko war da. Er sah mich, ich sah ihn. Er wollte sprechen, aber der Schwarze Tod griff ein. Er hob seine Sense an, die plötzlich über dem Kopf meines Freundes schwebte.

Suko begriff sofort. Wenn er sich jetzt bewegte, war es vorbei. Dann hatte er verloren, und so stand er starr, den Blick auf mich gerichtet. In seinen Augen lag ein seltener Ausdruck. Verzweiflung kannte ich nicht bei ihm. In diesem Fall allerdings war sie gerechtfertigt, denn weder er noch ich sahen einen Ausweg.

Der Schwarze Tod hatte es bereits beim ersten Anlauf geschafft. Er würde zwei seiner stärksten Gegner in den nächsten Sekunden töten …

Die beiden Jugendlichen drängten sich hart gegen die Wand des Lifts, als sie in das Gesicht der Blutsaugerin schauten. Justine tat ihnen nichts, obwohl ihr das frische, warme Blut sehr willkommen gewesen wäre. Die beiden spürten nur die Andersartigkeit und die Gefährlichkeit, die von dieser Person ausging, und deshalb suchten sie so etwas wie Deckung.

Justine sprach sie nicht an. Sie sah wild aus. Das Haar bildete ein blondes Durcheinander. Sie hielt die Hände zu Fäusten geballt und wartete darauf, dass der Lift endlich das Erdgeschoss erreichte. Als es so weit war, stürmte sie in den Flur.

Auch dort hielten sich Menschen auf. Sie wollten in den Lift einsteigen, aber Justine fegte sie aus dem Weg. Ihr Sinnen und Trachten galt einzig und allein Will Mallmann, von dem sie nicht wusste, ob er noch existierte oder nicht.

Der Sprung ins Freie. Der Verkehr auf der Straße. Die zahlreichen Lichter der Scheinwerfer, die sich bewegten. Das Licht aus den Fenstern. Die bunte Beleuchtung der Reklamen. Der kühle Wind. Menschen, die an ihr vorbeihasteten. Leben und Treiben in London, aber sie suchte nur nach einem.

Justine wusste genau, an welch einer Hausseite Mallmann über das Dach gefallen war. Nicht an der Vorderseite des Hauses. Sie musste einmal um die Ecke laufen, um ihn zu erreichen, und sie hoffte, dass sie ihn fand. Er war stark genug, um sich bei einem Fall in die Tiefe verwandeln zu können, aber sie wusste auch, dass er verletzt gewesen war.

Sie fand ihn.

Und er stand auf den Beinen. Er hatte sich in eine Nische gedrückt, die von einer Haustür begrenzt wurde. Justine hatte ihn mehr gespürt als gesehen und drehte sich in die Nische hinein.

»Will …!«

Er gab keine Antwort. Seine Kleidung war zerfetzt. Die Hände hatte er gegen die Brust gepresst, und jetzt ließ er die Arme langsam sinken, sodass Justine erkennen konnte, was mit ihm passiert war.

Die Sense hatte ihn durchbohrt. Aber sie hatte es nicht geschafft, ihn zu töten. Zurückgeblieben war eine große Wunde, an der Brust und am Rücken.

Er grinste. Dann sprach er: »Es war knapp, Justine, sehr knapp. Aber er hat es nicht geschafft. So leicht ist ein Dracula II nicht zu töten. Wir werden weitermachen, nachdem wir unsere Wunden geleckt haben, und wir werden in Zukunft vorsichtiger sein.«

»Das wollte ich hören.«

»Gut, dann lass uns verschwinden.«

Nach Sinclair fragte Dracula II nicht. Für ihn gab es den Geisterjäger schon nicht mehr …

Das mächtige Skelett löste sich von Suko. Es lag auf der Hand, dass es der Schwarze Tod auf mich abgesehen hatte, denn ich hatte ihm damals den Garaus gemacht.

Da ich lag, kam er mir noch größer und gewaltiger vor. Der Anblick raubte mir den Atem. Die breite Klinge der Sense kam mir wie ein tödliches Spiegelteil vor, und wenn ich genau hinschaute, sah ich mein Gesicht darin sogar abgebildet.

Als ich ihn zum ersten Mal vernichtete, war seine Sense

auf der Erde zurückgeblieben, und der grüne Dschinn hatte sie als seine Waffe benutzt. Auch er war vernichtet, die Sense ebenso, doch nun hatte der Schwarze Tod eine neue.

Und er sprach nun.

Er produzierte seine Stimme. Ich wusste nicht, wie er das schaffte. Tief in seinem Knochengestell musste sie geboren sein, und sie hörte sich an, als würde eine normale Menschenstimme tontechnisch verstellt. Die einzelnen Wörter waren schwer zu verstehen, und so war ich gezwungen, schon genau hinzuhören.

»Erst du, John Sinclair! Dann er!«

Ja, so sah die Reihenfolge aus. Was ich erlebte, war ein schlimmer Albtraum. Riesig baute sich das Skelett vor mir auf, und es senkte langsam seine Sense.

Ich wusste nicht, wie ich sterben sollte. Möglicherweise schnitt er mir einfach den Kopf ab, um ihn als Trophäe zu behalten oder überall vorzuzeigen.

Das Sensenblatt näherte sich mir. Alle Augen waren auf den Schwarzen Tod gerichtet. Jetzt kam zu dieser seelischen Kälte noch die Stille hinzu, die plötzlich von einer Stimme unterbrochen wurde.

Suko sprach.

Und er sagte nur ein Wort, nicht mehr.

»Topoa!«

Die Magie des Stabs war so stark, dass sie auch von dieser Welt nicht aufgehoben werden konnte. Zuvor hatte sie nicht geholfen, da waren zwei verschiedene Welten zwar sichtbar, aber trotzdem voneinander getrennt gewesen.

Nun nicht mehr.

Und Suko erreichte sein Ziel.

Alle standen starr auf ihren Plätzen, selbst der Schwarze Tod bewegte sich nicht mehr. Seine mächtige Gestalt war eingefroren, und es gab nur einen, der etwas verändern konnte, nämlich Suko.

Er war schnell. Er griff zum letzten Mittel. Er wusste, dass alles auf ihn ankam. Und wenn dieses Mittel versagte, dann war es auch mit ihm und John Sinclair vorbei.

Mit einer blitzschnellen Bewegung umfasste Suko das Kreuz. Es war ganz einfach. Er musste es nur vom Körper seines Freundes nehmen. Er hielt es in die Höhe, und einen Moment später rief er ein paar Worte, allerdings nicht die Formel, sondern etwas anderes.

Die Formel selbst war nur für den Sohn des Lichts bestimmt, aber sie befanden sich hier in einer Welt der verlorenen Engel. Doch Suko wusste sehr genau, dass es nicht nur diese Engel gab, die Luzifer dienten, sondern auch andere.

Gute Engel!

Erzengel!

Sie hatte es schon zum Anbeginn der Zeiten gegeben. Sie hatten es geschafft, alle die Aufrührer in den tiefsten Schacht der Hölle zu stürzen, und als man vor langer Zeit schon einmal versucht hatte, den Schwarzen Tod zu erwecken, hatten sie ebenfalls eingegriffen und den Sieg ermöglicht.

Etwas Ähnliches hatte Suko hier auch vor.

Und deshalb schrie er die Namen.

»Michael! Gabriel! Raphael! Uriel!«

Jeder Name war ein Schrei. Ein verzweifelter Ruf tief in die Unendlichkeit hinein, von dem er hoffte, dass er erhört wurde. Denn das war das allerletzte Mittel, um etwas zu verändern.

Früher hatte es geklappt – und jetzt?

Die Zeit war um, als Suko soeben den letzten Namen gerufen hatte. Er ließ die Hand sinken. Das Kreuz musste jetzt zeigen, wozu es fähig war.

In diesem Moment erwachte ich!

Den letzten Namen hatte ich noch mitbekommen, kapierte aber nicht so schnell, was hier ablief. Ich sah nur das Kreuz in Sukos Hand. Er hatte den Arm nach vorn gestreckt, deutete auf den Schwarzen Tod, und plötzlich strahlte das Kreuz an seinen vier Enden auf.

Genau dort, wo die Namen der angerufenen Erzengel eingraviert waren.

Vier Strahlen durchbrachen die Dunkelheit. Sie waren nicht scharf geschnitten, sondern leicht diffus und zerfaserten an den Seiten. Aber sie strahlten nicht in die Unendlichkeit hinein, sondern waren endlich. Ich sah ihr Ende, und ich sah auch, wer sich dort an vier verschiedenen Stellen abzeichnete.

Vier Gestalten!

Keine Menschen. Feinstoffliche Wesen. Engel, Erzengel, die den verzweifelten Ruf vernommen hatten. Lange hatte ich mich darauf nicht mehr verlassen, weil es noch eine andere Art der Aktivierung des Kreuzes gab. Doch der von Suko benutzte Ruf war hier in der Welt der verlorenen Engel genau der richtige, um die Lage kippen zu lassen.

Bereits am Anfang der Zeiten hatten sie sich gegen das Böse gestemmt. Und diese Aufgabe war nicht vergessen. Sie mussten als Helfer nicht immer erscheinen, denn es blieb den Menschen selbst überlassen, wie sie mit ihrem Schicksal und mit ihrer Welt umgingen. Aber es gab auch extreme Situationen, in denen das Weltbild nicht auf den Kopf gestellt werden sollte, um die Zukunft zu retten.

Plötzlich war ein schrilles und helles Pfeifen zu hören. Gleichzeitig lösten sich die feinstofflichen Gestalten und jagten wie Gespensterwesen in diese Welt hinein. Sie brachten das Licht, sie brachten die Kraft, und der Kampf zwischen Gut und Böse entfachte erneut.

Namtar erwischte es als Ersten. Er war so mächtig, aber er kam nicht gegen die Kraft eines Erzengels an, dessen helle und gesichtslose Gestalt durch ihn hindurchglitt und ihn bei dieser Berührung aufglühen ließ. So stark, dass er vor unseren Augen verdampfte.

Etwas Helles drehte sich im Kreis. Es waren die drei anderen Engel, die mit ihren negativen Artgenossen aufräumten. Sie waren mal steinern gewesen, dann hatten sie gelebt, doch jetzt ereilte sie das gleiche Schicksal wie Namtar. Kaum wurden sie berührt, glühten sie auf und vergingen.

Suko packte mich unter den Schultern und schleifte mich aus der Gefahrenzone.

Es blieb der Schwarze Tod. Ihn zu vernichten oder bei seiner Vernichtung zuzusehen, das wäre genau das Tüpfelchen auf dem i gewesen.

Doch er war schlau.

Er zog sich zurück. Er entwischte dem Licht, das ihn trotzdem noch zu erreichen versuchte, aber der Schwarze Tod trat einfach aus der Welt der verlorenen Engel hinaus, die sich radikal veränderte und wieder ein anderes Aussehen erhielt.

Keine Höhle mehr. Keine Gestalten, dafür Lichter, Wind, auch bestimmte Geräusche. Ich richtete mich auf. Vor der Schneide der Sense brauchte ich mich nicht mehr zu fürchten, und ich sah den Schwarzen Tod im Hintergrund verschwinden, als würde er von einer gewaltigen rettenden Hand in Sicherheit gezogen.

Eine letzte Botschaft hörten wir noch von ihm, obwohl wir ihn nicht mehr sahen.

»Das Spiel beginnt wieder von vorn, Geisterjäger ...«

Dann war es still!

Ja, es würde wieder von vorn beginnen, und ich fühlte mich um Jahre zurückversetzt. Ich dachte an damals, als der Schwarze Tod im Hintergrund die Fäden gezogen hatte. Das würde er von nun an wieder versuchen, doch in diesem Fall hatte ich etwas mehr Hoffnung, weil sich gewisse Konstellationen verändert hatten.

Es gab genügend Schwarzblütler, die selbstsicherer geworden waren. Da brauchte ich nur an Dracula II und Justine Cavallo zu denken. Und auch andere Dämonen würden mit seiner Herrschaft nicht einverstanden sein. Besonders diejenigen, die Atlantis überlebt hatten.

Ich wurde aus meinen Gedanken gerissen, als ich vor mir einen letzten hellen Schein sah. Es war der Gruß aus der Welt der verlorenen Engel, die möglicherweise nicht mehr existierte. Zumindest ein Teil von ihr. Davon ging ich aus.

Aber wir existierten noch. Ich merkte es daran, dass Suko mir eine Hand auf die Schulter legte. Und als wir uns umschauten, sahen wir ein kleines Gartenhaus fast in Reichweite.

»Und?«, fragte mein Freund nur.

Meine Antwort klang kratzig, weil mir irgendwie die Kehle zusaß. Dabei hob ich die Schultern. »Wozu ein kleiner Stab doch alles gut sein kann.«

»Stimmt.« Suko lächelte etwas verloren. »Und natürlich ein Kreuz. Ich denke, beides zusammen sollte uns Hoffnung für die Zukunft geben, auch wenn sie manchmal noch so düster erscheint …«

ENDE

Sie selbst ist ohne Sünde, doch viele sind bereit, für sie die größten aller Sünden zu begehen!

Peter Millar
DIE SCHWARZE MADONNA
Thriller
464 Seiten
ISBN 978-3-404-15656-6

Mord, Verrat, Betrug. Als in Gaza eine wertvolle schwarze Madonnenstatue gestohlen wird, beginnt eine abenteuerliche und gnadenlose Jagd quer durch ganz Europa. Welches Geheimnis birgt die Statue? Sie ist vermutlich das älteste bekannte Bildnis der Madonna mit Kind, angeblich von einem der Evangelisten selbst angefertigt. Die junge Archäologin Nazrim glaubt jedoch, die Ikone stamme gar aus vorchristlicher Zeit, und sieht in ihr einen Beweis dafür, dass die ganze Madonnen-Legende auf einen heidnischen Mythos zurückgeht. Ging es bei dem Diebstahl tatsächlich nur um materielle Werte? Oder wollen bestimmte Gruppen verhindern, dass unangenehme Wahrheiten ans Licht kommen?

Bastei Lübbe Taschenbuch